U0104570

法藏知津

七編

杜潔祥 主編

第20冊

明代小說視域下的「涉佛」女性意象研究

王水根、傅琴芳、王者 著

花木蘭文化事業有限公司

國家圖書館出版品預行編目資料

明代小說視域下的「涉佛」女性意象研究／王水根、傅琴芳、
王者 著 -- 初版 -- 新北市：花木蘭文化事業有限公司，2021
〔民 110〕
目 2+248 面；19×26 公分
（法藏知津七編 第 20 冊）
ISBN 978-986-518-347-9（精裝）
1. 明代小說 2. 佛教教理 2. 女性
820.8   110000425

ISBN-978-986-518-347-9

9 789865 183479

法藏知津七編
第二十冊   ISBN：978-986-518-347-9

明代小說視域下的「涉佛」女性意象研究

作　　者　王水根、傅琴芳、王者
主　　編　杜潔祥
副總編輯　楊嘉樂
編　　輯　許郁翎、張雅淋　美術編輯　陳逸婷
出　　版　花木蘭文化事業有限公司
發 行 人　高小娟
聯絡地址　235 新北市中和區中安街七二號十三樓
　　　　　電話：02-2923-1455／傳真：02-2923-1452
網　　址　http://www.huamulan.tw 信箱 service@huamulans.com
印　　刷　普羅文化出版廣告事業
初　　版　2021 年 3 月
定　　價　七編 29 冊（精裝）新台幣 86,000 元
版權所有・請勿翻印

明代小說視域下的「涉佛」女性意象研究

王水根、傅琴芳、王者 著

作者簡介

　　王水根，文學博士，宜春學院文學與新聞傳播學院中文系教授，江西省高校人文社科重點研究基地——宜春學院宗教文化研究中心主任。主研領域：佛教文化、女性，中國古代文學、文化。曾在大陸、香港、臺灣等地高級別學術期刊上發表論文多篇；主持國家社科基金項目等各級各類課題多項；獲江西省社科優秀成果獎等各級各類獎勵多次。

　　傅琴芳，四川大學外國語學院英語系在讀博士，宜春學院外國語學院英語系講師。主研領域：英美宗教文學、文化。

　　王者，香港公開大學人文社會科學院人文、語言與翻譯學系碩士研究生。主研領域：中國古代文學、文化英譯。

提　要

　　統攝而非僅限於明代小說「涉佛」素材之下，本專著做了六則個案考察，分別如下：白娘子意象的「色戒」觀照；「自殘療親」的孝義女意象；淪為「試金石」的紅蓮們；在邊緣化中越位的出家女性；佛光劍影中的女性劍俠意象；觀音意象的色慾化審美。這六則個案的具體論證，均關涉了三類研究進路：一則，取徑於「涉佛」，以追究該六類女性意象及其相關小說母題的生成淵源；二則，取徑於世俗因緣，在世俗與方外之間的糾纏中，釐清二者間的性別意識區隔與交融之下的嬗變；三則，取徑於文學中的現實鏡象，盡可能再現當時的「涉佛」女性之社會存在狀態，以彌補她們在佛教史書寫中的意象缺憾，並在一定意義上為其發聲。而從相關學術史價值上論，對這類個案的系統考察，一者，基於小說素材與佛教史之間的文史互證，一定程度地拓展了女性佛教信仰研究的文獻範疇；二者，鑒於中國古代小說確乃中國女性佛教信仰身心歷程研究的無可替代，創新了女性佛教信仰研究的精神性和靈異性與小說再現客觀歷史的虛擬性和想像性之間的互動理念；三者，多種類型的「涉佛」女性意象得以成就的客觀歷史所在與學界固有認知，獲得了某種深層觸碰、質證甚至成功更新。

本專著系江西省社科規劃項目研究成果
（項目名稱：《明代小說視域下的「涉佛」
女性意象研究》；項目編號：10WX98）

引　論

　　在佛教歷史的所有時期，女性的性別平等問題並不比其他宗教有更多改進，〔註1〕因為「考佛陀原始教義，本亦輕賤女身」。〔註2〕這種現象，在父權社會中無論如何都是不可避免的必然。而在男尊女卑的中國社會環境中，佛教的女性輕賤意識更是被一定程度地迭加和強化。在中國佛教裏，該迭加和強化背後的直接後果之一便是：在佛教史傳中，女性佛教信仰者不得不長期處於失聲甚至隱身狀態。恰如 Daniel L.Overmyer 所指出的那樣：一直以來，女性佛教信仰者無疑是中國佛教中的活躍支持者，但關於她們的數據卻是很少被提及到，對於這一群占去中國一半人口的生命，以及她們的活動狀態，因此所知甚少。〔註3〕

　　關於這一點，通過比較僧尼史傳在大藏經中的數量，我們可以更真切地感受到中國女性佛教信仰者被輕賤而導致的相關史料缺憾。從佛教傳入中國至今，歷代僧傳就有梁釋慧皎，唐釋道宣，宋釋贊寧，明釋如惺、釋明河等撰

〔註1〕 Rita M.Gross, *Buddhism After Patriarchy: A Feminist History, Analysis, and Reconstruction of Buddhism*, Albany: State University of New York Press, 1993, p.210.(Despite a strong basis for gender equality in key Buddhist teachings, Buddhism's record on gender equality is not significantly better than that of any other religion. Despite the implication of its key core teachings regarding gender, Buddhists in all periods and schools of Buddhist history limited women sharply.)

〔註2〕 陳寅恪：《武曌與佛教》，《金明館叢稿二編》，上海：上海古籍出版社，1980年，第 147 頁。

〔註3〕 Overmyer, Daniel L. "Women in Chinese Religions: Submission, Struggle, Transcendence." In From Benares to Beijing: Essays on Buddhism and Chinese Religions in Honour of Professor Jan Yun-hua, edited by Koichi Shinohara and Gregory Schopen (Oakville: Mosaic Press, 1991), p.105.

述的數百卷史料。而就出家女性佛教信仰者——尼僧史傳來說，在龐雜繁富的佛教大藏經中，竟然只有唯一的一部南朝梁釋寶唱的《比丘尼傳》被入藏。〔註4〕再者，於區區數卷《比丘尼傳》中，釋慧皎所載集的六十五位尼僧，是有「英風將範於千載」之准入門坎的。也就是說，在這六十五位「志業」「集乎方冊」的入傳尼僧「精英」背後，更為廣大數量的普通佛教出家女性，是被湮沒於傳外的。〔註5〕而即便該六十五位入傳的尼僧，在釋寶唱「不尚繁華，務存要實，庶乎求解脫者，勉思齊之德」的宗旨之下，〔註6〕其留存史料是難能具有全面性、客觀性和具體性的；也因此，她們佛教信仰的身心歷程及其相應的社會歷史境遇再現，自然也就不可避免地或多或少被忽略或被趨向於某種模範化。於此角度觀照，這樣的尼僧史傳，一方面具有相對於無的珍稀史料價值之外，另一方面又有著顯而易見的史料缺憾。

　　受過具足戒，為佛教組織承認並接受的比丘尼，在佛教史傳中的遭遇尚且如此，更毋庸論及層次相對低位的式叉摩那尼（學戒女或學法女）和沙彌尼（勤策女）等佛教出家女性了。

　　至於女性佛教信仰者的第二個類型優婆夷們——熱誠的在家女性佛教信仰者，有關她們的史料更只是零星可見。唯一的一部專書——清彭際清匯輯的《善女人傳》，在數量上，往古至今才上下二卷，區區「百三十許人」之少，不過雜採諸書中偶現者而成。在內容上，由於作者旨在顯揚：「大教東流，閨閣英賢，後先輩出，不獨五燈所錄，照耀宗門。一心淨業，勇脫苦輪者，皆韋提希之亞匹也。」〔註7〕絕大多數普通的或者說非「精英」的在家女性佛教信仰者是無緣入傳的。故其中採擷簡略，多偏重入傳女性一二零星淨土信仰傑行或臨終神異結果而已。並且，其目的只是「續采古今諸善女人得入法流者」，以警醒「大丈夫」，以「授二女子，俾傳而習之。」〔註8〕更榜樣於「有志斯

〔註4〕 而即便後來再有民國釋震華《續比丘尼傳》5 卷 332 位尼僧傳文，不說史料數量依然難言豐富，單就其內容觀，尤其是清代之前的尼傳，不過多為偶然一現的傳世史料鉤沉和彙集，並非實際上的尼傳發明。參見（民國）釋震華：《續比丘尼傳》，上海：上海古籍出版社（影印鎮江竹林寺版），2011 年。

〔註5〕 （梁）釋寶唱著，王孺童校注：《比丘尼傳》（釋寶唱原書序），北京：中華書局，2006 年，第 1 頁。

〔註6〕 《比丘尼傳》，第 2 頁。

〔註7〕 （清）彭際清述：《善女人傳》卷下「陶善」，《卍續藏》八八冊一六五七號，第 419 頁下。

〔註8〕 《善女人傳》，「題善女人傳偈」「善女人傳卷上」，第 401 頁上。

道者，慎毋以女人自畫哉。」〔註9〕基於如此立意，自然不免窠臼於前面所論的梁釋慧皎《比丘尼傳》，其留存史料亦是難能具有全面性、客觀性和具體性的。

又，女性佛教信仰者的第三個類型，為有佛教信仰傾向的一般婦女。這一類人數相對前兩種女性佛教信仰者來說，數量非常龐大。她們只是在一定程度上受到佛教觀念的影響，而沒有經過一定形式的佛教皈依程序。在外在佛教信仰實踐上，表現為不限定地到寺院去燒香拜佛；在內在佛教信仰意識上，其精神世界常常籠罩於佛教的影響之中。但由於其信仰不著而由此對家庭與社會生活影響不直接，使得「一般文獻不會有足夠記載而無法討論」。〔註10〕

而隨著藏世文物如數萬件敦煌文書的大量出土，傳世的金石文獻如歷代墓誌、造像題記、壁畫題記等等中的相關女性佛教信仰者史料的發現，為女性佛教信仰歷史特徵的展現提供了一些極為珍稀的史料來源，有關學者也從中挖掘出了不少女性佛教信仰史料，並獲得了一些研究成果。但依然缺憾的是：以敦煌文書為例來說，其史料除或多或少具有與《比丘尼傳》和《善女人傳》相同的缺憾外，另有下述兩點明顯侷限：一者，敦煌文書中的相關女性佛教信仰史料，先天的敦煌區域侷限性及其時代侷限性是其最大侷限，相應地，所得結論自然就不得不多有區域侷限和時代侷限；二者，即便敦煌文書數量眾多，但有關女性佛教信仰的史料依然難說豐富，〔註11〕且在利用上也存在諸多難題。〔註12〕而以金石文獻如歷代墓誌等為例來說，〔註13〕就目前出土和傳世較多、整理較好的唐代墓誌看，在《唐代墓誌彙編》與《唐代墓誌

〔註9〕《善女人傳》，「陶善」，第419頁下。

〔註10〕嚴耀中：《佛教戒律與唐代婦女家庭生活》，《學術月刊》，2004年第8期，第96頁。

〔註11〕例如郝春文於其《再論北朝至隋唐五代宋初的女人結社》所說：北朝至宋初女人結社的時間跨度達450年，空間分布則有原東魏和北齊控制地區和敦煌吐魯番地區，但在這久遠的時空中，連同造像題記和敦煌吐魯番文書一起，目前為止僅能搜集到十多件與女性佛教信仰有關的結社史料。（參見郝春文：《再論北朝至隋唐五代宋初的女人結社》，《敦煌研究》，2006年第2期，第103～108頁）

〔註12〕例如尼僧史料利用存在的難題，可參見楊寶玉《唐五代宋初敦煌尼僧史初探》一文中的相關論述，《佛學研究》，（總第99期）2009年2月，第9～17頁。

〔註13〕出土和傳世的墓誌可以說，是「唯一勉強能與男人平分秋色的關於古代女子消息集中處」。（參見嚴耀中《墓誌祭文中的唐代婦女佛教信仰》一文，2001年北京大學召開的「唐宋婦女史國際研討會」會議論文。）

彙編續集》中，﹝註14﹞與女性佛教信仰有關的也不過二百餘文，且這有限史料之侷限性依然缺憾明顯。其中，顯而易見的是，樹碑立傳必需要相當的物力人力，那麼家庭境況一般的女性，尤其是社會下層女性是無力獲得的。也即是說，墓誌中的女性佛教信仰史料，其所反映的女性佛教信仰信息，在代表性上是有很大缺憾的。又，墓誌篇幅往往有限，有關女性佛教信仰的內容或僅寥寥數語以致語焉不詳，或陷入墓誌文程式化的窠臼以致千篇一律，甚至一味虛揚墓主而不可徵信。﹝註15﹞且由於墓誌基本上都是男性話語權下的表達，女性佛教信仰特徵被「解構、過濾、重組」，在一定程度上，自是在所難免。如此等等，不一而足。其他歷代墓誌，如相關宋代女性佛教信仰的墓誌，自然亦難脫上述不足。﹝註16﹞上述這些直接關聯女性佛教信仰的史料，其量與質尚且如此，更難以期冀其他文獻會對女性佛教信仰青眼有加而形諸其中。

由是可知，女性佛教信仰研究，一方面，面臨著最為嚴重的史料先天畸缺問題；另一方面，對於一些有限的既存史料，又缺憾於種種不足。而究其根本，還是在於男權社會裏，因為女性長期處於依附的地位，扮演著附庸的角色，並且生活在男性話語權力之下，所有這些使得她們彷彿不曾存在過（as if women were not there）。﹝註17﹞這種「彷彿不曾存在過」儼然如幽靈一般無處不在，籠罩於自上而下的幾乎所有階層的廣大女性。相較而言，相關佛教信仰的女性，由於她們的某種社會邊緣性，﹝註18﹞關係她們佛教信仰史料的

﹝註14﹞周紹良主編：《唐代墓誌彙編》，上海：上海古籍出版社，1992 年；周紹良、趙超主編：《唐代墓誌彙編續集》，上海：上海古籍出版社，2001 年。

﹝註15﹞有關唐代墓誌侷限的更多相關論述，參見嚴耀中《墓誌祭文中的唐代婦女佛教信仰》一文。

﹝註16﹞參見臺灣學者楊果：《宋人墓誌中的女性形象解讀》，（臺）《東吳歷史學報》，2004 年第 11 期；秦豔：《從墓誌看宋代女性的佛教信仰》，《晉陽學刊》，2009 年第 6 期。

﹝註17﹞ "Women in Chinese Religions: Submission, Struggle, Transcendence." In From Benares to Beijing, p.105.

﹝註18﹞雖然在中國佛教初發期和昌盛期出家成風，女性出家為尼並非賤業，甚至可以說是一種時尚和前衛，並且在「獨善」的同時，還能夠「兼濟六親」，以致有眾多的帝王后妃參與其中。（參見王水根：《「八敬法」的中國女性倫理遭遇論》，《世界宗教研究》，2011 年第 1 期，第 43 頁）但隨著佛教信仰者的社會階層重心的逐漸下移，尤其是到了明清時期，不僅眾多的女性佛教信仰者社會邊緣性嚴重，而且連一般的男性僧眾亦處於社會邊緣化階層之中。

命運，更是難逃其陰影籠罩。關於這一點，不得不說是女性佛教信仰研究必須面對的嚴峻現實。

也就是說，關於中國女性佛教信仰的研究課題，首先應該在於探尋她們曾經被失落的話語，以幫助她們再次發聲。〔註19〕但再次發聲的問題在於，無論中國佛教史料，還是中國世俗史料，有關女性佛教信仰的話語，相對來說，可謂處於極度的沉默之中。

所幸的是，我們還有一常常被研究者們有意無意忽略的女性佛教信仰極為重要的史料來源——中國古代小說。之所以選取中國古代小說為女性佛教信仰研究的文獻依託，事實上，並不完全是因為無其他史料可用的緣故，雖然這是其中主要原因之一。

一者，中國古代小說與佛教的關係，是至為深厚的。關於這一點，已經有眾多的學者論及，當為定說無疑。二者關係如此之密切，以至於有學者認為，中國古代小說就是直接發生於佛教的傳播。〔註20〕不僅如此，由於「小說家者流，蓋出於稗官，街談巷議，道聽途說者之所造也。……是以君子弗為也，閭里小知者之所及，亦使綴而不忘，如或一言可采，此亦芻蕘狂夫之議也。」〔註21〕故此，中國小說的作者多為主流話語權之外的非「君子」之流，其所在的內容多是「街談巷議，道聽途說」，而其收羅範圍之詳盡，甚至「閭里小知者之所及」的「芻蕘狂夫之議」也能夠被「綴而不忘」。可知，中國古代小說從創作者及其創作內容直至其接受者，均有著濃厚的「街巷」「閭里」色彩。這種色彩，對中國女性尤其是對前述的第一、二類中的普通女性群體，以及第三類女性群體佛教信仰痕跡的幸存，無疑是意義重大。正如前面所論述的，女性佛教信仰主體，特別是身份不高和影響有限的普通主體，在男性話語霸權之下，「彷彿不曾存在過」。但在中國古代小說中，這個一直以來的話語霸權魔咒，被中國古代小說的特有色彩一定程度地消解了。因此，在中國古代小說中，其所涉及的女性佛教信仰內容，不僅上關帝王之后妃、尼僧之大德等等一眾特殊人群，而且下及為數最廣大的普通女性信眾，甚至於所謂的「賤婢淫娼」之流的邊緣人群體，從而範圍了最多層次的女性佛教

〔註19〕"Women in Chinese Religions: Submission, Struggle, Transcendence." In From Benares to Beijing, p.113.

〔註20〕（臺）緩廬：《中國小說源出佛家考》，《現代佛教學術叢刊》，1980年10月1日。

〔註21〕魯迅：《中國小說史略》，北京：人民文學出版社，2006年，第5～6頁。

信仰內容。而這一點，可以說是迥優於如《比丘尼傳》《善女人傳》之類女性佛教信仰史料的。

二者，包括《比丘尼傳》《善女人傳》、墓誌等在內的女性佛教信仰痕跡的留存，無一例外地都是粗線條地行文。從行文內容覆蓋的事實看，正如筆者前文所言，僅限於女性佛教信仰中的所謂零星特異處。並且，該特異處常常都是流於一種模式化，實難言其中有多少個性在。這其中的緣故，一方面在於這些史料的某些特定目的性和宣教性，另一方面在於其行文體例所限，不可能照顧到整個女性佛教信仰過程。再加上受制於區區幾個、數十個文字，或者至多百千個文字，更是難以多方面承載其中的女性佛教信仰詳情的。而小說中的記錄則不然，情節化和細節化地表達，無疑是其獨具的優長。從某種意義上看，小說的表達，不但再現了女性佛教信仰的前因、經過和後果這一完整的歷程，而且小說的情節性和細節性創作手段，還能夠深入到了佛教信仰女性背後的多方信仰淵源和各種影響因素所在。這種非小說而難能的女性佛教信仰歷程的全方位、立體性、細節性的再現，是任何其他女性佛教信仰史料所不能的。社會科學研究的空間與創新在於細節的再現和深究，從這個意義上說，在中國古代小說視域下進行女性佛教信仰研究，是有著很高的拓展價值與潛質的。

三者，女性佛教信仰，更多的是一種具有靈異性的精神生活。這種精神生活的靈異性，往往存在於信仰主體的感悟和虔信之中。一般情況下，是無法用常規的寫作手段表達出這種精神生活的靈異性的。因此，局於歷史性筆法的限制，相關的一般性史料記載，僅僅只能傳言而不可會意。也就是說，一般意義上的女性佛教信仰史料，只是記載了一個曾經的女性佛教信仰事實而已，並沒辦法做到從精神層面歷史性地再現該信仰的內在實質。這也是為什麼有關女性佛教信仰的一般性史料，常常都會在行文上陷於某種固定套路而千篇一律，以致抹殺了每一位信仰個體的信仰個性。小說描寫則不然，小說創作者基於一種身臨其境的時代便利，或身歷其境的主觀體驗，甚至性別換位後的客觀想像，藉助小說特有的藝術手段，能夠使得女性佛教信仰這一精神生活及其靈異性得以虛擬性地表達出來，甚至歷史性地再現於文本之中。可以說，女性佛教信仰的精神性和靈異性與小說再現客觀歷史的虛擬性和想像性之間，是有著天然一致性的。又，從女性佛教信仰的崇拜對象層面來說，在女性佛教信仰中，還有一類所謂「純粹」虛擬的女性崇拜偶像，例如作為

「女性」的觀世音菩薩、龍女及其她女神等等，她們自然難以與某具體的歷史存在歷歷應對，更多的應該是女性佛教信仰的藝術化表達。甚至包括那些所謂「男性」佛、菩薩，其實質亦可能如此。這種藝術化的表達，不得不說，仍然是女性佛教信仰天然一致於小說的又一體現。

四者，本書之所以把女性佛教信仰研究的文獻依託侷限於明代小說視域之下，一則由於筆者學力、精力、時間和文獻環境等等均有侷限，二則實乃順應於女性佛教信仰發展進程，因契合於中國古代小說的發展進程而得以表達於其中的下述規律。佛教在最初傳入中國之時，正值中國處於封建大一統後的解體時期，在這個時段，傳統的儒家文化影響力，已經嚴重地被質疑。所謂「『孔子去世百年，生孟子，亞聖後絕無人，何也？』……『儒門淡薄，收拾不住，皆歸釋氏耳。』」〔註22〕又如陳寅恪所言：「佛教於性理之學（Metaphysics），獨有深造。足救中國之缺失……自得佛教之裨助，而中國之學問，立時增長元氣，別開生面。」〔註23〕以致「王公大人，觀死生報應之際，莫不瞿然自失」〔註24〕，「沈冥之趣，豈得不以佛理為先」〔註25〕，甚至「在皇帝赦免令」之類中，亦「是以佛教的話語為理由的」。〔註26〕因此，佛教在入住中國之初，乃王公大人甚至帝王們的顯學。雖然此時的女性社會地位並非如後世禁錮之重，但能有機會接觸如此顯學之流，自然多為少量的上流社會女性。〔註27〕而伴隨著「菩提心則忠義心」之後，〔註28〕佛教「必須絕對地臣服於君主的權威。」〔註29〕在緊接而來的朱明皇權對佛教進一步的嚴酷專制下，在社會上流，中國佛教信仰再也沒能走出自己的獨立意義，甚至於朱明及其以後的極弊極衰。但於此另一面，伴隨著該弊與衰，佛教信仰重心不得不逐漸下沉至社會下流，以致在有意無意之間得以共鳴於女性社會

〔註22〕陳善：《儒釋迭為盛衰》，《捫虱新話》卷10，上海：上海書店據涵芬樓舊版影印，1990年。

〔註23〕吳學昭：《吳宓與陳寅恪》，北京：清華大學出版社，1992年，第10～11頁。

〔註24〕（晉）袁宏：《後漢紀》卷十，江西蔡學蘇重刊本，1879年，第5頁。

〔註25〕（東晉）慧遠：《與隱士劉遺民等書》，石峻主編：《中國佛教思想資料選編》卷一，臺北：彌勒出版社，1982年，第118頁。

〔註26〕Arthur F. Wright, *Buddhism in Chinese History*, Stanford Univ. Press, 1959, p.74.

〔註27〕《「八敬法」的中國女性倫理遭遇論》，第43頁。

〔註28〕（宋）大慧宗杲：《大慧普覺禪師語錄》，《禪宗語錄輯要》，上海：上海古籍出版社，1992年，第418頁。

〔註29〕《大慧普覺禪師語錄》，第483頁。

地位的下流境況。這亦是時至明代前後，女性佛教信仰舉足輕重於佛教的關鍵之一。此時，女性佛教信仰影響天下之大，使得「今之釋教殆遍天下，琳宇梵宮盛於黌舍，唪誦咒唄囂於絃歌。」這些「婦人女子，每談禪拜佛，無不灑然色喜者」，〔註30〕以致時人無奈感歎：「婦人女子之好鬼神」恰如「士人之好名利」，「皆其天性使然，不能自克。」〔註31〕

　　而與此默契的是，明代小說，尤其是明代通俗小說此時逐漸發展到了其巔峰時期。雖然很多時候小說仍是「不足為士君子道也」，〔註32〕但其中內容「無論是販夫市賈、田夫野老或婦人孺子，幾乎無人不曉」。〔註33〕更為重要的是，「人們的日常起居」類的「俗事」、社會下流中的人物，已經成為明代小說中的重要內容之一，〔註34〕甚至於無一篇之內不見婦人女子。這樣一來，附著於婦人女子們之上的女性佛教信仰種種，自然也就隨之得以存錄於其中。

　　因此，上述二者之間的關係可以這樣理解：一方面，佛教信仰重心下沉，使得女性佛教信仰發展至明代時影響天下，從而為明代小說提供了豐富的素材；另一方面，明代小說發展至此巔峰時期，包括女性在內的社會下流人物及其生活種種，成為了作品的重要內容之一。這樣，二者可以說是在各自的歷史發展的默契中一拍即合，也因此，筆者以為，以明代小說為考察中心進行女性佛教信仰研究，當不失為一相對可行的嘗試。

　　當然，嘗試研究之中，會有各種疑難之處，如小說中事實再現的藝術性虛構恰恰又是其「史」的侷限性。但一方面，從某種意義上說，這更是小說作為「史」的表達角度的特異性，自然也就不能因為其特異性而否定其中的「史」的價值。小說與歷史的互證意義，不必多言，現當代學者早有定論。另一方面，在很多時候，即便中國古代學者亦有相當一部分意見認為，小說就是歷史，甚至連《穆天子傳》之流皆「入起居注類」。這些觀點必然會被某種程度地實踐於小說的創作和閱讀中去，並達到了一種小說與歷史、創作者和文本接受者的默契與互動。更何況，我們選取中國古代小說作為女性佛教信仰研

〔註30〕　（明）謝肇淛撰，傅成校點：《五雜俎》卷之八「人部四」，上海古籍出版社輯：《歷代筆記小說大觀（明代卷）》，上海：上海古籍出版社，2005 年，第 1653 頁。

〔註31〕　《五雜俎》卷之八「人部四」，第 1636 頁。

〔註32〕　《五雜俎》卷之十五「事部三」，第 1829 頁。

〔註33〕　陳大康：《明代小說史》，北京：人民文學出版社，2007 年，第 91 頁。

〔註34〕　《明代小說史》，第 99 頁。

究的文獻依託，並非一定要機械性地追求女性佛教信仰的藝術性表現與客觀歷史實在的一一對應，而是要盡可能追究藝術典型化背後的一般客觀歷史實在。退一步說，那些如筆者前文所列的女性佛教信仰所謂「正史」，由於立場和目的所限，其中的虛揚成份又豈不是某種「藝術性」？因此，在沒有更好、更多文獻可徵的情況下，中國古代小說尤其是中國女性佛教信仰身心歷程研究的無可替代。

　　不過，即便如此，明代小說中的女性佛教信仰相關內容，仍只是相對豐富和獨特而已。為了更多地擴展資料來源，蒙張勇子開師的啟發，明代佛教靈驗記類文獻，亦被我納入了明代小說的範圍。〔註35〕佛教靈驗記等，是佛教入住中國以後，主要由其信徒們創作的。毋庸置疑，作者創作傾向和作品思想內容上的宣教性，係其本來面目，但這一點對它的小說性判定並沒有決定性意義。重要的是，在形式上，它有著小說式的藝術表現、人物、情節，以及虛幻的想像和傳奇的色彩等等，因此，它當然地屬於古代小說的範圍，是「佛教與小說的結合體，是一種宗教文學作品。」〔註36〕至於其他明代小說的選取，筆者以劉世德、程毅中等先生主編的《中國古代小說百科全書》為主要參照，〔註37〕並兼參其他之論如《中國通俗小說總目提要》《中國文言小說總目提要》等等。〔註38〕

〔註35〕楊寶玉更是認為，「在佛教靈驗記的記錄者、編寫者，及熱心的傳播者們看來，那些靈驗故事都是真實地發生過的，並非虛妄的傳說，而靈驗記就是可信的佛教史傳，他們以『記』為之命名便是為了強調它的實錄性。」因此，「我們實在不應以身處科學昌明時代的今人的立場忽視它們在佛教思想史和佛教傳播史等方面曾經發揮過的重要作用。」（參見楊寶玉：《敦煌本佛教靈驗記校注並研究》，寧夏：甘肅人民出版社，2009 年，第 6 頁）然而，事實情況則是，除極少數學者從文學的角度有所關注外，佛教靈驗記，一直以來都沒有被納入研究視野，更不用說被用於女性佛教信仰研究了（詳參劉亞丁：《佛教靈驗記研究──以晉唐為中心》第二章「靈驗記與文學」，成都：巴蜀書社，2006 年，第 286 頁）。
〔註36〕張先堂：《佛教義理與小說藝術聯姻的產兒──論敦煌寫本佛教靈驗記》，《甘肅社會科學》，1990 年 5 期，第 88～93 頁。
〔註37〕劉世德等主編：《中國古代小說百科全書》，北京：中國大百科全書出版社，2006 年。（本書編撰於本領域眾多權威學者之手，無論內容還是形式均是大家風格。更重要的是，雖然可能難免疏漏，但其中的範圍基本上是交集於其他學者意見而最少爭議的。）
〔註38〕江蘇省社會科學院明清小說研究中心文學研究所編：《中國通俗小說總目提要》，北京：中國文聯出版公司，1990 年。寧稼雨撰：《中國文言小說總目提

　　總而言之，基於前述的中國古代小說及其女性佛教信仰資料的種種實際，本書所涉及的明代小說範疇，更多的是基於文學意義上的考慮。但鑒於女性佛教信仰資料的匱乏，故筆者在以明代小說為文獻考察中心時，又在必要的時候，大量旁徵相關史料加以佐證或延展。或許，同樣因為小說相關史料的某些侷限，女性佛教信仰研究仍然不會有一個全面而系統的局面，但本研究畢竟是一很有價值的嘗試，而其不足，亦是今後進一步研究的經驗與動力所在。

　　然而，需要引起注意的是，在明代小說視域下，有關女性佛教信仰的內容頗為豐富，但不過是相較而已。也就是說，倘若要想獲得一個較為全面和系統性的女性佛教信仰研究結論，即便在現有的明代小說中相對豐富的相關資料基礎上，亦是難能實現的。明代小說中的佛教女性信仰相關文獻，同樣難免全面性、系統性不足的缺陷。並且，其中的文、史糾纏問題，亦是一個需要直面的難點。明代小說與相應的女性佛教信仰之間的互動，並非對等的小說素材與佛教史之間的互證。更多的是，由於客觀史料的缺陷，我們另闢蹊徑，偏向「以文證史」為是。而且，此處的「史」，亦非一般意義上的客觀歷史實在，而是當時的女性佛教信仰，多方折射於小說載體之下的文學鏡象。由於種種原因，甚至該鏡象亦難免碎片化遺憾，以至於有必要引進一個較有統攝力的所謂「涉佛」一詞。「涉佛」概念，自然僅僅是一個頗為寬泛的界定，實為對所基於的研究資料的系統性和全面性缺乏而做出的某種權宜標記罷了。在該標記之下，明代小說視域下的女性與佛教之間曾經直接或間接交涉過的吉光片羽，才能夠於行雲流水般的歷史流逝中得以某種程度地貫串呈現出其本來面目和存在邏輯，才能夠以個案的形式，統攝於「涉佛」這個大概念之下。當然，本著作的這種架構，亦實在難逃筆者學力有限的藉口在。其實，本著作每一篇的個案課題，均可闡衍出一個全面、系統的體系，只是有限的因緣下，只能力盡於此罷。因此，筆者並不指望，亦難能從中構建出一個系統的女性佛教信仰史體系來，這一點已被本人反覆試錯並痛苦證偽過。憑藉力所能及的明代小說資料，儘量或有所得地把明代小說中的女性

要》，濟南：齊魯書社，1996 年。（愚以為，寧稼雨先生的文言小說定義似乎過廣，幾乎連所有的純粹的史料筆記都被歸入其中，已經遠不是文學意義上的小說了。況且，這一類小說中的女性佛教信仰資料，常常是百不一見。再加上筆者學力、精力、時間、文獻環境等多方侷限，故此，本書中的文言小說文獻的涉及，遠不及《中國文言小說總目提要》的範圍。）

佛教信仰個案中的亮點展現出來，於是便有了本書呈現於此的現在面目。

　　統攝於明代小說「涉佛」素材之下，筆者做了六則個案考察，分別如下：

　　白娘子意象的「色戒」觀照；「自殘療親」的孝義女意象；淪為「試金石」的紅蓮們；在邊緣化中越位的出家女性；佛光劍影中的女性劍俠意象；觀音意象的色慾化審美。

　　這六則個案的考察，均關涉了三類研究進路：一則，取徑於「涉佛」，以追究該六類女性意象及其相關小說母題的生成淵源；二則，取徑於世俗因緣，在世俗與方外之間的糾纏中，釐清二者間的性別意識區隔與交融之下的嬗變；三則，取徑於文學中的現實鏡象，盡可能再現當時的「涉佛」女性之社會存在狀態，以彌補她們在佛教史書寫中的意象缺憾，並在一定意義上為其發聲。當然，上述三類研究進路，並非「涉佛」女性意象研究中的偶遇，實乃是得益於對某種根本性理念的長期思考和認同：一者，一直以來的佛教（女性）信仰重心下移至社會中下階層，並天然共振於明代小說發展與明代女性性別壓抑之巔峰。此乃明代「涉佛」女性研究之大勢，或可以說，所有一切相關論題均概莫能游離於該統攝範圍之外。並且，更為關鍵的是，於此大勢之下，學界共識之佛教女性研究的文獻缺憾，獲取了一定程度的有效彌補。二者，該三類研究進路，實際上，亦是筆者數年來的佛教女性研究理念在兩個取向上的具體實踐，即以史證史——依託佛教女性傳記文獻梳理佛教女性史；以文證史——藉由小說尤其是通俗小說文獻再現佛教女性曾經的歷史鏡象。並且，筆者更傾向認同，從某種角度看，基於信仰之上的佛教傳記文獻本身的特殊性，使得其與通常意義上的小說文本之間，在本質上具有太多的共通處。故此，無論以史證史，抑或以文證史，以之實踐於相關宗教研究領域，可謂更具獨特優勢。為了檢驗上述思考與認同的效果，筆者曾嘗試抽取了部分個案研究成果在一些較有影響的學術期刊和國際會議上公開發表，並獲得了來自《中國比較文學》、（臺）《輔仁國文學報》、（臺）《宗教哲學》、「東亞文獻與文學中的佛教世界」國際學術會議等等有關專家的認可、肯定甚至偶有溢美之語。承此鼓舞，於今便有此洋洋二十餘萬浮言得以就教於學界同仁，並祈請方家批評指正為盼！

第一篇 白娘子意象的「色戒」觀照

　　早在上個世紀之初，就有學者提出中國的「白蛇傳」型故事，是源於佛教。如在《西洋的蛇性之淫》一文中，通過比較研究英國著名詩人濟慈（John Keats）的長詩《呂美亞》（Lamia）與日本的小說《蛇性之淫》兩文之間的相似處，日本著名學者廚川白村先生得出了上述結論。〔註1〕持此相近觀點的還有謝興堯先生的《白蛇傳與佛教》、〔註2〕錢靜芳先生的《白蛇傳彈詞考》、〔註3〕趙景深先生的《白蛇傳》〔註4〕等等。不過，直到目前為止，不論是前輩還是後學，中國的學者還是外國的學者，似乎都還沒有在佛教典籍中找到故事的來源，最後只得給出一個「大約」「失傳或虛擬」的結論。如趙景深先生說：「我遍查《佛本生故事》，只敘到男蛇或蛇王 Nāgas 或 Muchalinda，不曾提起女蛇。大約《白蛇傳》故事是從印度來的。」〔註5〕又丁乃通先生也說：「筆者也曾查尋過許多佛教文學研究者沒有找到的所謂佛教來源，在佛教文學方面，筆者

〔註1〕（日）廚川白村著，綠蕉、大傑譯：《走上十字街頭》「西洋的蛇性之淫」，上海：啟智書局，民國二五年（1936年），第47～56頁。

〔註2〕《晨報》「學園」，1935年3月21日。

〔註3〕錢靜芳先生認為：「予嘗思之，此書決為釋教中人所作。蓋大叢林之僧徒，多有粗通文字者。或者湖上寺僧，見西湖舊有白蛇之說，因即附會其事，編成此書，以見佛法無邊，愚人耳目。不然，書中敘白娘子，何但能勝茅山之道，而不能敵金山之僧耶！此中蓋自有故焉。」蔣瑞藻編著：《小說考證》卷下，上海：商務印書館民國十三年（1924年），第90～93頁。

〔註4〕但趙景深先生並不完全贊同「專闡佛教」的觀點，而更傾向於三教共同影響的「中庸」觀點。參見趙景深：《彈詞考證》第一章「白蛇傳」，上海：商務印書館，民國二八年（1939年）影印，第3～4頁。

〔註5〕《彈詞考證》，第4頁。

查了全部《大藏經》未得成果。此外，還查閱了不少近東文學，並請教了好幾位這方面的專家，都沒有什麼收穫。筆者深信這個神奇故事的根源，最可能出自民間口頭傳統。」〔註6〕這樣一來，似乎佛教源頭之說，並不能讓人很有信服之感。正如劉守華先生所言的「對中國『白蛇傳』的印度（尤其是佛教）來源說，還有待更充分的材料加以證實。」〔註7〕

不過，雖然趙景深先生和丁乃通先生以中西比較研究的方法探尋「白蛇傳」故事原型，確給人以新意，但筆者以為，以他們為代表的這種研究，似乎忽視了兩個很關鍵的地方。一則，在學者們中，較為一致的意見是，馮夢龍的《白娘子永鎮雷峰塔》，應該是「白蛇傳」故事較早定型的代表作品。而這是否就能意味著，馮文就是最早且最接近從佛教（或印度）傳來的故事原型呢？〔註8〕二則，是否有可能，馮文的故事是多個佛教（或印度）因素影響下的某種組合，而非如丁乃通先生所言的該類型故事應該具有「十個重要情節」呢？〔註9〕顯然，在丁乃通先生的論文裏，並沒有這兩個疑問的答案。

姑且不論丁乃通先生的這種自然科學意味很濃的研究法，是否也很適合對社會科學中小說原型的追究，以及其結論又是否合理，筆者倒是在某種角度上傾向於劉錫城先生的觀點：「一個傳說的形成，一般都是緣於某種事物、人物、風物、事件傳聞，經眾口傳遞，在傳遞中添枝加葉，滾雪球式的越滾越大，走到什麼地方往往會黏連上當地的某要素或色彩，打上當地的標籤，因此要想考證其原產地，從而據為己，怕是十分困難、甚至是徒勞的。」〔註10〕這雖然是一種很省事、很中庸的觀點，但其確指出了上述丁乃通先生沒有給出答案的第二個疑問實質所在。也就是說，「白蛇傳」小說形成源頭並不是簡單的原型尋找

〔註6〕丁乃通：《高僧與蛇女——東西方「白蛇傳」型故事比較研究》，陳建憲等譯：《中西敘事文學比較研究》，武漢：華中師大學出版社，2005年，第2頁。在丁乃通先生該文的第44頁，「原始食人魔故事」是其「失傳或虛擬說法」。

〔註7〕劉守華：《中國民間故事史》，武漢：湖北教育出版社，1999年，第377頁。

〔註8〕如中國學界多數學者都認為，明代洪楩編的《清平山堂話本》之「西湖三塔記」篇，可能是「白蛇傳」故事的較早版本。又有不少學者提出，《太平廣記》引《博異志》之「李黃」篇，為「白蛇傳」故事的更早版本。這樣一來，「白蛇傳」故事的最早可能版本，便由宋代朔流而上至唐代。

〔註9〕在其文中，丁乃通先生綜合費洛斯特拉圖斯和馮夢龍兩文條縷了十個重要故事情節，並以此為「拉彌亞」和「白蛇傳」故事原型的重要特徵。

〔註10〕劉錫誠：《〈白蛇傳〉傳說：美女蛇故事的流傳、變化與異文》，《文景》，2007年第2期。轉引自《中國民族文學網》，http://iel.cass.cn/news_show.asp 跡 newsid=9679。

問題，而是複雜的文化及其傳衍問題。在白娘子意象的研究中，這個問題是如此之重要，以致筆者無法對其迴避。否則，筆者將無法說明清楚，白娘子意象是因何而產生，又為何而產生。因此，在本文中，筆者將以明代小說《白娘子永鎮雷峰塔》為主要依託，〔註11〕以佛教「色戒」思想為重點觀照，以溯源「白蛇傳」小說佛教因緣為預期意向，冀圖另闢一解讀白娘子意象之蹊徑。

第一節　白娘子之「蛇」與「白」的意象悖謬

　　有很多學者認為，白娘子的「蛇女」意象，與中國歷史上眾多的龍、蛇圖騰崇拜有直接的傳承關係。如陳勤建先生所言，「白蛇形象特徵的歷史聯繫不僅是文學傳統的關聯，作為民俗中的傳說，它與民俗傳統的歷史連扣也是不容忽視的。」陳先生進一步具體指出，「在遠古中華民族的民俗信仰中，蛇龍圖騰、人蛇合體形象曾長期是人們頂禮膜拜的偶像，」這些就是白蛇形象特徵的又一「歷史連扣」。〔註12〕並且，當時有相當一批學者，包括後來很多學者都支持這種觀點。但筆者不得不指出的是，陳先生他們的這種觀點，並不能很好地解釋以下兩個方面的悖謬──一是，白娘子及其早期「蛇（女）」意象之「淫惡」，同中國歷史傳統中的龍、蛇（人或神、英雄）圖騰之「祥善」二者之間的悖謬；一是，白娘子及其早期「蛇（女）」之「白」意象的「淫惡」，同中國歷史傳統中，白色動物精靈崇拜中的「白」意象之「祥瑞」二者之間的悖謬。

一、「蛇（人或神、英雄）」圖騰意象之「祥善」，同白娘子「蛇（女）」意象之「淫惡」間的悖謬

　　所謂圖騰崇拜，就是「相信人們的某一血緣聯合體和動物的某一種類之間存在著血緣關係。」〔註13〕在中華民族的圖騰信仰中，龍（其主體實質上就是蛇）、〔註14〕蛇等動物常常被當作本民族的圖騰來崇拜。因此，在中國古代，被作為民族崇拜對象的神和英雄人物形象，往往有很多都是關聯著蛇的

〔註11〕中國學者基本一致認同，該小說即是繼其前之「白蛇傳」小說之大成者與定型者，又是續其後之各種「白蛇傳」小說甚至戲曲等的主要藍本。

〔註12〕陳勤建：《白蛇形象中心結構的民俗淵源及其潛在動力》，《白蛇傳論文集》（C），上海：上海古籍出版社，1986 年，第 64 頁。

〔註13〕（俄）普列漢諾夫：《普列漢諾夫哲學著作選集》第 3 卷，上海：三聯書店，1963 年，第 383 頁。

〔註14〕參見聞一多：《神話與詩》，北京：古籍出版社，1956 年。

形狀。如《山海經》中就有大量的這樣人蛇合而為一的神和英雄人物：「鍾山之神，名曰燭陰……身長千里。在無啟之東。其為物，人面，蛇身，赤色，居鍾山下。」〔註15〕又同書卷十七曰：「西北海之外，赤水之北，有章尾山。有神，人面蛇身而赤……是燭九陰，是燭龍。」〔註16〕又同書卷十八曰：「有人曰苗民。有神焉，人首蛇身，長如轅，左右有首，衣紫衣，冠旃冠，名曰延維，人主得而饗食之，伯天下。」〔註17〕另外，還有窫窳、貳負、延維、相柳等等，這些都是人面或人首而蛇身的大神和英雄人物，他們有著非凡的神力，能夠重大地影響著大自然和人類生活的眾多方面。

不過，人（或神、英雄）蛇合而為一的最為著名形象，當數中華民族的始祖三皇五帝中的伏羲和女媧二位了。在歷代史料中，相關記載頗多。如王逸《楚辭》引當時民間傳言云：「女媧人頭蛇身，一日七十化。」〔註18〕王延壽作《魯靈光殿賦》云：「上紀開闢，遂古之初，五龍比翼，人皇九頭，伏羲鱗身，女娟蛇軀。」〔註19〕其他如《淮南子》、曹植《女媧畫贊》、皇甫謐《帝王世紀》、偽書《列子》、司馬貞《補三皇本紀》等書都有相類記載。

另外，還有各種出土文獻，亦有伏羲、女媧人（或神、英雄）蛇合而為一甚至交合的記載。如漢墓磚石上畫的人（或神、英雄）首蛇身、二尾相交畫像，不少學者就認為是伏羲和女媧。又如七十年代在新疆阿斯塔那225號墓出土的唐代深藍色絹本伏羲、女媧圖，〔註20〕也是人（或神、英雄）首蛇身的伏羲、女媧「條紋蛇軀纏繞五回」圖像。日本龍谷大學大宮圖書館收藏的唐代伏羲、女媧圖，〔註21〕亦是人（或神、英雄）首蛇身的伏羲、女媧「條紋蛇軀纏繞五回」圖像。〔註22〕

〔註15〕方韜譯注：《山海經》卷八「海外北經」，北京：中華書局，2009年，第192頁。
〔註16〕《山海經》卷十七「大荒北經」，第269頁。
〔註17〕《山海經》卷十八「海內經」，第276頁。
〔註18〕（漢）王逸章句、（宋）洪興祖補注：《楚辭》卷三「天問」，上海：世界書局，民國二五年（1936年），第60頁。
〔註19〕（梁）蕭統：《文選》卷十一「賦己」，嘉慶重刻宋淳熙本。
〔註20〕田野發掘編號72TAM225：15。又參見「伏羲女媧絹畫（M150：11）」，《新疆文物》（季刊），2000年第三、四期（總59／60期），第8頁。
〔註21〕（日）龍谷大學圖書館編輯：《大谷探險隊帶來品西域文化資料選》（龍谷大學創立350週年紀念內刊），京都：龍谷大學圖書館出版，1989年，第15頁。
〔註22〕鄭渤秋認為，編號72TAM225：15圖與日藏圖實為同一幅。參見鄭渤秋：《吐魯番阿斯塔那225號墓出土伏羲女媧圖與日本龍谷大學藏伏羲女媧圖的綴合》，《西域研究》，2003年第3期，第95～97頁。

　　由上可知，在中國古代，人蛇（龍）或者神、英雄人物與蛇（龍）合而為一的意象，一直以來都是處於正面評價之中；從神與英雄人物的神性來說，人（或神、英雄）蛇合體意象，實質上又是一種「祥善」的象徵。這是因為，在蛇（龍）圖騰崇拜過程中，蛇與人或者蛇與神、英雄人物二者，在崇拜者的主觀意識裏是合為一體的。崇拜者通過對蛇意象的內在化觀照，而期冀獲得一種外在的身份確認和自我認同。這種外在的身份確認和自我認同，當然是對超現實能力的趨附和期盼，無疑又是對自我高度肯定的表達。在這個過程中，神、英雄人物的神性暗示，在崇拜者的意識裏，自然就是一種「祥善」之兆。從這個意義上說，作為圖騰崇拜的蛇（龍），在世人眼裏亦成為了「祥善」的象徵。否則，否定了蛇（龍）的「祥善」，其實就是否定了崇拜者自身。

　　不過，當我們一旦把中國古代一直以來的圖騰崇拜之「人（或神、英雄）蛇」意象，比對於白娘子之「蛇（女）」意象時，就會發現，二者之間的意象悖謬出現了。那就是，前者「人（或神、英雄）蛇」意象之「祥善」，戛然斷裂並止步於後者「蛇（女）」意象之「淫惡」面前。

　　在論述這個問題的時候，先有必要描述一下《白娘子永鎮雷峰塔》及其之前的「白蛇傳」早期小說及其「蛇（女）」之意象。在唐谷神子《博異志》「李黃」篇中，〔註23〕講述了這樣一個故事，唐隴西人李黃，在長安東市邂逅一「綽約有絕代之色」的美姝，為色所迷之下，李黃求得其歡，交合三日歸家之後，「遂覺甚重頭旋，命被而寢」。就在說話之間，「李已漸覺恍惚，祇對失次，謂妻曰：『吾不起矣。』口雖語，但覺被底身漸消盡，揭被而視，空注水而已，唯有頭存。」後來其家人才發現，與李黃交合的美姝乃一「巨白蛇」。〔註24〕在這個故事中，白衣美姝之「蛇（女）」意象是「淫惡」可怕的，人一旦同其交合，就會付出生命的代價。明人洪楩所編《清平山堂話本》之「西湖三塔記」篇，是學者們較為公認的「白蛇傳」小說較早版本或較早源頭。這篇小說雖然文字粗疏，但其主要情節已粗似於馮夢龍的《白娘子永鎮雷峰塔》。其講述的主要內容是，宋孝宗淳熙年間，臨安府湧金門奚宣贊，在清明節觀玩湖景時，救了一迷路女孩白卯奴。後白卯奴婆婆找到奚宣贊家領回女孩時，並邀奚宣贊至家擺酒示謝。奚宣贊酒後被「如花似玉」的白卯奴母親白衣婦人迷住，但很快就發

〔註23〕「李黃」篇被很多學者視為「白蛇傳」小說的最早版本或最早源頭，筆者亦是持這種觀點。
〔註24〕（唐）谷神子：《博異志》「李黃」，北京：中華書局，1980年，第46～48頁。

現，此婦人原來是一吃人心肝的妖怪，覓得新人與其交歡多日之後，便會當著新人面殺了舊人取出心肝按酒。奚宣贊被迫拘於其家半月有餘，在白卯奴的營救下，僥倖兩次逃得性命離開魔窟。最後，幸得在龍虎山學道的叔叔奚真人降妖，奚宣贊才徹底擺脫其糾纏。而妖怪也顯出了原形，白卯奴是一隻烏雞，卯奴婆婆是個獺，而白衣娘子是條白蛇。奚真人以鐵罐盛妖，用符壓住，安在湖心，並化緣造成三石塔，「鎮住三怪於湖內。」而奚宣贊也與母親一道，隨了奚真人「在俗出家，百年而終」。〔註25〕在這個故事裏，白衣美婦之「蛇（女）」意象更是「淫惡」無比，不但喜新厭舊玩弄男性，而且有了新人之後，還當著新人之面取舊人心肝按酒，其「淫惡」之甚，令人毛骨悚然。直至馮夢龍筆下的《白娘子永鎮雷峰塔》中白娘子之「蛇（女）」意象，仍然難脫「淫惡」標籤，只是其「淫惡」表現相對隱含而已。如白娘子之所以不憚人妖共處而招致的多方危險，是因為其初遇許宣便「春心蕩漾，按納不住」，在當時的時代語境下，尤其是對女性來說，這是典型的冒淫慾禁忌之大不諱。更何況，白娘子和小青本意就是為求兩性「歡娛」之淫慾而與許宣糾纏不休，這一點在白娘子面對法海為小青求情時已經表現得似隱含而實明瞭。又如，當許宣識破其妖怪身份向其求饒時，「白娘子圓睜怪眼道：『我如今實對你說，若聽我言語喜喜歡歡，萬事皆休；若生外心，教你滿城皆為血水，人人手攀洪浪，腳踏渾波，皆死於非命。』」而當許宣請呼蛇戴先生來降服她時，白娘子威脅許宣道：「你好大膽，又叫甚麼捉蛇的來！你若和我好意，佛眼相看；若不好時，帶累一城百姓受苦，都死於非命！」〔註26〕

　　由上可知，在馮夢龍文及其之前的「白蛇傳」小說中，「蛇（女）」之意象始終都是以「淫惡」的面目存在的。也就是說，「白蛇傳」小說中的「蛇（女）」意象，並非是傳承於傳統意義上的圖騰「人（或神、英雄）蛇」意象，二者之間有著巨大的審美反差。而這種審美反差之巨大，只能說明了一個問題，那就是「白蛇傳」小說中「蛇（女）」意象的「淫惡」，是來自於另一種文化的審美觀照，基於某種文化淵源，在這種審美觀照之下，「蛇（女）」之意象被賦予了「淫惡」的另類內涵。那麼問題在於，這種另類的「淫惡」意象，究竟源於

〔註25〕（明）洪楩：《清平山堂話本》「西湖三塔記」，上海：上海古籍出版社，1984年，第35～54頁。

〔註26〕（明）馮夢龍：《警世通言》卷二八「白娘子永鎮雷峰塔」，合肥：安徽文藝出版社，2003年，第711～730頁。

何種文化淵源呢？為何其有如此大的能量，能夠橫空出世切斷既有的圖騰「人（或神、英雄）蛇」意象之審美傳統，並取而代之以新的另類「蛇（女）」意象之審美呢？在令人信服地回答這兩個問題之前，筆者還需要對另一組意象悖謬進行分析，那就是，傳統的「白」意象之「祥瑞」，同白娘子的「白」意象之「淫惡」間的悖謬。

二、傳統的「白」意象之「祥瑞」，同白娘子的「白」意象之「淫惡」間的悖謬

在中國古代，白色常常是人們崇尚的意象，如「白」意象多有品行高潔的象徵，《楚辭》曰：「青黃雜糅，文章爛兮，精色內白，類可任兮。」王逸注云：「內懷潔白，以言賢者。」〔註27〕《史記》曰：「寧赴常流而葬乎江魚腹中耳，又安能以晧晧之白，而蒙世之溫蠖乎！」〔註28〕《荀子》曰：「身死而名彌白」，〔註29〕《逸周書》曰：「內外貞復曰白」，「潘振云：外指身，內指心，貞復者，正而復終始一也。白，潔也。」〔註30〕而在更多情境中，「白」意象則是「祥瑞」的象徵。如《易》「賁」卦曰：「上九，白賁，无咎。象曰：白賁无咎，上得志也。」王弼注曰：「以白為飾，而無患憂，得志者也。」〔註31〕《莊子》曰：「瞻彼闋者，虛室生白，吉祥止止。」〔註32〕又如古代五方天帝中的白帝神，其在祭祀中的標誌性顏色就是白色。殷商代夏之後，改服色以白為尚，如《史記》曰：「湯乃改正朔，易服色，上白，朝會以晝。」〔註33〕秦代祭祀時也以白色衣為吉服，如《史記》曰：「秦以冬十月為歲首，故常以十月上宿郊見，通權火，拜於咸陽之旁，而衣上白。」〔註34〕等等。

〔註27〕《楚辭》「九章第四」，第 90 頁。

〔註28〕（漢）司馬遷：《史記》卷八十四「屈原賈生列傳」，鄭州：中州古籍出版社，1994 年，第 746 頁。

〔註29〕北京大學《荀子》注釋組：《荀子新注》「榮辱」，北京：中華書局，1979 年，第 42 頁。

〔註30〕黃懷信等撰，李學勤審定：《逸周書彙校集注》卷六「諡法解第五十四」，上海：上海古籍出版社，1995 年，第 739 頁。

〔註31〕黃壽祺、張善文：《周易譯注》「賁」卦，上海：上海古籍出版社，2001 年，第 194 頁。

〔註32〕（清）郭慶藩撰，王孝魚點校：《莊子集釋》「內篇·人間世」，北京：中華書局，1961 年，第 150 頁。

〔註33〕《史記》卷三「殷本紀」，第 12 頁。

〔註34〕《史記》卷二八「八書第六」，第 417 頁。

　　不過，白色的「祥瑞」象徵，尤其體現在中國古代對白色動物精靈的崇尚中。如《尚書中候》曰：「湯牽白狼，握禹錄。」皮錫瑞疏證引郭璞贊曰：「矯矯白狼，應符虎質，乃銜靈鉤，唯德是出。」又引鄭玄注曰：「白狼金精者，金色白，湯尚白，故得金瑞也。」也就是說，白狼能現於世，是感應於商湯賢明之德。〔註35〕《漢書》曰「已祠，胙餘皆燎之，其牛色白，白鹿居其中，罷在鹿中，鹿中水而酒之。」〔註36〕《史記》曰：「天子苑有白鹿，以其皮為幣，以發瑞應，造白金焉。」〔註37〕白牛、白鹿是「祥瑞」之物，故帝王才會以之為祭祀甚至白金幣之用。《漢書》「武帝紀」曰：「元狩元年冬十月，行幸雍，祠五時。獲白麟，作《白麟之歌》。」〔註38〕漢武帝武功天下，白麟的獲得是太平盛世到來之徵兆。又《北史》曰：「比者以來，禎瑞仍臻……白燕集於盛樂舊都，玄鳥隨之，蓋有千數……白兔並見於勃海，白雉三隻又集於平陽太祖之廟。天降嘉貺，將何德以酬之？」〔註39〕在這裡，白燕、白兔、白雉等，都是天降「祥瑞」。又，同書「令狐熙傳」曰：「（熙）拜滄州刺史，在職數年，風教大洽，稱為良二千石……在州獲白烏、白獐、嘉麥，甘露降於庭前柳樹。」〔註40〕令狐熙乃一介刺史，為官一方，為民造福之餘，竟能感動天地，現白烏、白獐、嘉麥和甘露之「祥瑞」。另外，具有「白」意象之「祥瑞」的動物精靈還有，白鳳、白龜、白虎、白狐、白馬、白象等等，不一而足。

　　至於白蛇（龍）則更是「祥瑞」的象徵。傳說漢高祖劉邦為赤帝子，秦統治者為白帝子。赤帝子斬殺白帝子，表明漢當滅秦。如《史記》曰：「漢興，高祖之微時，嘗殺大蛇。有物曰：『蛇，白帝子也，而殺者赤帝子。』」〔註41〕在這裡，白蛇是帝王的象徵，而斬殺白蛇則成了「天授」其為新帝王的「祥瑞」之兆。故班彪在其《王命論》一文中有言曰：「初劉媼任高祖而夢與神遇，

〔註35〕（清）皮錫瑞：《尚書中候疏證》「雒予命」，影印復旦大學圖書館藏清光緒二十五年（1899年）刻師伏堂叢書本。

〔註36〕（漢）班固：《漢書》卷二五上「郊祀志第五上」，北京：中華書局，1962年，第1230頁。

〔註37〕《史記》卷二八「八書第六」，第420頁。

〔註38〕《漢書》卷六「武帝紀第六」，第174頁。

〔註39〕（唐）李延壽：《北史》卷二「魏本紀第二」，北京：中華書局，1974年，第50頁。

〔註40〕《北史》卷六七「列傳第五十五」，第2352頁。

〔註41〕《史記》卷二八「八書第六」，第417頁。

震電晦冥，有龍蛇之怪……始受命則白蛇分，西入關則五星聚。故淮陰、留侯謂之天授，非人力也。」〔註42〕又如唐溫庭筠《蔣侯神歌》曰：「商風刮水報西帝，廟前古樹蟠白蛇。」〔註43〕在此處，白蛇象徵著蔣侯神廟的靈異。宋周密《齊東野語》曰：「三年，麟見永泰，白龍見印江。」〔註44〕在此處，白龍跟麒麟並列為「祥瑞」之兆等等。

由上可知，在中國古代傳統意識中，在一定的情境之中，「白」意象在附會於其附著物上時，常常會被標籤以特殊的內涵，這些內涵更多的都是「祥瑞」之徵的表達。而在白娘子之「白」意象中，無論是早期小說中的「蛇（女）」之「白」意象，還是馮夢龍筆下的「蛇（女）」之「白」意象，無一例外地都標籤上了「淫惡」的符號。在《李黃》篇及其異文中，「白」意象把「綽約有絕代之色」的「白衣之姝」統一於「淫惡」的「巨白蛇」；〔註45〕在《西湖三塔記》篇中，「白」意象又將「如花似玉」的「白衣娘子」統一於一條「淫惡」的白蛇；在《白娘子永鎮雷峰塔》篇中，「白」意象同樣將「如花似玉穿著白的美娘子」統一於「三尺長一條白蛇」。把種種「白」意象關聯於「淫惡」的「蛇（女）」意象，其用意非常明顯，那就是頗為有效地強化了「蛇（女）」意象的「淫惡」性。與此同時，這樣強化的另一後果，則是進一步導致了「蛇（女）」之「白」意象，與傳統意義上之「白」意象二者間的巨大疏離和鮮明反差。這種疏離與反差，異曲同工於前述第一種悖謬的同時，也宣告了該異乎尋常之「白」意象背後的另類文化內涵。關於這一點，筆者將在下一節進一步深入論述。

第二節　白娘子意象悖謬的「色戒」淵源

在上一節中，筆者已經闡明了白娘子意象中的兩大悖謬之處，不言而喻，

〔註42〕《漢書》卷一百上「敘傳第七十上」，第4211～4212頁。

〔註43〕劉學鍇：《溫庭筠全集校注》「蔣侯神歌」，北京：中華書局，2007年，第89頁。

〔註44〕（宋）周密撰，張茂鵬點校：《齊東野語》卷六「祥瑞」，北京：中華書局，1983年，第109頁。

〔註45〕在《李黃》篇的異文中，更是刻意強調了「白」意象，如蛇妖所乘的車子是白色的「銀裝」；拉車的是「白牛」；女奴乘的是「白馬」，且「衣服皆素」；「姿豔若神仙」的蛇妖自己自然也是「素衣」，甚至蛇妖所處的樹中小蛇數條也是「盡白」等等。

小說創作者刻意建構這兩大悖謬之目的，當在於凸顯作為女性符號的白娘子意象與「淫惡」標籤之間的天然聯繫。而原其本意，不過是男性話語霸權下的佛教「色戒」警世而已。正如《李黃》篇的作者谷神子在其「博異志序」中所言：「非徒但資笑語，抑亦粗顯箴規。冀逆耳之辭，稍獲周身之誡」。〔註46〕亦如《白娘子永鎮雷峰塔》中法海禪師所勸：「奉勸世人休愛色，愛色之人被色迷。心正自然邪不擾，身端怎有惡來欺？但看許宣因愛色，帶累官司惹是非。不是老僧來救護，白蛇吞了不留些。」〔註47〕只是在中國傳統的儒家父權語境裏，佛教的「色戒」觀照不可避免地會融入儒家女性倫理意識。關於這一點，在白娘子之「白」意象「淫惡」的悖謬動因上，多有呈現。

一、白娘子之「蛇」意象的「淫惡」淵源

佛教認為，一切眾生，「皆因淫慾，而正性命」，〔註48〕也就是說，世人之所以輪迴於三界之中而不能夠解脫，都是淫慾障礙使然。因此，鑒於淫慾對修道的巨大危害性，在佛教戒律中，行淫慾被視為極其嚴重的犯戒行為，如《四分律刪繁補闕行事鈔》曰：「淫慾雖不惱眾生，心心繫縛故為大罪，故律中淫慾為初。」〔註49〕而世人淫慾的根源，除歸因於個人自身的不淨之外，更多的卻是歧視性地片面歸咎於女色之禍。所謂「可畏之甚無過女人。敗正毀德莫不由之。」〔註50〕又如《大寶積經》曰：「我觀一切千世界中，眾生大怨，無過妻妾女色諸欲……於女色所纏縛故，於諸善法多生障礙。」〔註51〕在佛教裏，女人甚至被蔑視為天下「淫惡」之首，如《大般涅槃經》曰：

> 若善男子善女人等，無有不求男子身者。何以故？一切女人
> 皆是眾惡之所住處。復次善男子，如蚊蚋水不能令此大地潤洽，
> 其女人者淫欲難滿亦復如是；譬如大地一切作丸令如芥子，如是
> 等男與一女人共為欲事猶不能足；假使男子數如恒沙，與一女人

〔註46〕《博異志》「序」，第1頁。
〔註47〕《警世通言》卷二八「白娘子永鎮雷峰塔」，第730頁。
〔註48〕（唐）宗密述：《大方廣圓覺修多羅了義經略疏注》卷下，《大正藏》三九冊一七九五號，第551頁中。
〔註49〕（唐）道宣譯：《四分律刪繁補闕行事鈔》卷中「隨戒釋相篇第十四」，《大正藏》四〇冊一八〇四號，第50頁上。
〔註50〕《四分律刪繁補闕行事鈔》卷中「隨戒釋相篇第十四」，第50頁上。
〔註51〕（唐）菩提流志譯：《大寶積經》卷第四十四「菩薩藏會第十二之十」「尸羅波羅蜜品第七之三」，《大正藏》一一冊三一〇號，第257頁下。

共為欲事亦復不足。善男子，譬如大海一切天雨百川眾流皆悉歸
注，而彼大海未曾滿足，女人之法亦復如是；假使一切悉為男子，
與一女人共為欲事而亦不足。復次善男子，如阿叔迦樹波吒羅樹
迦尼迦樹春花開敷，群蜂唼取色香細味不知厭足，女人欲男亦復
如是不知厭足。〔註52〕

為了更為形象而直觀地警示女色對「善法」的巨大危害，佛教最常見使用的
方式之一，就是把女色對比於「淫惡」的毒蛇。在兩相比較之下，以突出女色
之「淫惡」遠甚於毒蛇，並藉此達到深刻警戒修行者的目的——若欲修得善
法，必須要遠離女色。如《四分律鈔批》曰：

女人如蛇毒有三種害人：一見害，二觸害，三齧害。女人亦三
種害人善法：一若見女人心生欲想，滅人善法；二若觸女人，犯僧
殘罪，滅人善法；三若共女人交會，犯波羅夷，害人善法。若為蛇
害，但害一身；女人所害，害無數身。又蛇但害人身，女人害人心。
又毒蛇害，猶足僧數；女人害者，不足僧數。又毒害不障生人天，
女害生三途。是故勸汝，寧犯毒蛇，莫犯女人。〔註53〕

又《薩婆多毘尼毘婆沙》亦曰：

蛇有三事害人：有見而害人，有觸而害人，有吞齧害人。女
人亦爾，有三種賊害人善法：若見女人心發欲想，滅人善法；若
觸女身犯僧殘罪，滅人善法；若共交會犯波羅夷，滅人善法。若
為毒蛇所害，害此一身；若為女人所害，害無數身。二者，毒蛇
所害，害報得無記身；女人所害，害善法身。三者，毒蛇所害，
害五識身；女人所害，害六識身。四者，毒蛇所害，故得與眾行
籌說戒，得在十四人數一切羯磨；女人所害，不與僧同此眾事。
五者，毒蛇所害，故得生天上人中值遇賢聖；女人所害，入三惡
道。六者，毒蛇所害，故得沙門四果；女人所害，正使八正道滿
於世間，猶如大海於此無益。七者，毒蛇所害，人則慈念而救護
之；女人所害，眾共棄捨無心喜樂，天龍善神一切遠離，諸賢聖

〔註52〕　（劉宋）慧嚴等：《大般涅槃經》卷第九「菩薩品第十六」，《大正藏》一二冊
　　　　一二五號，第 663 頁中。

〔註53〕　（唐）大覺：《四分律鈔批》卷第七「隨戒釋相篇第十四」，《卍續藏》四二冊
　　　　七三六號，第 817 頁上。

人之所呵責。以如是因緣故,云寧以身份內毒蛇口中,終不以此
觸彼女人。〔註54〕

面對「淫惡」甚於毒蛇的女色,佛教一方面採取迴避策略,如《增壹阿含經》
引佛陀偈誦曰:「莫與女交通,亦莫共言語。有能遠離者,則離於八難。」
〔註55〕另一方面則採取對女色作不淨觀想策略,而不淨觀想的一個常見內
容,就是把「淫惡」的女色觀想成毒蛇。如《永嘉禪宗集注》曰:

> 今明智者之觀,即以女人之口,為毒蛇之口而螫人;即以女人
> 之手,為熊豹之手而傷命;即以女人之身,為猛火熱鐵抱之而燒
> 人;又以女人之身,冷暖細滑之觸,以為銅柱鐵床,焦爛糜潰於其
> 身。何以故?居因,則能敗國亡家,殞身喪命,致尫瘵虛勞等病;
> 至果,則為地獄銅柱鐵床焦灼身體等報。能作如是觀者,則惟苦而
> 無樂也。〔註56〕

又如《佛說四十二章經疏鈔》亦曰:

> 於諸女色……智者觀之,如毒蛇想,寧近毒蛇,不親女色。所
> 以者何?毒蛇殺人,一死一生;女色繫縛,千生萬劫,種種楚毒,
> 痛苦無窮。諦察深思,難可附近。此亦靜心離色之觀法也,宜篤行
> 之。〔註57〕

另外,佛教還以業報觀、地獄觀等為理論依據,把女人同毒蛇之間的意象聯
繫固定下來。在業報的作用下,在地獄之中,女人和毒蛇身體可以交互轉化。
如《根本說一切有部毘奈耶皮革事》曰:

> 復見天宮,有一天子,共諸天女歡喜遊戲,遙見長者子告言:
> 「商主,願爾無病,不有饑渴耶?」長者子曰:「我有饑渴。」天子
> 即令洗浴,設諸飲食,止息安臥。至日暮時,天宮復變,天女為大
> 蛇,繞天子身,周匝食腦。至日出時,還復天宮,作天子形及以天

〔註54〕失譯:《薩婆多毘尼毘婆沙》卷二「結淫戒因緣第一」,《大正藏》二三冊一四
　　　四○號,第513頁上。

〔註55〕(東晉)僧伽提婆譯:《增壹阿含經》卷三六「八難品第四十二之一」,《大正
　　　藏》二冊一二五號,第751頁中。

〔註56〕(明)傳燈編注:《永嘉禪宗集注》卷上「淨修三業第五」,《卍續藏》六三冊
　　　一二四二號,第291頁中。

〔註57〕(清)續法述:《佛說四十二章經疏鈔》卷五,《卍續藏》三七冊六七一號,
　　　第726頁上。

女。〔註58〕

由於在世行淫慾，「天子」白天「共諸天女歡喜遊戲」，而一旦日暮以後，天女則化為毒蛇，「繞天子身，周匝食腦」，每天反覆如此，以示貪行淫慾之惡報。很顯然，在這個例子裏，所謂天女與毒蛇，均是淫慾的化身。這種淫慾、女人、毒蛇三位一體的觀念，在《大智度論》中的一個例子中表現得更為典型。

> 若犯邪淫，侵他婦女，貪愛樂觸，如是等種種因緣，墮鐵刺林地獄中。刺樹高一由旬，上有大毒蛇，化作美女身，喚此罪人，上來共汝作樂。獄卒驅之令上，刺皆向下，貫刺罪人，身被刺害，入骨徹髓。既至樹上，化女還復蛇身，破頭入腹，處處穿穴，皆悉破爛。忽復還活，身體平復。化女復在樹下喚之，獄卒以箭仰射，呼之令下，刺復仰刺。既得到地，化女身復作毒蛇，破罪人身。如是久久。〔註59〕

不僅在地獄中如此，佛教還通過現世的業報輪迴觀，把女人同毒蛇之間的意象聯繫固定下來。在六道輪迴之中，有一畜生道，毒蛇當然亦預其中。在罪業惡報的作用下，女性輪迴轉世為毒蛇成為最常見的惡報之一。在漢傳佛教中，最為典型、影響最為廣泛的女性輪迴轉世為蛇的惡報，應該莫過於南朝梁武帝后妃郗氏輪迴轉世為蟒蛇的故事了。《歷朝釋氏資鑒》卷第四曰：

> 南齊初，帝妃郗氏有三女，帝為雍州刺史，而妃薨。其性酷妬，至是化為巨蛇，入於後宮，通夢於帝，求功德拯拔離苦。帝閱大藏，制慈悲懺法，請僧禮佛懺罪，尋化為天人，於空中謝帝功德，已得生天。帝畢世不覆議立后。〔註60〕

在中國歷史上，梁武帝是最為著名的崇信佛法的皇帝之一，傳說他為超度郗氏而製作的「慈悲懺法」，就是佛教歷史上最為古老、流傳最為廣泛的「梁皇懺」。〔註61〕並且，這個故事甚至被官方史書《南史》作為信史採錄，雖然史

〔註58〕（唐）義淨譯：《根本說一切有部毘奈耶皮革事》卷上，《大正藏》二三冊一四四七號，第 1050 頁中。

〔註59〕（印度）龍樹菩薩造，（後秦）鳩摩羅什譯：《大智度論》卷一六，《大正藏》二五冊一五〇九號，第 160 頁上。

〔註60〕（元）熙仲集：《歷朝釋氏資鑒》卷四「南北朝」，《卍續藏》七六冊一五一七號，第 162 頁下。

〔註61〕（梁）諸大法師集：《慈悲道場懺法》「序」，《大正藏》四五冊一九〇九號，第 922 頁中。

書為尊者諱而化蛇為龍，〔註62〕但其中所蘊含的女、蛇輪迴信仰之重大而廣泛的影響可見一斑！不論是從梁、郗二人的身份及其故事本身的傳奇性，還是從《南史》的官方史書權威性來說，抑或從梁皇懺的歷史久遠、流傳廣泛來看，作為女性符號的郗氏惡報輪迴轉世為蛇的故事，對固化中國女性與蛇之間的意象聯繫，自然有著莫大的影響。《李黃》篇及其異文產生於其後，更是順理成章之事。

綜上可知，白娘子之「蛇」意象的「淫惡」淵源，當來自於佛教相關觀念無疑。佛教視女人為天下「淫惡」之首，「諸女人譬如毒蛇，人雖取殺之，破其身出其腦，是蛇以死，復有人見之，心中驚怖。如此女人雖得沙門，惡露故存，一切男子為之回轉。用是故，令一切人不得道。」〔註63〕女人、「淫惡」、毒蛇三者之間，有著天然的聯繫。這種聯繫經過業報、輪迴轉世和地獄等佛教觀念的固化，最終成就了白娘子之「蛇」意象的「淫惡」特徵。而這種「淫惡」特徵得以固化的基本動因，依然還在於佛教的「色戒」警世目的。

二、白娘子之「白」意象的「淫惡」淵源

筆者在前文已經論述過，在中國古代傳統文化中，「白」意象多是「祥瑞」的象徵。而一旦該意象被轉附於白娘子之「蛇」意象之上時，一方面其自身也成為了「淫惡」的象徵，另一方面則進一步有效強化了其承載體——「蛇」意象既有的「淫惡」強度。也就是說，在這個由「祥瑞」到「淫惡」的轉換過程中，「白」意象的內涵變化，完全是淵源於其承載體的內涵變異。對白娘子之「白」意象來說，它的「淫惡」完全是淵源於白娘子之「蛇」意象的「淫惡」。因此，如果說白娘子之「蛇」意象的「淫惡」，是淵源於佛教的「色戒」需要，那麼同樣可以因此判定，白娘子之「白」意象的「淫惡」，亦是淵源於佛教的「色戒」需要，並且它的加盟，也更能有效地應對了這一需要。

〔註62〕在《南史》中，相關故事的原文是這樣的：「（郗氏）后酷妒忌，及終，化為龍入於後宮井，通夢於帝。或見形，光彩照灼。帝體將不安，龍輒激水騰湧。於露井上為殿，衣服委積，常置銀鹿蘆金瓶灌百味以祀之。故帝卒不置后。」參見（唐）李延壽：《南史》卷一二「列傳第二后妃下」，北京：中華書局，1975年，第339頁。佛教亦常常視龍蛇為一體的，如紫柏尊者《龍蛇歌》曰：「君不見龍與蛇，本無常，龍若有欲即為蛇，蛇能無欲鱗蟲王。」參見（明）憨山德清校閱：《紫柏尊者全集》卷二八「龍蛇歌」，《卍續藏》七三冊一四五二號，第388頁下。

〔註63〕失譯：《大愛道比丘尼經》卷上，《大正藏》二四冊一四七八號，第949頁上。

　　正如筆者在前文所論述的，在佛教文化裏，掌控著話語霸權的男性修道者們，有意無意地玩弄種種話語手段，歧視性地強制女性承載著最多的「淫惡」責任，以及最大的修道障礙罪名。他們這樣做的目的，一則在於凸顯女色毀戒的「淫惡」力量，藉以強烈警戒修道者；二則在於掩飾和推諉修道者在面對人性本能時，所暴露出的那種宗教無能和絕望。顯而易見，這種凸顯與掩飾、推諉的強度越大，修道者的「色戒」效果就會越明顯，同時宗教無能和絕望感也就越弱化。白娘子之「白」意象的「淫惡」淵源，一如其「蛇」意象的「淫惡」淵源，亦是出於佛教「色戒」需要的深層原因便在於此。

　　那麼，佛教的「色戒」需要，又何以能夠從「白」意象而非其他處得到更加有效的滿足的呢？這個問題的答案，在於以下二個方面。

其一，「白」意象的「祥瑞」雖去，但靈異性與神性猶存。

　　白娘子之「白」意象，雖然已經剝離了其傳統的「祥瑞」之徵，但「祥瑞」身後留下的靈異性和神性印象並未完全消失。而一旦這種靈異性與神性被移植於「淫惡」的「蛇」意象之上時，白娘子之「蛇」意象的「淫惡」性，勢必就會得到大大的強化。如《史記》曰：「湯乃改正朔，易服色，上白，朝會以晝。」這裡的「白」意象並不是因為其本身先天就有所謂的「祥瑞」內質，而是因為在朝代更易過程中，其被賦予了君權天命的靈異性和神性。因此，雖然其身上的君權天命的「祥瑞」之徵不再了，但君權天命留下的靈異性和神性印象，則隨著人們對權力的永恆膜拜和嚮往而被傳承下來。而一旦有合適的情境出現，它的靈異性和神性便會被附會出新的意象內涵來。如《尚書中候》中的「白狼」，正是因為「白」意象先前既有的靈異性和神性印象，而一旦其被附會於一般意義上的狼意象之上時，就使得所附之狼意象具有了「賢明之德」的特質。也就是說，「白狼」意象由於其靈異性和神性，故能現於世以感應於商湯的賢明之德。又如《漢書》中的「白牛、白鹿」，從現代生物學的角度看，白牛、白鹿等白色動物，其中有些很有可能是一種罕見的變種，但正是因為這種古人難以理解的罕見，它們才得以步入了皇家「郊祀」神壇，這時，「白」意象便就具有了因罕見而產生的神秘性，以及由神秘性進一步而引申出的靈異性和神性，同時又因步入了皇家「郊祀」神壇而具有了皇權和天命光環的靈異性和神性。因此，即使它們被撤下神壇，失去其表達「祥瑞」之徵的具體情境，但它們身上的靈異性和神性印象，仍然會在一定的歷史時期內存留著。如《史記》中的「白鹿皮」之於「白金幣」，被剝離後

的白鹿皮,雖然已經不再表達其皇權和天命的「祥瑞」之徵,但其靈異性和神性仍在,竟然還可為特殊職能的白金幣之用。如此等等,不一而足。

在通常的情況下,作為色彩的「白」意象,它的內涵指向的表達,常常是要附著於某一具體物之後才得以實現的。而當其附著物的內涵指向並不明顯的時候,整個物的意象之徵就指向了「白」意象的「祥瑞」之徵;但當它同其附著物的內涵指向各有所好的時候,「白」意象的「祥瑞」之徵便會被剝離出去,只留下曾經的靈異性和神性被用來強化其附著主體的意象之徵。具體到白娘子之「白」意象和「蛇」意象的組合來看,由於其附著主體──「蛇」意象,已經被既定為佛教「色戒」觀照下的女性「淫惡」之徵,那麼附著於其上的「白」意象之「祥瑞」之徵也就隨之不復存在。那麼,其仍然留存的靈異性和神性,便自然被用來強化「蛇」意象的女性「淫惡」之徵了。從這個角度說,白娘子之「白」意象的「淫惡」之徵,是影響於其「蛇」意象,而淵源於佛教「色戒」觀照。

其二,素(白)服之下的寡婦身份,亦強化了「白」意象的「淫惡」之徵。

遠自周代起,白色素服就已經開始是居喪之服了。自後雖或有特例,但白色素服的喪服傳統則一直延續至今。〔註64〕唐、宋以後自然亦遵此制,如唐白居易《江岸梨花》詩曰:「最似嬬閨少年婦,白妝素袖碧紗裙。」〔註65〕在《白娘子永鎮雷峰塔》及其早期唐、宋版本《李黃》《西湖三塔記》等篇中,都刻意強調了白娘子的素(白)服意象,以及素(白)服之下的另類身份──寡婦。在中國古代傳統女性倫理語境下,白娘子素(白)服意象下的寡婦身份,顯然會因此被標籤上兩個禁忌──貞潔禁忌和寡婦禁忌。貞潔禁忌事關淫慾,寡婦禁忌事關邪惡,兩相結合之中,自然就強化了白娘子之「白」意象的「淫惡」之徵。

一則,素(白)服之下的貞潔禁忌與淫慾之徵。

在《李黃》篇中,白娘子是「綽約有絕代之色」的「白衣之姝」,素服之下,對應的身份是寡婦。不僅如此,小說敘述者還借侍者之口特意強調了該

〔註64〕參見胡玉華:《中國喪服尚白禮俗》,《尋根》,2007年第2期。
〔註65〕(清)彭定求等編:《全唐詩》卷四三七「白居易‧酬和元九東川路詩十二首之江岸梨花」,北京:中華書局,1960年,第4849頁。

身份：「前事李家，今身依李之服。方除服，所以市此耳。」〔註66〕在《西湖三塔記》篇中，白娘子是「如花似玉」的「著白」婦人，且自言「難得宣贊救小女一命，我今丈夫又無，情願將身嫁與宣贊。」〔註67〕亦是強調了其「著白」之下的寡婦身份。在《白娘子永鎮雷峰塔》篇中，當許宣第一眼看到白娘子時，只見「一個婦人，頭戴孝頭髻，烏雲畔插著些素釵梳，穿一領白絹衫兒，下穿一條細麻布裙。」〔註68〕完全就是一個有服在身的寡婦裝束。而接下來，白娘子又自己直接道出了寡婦身份：「嫁了張官人，不幸亡過了，見葬在這雷嶺。為因清明節近，今日帶了丫鬟，往墳上祭掃了方回。」〔註69〕並且，在此後的多個情境中，小說敘述者都在有意無意地通過白娘子的素（白）服裝扮暗示著其寡婦身份。如在眾多做公人的眼中，「只見一個如花似玉穿著白得美貌娘子，坐在床上。」在臥佛寺前與道人鬥法時，白娘子穿上的是「素淨衣服」。在金山寺前的船上，白娘子仍然是「一個穿白的婦人」。不僅如此，在邵太尉失銀事件和周將仕典當庫失盜事件中，白娘子的故夫還兩度被提名，更是直接提醒了白娘子的寡婦身份。那麼，在《白娘子永鎮雷峰塔》及其早期版本《李黃》《西湖三塔記》等小說中，白娘子的素（白）服意象和寡婦身份，如此反覆地被暗示的用意何在呢？這個問題的解決，還需要我們回到小說所在的社會語境中去，才可能得到合理的答案。

唐代法律明文規定，「諸居父母及夫喪而嫁娶者，徒三年；妾減三等。各離之。知而共為婚姻者，各減五等；不知者，不坐。」〔註70〕父母是子女之天，夫為妻天，因此，在二十七個月的服喪期內，「居喪嫁娶，事關十惡」，乃是重罪。〔註71〕而且唐以後的各個朝代相關法律，在這一點上基本都是沿襲唐律的。在《李黃》篇中，白娘子倒是除服後的孀婦身份，但在《西湖三塔記》和《白娘子永鎮雷峰塔》篇中，白娘子的同奚宣贊和許宣之間的婚姻合法性，就令人存疑了，因為她是否寡婦除服並沒有得到明確。不過，即使上述三篇小說中的白娘子，都是除服後的寡婦身份，她的再婚仍然還面臨著一

〔註66〕《博異志》「李黃」，第 46 頁。

〔註67〕《清平山堂話本》「西湖三塔記」，第 44～45 頁。

〔註68〕《警世通言》卷二八「白娘子永鎮雷峰塔」，第 712 頁。

〔註69〕《警世通言》卷二八「白娘子永鎮雷峰塔」，第 713 頁。

〔註70〕（唐）長孫無忌等撰，劉俊文點校：《唐律疏議》卷一三「戶婚」，北京：中華書局，1983 年，第 257 頁。

〔註71〕（清）薛永升撰，懷效鋒、李鳴點校：《唐明律合編》卷一三下「唐律卷十三·居喪嫁娶」，北京：法律出版社，1998 年，第 333 頁。

個是否合法的問題。因為在父權背景下的中國古代社會，女性的婚姻是沒有自主權的，寡婦再嫁至少是要受命於「女之祖父母、父母」等人。〔註72〕而在這個問題上，白娘子再嫁的合法性，在三篇小說中均在存疑之中。正如孟子所謂：「不待父母之命、媒妁之言，鑽穴隙相窺，逾牆相從，則父母國人皆賤之。」〔註73〕從這個角度看，至少可以確定白娘子寡婦再嫁在法律上是「名不正，言不順」，而「名不正，言不順」也就意味著白娘子寡婦再嫁行為，有觸犯女性貞潔禁忌的行淫慾嫌疑。這種嫌疑也為白娘子未來的愛情結局預設了某種悲劇結果，因為在「父母國人皆賤之」的主流意識之下，小說敘述者反覆暗示白娘子的素（白）服意象和寡婦身份之意圖恐難例外。

　　或許有學者認為，在程朱理學盛行之前，社會對寡婦再嫁的態度是很開明甚至是支持的。不過，筆者以為，或許程朱理學盛行之前，寡婦再嫁現象相對較多一些，但這並不意味著該時期的女性貞潔意識脫離了一貫的「從一而終」的傳統女性倫理要求。如被許多學者認為最開放的唐代女性，其時代規範性觀念和標識認同卻是：「一個唐代的典範女性往往是『三歲知讓，五歲知戒，七歲能女事，善筆札，讀書通古』；笄年出嫁，『祇奉蒸嘗，睦友娣姒，由中履順，德禮無違』；為母時，『訓女四德，示男六經』；『自喪所天，鞠育孤孺，屏並人事，歸依法門』；而『晚歲以禪誦自適』。」〔註74〕可見，即使是在所謂開明的唐代社會裏，女性角色的界定，其主流意識仍然還是傳統性的。而寡婦的規範性出路亦只能是「自喪所天，鞠育孤孺，屏並人事，歸依法門；而晚歲以禪誦自適。」所以，唐代寡婦再嫁與否的道德取向還是以「不事二天」「壹與之齊，終身不改，故夫死不嫁」的傳統道德為指導，〔註75〕並沒有背離該傳統道德的範疇。素以開放著稱的唐代尚且如此，更毋論後來的宋、元、明等朝代了。而尤為重要的是，經濟基礎是決定上層建築

〔註72〕唐律規定：「諸夫喪服除而欲守志，非女之祖父母、父母而強嫁之者，徒一年；期親嫁者，減二等。各離之。」由此可推知，寡婦再嫁的主婚權至少會控制於祖父母、父母之手。唐以後宋、元、明等各代相關法律，基本上都是沿襲唐律。參見《唐律疏議》卷一四「戶婚」，第265頁。

〔註73〕楊伯峻譯注：《孟子》卷六「滕文公章句下」，北京：中華書局，1960年，第143頁。

〔註74〕姚平：《唐代婦女的生命歷程》（序言），上海：上海世紀出版集團、上海古籍出版社，2004年，第5～6頁。

〔註75〕《禮記》「郊特牲」，北京：中華書局《十三經注疏》本（下冊），1980年，第1456頁。

的，寡婦再嫁與否背後的經濟利益考量，應該不容忽視。在中國古代社會，寡婦再嫁在經濟上是沒有法律保障的，相反，寡婦守志在經濟上卻是有明確的法律保障的。如唐代法律規定，在夫家守志的寡婦，如果「無男者，承夫分。若夫兄弟皆亡，同一子之分。」相反，寡婦「若改適，其見在部曲奴婢田宅，不得費用，皆應分人均分。」宋、元、〔註76〕明等朝代基本上沿襲唐律相關法律。〔註77〕其中，明代法律有一些不同，對寡婦再嫁的經濟剝奪更為嚴酷，甚至連從娘家帶來的妝奩都被剝奪，基本上是淨身出戶：「凡婦人夫亡無子守志者，合承夫分，須憑族長擇昭穆相當之人繼嗣。其改嫁者，夫家財產及原有妝奩，並聽前夫之家為主。」〔註78〕由此可知，在中國古代，寡婦再嫁不僅是一貫的傳統道德禁忌，而且還是實實在在利益之下的經濟禁忌和國家意志層面上的法律禁忌。在如此眾多的禁忌觀照下，白娘子的寡婦再嫁之舉，不得不陷入貞潔淪喪的大忌。而如此一來，白娘子素（白）服意象下的寡婦身份，在小說敘述者的反覆暗示下自然就化為了淫慾之徵，相應地也就強化了白娘子之「白」意象的「淫慾」之徵。不過，這種「淫慾」之徵的強化，乃直接動因於儒家意義上的「色戒」，而實質上依然遠承於佛教的「色戒」警世目的。

二則，素（白）服之下的寡婦禁忌與邪惡之徵。

寡婦禁忌是世界性的普遍現象，古今中外概莫例外。弗洛伊德認為，在寡婦禁忌中，寡婦所具有的危險根源，在於「誘惑」的危險性上。一個寡婦必須抵制這樣的欲望——尋找一個丈夫替代者。否則，一方面她會很容易激起別的男人的欲望，另一方面她會不可避免地激起丈夫鬼魂的憤怒。〔註79〕具體到中國古代父權制的文化背景中，所謂「誘惑」的危險性問題，其實就是寡婦對已故丈夫的「從一而終」問題。不過，丈夫的已故，使得這種「從一而終」出現了爽約的危險。於是，受控於男性話語霸權的中國古代寡婦，便不得不承受這種爽約危險的過錯——為丈夫的故去負責，為別的男人對自己的

〔註76〕《大元聖政國朝典章》「戶部卷之五・田宅」「家財」「寡婦無子承夫分」，北京：中國廣播電視出版社，1998年，第48頁。

〔註77〕（日）仁井田陞撰，粟勁等編譯：《唐令拾遺》，長春：長春出版社，1989年，第155～157頁。

〔註78〕《唐令拾遺》，第157頁。

〔註79〕〔奧〕西各格蒙得・弗洛伊德，趙立瑋譯：《圖騰與禁忌》，上海：上海世紀出版集團、上海人民出版社，2005年，第69頁。

欲望負責，素（白）服之下的寡婦身份，成為了不潔、不祥的邪惡之徵。

為別的男人對自己的欲望負責，涉及到寡婦禁忌中的貞潔問題，這一點，筆者在上文已經詳論，茲不再述。至於為丈夫的故去負責，則涉及到寡婦禁忌中的邪惡問題。弗洛伊德在他的《圖騰與禁忌》中記錄了這樣一個故事：

> 「在居住於菲律賓群島巴拉望島（Palawan）上的阿古塔亞諾人（Agutainos）中，一個婦女在其丈夫死後的七天或八天內不能離開她居住的小屋，即使是在此日期以後，她也只能在不可遇到任何人的時間裏出去，因為，不論誰見到她都會暴斃而亡。為了防止這種致命的災禍出現，當她在路上走的時候就用木棍敲打樹幹，從而警告人們避免與之接近而帶來危險；而且她敲打的每一棵樹很快就會枯死。」〔註80〕

這個故事裏的潛在邏輯就是，既然寡婦能夠造成其丈夫的死亡，同樣也會給他人帶來致命的災禍。在中國古代「從一而終」的語境下，這種不祥又突出了已故丈夫靈魂的角色。作為「女人之天」的丈夫，在「夫有再娶之義，婦無二適之文」的話語霸權的慫恿下，〔註81〕即使肉體已經故去，但靈魂仍然對其妻子享有絕對的佔有權。而且這是神祇的意思，一旦違背，「天則罰之」。如廣東風俗崇信云：「寡婦俗稱孤孀，又稱鬼婆，人咸目為不祥人，以為其夫主之魂魄，常隨婦身，有娶之者，必受其祟。」〔註82〕在此處，實際上，執法之天與已故丈夫的鬼魂已經是合為一體了，高度體現了「夫為婦之天」的傳統夫權理念。把寡婦禁忌之下的邪惡，提升至天人合一的高度加以警戒，其用意之深切已大大超出純粹的佛教意義上的「色戒」了。

具體到白娘子的寡婦禁忌，在《李黃》篇及其異文中，體現為李黃「身漸消盡⋯⋯空注水而已，唯有頭存」；而李琯是「腦裂而卒」。在《西湖三塔記》篇中，體現為奚宣贊面黃肌瘦之餘，兩度差點被取心肝。在《白娘子永鎮雷峰塔》篇中，體現為許宣頭帶黑氣，兩遭官司纏身，以致背井離鄉，並隨時處在生命威脅之中，甚至差點投水自盡。不過，白娘子的寡婦禁忌，同上文所舉的巴拉望島例子和廣東例子中的寡婦禁忌三者之間有著明顯的區別。巴

〔註80〕《圖騰與禁忌》，第69～70頁。
〔註81〕（宋）范曄撰，（唐）李賢等注：《後漢書》卷八四「班昭・『女誡』『專心第五』」，北京：中華書局，1965年，第2790頁。
〔註82〕胡樸安：《中華全國風俗志》下編「廣東之多妻」，石家莊：河北人民出版社，1986年，第373頁。

拉望島例子中的寡婦禁忌，其「色戒」的目的在於警示死亡力量的可怕；廣東例子中的寡婦禁忌，其「色戒」的目的在於維護男權對女權的絕對控制；而白娘子的寡婦禁忌，其「色戒」的目的在於告誡世人要遠離淫慾、遠離女色，遠離這一敗道毀法的眾禍之本，其佛教宣教意味不言而喻。所以說，白娘子的寡婦禁忌，其主要內核還在於一般意義上的佛教「色戒」警世目的，其中的男權意義上的寡婦禁忌還是處於幫助強化該內核的輔助地位。另外，在白娘子的寡婦禁忌中，《白娘子永鎮雷峰塔》篇中的禁忌，與其他幾篇中的禁忌又有所不同；其男權意義上的寡婦禁忌，相對要更明顯一些。如許宣因邵太尉庫銀失盜事遭累後，曾嚴厲地責怪白娘子，而白娘子的辯解則是：「做下的事，是先夫日前所為，非干我事。」〔註83〕又，許宣因周將仕庫物被盜事第二次遭累後，再次嚴厲責怪白娘子的時候，白娘子的辯解又涉前夫：「當初這衣服，都是我先夫留下的。我與你恩愛深重，教你穿在身上，恩將仇報，反成吳、越？」〔註84〕白娘子的已故丈夫角色，在有意無意之間兩度亮相於白娘子的寡婦禁忌之中，給許宣兩度帶來莫大的災禍，這其中男權意義上的寡婦禁忌意味已是至為明顯。不過正如此前所論，這樣的文意設計並不能改變白娘子的寡婦禁忌的佛教「色戒」警世目的。

　　由上兩點可知，白娘子素（白）服之下的貞潔禁忌，進一步強化了白娘子之「白」意象的淫慾之徵；白娘子素（白）服之下的寡婦禁忌，則進一步強化了白娘子之「白」意象的邪惡之徵。兩相結合之中，白娘子之「白」意象的「淫惡」之徵，便自然得到了進一步的強化。

　　綜上可知，白娘子之「蛇」意象的「淫惡」，發端於於佛教的「色戒」觀照；白娘子之「白」意象的「淫惡」，則分別來自於傳統「白」意象的靈異性和神性的遺存，以及白娘子素（白）服之下的寡婦身份的貞潔禁忌和寡婦禁忌。它們共同促成了白娘子之「蛇」「白」二意象，悖謬於其傳統的一貫內涵而成為了「淫惡」之徵。其中，前者是白娘子意象之所以「淫惡」的核心所在，而後者則不過是對前者「淫惡」之徵的進一步強化，是處於輔助地位的意象，二者統一於佛教的「色戒」警世目的。

〔註83〕《警世通言》卷二八「白娘子永鎮雷峰塔」，第718頁。
〔註84〕《警世通言》卷二八「白娘子永鎮雷峰塔」，第723頁。

第三節　文本情節解讀下的白娘子意象之「色戒」性

在前兩節，從白娘子之「蛇」意象和「白」意象兩個角度，筆者已經論述了白娘子意象的「淫惡」之徵的形成，是淵源於佛教「色戒」警世的需要。在這一節，筆者將從《白娘子永鎮雷峰塔》篇及其早先版本的情節解讀出發，進一步論述白娘子意象之「色戒」性。

一、白娘子意象之「色戒」性與小說的二個必需情節

如果以滿足佛教「色戒」警世需要為目的，那麼「白蛇傳」型小說必須具備這樣兩個不可或缺的情節——一是，誘人產生淫慾的美女最終被發現就是毒蛇；二是，行淫慾之人會因此遭受惡果報應。前者滿足了「白蛇傳」型小說必需的「蛇」與美女二意象之間可以互化的特質，後者滿足了小說的佛教「色戒」警世需要，兩個情節可謂缺一不可。根據這個原則，我們比對中國古代相關小說後不難發現，唐代小說《李黃》篇及其異文應該是完全符合這個要求的「白蛇傳」最早版本。對於這個問題，持其各種看法的學者，往往都存在這樣一個共同之處——那就是他們複雜化了「白蛇傳」型小說的必需情節。如以丁乃通先生的看法為例，丁先生認為，「在中國，我們的拉彌亞故事最先可能出現在杭州，是與西湖周圍名勝有關的許多故事之一。」並且，他舉了《萬曆錢塘縣志》上記載的建造雷峰塔鎮青魚白蛇之妖的傳說為例。〔註85〕很顯然，他的這種說法，因為添加了一些非必需情節如「建塔鎮妖」，所以使得「白蛇傳」型小說的最早版本由唐代推遲至了宋代。〔註86〕其他學者的不同結論的得出，有很多皆屬此種情況。

不過，這個問題並不是最重要的，重要的是，一旦把「白蛇傳」型小說必需的情節正確地提煉出來以後，我們馬上就可以在佛教典籍中發現美女與蛇可以互化的淵源所在了。關於這一點，筆者在前兩節中已經做了詳細的考論，茲不再述。而且，順著白娘子意象之「色戒」性這個方向，我們還可以在《李黃》篇及其異文之後，找到更多的同類小說，如宋代《夷堅志》中的《錢炎書生》《歷陽麗人》等等；亦可以區分出一些看似同類其實不然的小說，如《孫知縣妻》《濟南王生》《姜五郎二女子》《衡州司戶妻》等等。這是因為在

〔註85〕丁乃通：《高僧與蛇女——東西方「白蛇傳」型故事比較研究》，第 26 頁。
〔註86〕丁乃通先生定義的「白蛇傳」型故事情節竟多達上十條。參見《高僧與蛇女——東西方「白蛇傳」型故事比較研究》，第 2～3 頁。

前兩篇小說中，能夠體現佛教「色戒」警世目的的兩個必需情節是齊全的，而後四篇則不然。如在《孫知縣妻》篇中，孫知縣妻雖然是一「大白蛇」化成的「絕豔」美女，但她與孫知縣在一起生活了十年之久，對孫知縣沒有任何傷害，更談不上美女蛇應有的「淫惡」之徵了。即使在被丈夫發現真相後，也還只是委婉勸慰曰：「我固不是，汝亦錯了。切勿生他疑。今夜歸房共寢，無傷也。」〔註87〕在這篇小說中，孫知縣妻這個意象的塑造，除了具有與蛇互化的特徵之外，已經完全剝離了寄託於其上的佛教「色戒」警世目的。又如《衡州司戶妻》篇中，在平日生活裏，衡州司戶妻沒有任何美女蛇的應有的「淫惡」之徵，反倒是「和柔待下，皆得其歡心。」即使在被丈夫懷疑是蛇的時候，也僅僅是「泣語夫曰：『與君緣分止此，行當永訣。』」結果，衡州司戶自身沒有任何傷害，其妻卻「明日而病，頃刻而沉篤。」臨死前還再三申約於丈夫曰：「我死後，殯殮了切莫開棺。方當暑天，恐形容易敗，空招憎惡耳！」〔註88〕對丈夫是如此的一往情深，簡直就是中國古代賢良淑女的典範形象，更不用提其意象的「色戒」性了。

　　這樣一來，以白娘子意象之「色戒」性為指導原則，以「白蛇傳」型小說必須具備的兩個不可或缺的情節——「誘人產生淫慾的美女最終被發現就是毒蛇」和「行淫慾之人會因此遭受惡果報應」作為比照條款，就可以貫串出一條「白蛇傳」型小說的發展脈絡來。如下圖：

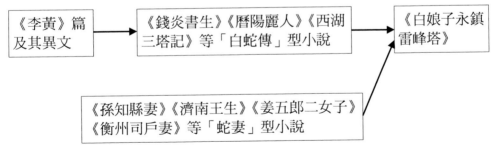

其中，「蛇妻」小說對《白娘子永鎮雷峰塔》的影響，主要在於兩個方面，一是「降蛇」情節的多樣化，一是「蛇妻」意象塑造的世情化。其中，前者對《白娘子永鎮雷峰塔》中的三次「降蛇」情節有重要影響，後者對白娘子意

〔註87〕（宋）洪邁撰，何卓點校：《夷堅志》「夷堅支戊卷第二‧孫知縣妻」，北京：中華書局，1981年，第1062～1063頁。

〔註88〕《夷堅志》「夷堅支癸卷一九‧衡州司戶妻」，第1288頁。

象的人性化和人情化有著明顯的借鑑作用，但這兩點並不能夠使得這些小說可以納入「白蛇傳」型小說中去。〔註89〕

二、白娘子意象之「色戒」性與小說「降蛇」情節的介入

在《白蛇傳》型小說中，「降蛇」情節大致有四種類型：一是道教主導型的，如在《錢炎書生》篇中，行法者是「奉行太上天心五雷正法」的「正一宮法師劉守真」，具體的「降蛇」工具是道教常用的符，結果是「（錢炎）示以符，女默然不語，俄化為二蛇，一甚大，一尚小，逡巡而出。」〔註90〕又如《歷陽麗人》篇中，行法者是「精於天心法」的「道人屈先生」，具體的「降蛇」工具亦是道教常用的符，結果是「有巨蛇死焉，屍橫百丈，其符宛在鱗甲間。」〔註91〕二是佛教主導型的，如《白娘子永鎮雷峰塔》篇中，行法者是金山寺的法海禪師，具體的「降蛇」工具是鉢盂、咒語、寶塔和佛教護法揭諦神，結果是白娘子化為「三尺長一條白蛇」被壓在了寶塔之下，並且「千年萬載，白蛇和青魚不能出世」。〔註92〕三是民間方術主導型的，如《白娘子永鎮雷峰塔》篇中，行法者是「祖宗七八代呼蛇捉蛇」的戴先生，具體的「降蛇」工具是雄黃，結果是差點被蛇咬，「降蛇」以失敗告終。〔註93〕本篇中的雄黃「降蛇」，可能是受《姜五郎二女子》篇中的「降蛇」手段的啟發，不過前者以失敗告終，後者則成功「降蛇」。〔註94〕四是佛道交織型的，如《西湖三塔記》篇中，行法者是龍虎山奚真人，具體的「降蛇」工具是符、神將、鐵罐和寶塔。很顯然，這裡的鐵罐可能是化用於佛教的鉢盂，〔註95〕而寶塔則完全是屬於佛教的東西，這是佛物道用了。結果是「白衣娘子」被神將打出了白蛇原形後，被裝到鐵罐之中壓在了西湖的塔底之

〔註89〕有一部分學者認為，這一類的「蛇妻」小說也應歸於「白蛇傳」型小說早期版本系列，如劉守華先生就是持這種觀點的代表。參見劉守華：《宋代「蛇妻」故事與〈白蛇傳〉的構成》，《古典文學知識》，1998 年第 5 期，第 47～51 頁。

〔註90〕《夷堅志》「夷堅志補卷二二·錢炎書生」，第 1755～1756 頁。

〔註91〕《夷堅志》「夷堅三志辛卷五·歷陽麗人」，第 1423 頁。

〔註92〕《警世通言》卷二八「白娘子永鎮雷峰塔」，第 718 頁、第 729～730 頁。

〔註93〕《警世通言》卷二八「白娘子永鎮雷峰塔」，第 728 頁。

〔註94〕《夷堅志》「夷堅志補卷二二·姜五郎二女子」，第 1754 頁。

〔註95〕參見下文筆者引證的佛教故事，本故事引自於（吳）支謙譯：《撰集百緣經》卷六「諸天來下供養品第六」「賢面慳貪受毒蛇身緣」，《大正藏》四冊二○○號，第 228 頁上。

下。〔註96〕「白衣娘子」是被鎮壓而非治死，亦是佛教慈悲戒殺理念作用下的結局。

在上述四種類型的「降蛇」情節中，除《白娘子永鎮雷峰塔》篇中的方士戴先生「降蛇」是以謀生為目的外，其他類型中的道士或高僧「降蛇」情節的設計，均是以「色戒」警世為目的。如《西湖三塔記》篇中，奚宣贊因酒貪色，「目視婦人，生得如花似玉，心神蕩漾，」結果深陷淫慾而「面黃肌瘦」，在數遭喪命之險的無奈中，才促成奚真人的「降蛇」情節的推出，其「色戒」意圖不言而喻。《錢炎書生》篇中，錢炎書生耽於女色，以致「惟日不足……宿業殆廢，若病心失惑。」，在朋友「過門見之，訝其尫羸」且「死在旦夕」的情形下，才有了道士「降蛇」之舉的發生，其「色戒」用意至為明顯。又如在《歷陽麗人》篇中，道士「降蛇」情節，亦是發生於芮不疑父母「訝其尫瘠」，且「甘心妖惑，死期將至」的情形之下。並且情節設計的「色戒」警世目的，通過屈道士之口更為直截明白地道出曰：「魑魅罔兩，何足驅除！縱島洞列仙，而誘人為淫佚之行，吾亦能治之。」而在諸篇之中，對「色戒」警世表現得最為豐富透徹的，還非《白娘子永鎮雷峰塔》篇莫屬。關於這一點，筆者將於後文再作詳論。

在這樣的「降蛇」情節設計目的之下，各篇小說中白娘子意象的「淫惡」性，自然也成了小說的重點表現內容了。《西湖三塔記》篇中的白娘子是既淫且惡，又極端殘忍，不但頻繁更換所引誘的男子以滿足自己淫慾，而且在饜足之後還要取其心肝下酒；《錢炎書生》篇中的白娘子，深夜「自外秉燭而入」薦福寺勾引錢炎日夜行淫，使得一個「好學苦志，每夜分始就寢」的有為書生，「宿業殆廢，若病心失惑」，且將「死在旦夕」；《歷陽麗人》篇中的白娘子，以「累劫同修」「夙昔福分」為藉口，主動勾引並欺騙芮不疑夜夜淫佚行樂，以致其「父母訝其尫瘠」，且旦夕「死期將至」；《白娘子永鎮雷峰塔》篇中的白娘子，更是因為「春心蕩漾，按納不住」之下，為求淫慾滿足而糾纏許宣，不僅因此使許宣兩遭官司纏身後遭充軍發配，而且還隨時讓許宣和全城百姓都處在「死於非命」的生命威脅之中，以致許宣被逼無奈之中差點投水自盡。在這其中，小說敘述者的白娘子意象的「淫惡」之徵表現得越突出，白娘子意象的「色戒」性就越鮮明。從這個角度說，白娘子意象的角色價值，不過在於其佛教「色戒」警世的工具意義而已。

〔註96〕《清平山堂話本》「西湖三塔記」，第52～54頁。

三、白娘子意象之「色戒」警世範圍的擴展與小說情節的再豐富

隨著小說情節的再豐富,「白蛇傳」型小說發展到《白娘子永鎮雷峰塔》階段的時候,白娘子意象之「色戒」警世範圍得到了進一步擴展。這種擴展表現在兩個方面:其一,白娘子意象的警世內涵,由「淫慾之戒」擴展到更多的「貪、嗔、癡三毒之戒」;其二,白娘子意象的警世指向,由當事人雙方擴展到涉事的多方。下面筆者將結合小說情節的再豐富,對此兩個方面的擴展加以探討。

其一,白娘子意象之警世內涵的擴展與小說情節的再豐富。

白娘子意象的「色戒」警世內涵,其原初之義在於「淫慾之戒」,關於這一點筆者在前文已經做過詳論。其實,在《西湖三塔記》裏,隨著新的情節「取男子心肝按酒」的介入,更多的「貪、嗔、癡三毒之戒」已經開始被納入白娘子意象的警世內涵之中。這一點在《白娘子永鎮雷峰塔》篇裏體現的最為突出,隨著小說情節的極大豐富,更多的「貪、嗔、癡三毒之戒」被納入白娘子意象的警世內涵之中。所謂「貪、嗔、癡三毒」,其中貪是指貪愛五欲,嗔是指嗔恚無忍,癡是指愚癡無明,因貪、嗔、癡能毒害人們的身命與慧命,故名三毒。〔註97〕而「一切煩惱,總說不外三毒」,故更多的「三毒之戒」一旦被納入白娘子意象的警世內涵中,就可以在彰顯「淫慾」為萬惡之根本的佛教「色戒」觀同時,更好地凸顯白娘子意象之「色戒」警世意義。

以白娘子意象的「貪財之戒」警世內涵在小說情節中的表達為例。第一個情節是,白娘子為了成就自己與許宣之間的「宿世因緣」,竟然偷了邵太尉庫內的五十錠大銀,結果暴露了自己的「妖怪」身份,與許宣之間的因緣也遭受第一次挫折。而許宣也正是因為貪圖了這意外之財,結果招來了「決杖免刺,配牢城營做工」之禍。這是第一次「貪財之戒」。第二個情節是,白娘子為了把許宣打扮得上下整齊出門,這次偷的是周將仕典當庫內的對象來裝飾許宣,結果自己的妖精身份再次暴露,跟許宣之間的婚姻也再遭挫折。而許宣則因貪一身整齊裝扮,而被罰「『不合不出首妖怪等事』,杖一百,配三百六十里,押發鎮江府牢城營做工。」這是第二次「貪財之戒」。第三個情節是,許宣得白娘子本錢在鎮江開藥店,「不匡買賣一日興一日,普得厚利」。

〔註97〕 (馬來西亞)陳義孝居士編,竺摩法師鑒定:《佛學常見辭彙》「三毒」,臺北:文津出版社,民國七七年(1988 年),第 62 頁。

而有一次，許宣施捨了一塊好降香給化緣的和尚，被白娘子看見了責備道：
「你這殺才，把這一塊好香與那賊禿去換酒肉吃！」這個情節看起來似乎並
沒有太多特別之處，其實不然，一捨一貪之間大有區別。在第一、二個情節
中，白娘子和許宣因為兩犯「貪財之戒」才被迫來到鎮江這一「是非之地」。
在本情節中，許宣雖然又因貪圖白娘子銀子開藥店而第三次遭妖害，但是也
因不吝布施和虔敬「三寶」終得高僧解救脫難。白娘子則不然，「普得厚利」
之餘，卻慳吝施捨並大不敬「三寶」，結果終致人財兩空，身幽西湖塔底的惡
報。兩相比對之下，小說敘述者「貪財之戒」的警世意圖甚是明顯。不僅如
此，倘若我們再追源一下第三個情節在佛典中的原型，就更能發現其「貪財
之戒」的警世意味了。《撰集百緣經》卷第六講述了這樣一個故事：

> 有一長者，名曰賢面，財寶無量，不可稱計。多諸諂曲慳貪嫉
> 妬，終無施心，乃至飛鳥驅不近舍，有諸沙門及婆羅門貧窮乞勾從
> 其乞者，惡口罵之。懃求資產，積聚為業，不修惠施。其後命終，
> 受毒蛇身，還守本財，有近之者，瞋恚猛盛，怒眼視之，能令使死……
> 唯願世尊，降伏此蛇莫使害人。佛默許可，於其後日，著衣持缽，
> 往詣蛇所。蛇見佛來，瞋恚熾盛，欲螫如來。佛以慈力，於五指端，
> 放五色光，照彼蛇身……爾時世尊，見蛇調伏，而告之曰：「賢面長
> 者，汝於前身，以慳貪故受此弊形。今者云何，故復惜著，縱毒螫
> 人，為惡滋甚，於將來世，必受大苦。」蛇聞佛語，深自剋責。蓋
> 障云除，自憶宿命，作長者時，所作惡業，今得是報。方於佛所，
> 深生信敬。爾時世尊，知此毒蛇心已調伏，而告之言：「汝於前身，
> 不順我語，受此蛇形，今宜調順受我教勅。」蛇答佛曰：「隨佛見授，
> 不敢違勅。」佛告蛇言：「汝若調順，入我缽中。」佛語已竟，尋入
> 缽中。〔註98〕

此故事中的賢面長者，前身因慳貪而轉生受毒蛇身惡報，故事警世的自然是
「貪財之戒」。並且，賢面長者的遭遇同白娘子遭遇之間，有很多細節上的相
似之處。如賢面長者「懃求資產，積聚為業」，白娘子是不擇手段攫取銀子幫
許宣開店，「普得厚利」；賢面長者對「沙門……從其乞者，惡口罵之」，白娘
子罵許宣「你這殺才，把這一塊好香與那賊禿去換酒肉吃！」；賢面長者轉生

〔註98〕《撰集百緣經》卷六「諸天來下供養品第六」「賢面慳貪受毒蛇身緣」，第228
　　　　頁上。

受毒蛇身惡報,白娘子轉生受白蛇身惡報;賢面長者「調順」後入佛陀鉢盂之中,白娘子降服後入高僧法海鉢盂之中。所不同的是,賢面長者最後「深生慚愧,厭此蛇身,即便命終,生忉利天……受天快樂」,而白娘子則是執迷不悟,被鎮壓於七層寶塔之下,永不出世。反倒是許宣幡然悔悟,出家為僧,「修行數年,一夕坐化去了。眾僧買龕燒化,造一座骨塔,千年不朽。」產生這種結局固然有白娘子執迷不悟的原因,但亦還有其他方面因素的影響。如在佛教理念裏,對「三寶」無布施之心,對「三寶」有不敬都會得大惡報,最常見的惡報之一就是轉世受畜生身;又,佛教對女色最為忌諱,認為淫慾是萬惡之本,一旦觸犯,將萬劫不復;又,佛教對以女人身解脫還是多有偏見等等。更不用說,白娘子還有「嗔毒」和「癡毒」,如與方士戴先生和終南山道士的兩次鬥法;又如癡迷於「淫慾」之中,雖幾經愚癡之禍的教訓但仍不醒悟,依然再三糾纏許宣不放,甚至於以全城百姓的性命為要挾等等。但要而言之,白娘子意象之警世內涵中所有的「貪、嗔、癡三毒之戒」,其發生的根源還是在於「色戒」。因為正是白娘子愚癡於對許宣的淫慾追求之中,所以才促成她一直「無明」於自己觸犯的種種禁戒,甚至被高僧法海降服之後,「變了三尺長一條白蛇,兀自昂頭看著許宣」。又,文中還借白娘子之口提到了「宿世因緣」,借法海之口提到了白娘子的「千年修煉」,這些其實已經暗示了白娘子不僅僅是今生今世愚癡於淫慾之中,前世前生亦是愚癡於淫慾之中。可謂淫慾之下,累世拒不悔悟,終致深陷幽明之中,萬劫不復。當然,這種結果正是小說敘述者的警世意圖所在——「色戒」,白娘子的淒慘結局,也只是小說敘述者藉以表達此意圖的蓄意設計而已。只不過這種蓄意設計,摻雜了太多的其他因素於其中罷了。

其二,白娘子意象之「色戒」警世指向的擴展與小說情節的再豐富。

白娘子意象之「色戒」警世指向,自然主要集中於許宣身上,但小說情節的再豐富,客觀上也不可避免地促成了這種指向的擴展——由特定的某個對象向不特定的某些對象泛化。關於這一點,有兩個情節值得一提。一是李員外覬覦白娘子美色,而見白蛇現形事;一是李募事偷窺白娘子美色,而見白蛇現形事。

在第一個情節中,白娘子意象之「色戒」警世指向的李克用,是許宣投身之處的主人,是個為老不尊的好色之徒。第一次見到白娘子,就目不轉睛地盯著看。「原來李克用年紀雖然高大,卻專一好色。見了白娘子有傾國之姿,

正是：三魂不附體，七魄在他身。」緊接著第一念頭就是「如何得這婦人共宿一宵？」結果心生一計，準備借自己壽誕之時，大排宴席請客之機，「教這婦人著我一個道兒。」小說敘述者不無諷刺地寫道：

> 原來李克用是吃蠱子留後腿的人，因見白娘子容貌，設此一計，大排筵席。各各傳杯弄盞。酒至半酣，卻起身脫衣淨手。李員外原來預先分付腹心養娘道：「若是白娘子登東，他要進去，你可另引他到後面僻淨房內去。」李員外設計已定，先自躲在後面。正是：不勞鑽穴逾牆事，穩做偷香竊玉人。

果然，一切都在李員外預料之中，「只見白娘子真個要去淨手」，被養娘引到了李員外所藏的僻淨房內去。此時的李員外已經完全處於淫慾難耐之際，「捉身不住，不敢便走進去，卻在門縫裏張。」此時的小說情節，如果按正常的邏輯發展下去的話，那麼其結局必然是李員外的淫慾得逞，白娘子受辱遺恨。但這樣的情節結局顯然是有違小說敘述者本意的，因為那樣一來，作為「淫惡」之徵的白娘子意象，事實上就處在了一種令人同情的弱勢地位，從而失去了其本來的「色戒」警世角色價值。因此，白娘子意象不可能會突破其即「淫」且「惡」的預設，而這種預設也必然會改變小說情節的正常結局。也就是說，新的情節結局，無論如何，必須要凸顯白娘子意象的「淫惡」之徵，才能實現該意象的「色戒」警世目的。果然，出乎意料之外地，「那員外眼中不見如花似玉體態，只見房中蟠著一條弔桶來粗大白蛇，兩眼一似燈盞，放出金光來。」而李員外淫慾的後果是，「驚得半死，回身便走，一絆一交。眾養娘扶起看時，面青口白。主管慌忙用安魂定魄丹服了，方才醒來。」至此，小說情節的發展，達到了其預設於白娘子意象的「色戒」警世目的。

在第二個情節中，白娘子意象之「色戒」警世指向的李募事，是許宣的姐夫。在許宣跟白娘子廝鬧後，許宣姐姐不是自己去看看白娘子睡了沒有，反而讓李募事去看看。這個情節設計看似很不合常情，因為在男女大防甚嚴的中國古代社會，雖是至親，但姐夫和弟媳婦之間的基本嫌疑還是必須要避的。並且，即使是李募事可以代妻子去做這件事，那麼李募事的行為舉止也顯得極為異常。且看：「李募事走到房前看時，裏頭黑了，半亮不亮。將舌頭舔破紙窗，不張萬事皆休，一張時，見一條弔桶來大的蟒蛇，睡在床上，伸頭在天窗內乘涼，鱗甲內放出白光來，照得房內如同白日。」李募事和許宣姐姐，此時還並不知道白娘子是蛇妖，因此，以姐夫的身份「將舌頭舔破紙窗」

窺視弟媳婦睡覺，李募事的這一極為異常的曖昧舉動，不得不令人懷疑是別有用心。再比對一下上一個情節中的李克用之舉，可以說二人之非常用心可謂同出一轍。而小說敘述者借白娘子意象之「色戒」警世意圖，亦可謂與上一情節同出一轍。其實，再聯繫一下李募事平時對待許宣的態度，他的這種淫亂舉止的發生是在情理之中的。雖然他與許宣二人是至親關係，但他對許宣並不見有什麼關心。如許宣託姐姐姐夫主張婚姻問題的時候，「夫妻二人，你我相看，只不回話。」只是在許宣拿出五十兩銀子的時候，二人才有為許宣主張的意向。尤其是在關鍵時刻，李募事更是毫不顧及親情。如在得知許宣五十兩銀子有問題時，他竟然「不管他偷的借的，寧可苦他，不要累我。」毫不猶豫地「當時拿了這錠銀子，徑到臨安府出首。」並且，李克用是他結拜的叔叔，難說二人在淫慾之好上不是臭味相投。更何況「白娘子有傾國之姿」，「連許宣平生是個老實之人，見了此等如花似玉的美婦人，旁邊又是個俊俏美女樣的丫鬟，也不免動念。」更為重要的是，小說敘述者正是刻意藉此看似極不合常情的情節，凸顯女色的淫惡力量甚至能夠使人置親情倫理於不顧，從而達到彰顯白娘子意象之「色戒」警世目的。

其實，這種小說情節的發展邏輯，仍然是啟發於佛教理念。筆者在前文已經詳論過，佛教視女色為毒蛇，當面對女色的誘惑時，常常以作不淨觀想為抵制淫慾的主要手段，其中，毒蛇便是女色的最常見不淨觀想意象之一。再者，佛教深刻地認識到，女色敗道毀法的力量是極為可怕的，在女色的極度誘惑之下，任何似乎不可能的敗道毀法行為都有發生的可能。在這樣佛教理念的啟發下，在《白娘子永鎮雷峰塔》中，上述兩個情節的加入，泛化了白娘子意象的「色戒」警世指向，也因此更彰顯了白娘子意象之「色戒」警世目的。

結論

學者普遍認為，白娘子的「蛇女」意象，與中國歷史上眾多的龍、蛇圖騰崇拜有直接的傳承關係。不過，他們的這種觀點，並不能很好地解釋以下兩個方面的悖謬——一是，白娘子及其早期「蛇（女）」意象之「淫惡」，同中國歷史傳統中的龍、蛇（人或神、英雄）圖騰之「祥善」二者之間的悖謬；一是，白娘子及其早期「蛇（女）」之「白」意象的「淫惡」，同中國歷史傳統

中，白色動物精靈崇拜中的「白」意象之「祥瑞」二者之間的悖謬。

在《白娘子永鎮雷峰塔》及其早期版本的「白蛇傳」小說中，「蛇（女）」之意象始終都是以「淫惡」的面目存在的。也就是說，「白蛇傳」小說中的「蛇（女）」意象，並非是傳承於傳統意義上的圖騰「人（或神、英雄）蛇」意象，二者之間有著巨大的審美反差。而這種審美反差之巨大，只能說明了一個問題，那就是「白蛇傳」小說中「蛇（女）」意象的「淫惡」，是來自於另一種文化的審美觀照，基於某種文化理念，在這種審美觀照之下，「蛇（女）」之意象被賦予了「淫惡」的另類象徵。

在中國古代傳統意識裏，在一定的情境之中，「白」意象在附會於其附著物上時，常常會被標籤上特殊的內涵，這些內涵更多的都是「祥瑞」之徵的表達。而在白娘子之「白」意象中，無論是「白蛇傳」型小說早期版本中的「蛇（女）」之「白」意象，還是馮夢龍筆下的「蛇（女）」之「白」意象，無一例外地都標籤上了「淫惡」的符號。把種種「白」意象關聯於「淫惡」的「蛇（女）」意象，其用意非常明顯，那就是非常有效地強化了「蛇（女）」意象的「淫惡」性。與此同時，這樣強化的另一後果，則是進一步導致了「蛇（女）」之「白」意象，與傳統意義上之「白」意象二者間的巨大疏離和鮮明反差。這種疏離與反差，異曲同工於前述第一種悖謬的同時，亦宣告了該異乎尋常之「白」意象背後的另類文化理念。

白娘子之「蛇」意象的「淫惡」，發端於佛教的「色戒」觀照；白娘子之「白」意象的「淫惡」，則分別來自於中國傳統「白」意象的靈異性和神性的遺存，以及白娘子素（白）服之下的寡婦身份的貞潔禁忌和寡婦禁忌。它們共同促成了白娘子之「蛇」「白」二意象，悖謬於其傳統的一貫內涵而成為了「淫惡」之徵。其中，前者是白娘子意象之所以「淫惡」的核心所在，而後者則不過是對前者「淫惡」之徵的進一步強化，是處於輔助地位的意象，二者統一於佛教的「色戒」警世目的。

如果以滿足佛教「色戒」警世需要為目的，那麼「白蛇傳」型小說必須具備這樣兩個不可或缺的情節——一是，誘人產生淫慾的美女最終被發現就是毒蛇；二是，行淫慾之人會因此遭受惡果報應。前者滿足了「白蛇傳」型小說必需的「蛇」與美女二意象之間可以互化的特質，後者滿足了小說的佛教「色戒」警世需要，兩個情節可謂缺一不可。根據這個原則，我們比對中國古代相關小說後不難發現，唐代小說《李黃》篇及其異文，應該是完全符合

這個要求的「白蛇傳」最早版本。對於這個問題，持其他各種看法的學者，往往都存在這樣一個共同之處——那就是他們複雜化了「白蛇傳」型小說的必需情節。而隨著「白蛇傳」型小說情節的再豐富，如佛、道、方士「降蛇」情節的介入，使得白娘子意象之「色戒」警世強度和範圍得到了進一步擴展。當然，這種小說情節的發展邏輯，仍然是啟發於佛教的「色戒」警世理念，把白娘子意象塑造成一個佛教「色戒」警世目的下的工具性角色，而並非是那種眾多學者都刻意拔高的理想角色———一個追求婚姻幸福自由的反封建鬥士。

第二篇　「自殘療親」的孝義女意象

　　「自殘療親」，是指通過自殘身體為親人（主要是長輩）療疾的孝義行為。
〔註1〕自殘的方式有多種，割肝、股、臂、心、乳，剜眼、腦，刺血、斷指，
取髓等等，但以割股、肝為常見，故「自殘療親」通常又以「割股療親」或
「割肝療親」稱之。「自殘」的主體通常有男也有女，療疾對象往往是父母、
祖父母、姑舅（公婆）〔註2〕、丈夫〔註3〕、妻子〔註4〕。晚輩對長輩親人的
「自殘療疾」行為係孝行，夫妻之間「自殘療疾」行為係義行。明代小說中，
就有這樣一類「自殘療親」的孝義女意象，她們多是為人婦後替姑（婆）「割
股療疾」的出嫁女，但也有為祖母「割肝療疾」的待字閨中女，有出家為尼仍
斷臂、挖眼為父「療疾」的成道女，有為義母「割股療疾」的義女等等。她們
「自殘療親」的孝義行為，雖然動因複雜，但筆者以為，當以佛教影響為其
淵源。

　　本文將從「自殘療親」的佛教解讀，女性「自殘療親」興盛的佛教助因，
明代小說中「自殘療親」的孝義女意象考察三個方面加以論述，以期闡明「自
殘療親」、女性「自殘療親」孝義行為的佛教淵源，探討明代小說中「自殘療
親」孝義女意象及其孝義行為對女性權利可能的消解性。

〔註1〕也有下屬為長官「自殘療疾」的義行，但此非本文論述的範圍，故不論。
〔註2〕相對於媳婦來說，且療疾對象主要是姑（婆）。
〔註3〕相對於妻子來說。
〔註4〕相對於丈夫來說，但這種情況極少見。如明代小說《醒世姻緣傳》第四回「童
　　　山人脅肩詔笑，施珍哥縱慾崩胎」，有晁大舍為妾施珍哥「割股煎藥」（（明）
　　　西周生撰，濟南：齊魯書社，2008年，第17頁）。

第一節 「自殘療親」的佛教解讀

「自殘療親」的淵源說法多異，有儒家倫理之說，有巫術影響之論，有佛教寓言之因，有醫學藥理之析等等。〔註5〕以上各種說法，雖各有其理，但都未直接觸及「自殘療親」的佛教淵源。〔註6〕基於以下理由的支持，筆者以為，「自殘療疾」現象的發生乃淵源於佛教影響。

其一，「自殘」其實是一種佛教供施。

「自殘」供施現象的出現，當是「自殘療親」現象產生的前提條件，而這個前提條件無疑受益於佛教。在佛教中，無論教理還是宗教實踐，也無論信眾還是佛、菩薩，「自殘」身體供施包括「三寶」在內的一切有情眾生，都是備受提倡和推崇的。

佛教認為，有情眾生是由「色、受、想、行、識」五種構成的，是為「五蘊」。人只是「五蘊」的因緣和合，是「空」的假象而已，所謂「諸行無常，諸法無我」。「五蘊」又是眾生遭受煩惱、欲望等諸苦折磨的物質基礎，也是生死業力能夠束縛眾生的物質基礎。而涅槃則是對諸苦和業力束縛的最後斷滅，也即「灰身滅智，捐形絕慮」——身心俱滅，獲得一種最高意義上的宗教解脫。小乘理念中，包括人身體在內的供施之目的，在破除個人吝嗇與貪心，以免除未來世之貧困；大乘理念中，則與大慈大悲之教義聯結，用於度人以自度。又，人體的各部分以致整個生命，在佛教裏被稱作是「內財」。如《大方等大集經》卷第五〇「月藏分第一四」「諸惡鬼神得敬信品第八之一」云：「如是則能悉捨內財，所謂皮、肉、筋、骨、眼、耳、鼻、舌、手、足及頭，所愛之命。」〔註7〕而且，所謂「內財」的供施，大「稀有」於「身外之財」，故其功德也遠為卓著。如《佛說月光菩薩經》云：

〔註5〕其中，主要研究成果有方燕的《宋代女性割股療親問題試析》（載於《求索》第 11 期，2007 年），邱仲麟的《不孝之孝——唐以來割股療親現象的社會史初探》（載於《新史學》第六卷第一期，1995 年）、《人藥與血氣——「割股」療親現象中的醫藥觀念》（載於《新史學》第十卷第四期，1999 年），金寶祥的《和印度佛教寓言有關的兩件唐代風俗》（載於其專著《唐史論文集》，甘肅人民出版社，1982 年），於賡哲的《割股奉親緣起的社會背景考察——以唐代為中心》（載於《史學月刊》第二期，2006 年）等等。

〔註6〕只有金寶祥的《和印度佛教寓言有關的兩件唐代風俗》觸及到了「自殘療親」的佛教淵源之一，但其結論僅基於印度佛教的幾則寓言，很難有說服力。

〔註7〕（北涼）曇無讖譯：《大方等大集經》，《大正藏》第 13 冊第 397 號，第 333 頁下第 9 行。

　　發是願已，婆羅門曰：「王捨內財，甚為稀有，於未來世，速成
佛道。」作是語時，王以首髮，係無憂樹枝，即執利劍，自斷其頭。
爾時三千大千世界六種振動，於虛空中，天人讚言：「善哉，善哉！
今月光天子當得成佛。」復雨優缽羅花、缽納摩花、俱母那花、曼
陀羅花，及沉香、秣香、旃檀之香，種種供養。即以旃檀香木，焚
燒遺體，收其舍利，於摩尼苑及四衢路，各起一塔，恒時供養。現
在未來一切眾生，於此苑中，行住坐臥，及於塔前，瞻禮供養。命
終之後，生六欲天，及梵天上。〔註8〕

月光天子因斷頭供施，不但自己成佛，而且一切眾生，也會因禮敬其舍利塔
「命終之後，生六欲天，及梵天上」。因此，佛教在具體宗教實踐中，常常會
鼓勵信眾以身體供施「三寶」。如《妙法蓮華經》卷第六「藥王菩薩本事品第
二三」云：

　　是一切眾生憙見菩薩，樂習苦行，於日月淨明德佛法中，精進
經行，一心求佛，滿萬二千歲已，得現一切色身三昧……而自念言：
「我雖以神力供養於佛，不如以身供養。」即服諸香——栴檀、薰
陸、兜樓婆、畢力迦、沈水、膠香，又飲瞻卜諸華香油，滿千二歲
已，香油塗身，於日月淨明德佛前，以天寶衣而自纏身，灌諸香油，
以神通力願而自然身，光明遍照八十億恒河沙世界。其中諸佛同時
讚言：「善哉，善哉！善男子！是真精進，是名真法供養如來。若以
華、香、瓔珞、燒香、末香、塗香、天繒、幡蓋及海此岸栴檀之香，
如是等種種諸物供養，所不能及；假使國城、妻子布施，亦所不及。
善男子！是名第一之施，於諸施中最尊最上，以法供養諸如來故。」
作是語已而各默然。其身火燃千二歲，過是已後，其身乃盡。〔註9〕

在這裡，為「一心求佛」，「善男子」點燃身體供養「三寶」之「佛寶」，被諸
佛贊為「於諸施中最尊最上，是名第一之施」。又，《大方廣佛華嚴經》卷第四
○「入不思議解脫境界普賢行願品」云：

　　以不可說、不可說身命而為布施，剝皮為紙，折骨為筆，刺

〔註8〕（宋）法賢譯：《佛說月光菩薩經》，《大正藏》第3冊第166號，第408頁上
　　　　第13～16行。
〔註9〕（姚秦）鳩摩羅什譯：《妙法蓮華經》，《大正藏》第9冊第262號，第53頁
　　　　上第23行。

血為墨，書寫經典，積如須彌。為重法故，不惜身命，何況王位。
〔註 10〕

此處是不惜身命用以布施「三寶」之「法寶」。又《賢愚經》卷第四「摩訶斯那優婆夷品第二一」云：

> 念是事已，重自思惟：往昔菩薩，以一鴿故，猶自屠割，不惜身肉，況此比丘，於鴿有降，我寧不可愛自己身肉而不濟？彼作是念已，將一可信常所使人，卻入靜室，淨自洗身，踞坐床上，勅使人言：「汝今割我股裏肉取。」爾時使人如教即以利刀割取……送疾比丘。比丘受是信心檀越所送食已，疾即除愈。〔註 11〕

此處是女性信眾割股供施「三寶」之「僧寶」，供施者的結果是「佛為說法得阿那含道」。〔註 12〕

佛、菩薩亦不例外，他們也常以「自殘」的布施方式迴向一切眾生。如《大方廣佛華嚴經》卷第一九「金剛幢菩薩十迴向品第二一之六」云：「菩薩悉能施頭目，手足肌肉及骨髓。一切身份盡惠施，其心未曾生中悔。」〔註 13〕又《佛說月光菩薩經》云：

> 月光天子復告天龍八部一切賢聖：「我今捨頭，不求輪王、不求生天、不求魔王、不求帝釋、不求梵王，為求無上正等正覺，令未受化者迴心受化、已受化者速得解脫、得解脫者圓證寂滅究竟彼岸。又願命終之後，舍利如白芥子，於摩尼寶藏苑，建一大塔，令一切眾生，禮拜供養見聞隨喜；命終之後，皆得生天，發菩提心，出生死界。」〔註 14〕

這裡是月光菩薩「捨頭」布施，「令一切眾生」得所成就。又《佛說如來不思議秘密大乘經》卷第二「菩薩身密品第一之二」云：

> 又復菩薩，普為一切有情不惜身命。若諸有情各各來求菩薩身肉而噉食者，菩薩悉現其前，斷肉授之，乃至骨血精髓而悉隨

〔註 10〕（唐）般若譯：《大方廣佛華嚴經》，《大正藏》第 10 冊第 293 號，第 845 頁中第 26 行。

〔註 11〕（元魏）慧覺等譯：《賢愚經》，《大正藏》第 4 冊第 202 號，第 375 頁上第 14 行。

〔註 12〕《賢愚經》，《大正藏》第 4 冊第 202 號，第 375 頁上第 14 行。

〔註 13〕（東晉）佛馱跋陀羅譯：《大方廣佛華嚴經》，《大正藏》第 9 冊第 278 號，第 518 頁上第 13 行。

〔註 14〕《佛說月光菩薩經》，第 408 頁上第 5 行。

與。寂慧當知，菩薩隨諸有情須身肉等而悉與者，由彼菩薩知身無量，即能隨知法界無量。無量即無盡身無盡門，即是緣生無盡法門。〔註15〕

為使「諸有情」了悟「法界無量」「緣生無盡法門」，菩薩不惜捨「身肉」「乃至骨血精髓」。又《金剛經纂要刊定記》卷第五云：

> 菩薩之行，無所不為：剜身然燈，割股救鴿；一句投火，半偈亡軀；供佛燒身，捐形飼虎。如是等行，皆名苦因。為行頗同，果證何異？因果既等，何勝劣哉！云何等者，意明前捨身命，即成苦果。〔註16〕

在這裡，菩薩、佛的「自殘」式供施，甚至施及鴿、虎。並且，這種布施證得的「苦果」，一如其他布施無有「勝劣」之分。

其二，在佛教裏，「自殘」供施亦是一種「療疾」行為。

上文已經論證過：一方面，在佛教修證哲理中，「自殘」供施「於諸施中最尊最上，是名第一之施」，供施者可以因此證得不可思議功果；另一方面，在佛教修證實踐中，在神性的觀照下，信眾祈冀通過「自殘」供施以證得莫大功果，佛、菩薩以慈憫之心借「自殘」供施開悟和迴向眾生，信眾，佛、菩薩兩兩互為供施———一種偶像與偶像崇拜之間的完美互動，故此，「自殘」供施之風隨著佛教的流播而狂熱於天下。但宗教的作用不僅在於充任大眾的心靈需求，而且在於能夠具有療治大眾現世生老病死之苦的切實功用。可以說，宗教在現實中的療疾功能是其必須的天然特性之一，世界各大宗教莫不如此，佛教自不例外。也因此，在佛教裏，人體及附著於其上的不可思議之神性，被賦予入藥療疾的使命也就成為一種必然。順而延之，佛教對「自殘」供施以「療疾」的倡導，也就成為一種必然了。《佛說月明菩薩經》云：

> 若比丘疾病窮厄、勤苦當憂，令得安隱，給與醫藥，何但醫藥，尚當不惜肌肉，當供養之趣令得愈。時，是比丘髀上生大惡瘡，國中醫藥所不能愈，王愁大悲，即為淚出。時，二萬夫人俱亦皆同時悲念是比丘。於時王臥，出夢中有天人來語王言：「若欲愈是至誠意

〔註15〕　（宋）法護譯：《佛說如來不思議祕密大乘經》，《大正藏》第11冊第312號，第707頁上第9行。

〔註16〕　（宋）子璿錄：《金剛經纂要刊定記》，《大正藏》第33冊第1702號，第208頁上第16行。

比丘病者，當得生人肉血飲食之，即愈矣。」王窮，驚悸不樂，念：「是比丘病重，乃須彼藥，法所難得。」勅問臣下：「何從得生人血肉？」時，王第一太子，字若羅衛（漢言智止），智止白王：「王莫悲、莫愁、莫憂，人之血肉，最為賤微，世人所重，道無所違。」王答太子：「善哉，善哉！」太子默然，還入齋室，持刀割髀，取肉及血，持送與比丘。比丘得服之，瘡即除愈，身得安隱。〔註17〕

此是信眾（智止太子）「持刀割髀，取肉及血」「自殘」供施，為「僧寶」「療疾」。「比丘髀上生大惡瘡」，一般醫藥不能治癒，「生人肉血飲食之」，才可得愈。而智止太子也因「是供養佛所譽」，獲得「未來當作佛者」的果報。〔註18〕又《月燈三昧經》卷第八云：

此比丘病，要須未交童女新血洗之，亦用塗瘡，復取其肉煮之為羹，以種種味而調和之，與飯共食乃可除差。若不得此藥定難可起……爾時智意，於父王所聞是語已，知病比丘須如是藥。聞已歡喜身心踊悅，作是思惟：如父所言，我今此身未曾交合，施其尊者新血肉等。我於宮內最為幼年，於此法師阿闍梨所深生敬重，身口意淨求無染智。以身肉血施無著法師，持己身肉以種種味而調和之，我應為此病比丘藥，令我大師病苦消除得起平復。爾時智意，即持利刀，深心住法，割身股肉，其瘡血流。持此新肉調種種味而作羹臛，以金椀盛取身上流血，即奉王。勅喚病比丘來入宮內，於父王前置席令坐。血洗瘡已又用塗之，復持此肉調以種種其餘勝味而作美食，為獲福故奉施法師。時彼比丘，不知不覺不疑有過，即便食之，是病比丘食此食時患苦即除。〔註19〕

此處是需要「未曾交合」的童男或童女新鮮血液洗、塗瘡，並取股肉煮羹為藥，以供施「僧寶」「療疾」。而割股肉為病比丘「療疾」的王女，則得以「永不復受女人身」，且「死滅後，便得見於千億佛」。又《大智度論》卷第一二「大智度論釋初品中檀波羅蜜法施之餘」云：

月光太子出行遊觀，癩人見之，要車白言：「我身重病，辛苦懊

〔註17〕（吳）支謙譯：《佛說月明菩薩經》，《大正藏》第 3 冊第 169 號，第 411 頁上第 25 行～下第 1～7 行。

〔註18〕《佛說月明菩薩經》，《大正藏》第 3 冊第 169 號，第 411 頁下第 12 行。

〔註19〕（高齊）那連提耶舍譯：《月燈三昧經》，《大正藏》第 15 冊第 639 號，第 599 頁下第 10 行。

惱，太子嬉遊，獨自歡耶，大慈愍念，願見救療。」太子聞之，以問諸醫，醫言當須從生長大無瞋之人血髓，塗而飲之，如是可愈。太子念言，設有此人，貪生惜壽，何可得耶？自除我身，無可得處。即命旃陀羅，令除身肉，破骨出髓，以塗病人，以血飲之……捨肉身得法身，於十方六道中，變身應適，以化眾生。種種珍寶、衣服、飲食給施一切，又以頭目、髓腦、國財、妻子、內外所有盡以布施。〔註20〕

此是月光太子「自殘」供施，為「癩人」「療疾」。其結果是「癩人」病除，太子「捨肉身得法身，於十方六道中，變身應適，以化眾生」。又《佛說如來不思議秘密大乘經》卷第二「菩薩身密品第一之二」云：

是時普遍四方染疾苦者，一切人眾於彼善寂人所，各各隨意斷取身肉。而善寂身安然如故。亦無增減，續續斷已，旋旋復生。時彼國城一切人眾食是肉者，彼彼所有一切病苦皆得除解，無病快樂，悉無憂惱。如是次第閻浮提中一切人眾，咸息諸病，悉獲輕安。〔註21〕

此處是善寂菩薩以大神通「自殘」供施，令一切眾生病苦「悉獲輕安」，但這已經不是一般常人的「自殘療疾」，而是大慈大悲的菩薩之行了。

值得注意的是，「自殘」供施為他人「療疾」的行為，常常有一些這樣的特徵：為他人「自殘療疾」，是供施者依佛、菩薩信仰所發之大願心；「自殘」行為一般是隱秘進行；病人是在被刻意隱瞞的情況下服食人肉藥；身體各部分都可入藥，但以股肉為常見等等。很有意思的是，上述特徵也都是中國「割股療親」行為中最常見的一些特徵。

不過，在佛教典籍中，「自殘療疾」的供施行為，在佛本生事蹟中表現得最為集中典型。如《佛說菩薩本行經》卷下云：

爾時世尊往來七返，即便說言：「我從無數劫以來，所作功德作大誓願，我今以此正真之行，除去一切眾生身病並除意病……捨屍王時，自以身肉供養病人經十二年……摩訶婆利王時，二十四日自以身肉以供病人……毘婆浮為解呪師時，人民疫病，以身

〔註20〕（印度）龍樹菩薩造，（後秦）鳩摩羅什譯：《大智度論》，《大正藏》第15冊第1509號，第146頁上第5行。

〔註21〕《佛說如來不思議秘密大乘經》，第708頁上第2行。

> 血肉持用解除與鬼噉之，人民眾病皆悉除差……跋彌王時，國中
> 人民盡有瘡病……即從樹上投身水中，便化成魚而有聲言：『其有
> 病者，來取我肉噉，病當除差。』人民聞聲，皆來取魚肉食之，
> 病盡除愈。」〔註22〕

此處是釋迦牟尼世尊在七世輪迴中，多次「自殘」供施為一切眾生「療疾」。釋迦牟尼世尊於今世之前，早已經歷過多次輪迴，這些輪迴故事，大凡見於漢譯之《生經》《六度集經》《佛本行集經》《大莊嚴論經》《撰集緣經》《賢愚經》《雜寶藏經》《摩訶僧祇律》《根本說一切有部毗奈耶》等經典中。這些經典早在佛教初傳中國之時，就被傳譯於中國並廣泛流播，故釋迦牟尼世尊的「自殘療疾」事蹟，勢必因之對中國廣大信眾影響深遠。

其三，「自殘」供施的對象可以是親人，特別是父母等長輩。

「自殘」供施所具有的不可思議功果，使得「自殘」供施與「療疾」二者之間產生了必然的聯繫，此可謂是神性使其然。而「自殘」供施與「孝親」之間關係的產生，則更多的是世俗倫理與佛教倫理調和的結果。雖然佛教提倡斷髮絕情，拋家棄俗，這同儒家入世倫理大相衝突，但在「孝親」倫理上，佛教與儒家是高度相協的。

具體到本文的論題，表現在佛教巧妙地擴展了「自殘」供施的對象範圍。一切有情眾生「自殘」供施的目的，是為了獲取成佛做祖的功果，其供施對象主要是有著神性光環的「三寶」，父母等親人不被預於其中才更符合佛教倫理的要求。不過這樣一來，佛教就會走向反對人類最基本人倫的尷尬境地，這對佛教的發展是極為不利的。因此，佛教勢必要調和好這個矛盾。具體的策略便是，把「自殘」供施天、帝、「三寶」等眾，等同於供施父母等親人。這種策略的依據之一是，「自殘」供施父母等親人，同樣可以達到成佛作祖的目的。如《菩薩本生鬘論》卷第一「如來分衛緣起第三」云：

> 佛言：「阿難，匪惟在家及出家者，皆以孝行而為其先，計其功
> 德不可稱量。所以者何？憶念過去無量劫時，我為童子亦年七歲，
> 以孝順心曾割身肉，以濟父母危急之命，從是以來承此功德，常為
> 天帝及作人王，直至成佛皆因此福。」〔註23〕

〔註22〕失譯：《佛說菩薩本行經》，《大正藏》第 3 冊第 155 號，第 119 頁上第 21 行。

〔註23〕（宋）紹德慧詢等譯：《菩薩本生鬘論》，《大正藏》第 3 冊第 160 號，第 334 頁上第 15 行。

釋迦牟尼佛以其自身的親歷說明,「以孝順心曾割身肉,以濟父母危急之命」,有大功德和大福報,並因此能夠「常為天帝及作人王,直至成佛」。又《大乘本生心地觀經》卷第二「報恩品第二」云:

> 或是菩薩為度眾生,現為男女饒益父母,若善男子善女人,為報母恩經於一劫。每日三時割自身肉以養父母,而未能報一日之恩。〔註24〕

佛教認為「父母恩重,猶如天地」,〔註25〕即便你「自殘」供施父母,猶難以報其「一日之恩」。這是從報父母養育之恩的角度出發,強調「自殘」供施父母的合理性。又《大乘寶雲經》卷第一「十波羅蜜品第二」云:

> 如佛所說,生生世世流轉無始,無一眾生非是汝等昔時父母、眷屬、妻子、知識,乃至蠕動一切眾生四生之類。是故應施其無所畏,割肉飴之勿令怖畏,何況於大眾生。〔註26〕

佛教認為,在各自的業緣作用下,一切眾生都會生生世世輪迴不止,以致一切眾生相互之間均會因此產生各種身份更替,父母與子女之間的身份更替亦是其中之一。這是佛教以輪迴理論支持「自殘」供施父母的合理性。又《雜寶藏經》卷第二「波羅奈國有一長者子共天神感王行孝緣」云:

> 如是我聞,一時佛在舍衛國,告諸比丘言:若有人慾得梵天王在家中者,能孝養父母,梵天即在家中;欲使帝釋在家中者,能孝養父母,即是帝釋在家中;欲得一切天神在家中者,但供養父母,當知一切天神已在家中;但能供養父母,便為和上已在家中;欲得阿闍梨在家中者,但供養父母,即是阿闍梨在其家中;若欲供養諸賢聖及佛,若供養父母,諸賢聖及佛即在家中……欲知爾時長者子,今我身是也。我於爾時,為彼一國,除去惡法,成就孝順之法,以此因緣自致成佛,是以今日亦復讚歎孝順之法也。〔註27〕

在釋迦牟尼佛往生時,因其成就了「孝順之法」,故得以成佛。於此,佛法與

〔註24〕（唐）般若譯:《大乘本生心地觀經》,《大正藏》第 3 冊第 159 號,第 297 頁上第 7 行。

〔註25〕（元魏）吉迦夜共曇曜譯:《雜寶藏經》卷第二「波羅奈國有一長者子共天神感王行孝緣」,《大正藏》第 4 冊第 203 號,第 455 頁中第 10 行。

〔註26〕（梁）曼陀羅仙共僧伽婆羅譯:《大乘寶雲經》,《大正藏》第 16 冊第 659 號,第 244 頁中第 23 行。

〔註27〕第 455 頁中第 10 行。

世俗之法達到了和諧的統一；供養父母與供養梵天、帝釋、天神、和上、阿闍梨、諸賢聖及佛等等，達到了和諧的統一。

其四，在佛教典籍中，「自殘療親」有成例可尋。

如果說，上文三點論述，還僅是「自殘療親」淵源於佛教的間接理由，那麼，佛教典籍中「自殘療親」成例，便是直接證據了。《大方便佛報恩經》卷第三「論議品第五」云：

> 太子問言：「所求藥草為是何物？」大臣報言：「太子當知，求藥草者正是從生至終不瞋人眼睛及其人髓，若得此藥得全王命，若不得者命在不久，於諸國土無有此人。」太子聞已心生憂惱，即報大臣：「今我身者似是其人，何以故？我從生已來未曾有瞋。」大臣言：「太子若是其人者，此事亦難，何以故，天下所重莫若己身。」太子言：「不如諸臣所言也，但使父王病得損者，假使捨千身亦不為難，況我今日此穢身也。」……爾時大臣即呼旃陀羅，斷骨出髓，剜其兩目……爾時大臣即搗此藥奉上大王，王即服之病得除差……爾時世尊，告彌勒菩薩善男子等大眾：「當知爾時波羅奈大王者今現我父悅頭檀是，爾時母者今現我母摩耶是，忍辱太子者今我身是。菩薩於無量阿僧祇劫孝養父母衣被、飲食、房舍、臥具，乃至身肉骨髓其事如是，以此因緣自致成佛。」〔註28〕

此處是說，釋迦牟尼往生為忍辱太子時，不惜「斷骨出髓、剜其兩目」為父「療疾」，並「以此因緣自致成佛」。

這個「自殘療親」的成例出自《大方廣佛報恩經》，該經宣傳佛教的報恩思想，即上報「三寶」，中報君親，下報眾生——也即佛法中的「報恩福田」，與佛（大福田）、父母（最勝福田）一起稱為「三大福田」。這種觀念深契儒家孝道倫理，也是該經能夠譯傳於中國，並影響深遠的基本前提。

雖然《大方廣佛報恩經》翻譯年代目前尚不確定，但此經最早曾為《出三藏記集》所錄，可知其最遲於南梁之時即已開始流行中國。〔註29〕並且有關證據可以表明，《大方廣佛報恩經》在唐代中、後期可能已經盛行於社會基

〔註28〕失譯：《大方便佛報恩經》，《大正藏》第 3 冊第 156 號，第 138 頁上第 11～27 行、中第 11～26 行。

〔註29〕（梁）僧祐：《出三藏記集》卷四「新集續撰失譯雜經錄第一」，北京：中華書局，1995 年，第 124 頁。

層。有相關研究者認為:

> 報恩經變最早出於何時,目前難以考定。由北周庾信《秦州天
> 水郡麥積崖佛龕銘並序》中「昔者如來追福有報恩之經,菩薩去家
> 有思親之供」的記載來看,可能北周時期麥積山石窟就出現了報恩
> 經變。據《大慈恩寺三藏法師傳》卷九記載,顯慶元年(公元 656
> 年),玄奘為唐高宗太子滿月呈現「報恩經變一部」。另據《大唐福
> 州報恩寺多寶塔碑記》記載,該寺北壁繪報恩經變相,敦煌遺書有
> 《佛說報恩經講經文》(原名《雙恩記》)等來看,唐代報恩經變文
> 和經變可能相當流行。〔註30〕

但需要指出的是,「唐代」應該確切為「唐代中、後期」。因為敦煌石窟中最早
的報恩經變在安史之亂以後才出現,如包含有須闍提太子割肉供施父母的「孝
養品」經變(第 31、148 窟),是大曆年間建造的;〔註31〕包含忍辱太子「剜
睛出髓」為父「療疾」的「議論品」經變(第 231 窟),是更晚以後才新增進
去的。〔註32〕變文、經變實際上是屬於佛教傳播過程中所生發的民間涉佛俗
文化,「自殘」供施與「自殘療親」在這個時候進入這種民間涉佛俗文化中,
絕不是一種偶然,而是暗合於「自殘療親」盛行於唐代中、後期的歷史真實。
《新唐書》卷一九五「列傳第一二〇」「孝友」云:

> 唐時陳藏器著《本草拾遺》,謂人肉治羸疾,自是民間以父母
> 疾,多刲股肉而進。又有京兆張阿九、趙言,奉天趙正言、滑清泌,
> 羽林飛騎啖榮祿,鄭縣吳孝友,華陰尹義華,潞州張光玭,解縣南
> 鍛,河東李忠孝、韓放,鄢陵任客奴,絳縣張子英,平原楊仙朝,
> 樂工段日升,河東將陳涉,襄陽馮子,城固雍孫八,虞鄉張抱玉、
> 骨英秀⋯⋯歙縣黃芮,左千牛薛鋒及河陽劉士約,或給帛,或旌表
> 門閭,皆名在國史。〔註33〕

宋代錢易《南部新書》「辛」部對此記載得更為具體:「開元二七年(公元 739
年),明州人陳藏器撰《本草拾遺》,云:『人肉治羸疾』,自是閭閻相效割股,

〔註30〕 尹光明主編:《報恩經畫卷》,敦煌研究院主編《敦煌石窟全集・9》,上海:
上海世紀出版集團、上海人民出版社,2001 年,第 97 頁。
〔註31〕 《敦煌石窟全集・9》,第 105 頁。
〔註32〕 《敦煌石窟全集・9》,第 115 頁。
〔註33〕 (宋)歐陽修、宋祁撰:《新唐書》,北京:中華書局,1975 年,第 5577 頁。

於今尚之。」〔註34〕《南部新書》與《新唐書》認為,「陳藏器著《本草拾遺》,謂人肉治羸疾」,是「自殘療親」現象產生的淵源,這自然是不正確的;〔註35〕不過,正確的是,《南部新書》與《新唐書》二者均確認了同一個史實,那就是「自殘療親」乃盛行於唐代中、後期(最早不會超過開元二七年)。關於這一點,後文將有進一步闡述。《大方廣佛報恩經》的影響,自唐代中、後期起繼續延及宋代,〔註36〕如大足寶頂山大佛灣摩岩造像中,「釋迦因地割肉供父母」「釋迦因地行孝剜睛出髓為藥」等經變不但繼續存在,而且還偽增了沒有佛典依據的「大孝釋迦佛擔父王棺」等新經變,可見《大方廣佛報恩經》在中國民間影響之漸遠漸深。〔註37〕

綜上可知,在中唐以後,《大方廣佛報恩經》即已盛行於社會基層,因此,該經中「自殘療親」的成例,自然會隨之標杆於民間相關孝親風俗,並且成為唐代中、後期以降「自殘療親」盛行的一大助因。

其五,「自殘療親」的盛行是唐代中、後期儒、佛共振的產物。

「自殘療親」大盛於唐代中、後期,這跟「自殘」供施大盛於唐代中、後期是同步發生的。佛教傳入中國後,「自殘」這種供施方式,也隨著佛教傳播開來,尤以唐代中、後期為盛行。

雖然早在南朝梁武帝時,「自殘」供施已經在一定範圍內形成了社會風氣,如《南史》卷七云:「始天監中,……於是人人贊善,莫不從風。或刺血灑地,或刺血書經,穿心然燈,坐禪不食。」〔註38〕不過,「自殘」供施真正開始大行其道,還當屬唐代中期以後為確。一則,梁武帝偏安一隅,影響所及畢竟有限;再則,佛教真正深入影響中國,其標誌是儒、佛、道三教的融合,中國化佛教宗派更多地產生,這是在唐代中期以後才發生並成熟的。筆者下面所

〔註34〕 (宋)錢易撰,黃壽成點校:《南部新書》,北京:中華書局,2002 年,第 124 頁。

〔註35〕 (明)李時珍:《本草綱目》卷五二「人部」「人肉」就指出:「陳氏之先,已有割股肝者矣。」(金陵胡成龍刻本,1596 年)又,《舊唐書》卷一九二「列傳第一四二」「隱逸」就有武則天朝懷州河內人王友貞割股肉療母疾的事蹟,這是正史中最早的「自殘療親」記錄。(見載於 (後晉)李昫:《舊唐書》,北京:中華書局,1975 年,第 5118 頁)

〔註36〕 前引《南部新書》例中也有「於今尚之」之說。

〔註37〕 谷東方:《高平開化寺北宋大方便佛報恩經變壁畫內容考釋》,《故宮博物院院刊》,2009 年第 2 期(總第 142 期),第 86～150 頁。

〔註38〕 (唐)李延壽:《南史》,北京:中華書局,1975 年,第 224～225 頁。

舉例證，均發現於唐代中期以後。《全唐文》卷七八三《東都龍興寺鎮國般舟道場均上人功德記》云：

> 按經文，「我以神力供養，不如以身供養。故曰若能燃手指乃至足指者，是名第一之施，蓋菩薩之行也。」今我上人以兩臂為爐，爇香千度，用夫苾芻蕭之義，以簡萬望。夫以福莊嚴之重，千度焚燒之苦，與夫一指之功，不為多乎！又刺體之血，以嚴經像，若素為塗，若繪為彩，若寫為墨，凡成就阿彌陀佛一軀，觀音勢至二菩二菩薩各二事。經千卷，經以皮為紙，以血為墨，書寫經戒，亦菩薩之行也。〔註39〕

此處是僧人「自殘」供施「三寶」之「佛寶」和「法寶」。又《宋高僧傳》卷第二三「遺身篇第七」「唐五臺山善住閣院無染傳」云：

> 最後，於中臺東，忽見一寺，額號福生，內有梵僧，數可萬計。染從頭禮拜，遞互慰勞。見文殊亦僧也，語染曰：「汝於此有緣，當須荷眾勿得唐捐，有願無行而已。」言訖化寺眾僧，寂無所睹。染欻而言曰：「睹茲靈異，豈可徒然！此危脆身，有何久固？」乃遵言廣興供施，每設一萬僧，乃然一指以為記驗焉。漸及五萬數，迤邐委輸，若海水之入歸塘焉。及千萬供畢，十指然盡。〔註40〕

此是燃十指供施「三寶」之「僧寶」。不僅出家人如此，在家普通百姓亦復如此。《太平御覽》卷六五七「釋部五」云：「《唐書》曰：韋綬字子章，京兆人。少有至性，喪父，刺血寫佛經。」〔註41〕眾生平等，以致皇室也不例外。《舊唐書》卷十云：「甲午，上不康，皇后張氏刺血寫佛經。」〔註42〕一時間，僧、俗，上層貴族、民間大眾，「自殘」供施之風盛行。這種風氣，在中唐最高統治者迎送佛骨舍利之時，表現尤為狂熱。《唐會要》卷四七「議釋教上」云：

> 元和十三年，功德使奏，鳳翔府法門寺有護國真身塔，塔內有釋迦牟尼佛指骨一節，其本傳以為當三十年一開，開則歲豐人安。至來年合發，詔許之，命中使領禁兵與僧徒迎護至京。上開光順門

〔註39〕（清）董誥等編：《全唐文》，北京：中華書局，1983年，第8185頁下。

〔註40〕（宋）贊寧撰，范祥雍點校：《宋高僧傳》，北京：中華書局，1987年，第585～586頁。

〔註41〕（宋）李昉等編：《太平御覽》（影印本），北京：中華書局，1960年，第2935頁下。

〔註42〕《舊唐書》卷十，第260頁。

以納之，留禁中三日，乃送京城佛寺。王公士庶，瞻禮施捨，如恐不及。姓有廢業竭產，燒頂灼臂而云供養者。又有閭肆惡子，不苦焚烙之痛，譎言供養而蒸其肌膚。緣是佛骨所在，往往盜發，既擒獲，皆向之自灼者。農人多廢東作，奔走京城。〔註43〕

這種風氣如此之狂熱，以致時任刑部侍郎韓愈不惜冒死犯上極諫云：

今聞陛下令京都僧於鳳翔迎取佛骨，御樓以觀，昇入大內。又令諸寺遞迎供養。臣雖至愚，必知陛下不惑於佛，作其崇奉，以祈福祥也。直以年豐人樂，徇人之心，為京師士庶，設詭異之觀，戲翫之具耳。安有聖明若此，而肯信此等事哉。然姓愚冥，易惑難曉，苟見陛下如此，將謂真心信佛，皆云天子大聖，猶一心敬信，姓賤微，於佛豈合更惜身命。焚頂燒指，千為群，解衣散錢，自朝至暮，轉相仿效，惟恐後時，老少奔波，棄其業次。若不即加禁遏，更歷諸寺，必有斷臂臠身，以為供養者。傷風敗俗，傳笑四方，非細事也。〔註44〕

綜上可知，「自殘」供施之習，在唐代中、後期最是風行於社會上下各個階層，甚致「農人多廢東作」。並且該習氣並未因少數人的反對而有所收斂，韓愈因此差點丟掉了性命（最終被流放於蠻荒之地）昭示了這一點。延及五代與宋以後，更有密宗及其經典繼續流行的助勢，「自殘」供施之風繼續長盛不衰。於此，後文將還有部分涉及，茲不贅言。

筆者之所以在這裡不厭其煩地論證唐代中、後期「自殘」供施風氣之盛，是因為它是「自殘療親」現象得以生發於唐代中、後期的必需條件之一。

在中國古代封建社會，作為皇權必須之根基的儒家孝道倫理一直都頑固地存在於社會意識之中，唐代中、後期亦不例外。唐玄宗曾二度親注《孝經》，詔令「其載（天寶三年）十二月。敕自今已後。宜令天下家藏孝經一本。精勤教習。學校之中。倍加傳授。州縣官長。明申勸課焉」。〔註45〕而《孝經》「開宗明義章第一」就強調「身體髮膚，受之父母，不敢毀傷，孝之始也」。〔註46〕可以試想一下，倘若沒有唐代中、後期「自殘」供施的佛教信仰狂熱，「自殘

〔註43〕（宋）王溥：《唐會要》（上、下冊），日本京都：株式會社中文出版社，1978年，第838頁。

〔註44〕《唐會要》，第839頁。

〔註45〕《唐會要》，第645頁。

〔註46〕胡平生譯注：《孝經》，北京：中華書局，2009年，第12頁。

療親」的行為何以能夠生發於天下？當然，這裡面還有一個佛教「他適」於儒家孝道倫理的策略問題，關於這一點，筆者已在前文多處論述，茲不再述。

韓愈沒能抵制住舉國上下「自殘」供施的佛教信仰狂熱，似乎同樣沒能抵制住「自殘療親」在唐代中、後期的盛行。《新唐書》卷一九五「列傳第一二○」「孝友」云：

> （韓愈）曰：「父母疾，亨藥餌，以是為孝，未聞毀支體者也。
> 苟不傷義，則聖賢先眾而為之。是不幸因而且死，則毀傷滅絕之罪
> 有歸矣，安可旌其門以表異之？」〔註47〕

韓愈認為，「自殘療疾」者是不應該被「旌其門以表異」的，並提出了兩點理由：一是此舉「傷義」，聖賢從未為之；二是違背「身體髮膚，受之父母，不敢毀傷」的正統孝道倫理。但韓愈的觀點並未得到當政者的認可，「自殘療親」者受到了當政者的表彰——「或給帛，或旌表門閭，皆名在國史。」〔註48〕又，《唐會要》卷五八「尚書省諸司中」「戶部侍郎」條云：

> 寶曆二年正月。戶部侍郎崔元略奏……其孝子順孫，義夫節婦，
> 及割股奉親，比來州府免課役，不由所司，今後請應有此色，敕下後，
> 亦須先牒當司，如不承戶部文符，其課役不在免限。從之。〔註49〕

在這裡，「自殘奉親」者（當然包括「自殘療親」者在內），已經能夠比併於正統孝道倫理踐行者之四大典範——「孝子順孫，義夫節婦」，不但得以「免課役」優勉，而且受到了當政者自上而下的制度認可。這種優勉與認可，不是儒、佛二者之間比高下的結果，而是在唐代中、後期特定的社會環境下二者共振的產物。《新唐書》卷一九五「列傳第一二○」「孝友」是這樣表述該共振的：「雖然，委巷之陋，非有學術禮義之資，能忘身以及其親，出於誠心，亦足稱者。故列十七八焉。」〔註50〕「委巷之陋」的社會下層小民並沒有機會受到正統禮義教育，但他們卻能夠不惜「自殘療親」，《新唐書》認為，這是當事者「心誠」所致。很顯然，雖然《新唐書》似乎客觀地指出了「自殘療親」非是儒家孝道禮義的作用，但是卻沒有洞察到，或是有所顧忌「心誠」實質上就是小民對佛教信仰的狂熱。不過，能夠以「心誠」則靈暗示史實，歷史地

〔註47〕《新唐書》卷一九五，第5577頁。
〔註48〕《新唐書》卷一九五，第5577頁。
〔註49〕《唐會要》卷五八，第1013頁
〔註50〕《新唐書》卷一九五，第5578頁。

說，已是難能可貴了。其實，「閭巷剚草之民」，「非有學術禮義之資」一說，也並非真正客觀。唐代中、後期以降，非但佛教信仰重心下移，儒家倫理影響亦漸漸深入民間，「自殘療親」固然淵源、得勢於佛教信仰為多，但同樣少不了儒家孝道倫理的助力——這是儒佛共振以生「自殘療親」之實也。只是隨著封建制度自宋代開始逐漸走向極端專制化，儒、佛二家勢力在相互融通中，此消彼長於官方、民間二方主流意識之間，以致佛教淵源下的「自殘療親」的評價，亦常常處於某種悖論狀態。比如北宋出土的二十四孝故事磚雕裏，並不見一例「自殘療親」孝行被標杆，雖然事實上它應該比任何其他故事都值得標杆。又如下文要詳細論述的「自殘療親」孝義女意象的文史遭遇悖異，亦是該因緣所生的一定時勢下的具體表達而已。

其六，「自殘療親」常是供施者的佛教自覺。

由於「自殘療親」的佛教天性，「自殘療親」的個案中多有供施者的佛教自覺顯現於其中。以正史中最早的一例「自殘療親」為證：

> 王友貞，懷州河內人也。父知敬，則天時麟臺少監，以工書知名。友貞弱冠時，母病篤，醫言唯啖人肉乃差。友貞獨念無可求治，乃割股肉以飴親，母病尋差。則天聞之，令就其家驗問，特加旌表。
>
> 友貞素好學，讀《九經》皆遍，訓誨子弟，如嚴君焉。口不言人過，尤好釋典；屏絕羶味，出言未曾負諾，時論以為真君子也。〔註51〕

可知，人情無聊賴之時，常常會情急於衷而託之於超現實的宗教。王友貞遭逢「母病篤」，情急於「獨念無可求治」之衷，不得不託之於「割股肉以飴親」。王友貞遵醫言「割股以飴親」，心動的恐怕不是人肉的靈異，而是附著於孝子「自殘」後的「心誠」則靈。正如《輪迴醒世》卷十「人情順逆部」「孝子割股」條中唐時孝子魏養蒙所云：「曾聞有割肝之說，可以救親。我亦明知肝何以割，此亦子無可奈何，借一刀之痛以盡心耳。」魏養蒙「盡心」的結果是，感動閻羅王為「曲全孝子之心」，加其父「二十四年壽矣」。〔註52〕在這裡，無論故事演繹者還是故事創作者，「割肝療父」行為的佛教自覺均了然於文本的字裏行間。對於王友貞來說，在有限的史料中，我們雖然無法判斷他「尤

〔註51〕《舊唐書》卷一九二「列傳第一四二」「隱逸」，第 5118 頁。

〔註52〕（明）無名氏撰，程毅中點校：《輪迴醒世》，北京：中華書局，2008 年，第 309～312 頁。

好釋典；屏絕羶味」起自何時、何因，但可以肯定的是，母病因其「割股肉以飼親」而「尋差」的靈異，勢必是其走向虔誠於佛教自覺的重要動因。同樣的情形還發生於唐咸通年間宗鑒「自殘療親」之中，《緇門崇行錄》「孝親之行第四」「刲股出家」條云：

> 唐鑒宗，湖州長城人，姓錢氏。父晟有疾，宗割股肉饋之，紿
> 曰他畜之肉。父病因愈，乃求出家。後謁鹽官悟空禪師，隨眾參請，
> 頓徹心源。咸通中，止天目東峰徑山，號徑山第二祖。〔註53〕

鑒宗出家的直接動因，就是源於「割股療父」的靈異感動，可見，其「自殘療親」發自於佛教自覺無疑。又，洪邁《夷堅志》「夷堅三志」辛卷第一「祁酥兒」條云：

> 祁酥兒者，亳州人。父為秘書省校書郎。酥兒性警慧，孝愛異
> 常，誦詩書，理音樂，皆不緣指教而自能。母久病，步立艱難，方
> 七八歲時，已代管家務，事無鉅細，悉幹之合宜。年十五歲，其冬，
> 母病忽加劇，酥憂急不知所為，潛持一錢詣佛堂供像前，拜而祝曰：
> 「吾母病甚，吾將割股肉以療，敢擲此錢以卜。即可，願錢文上向，
> 否則反之。」擲已驗之，文果上向。心獨喜快，謂佛真許我，遂持
> 刀以割左股。不暇遮傅，自燔之於火，屑而圓，類真藥粒之狀。與
> 母言，醫別換藥來。戒曰：「盡服此可愈。」母接服之，經宿有瘳。
> 酥謂符所願，益喜。家人見其坐稍偏，怪問其故，猶閉匿不肯說，
> 迫之再三，乃具以實告。皆大驚，亟求善藥護其創。創已先中風，
> 浸浸傍攻四體，萬方調治，竟不瘳。危困之際，語家人云：「吾取吾
> 肉以救母，固已不愛吾身。母幸緣此以安，死亦何恨？但父母年俱
> 高，不得終養，用此有遺恨耳。」泣數行下，遂絕。〔註54〕

祁酥兒因「母病忽加劇」，「憂急不知所為」的情形下，不得已「詣佛堂供像前，拜而祝曰：「吾母病甚，吾將割股肉以療，敢擲此錢以卜。即可，願錢文上向，否則反之。」結果應佛之許，「割股肉以療」母。並且「自燔之於火，屑而圓，類真藥粒之狀」。顯然，祁酥兒此舉，是仿高僧涅槃燒化而得舍利子的啟發，人肉被附會上了佛性的靈異而具有了奇效，「母接服之，經宿有瘳。」

〔註53〕（明）袾宏輯：《緇門崇行錄》，《卍續藏》第 87 冊第 1627 號，第 358 頁中第
14 行。
〔註54〕（宋）洪邁：《夷堅志》，北京：中華書局。1981 年，第 1368 頁。

祁酥兒「自殘療親」行為，始終以佛教自覺為指引。又《宋史》第四五六卷「列傳第二一五」「孝義」條云：

> 劉孝忠，并州太原人。母病經三年，孝忠割股肉、斷左乳以食母；母病心痛劇，孝忠然火掌中，代母受痛。母尋愈。後數歲母死，孝忠傭為富家奴，得錢以葬。富家知其孝行，養為己子。後養父兩目失明，孝忠為舐之，經七日復能視。以親故，事佛謹，嘗於像前割雙股肉，注油創中，然燈一晝夜。劉鈞聞而召見，給以衣服、錢帛、銀鞍勒馬，署宣陵副使。開寶二年，太祖親征太原，召見慰諭。〔註55〕

劉孝忠「自殘療親」的行為，動因於「以親故，事佛謹」。又，「嘗於像前割雙股肉，注油創中，然燈一晝夜」，如此做的目的，一是「自殘療親」；一是「自殘」供施於佛。顯而易見，「在形式上，「自殘」供施佛像與「自殘療親」合二為一，實質上，自殘」供施不過是「自殘療親」的佛教自覺，主要在於祈求佛力加持於「療親」之效而已。

有時，佛教自覺，還會以其他形式出現於「自殘療親」過程之中，只是面目雖異而實質如一。《明史》卷三〇二「列傳第一九〇」「列女二」云：

> 李孝婦，臨武人，名中姑，適江西桂廷鳳。姑鄧患痰疾，將不起，婦涕泣憂悼。聞有言乳肉可療者，心識之。一日，煮藥，爇香禱灶神，自割一乳，昏仆於地，氣已絕。廷鳳呼藥不至，出視，見血流滿地，大驚呼救，傾駭城市，邑長佐皆詣其廬，命醫治。俄有僧踵門曰：「以室中蘄艾傅之，即愈。」如其言，果蘇，比求僧不復見矣。乃取乳和藥奉姑，姑竟獲全。〔註56〕

李孝婦「自殘」前，雖然「爇香禱灶神」而非佛、菩薩；但在「自殘」後，「俄有僧踵門曰：『以室中蘄艾傅之，即愈。』如其言，果蘇，比求僧不復見矣」，「禱灶神」的結果，卻是灶神派一位神秘僧人救其性命。結果姑、媳得全。供施者「自殘療親」的佛教自覺，不言而喻。又《宋史》第四六〇卷「列傳第二一九」「列女」條云：

> 呂仲洙女，名良子，泉州晉江人。父得疾瀕殆，女焚香祝天，請以身代，刲股為粥以進。時夜中，群鵲繞屋飛噪，仰視空中，大

〔註55〕（元）脫脫等撰：《宋史》，北京：中華書局，1975 年，第 13387 頁。
〔註56〕（清）張廷玉等撰：《明史》，北京：中華書局，1975 年，第 7734 頁。

星燁煜如月者三。越翼日，父瘳。女弟細良亦相從拜禱，良子卻之，

細良志曰：「豈姊能之，兒不能耶！」守真德秀嘉之，表其居曰「懿

孝」。〔註57〕

呂良子「自殘」之前，先要「焚香祝天」；「自殘」之後，又有「群鵲繞屋飛
噪，仰視空中，大星燁煜如月者三」之異。結果不出意外地「越翼日，父瘳」。
「自殘療親」的過程中，「心誠」則靈的神性均貫穿始終。這種神性雖不以佛
教面目顯現，但在佛教高度世俗化的背景下，在「自殘療親」的佛教天性裏，
其實質與佛教自覺亦無異。

總之，「自殘療親」這個概念，可以分解為「自殘」「療疾」「孝親」三個
部分。弄清楚這三個部分之間是如何發生聯繫的，至關重要，可以說是探尋
「自殘療親」淵源的關鍵所在。綜前六點所論可知：「自殘療親」中的「自殘」，
本就是源於佛教供施信仰，在世俗孝親倫理與佛教倫理的高度調和中，佛教
巧妙地擴展了「自殘」供施的對象範圍——其供施受眾可以是佛、菩薩，亦
可以是親人，乃至一切有情眾生。同時，由於「自殘」供施所具有的不可思議
功果，又使得「自殘」供施與「療疾」二者之間產生了必然聯繫，此可謂是神
性使其然。如此一來，在佛教的觀照下，「自殘供施」「自殘療疾」與「自殘孝
親」三者之間，就自然統一於「自殘療親」之中——是謂「自殘療親」淵源於
佛教確然！

又，在佛教典籍裏，「自殘療親」早有成例可尋。在《大方便佛報恩經》
中，釋迦牟尼往生時，「斷骨出髓、剜其兩目」為父「療疾」之榜樣，最為典
型。而該經與其他相關佛典一起，在唐代中、後期以降，已經大盛於社會基
層。在儒家倫理的正統中，在「自殘供施」大盛於唐代中、後期之時，「自殘
療親」的盛行是該時期儒、佛共振的產物。再驗證於具體實踐中的「自殘療
親」個案，供施者的佛教自覺常常貫穿於其過程之始終，此亦可佐證前述結
論之無疑。

第二節　女性「自殘療親」的佛教淵源

尤為值得注意的是，在唐代及其以前，女性「自殘療親」現象極為稀見，

〔註57〕《宋史》第四六〇卷，第 13491 頁。

而到宋代及其以後，女性「自殘療親」現象猛然激增。〔註58〕據筆者前文解讀可知，唐代中、後期以來，「自殘療親」現象即已風行天下，那麼，何以到宋代及其以後女性「自殘療親」現象才大量出現呢？筆者以為，「自殘療親」的淵源在於佛教，女性「自殘療親」現象的異動，自然亦要聯動於佛教在中國的異動才可以得到合理的解釋。〔註59〕具體來說，當淵源於以下三個方面。

其一，宋代中期以前，晚期佛教密宗的輸入，促進了女性和佛教的親近關係，這是宋代女性「自殘療親」現象激增的重要前提。

在宋代佛教傳播中，佛教密宗的輸入，基本上佔據了半壁江山。以佛教經典翻譯為例，「宋代翻譯的經典中，密教經典的比重很大，據統計，在總數二百五十二部、四百八十一卷中，密教經典就有一二十六部、二四十卷。」〔註60〕其中最具特色的經典之一是無上瑜伽密典。無上瑜伽密典主要反映了晚期密宗的一個最大的變化，那就是把傳統大乘佛教的「緣起性空」說同印度教的大樂思想和性力思想結合起來，從而提出了所謂「樂空雙運」的思想理論和「男女雙修」的修行實踐。其實，早在唐不空譯的《金剛頂一切如來真實攝大乘現證大教王經》卷上「金剛界大曼荼羅廣大儀軌品之一」就有：「奇哉自性淨，隨染欲自然。離欲清淨故，以染而調伏」〔註61〕之說，就已經賦予了「染欲」以「調伏」功能。而在同書卷中「金剛界大曼荼羅廣大儀軌品之二」更認可：一切三昧，皆可從女性性力中產生；一切供養，亦能出於「染欲」的轉化。這樣一來，女性性力就被賦予了「調伏」能力，女性性力在密宗中被等同於「如來」而受到崇拜。隨著這一思想的發展，「男女雙修」的修行實踐成為解脫手段。一切佛、一切有情，皆生於二性的和合。如在金剛界修

〔註58〕例如，在所謂正史《新唐書》之中，觀官方封贈記錄確證的三十多例「自殘療親」事例，無一是女性所為，而直到《宋史》才多有女性「自殘療親」的記載；又，據陳夢雷《古今圖書集成》「明倫彙編」「閨媛典」第三二卷「閨孝部」所載女性「自殘療親」事例看，也是自宋代開始，女性「自殘療親」現象才呈激增之勢。

〔註59〕在《宋代女性割股療親問題試析》一文中，從女性的精神動因和社會動力兩個方面，方燕剖析了宋代女性「割股療親」現象激增的原因。但筆者以為，這兩方面的原因，在宋代以外的其他朝代幾乎都同樣存在，因此，其並不能令人信服地說明，女性「自殘療親」現象何以在宋代及其以後才大量出現。

〔註60〕呂建福：《中國密教史》，北京：中國社會科學出版社，1995年，第446頁。

〔註61〕（唐）不空譯：《金剛頂一切如來真實攝大乘現證大教王經》，《大正藏》第18冊第865號，第209頁上第25行。

法中，以觀想蓮花與金剛杵的交合為無上瑜伽；其有緣「本尊」則相應為金剛與明妃擁抱合一的相狀。是以，密宗各部的「本尊」，均有稱作「部母」「明妃」的「女尊」為配偶神。至此，密宗出現了大量的女性神佛，甚至女神成了密宗的主要崇拜對象，〔註62〕女性在密宗裏的地位得到了空前的提高。可以說，此時的密宗已經走向了對佛教傳統性別意識的反動。並且，該反動還引起了「其他一系列的反傳統思想和做法，如唯敬師長，以代敬事三寶；遊居鄉野，不守寺規；男女相混，僧俗不別」等等。〔註63〕而五代和入宋以後的密宗信仰依然盛行，其信仰主體，便是這種具有濃重的反動傳統性別歧視的密宗。此時的密宗「已逾出宗派而普及到了民間和廣大信眾中，還出現了不少新的信仰內容」。〔註64〕至宋代中期以前，密宗不但基本完成了以女神為主要崇拜的最後歷程，而且將其影響普及於民間和廣大信眾之中。

女性在佛教中的地位得到了極大的提高，且該提高已經延及民間社會生活，因此，女性信眾同佛教的關係自然就更為親近，信仰與實踐之間的互動性也就更為頻繁，而這些正是宋代女性「自殘療親」現象激增的重要前提。

其二，宋代女性「自殘療親」現象的激增，是五代至宋以來「自殘療親」現象較之前代進一步盛行天下的必然產物。

「自殘療親」雖然在唐代中、後期即已風行天下，但其影響力還未足夠大到改變女性行孝習慣的程度。又，「自殘療親」自其產生起，便是受社會主流推崇有加的，實踐者常常會因此而殊榮加身，並伴有切實利益的獲得。〔註65〕換句話說，這是一種「有大利益」的「好處」，只是在「男主外，女主內」的社會性別分工模式下，泊來的社會時尚或「大利益」，必然首先流播於男性階層，而後才會借道男性群體逐漸傳遞至女性階層。就歷史記載看，這個傳遞過程完成於五代，激發於宋代及其以降。在中國佛教發展史蹟裏，從五代至宋中期，佛教信仰和傳播熱潮在中國得以持續推升，西經東來傳譯，東僧西去求法，其數量和頻繁度「似乎超過以往任何一個歷史時期」。〔註66〕

〔註62〕參見《中國大科全書》宗教卷「印度教」。

〔註63〕《中國密教史》，第77頁。

〔註64〕《中國密教史》，第456頁。

〔註65〕雖然「自殘療親」的合理與否，在不同的時期常常不乏爭議，但多數時期都是被肯定的，尤其是在民間，「自殘療親」實踐者幾乎是一貫被視為「大孝」的典範。

〔註66〕《中國密教史》，第441頁。

在此大背景下，淵源於佛教的「自殘療親」，不但繼續風行天下，而且其數量竟多致「不可勝數」，自然，其社會影響比在唐代時也就更為廣泛深遠了。如《新五代史》卷五六「雜傳第四四」「何澤」云：

> 五代之際，民苦於兵，往往因親疾以割股，或既喪而割乳盧墓，以規免州縣賦役。戶部歲給蠲符，不可勝數，而課州縣出紙，號為「蠲紙」。澤上書言其敝，明宗下詔悉廢戶部「蠲紙」。〔註67〕

這一類行為的泛濫，甚至還引起了戶部「蠲紙」之弊，以致最高統治者不得不「下詔」干涉。又，《舊五代史》卷三「梁書」「太祖本紀三」云：

> 是年（開平元年），諸道多奏軍人姓割股，青、齊、河朔尤多。帝曰：「此若因心，亦足為孝。但苟免徭役，自殘肌膚，欲以庇身，何能療疾？並宜止絕。」〔註68〕

在這裡，風行天下的「自殘療親」，本應是「因心」「為孝」的嘉行，現在竟然成了「軍人姓」「苟免徭役」「欲以庇身」的舞弊手段。時至宋代，「自殘療親」現象依然係孝行的主要內容之一，如《宋史》卷四五六「列傳第二一五」「孝義」條云：

> 冠冕行莫大於孝，范防為莫大於義。先王興孝以教民厚，民用不薄；興義以教民睦，民用不爭。率天下而由孝義，非履信思順之世乎。太祖、太宗以來，子有復父仇而殺人者，壯而釋之；刲股割肝，咸見褒賞；至於數世同居，輒復其家。一餘年，孝義所感，醴泉、甘露、芝草、異木之瑞，史不絕書，宋之教化有足觀者矣。〔註69〕

在這裡，「自殘療親」已經能夠比併於傳統的「子復父仇」「數世同居」等孝行，而成為宋代最主要的孝道之一，並「咸見褒賞」於歷代當政者。

據此可知，無論五代還是宋時，「自殘療親」現象較之唐代遠加盛行，其社會影響力也更為深廣。在社會評估體系中，「自殘療親」的考量，此時已經被上升至國家層面。在儒、佛高度融合的大背景下，社會主流意識形態，也隨之因勢利導，認同甚至推崇其為「封建教化」之「足觀者」。至此，「自殘療

〔註67〕（宋）歐陽修等撰：《新五代史》，北京：中華書局，1974年，第647～648頁。

〔註68〕（宋）薛居正等撰：《舊五代史》，北京：中華書局，1976年，第56頁。

〔註69〕《宋史》卷四五六，第13386頁。

親」完成了從「閭閻」相效〔註70〕到國家「教化」的昇華。〔註71〕而在中國封建社會時期，女性事實上常常是社會風尚的後知後覺者，以及被動執行者，因此，一旦「自殘療親」成熟為社會孝親教化方式，那麼其向女性世界蔓延就會是必然結果，而這個結果便是成熟在宋代。

其三，「妙善公主證道正果應化千手眼觀音菩薩」傳說在民間的廣泛衍傳，是宋代女性「自殘療親」現象激增的直接因緣。

該傳說的大意是這樣的：妙善公主是妙莊王的三公主，她克服了重重阻力，甚至直面妙莊王的死亡威脅，最終皈依佛祖在香山出家證道正果。而其父莊王因焚寺滅僧，果報疾病纏身，且久治不愈。後有異僧指點其病需無瞋人手眼方可治癒，此無瞋人即為三公主妙善。已經得道成仙的妙善公主不計前嫌，樂捨雙手眼以度王厄。莊王痊癒後至香山拜謝，方知捨身成就自己的就是女兒妙善，悲悔不已之下，虔求天地神靈幫助女兒手眼復生。上天神靈感動於妙善的大悲大孝，使妙善化身為千手千眼大悲觀音菩薩。〔註72〕

據現存最早記載該傳說的北宋蔣之奇《香山大悲菩薩傳》文、蔡京《汝州香山大悲菩薩傳》丹書碑刻看，此故事在北宋時即已開始流傳於民間，並產生廣泛的影響。《香山大悲菩薩傳》贊曰：

> 香山千手眼大悲菩薩，乃觀音化身，異哉！元符二年仲冬晦日，余出守汝州，而香山實在境內。住持沙門懷晝訪予語及菩薩因緣，已而持一編書□，且言：「此月之吉，有比丘入山，風貌甚古，三衣藍縷。問之，曰：『居於長安終南山間，聞香山有大悲菩薩，故來瞻禮。』乃延館之。是夕，僧繞塔行道，遠旦已，乃造方丈，□晝曰：

〔註70〕《南部新書》，第124頁。

〔註71〕歐陽修、宋祁等，在列舉唐代「自殘療親」孝義事蹟時，也有「唐受命二八八年，以孝悌名通朝廷者，多閭巷刺草之民，皆得書於史官」之說（見《新唐書》卷一九五「列傳第一二〇」「孝友」，第5575頁）。又，由於「身體髮膚，受之父母，不敢毀傷」的傳統約束，當以有機會受此教化的社會中上層人物為劇；至於社會下層民眾，常常侷限於「委巷之陋，非有學術禮義之資」，故其「能忘身以及其親，出於誠心」而能行「自殘療親」之舉。據此，「自殘療親」現象應是濫觴於社會「閭閻」之民，然後條件成熟時才得以上升至裨益國家「教化」高度。

〔註72〕參見（清）陸增祥：《八瓊室金石補正》卷一〇九「大悲成道傳贊」，上海：上海古籍出版社影印本（吳興劉氏希古樓刊），1995年，第5775頁上～5778頁上。又補充參見（明）西大午辰走人訂著，朱鼎臣編輯，王道瑞校注：《南海觀音菩薩出身修行傳》，北京：華夏出版社，1995年。

『貧道昔在南山靈感寺古屋經堆中，得一卷書題曰《香山大悲菩薩
成道傳》，乃終南宣律師問天神之語，敘菩薩應化之跡，藏之積年。
晚聞京西汝州香山□，即菩薩成道之地，故跋涉而來，冀獲瞻禮，
果有靈蹤在焉。』遂出傳示書。晝自念住持於此久矣，欲求其傳而
未之得，是僧實攜以來，豈非緣契？遂錄傳之□。日既暮，僧輒告
去，固留不止，遂行。晝曰：『日已夕矣，彼僧何詣？』命追之，莫
知所止。書亦不知其凡耶？聖耶？因以其傳為示。」予讀之，本末
甚祥，但其語或俚俗，豈□常者少文而失天神本語耶？然至菩薩之
言，皆卓然奇特入理之極談。予以菩薩之願化香山若此而未有傳，
比余至汝，其書適出，豈大悲付囑，欲予撰著□？遂為論次，刊減
俚辭，採菩薩實語著於篇。噫！天神所謂後三年重興者，豈在是哉！
豈在是哉！〔註73〕

據此贊可知，蔣之奇《香山大悲菩薩傳》文，係「終南宣律師問天神之語，敘
菩薩應化之跡」，乃得之於香山千手眼觀音寺住持僧懷晝，而懷晝又自言得之
於終南山異僧。在佛教史中，道宣以「冥感天人」改正佛教著述而著稱。顯
然，所謂「終南宣律師問天神之語，敘菩薩應化之跡」，應是仿借於唐代高僧
道宣該方面的神異傳說；所謂終南山異僧，亦是假託唐代高僧道宣化身無疑。
《宋高僧傳》卷第一四「明律篇第四之一」「唐京兆西明寺道宣傳」云：

（道宣）嘗築一壇，俄有長眉僧談道，知者其實賓頭盧也。

復三果梵僧禮壇贊曰：「自佛滅後，像法住世，興發毗尼，唯師一
人也。」乾封二年春，冥感天人來談律相，言鈔文輕重，儀中舛
誤，皆譯之過，非師之咎，請師改正。故今所行著述，多是重修
本是也。又有天人云：「曾撰《祇洹圖經》。計人間紙帛一許卷。」
宣苦告口占，一一抄記，上下二卷。又口傳偈頌，號《付囑儀》
十卷是也。〔註74〕

又，《香山大悲菩薩傳》一文，「其語或俚俗，豈□常者少文而失天神本語耶？」
可知創作者文字修養並不太高，有雜錄民間傳說之嫌疑；「然至菩薩之言，皆
卓然奇特入理之極談」，可知創作者是一位精通佛理之人，在雜錄民間傳說的
同時，又貫通進了菩薩說法之語。綜上可知，實際上，《香山大悲菩薩傳》的

〔註73〕《八瓊室金石補正》卷一〇九「大悲成道傳贊」，第5777頁。
〔註74〕《宋高僧傳》卷第一四，第329頁。

創制，不過是香山千手眼觀音寺住持僧懷晝自神香山及其寺的舉動而已。這一點，在《香山大悲菩薩傳》一文的開篇和尾篇中，表現得最為明顯。

> 如是我聞：道宣律師在長安終南山靈感寺行道，律師宿植德本淨修梵行，感致天神給侍左右。師一日問天神曰：「我聞觀音大士於此土有緣，不審靈蹤？發何地最勝？」天神曰：「觀音示現無方，而肉身降跡惟香山因緣最為勝妙。」師曰：「香山今在何所？」天神曰：「嵩嶽之南二餘里，有三山並列，其中為香山，即菩薩成道之地。山之東北……王與夫人焚香發願：「弟子供辦香薪，闍維聖體，還宮造塔，永永供養。」王發願已，乃以種種淨香圍繞靈軀，投火燃之。香薪已盡，靈軀屹然，舉之不動。王又發願：「必是菩薩不肯離於此地，欲令一切眾生見聞供養。」如是言已，與夫人舁之，即時輕舉。王乃恭置寶龕內，菩薩真身外營寶塔莊嚴，葬於山頂庵基之下，與宮眷在山守護，凤夜不寢。久乃歸國，重建梵宇，增度僧尼，敬奉三寶。出內庫財，於香山建塔十三層，以復菩薩真身。〔註75〕

傳文開篇借神諭明示，觀音大士「肉身降跡惟香山因緣最為勝妙」，並進一步明確「嵩嶽之南二餘里，有三山並列，其中為香山，即菩薩成道之地」；在傳文尾篇亦一以貫之，明確妙善公主應化後，其真身「不肯離於此地（香山）」隨王還宮受供養，於是，「王乃恭置寶龕內，菩薩真身外營寶塔莊嚴，葬於山頂庵基之下」，最終「於香山建塔十三層，以復菩薩真身」。傳文的開篇和尾篇，目的性極強地證言了汝州香山寺確為千手眼觀音菩薩的成道應化之地。

但即便如此，有一點可以肯定的是，《香山大悲菩薩傳》一文產生之時，「妙善公主證道正果應化千手眼觀音菩薩」傳說在民間已經開始衍傳了。其中，妙善公主的女性符號象徵的產生，是觀音形象在入宋以後進一步女性化的助力；千手千眼觀音的信仰，是密宗信仰入宋後進一步強化的表現；捨雙手眼療親的妙善公主形象，是「自殘療親」在其影響力進一步擴大過程中，經過多重文化移植並雜糅後，由民間信眾塑造出來的崇拜偶像。關於這一點的相關方面內容，或者前文已多有詳論，或者另有觀音女性化專論，茲不再言。

〔註75〕蕭紅等整理：《香山大悲菩薩傳》，北京：文物出版社，2009年，第20頁。

　　至於蔣之奇的文與蔡京的丹書碑刻作用在於，一方面生動具體化了千手眼觀音菩薩應化的故事，並最終固化了千手眼觀音信仰的民間化和世俗化形象；另一方面則是有效提高了「妙善公主證道正果應化千手眼觀音菩薩」傳說在民間衍傳的廣泛度。之後不同歷史時期裏，千手眼觀音菩薩形象及其應化故事，除佛教內典一線的相關傳衍外，〔註76〕大致分文人學士和民間信眾兩條線衍生了大量的不同版本，均是萬變不離「蔣傳」之宗。

　　宋代以後，最著名的是元代趙孟頫妻居士管道昇所撰《觀音菩薩傳略》，流傳甚廣。不過，管氏「傳略」多在文人學士中傳響，遠不及宋崇寧二年普明禪師編集的《香山寶卷》因通俗易懂，〔註77〕而在善男信女中狂熱傳頌的同時，並能化時易俗於平民大眾之間。故《香山寶卷》不脛而走，一印再印，遞轉傳抄，傳佈與需求極廣。以致其版本前後竟有三十五種之多，可見其傳響之深遠。〔註78〕

　　不僅如此，由此而衍生出來的寶卷、戲劇、小說也紛紛風行於世。計之有《觀世音菩薩普渡授記歸家寶卷》《觀音濟度本願真經》《魚籃觀音寶卷》《觀音送子寶卷》《觀音大士遊十殿陰陽善惡報應人心寶卷》《觀音十二圓覺》《觀音釋宗日北斗南經》《觀音十歎寶卷》《普陀觀音寶卷》《香山記》《南海觀音全傳》《全像觀音出身南遊記傳》等等。

　　而這種固化與廣泛度的現實影響之一，便是宋代女性「自殘療親」現象的激增。一則，千手眼觀音菩薩應化於妙善公主，這就意味著，千手眼觀音菩薩的女性象徵符號最終形成。在宋代及其以降，女性在佛教信眾中是占比多數的，但遺憾的是，佛教偶像多是以男性面目示人，廣大的佛教女性信眾，事實上並沒有機會在偶像崇拜中獲得必須的性別認同。因此，千手眼觀音菩薩固化為女性性別符號，對女性佛教信眾來說，其意義可謂非同一般。不但出家女性的偶像性別認同問題得到了解決，而且一般的世俗女性信眾，也因此在傳統文化與佛教文化之間，尋得了某種性別平衡點。自然，女性佛教信

〔註76〕如宋僧祖琇在其佛教史著《隆興佛教編年通論》中，對此就作了進一步的肯定。

〔註77〕學界對《香山寶卷》題記內容的真實性多有爭議，筆者贊同韓秉方先生的觀點。韓先生在《觀世音信仰與妙善的傳說——兼及我國最早一部寶卷〈香山寶卷〉的誕生》一文中認為，宋崇寧二年普明禪師編集《香山寶卷》的可能性是非常大的。（參見《世界宗教研究》2004年第2期，第59～60頁）

〔註78〕參見車錫倫：《中國寶卷總目》，北京：燕山出版社，2009年。

仰之一的「自殘療親」行為，也就隨之獲取了所謂合理的性別皈依和偶像認同。二則，隨著各種千手眼觀音菩薩傳略、寶卷、戲劇、小說等的廣泛流播，妙善公主「自殘療親」的孝義舉動，勢必也會為廣大女性信眾所仿效。這種仿效或為普通世俗女性的榜樣感召行為，或為女性虔信者企圖證道的有效手段，但無論感召或證道，女性「自殘療親」行為，最終都能在世俗內外獲得高度認同。比如說，終宋一代，在儒、佛、道三教高度融合的背景下，朝廷內外、民間上下，對「自殘療親」基本上都視為卓孝義行予以肯定。《宋史》「列傳第二一五」「孝義」條「孝義傳序」云：太祖、太宗以來「刲股割肝，咸見褒賞」；〔註79〕朱熹則辯護：「今人割股救親，其事雖不中節，其心發之甚善，人皆以為美。」〔註80〕所有這些，對女性「自殘療親」之風的蔓延，在一定程度上起到了推波助瀾的作用。宋代以降，雖然朝廷之上或有否定，但事實上並無改於此道的繼續盛行。〔註81〕

第三節　「自殘療親」孝義女意象考察

在明代小說中，「自殘療親」的女性意象大致可以分為兩類，一為孝女意象，一為義女意象。所謂孝女，是謂其「自殘療親」的對象，主要侷限在父母、祖父母、舅姑等長輩親人範圍內。如公案小說《廉明公案》下卷「旌表類」「顧知府旌表孝婦」篇中的孝女韓淑貞，即是割肝為病篤之姑療疾；〔註82〕志怪小說《南海觀音菩薩出身修行傳》中的孝女妙善公主，則是捨雙手眼為病篤的父王療疾；〔註83〕擬話本小說《型世言》第四回「寸心遠格神明，片肝頓蘇祖母」中的孝孫女陳妙珍，卻是一割左臂肉、二刳左脅肝為病篤的祖母療疾〔註84〕等等。她們均是以晚輩身份「自殘」為長輩療疾，是為孝，故曰孝女。所謂義女，是謂其「自殘療親」的對象，對義女並沒有必須的至上而下的孝道倫理約束；義女「自殘療親」之舉不過是意外之行。如《西

〔註79〕《宋史》「列傳第二一五」，第13386頁。

〔註80〕（宋）黎靖德編，王星賢點校：《朱子語類（全八冊）》卷五九「孟子九」「告子上」「富歲子弟多賴章」，北京：中華書局，1986年，第1390頁。

〔註81〕這一點，從元、明、清以來，女性「自殘療親」數量有增無減可以看出。

〔註82〕（明）余象斗集：《廉明公案》，北京：群眾出版社，1999年，第156～159頁。

〔註83〕《南海觀音菩薩出身修行傳》，第1～43頁。

〔註84〕（明）陸人龍：《型世言（三刻拍案驚奇）》，北京：華夏出版社，2008年，第38～46頁。

湖二集》卷一九「俠女散財殉節」篇中的義女朵那女，朵那女本是忽術娘子家的丫鬟，因為有氣性被忽術娘子當做義女看待，後忽術娘子病篤之時，朵那女為其割股煎湯療疾；〔註85〕又如《輪迴醒世》卷一一「嫡妾繼庶部」「嫡厚妾以免禍」篇中的義女賈氏，本是許義存的妾，因念許義存妻蔣氏的「平日深恩」，割股為之療疾〔註86〕等等。她們與「自殘療親」的對象之間雖無至上而下的孝道約束關係，但還是有一定的親情關係，她們的「自殘」義舉仍然可以看作是某種「療親」行為。

不過，在明代小說中，上述兩類「自殘療親」孝義女意象並不多見，甚至可以說是屈指可數。而且到目前為止，學界研究對該意象也並未關注。然而，筆者以為，這不能意味其研究價值的缺乏，相反，明代小說中的「自殘療親」孝義女意象的產生、以及該女性意象希見狀況的本身，其實恰恰暗示著這一文學意象或具有某種另類而獨特的文化內涵在。下面筆者主要針對以下幾個方面，對以上兩類「自殘療親」孝義女意象加以考察，以期深刻揭示這一女性意象所蘊含的豐富文化內涵，並期冀一定程度地彌補學界相關研究的不足。

一、「自殘療親」孝義女意象的女性生存環境暗示

從今天的倫理價值與醫療科學角度看，孝義女「自殘療親」行為實是一種極端的愚孝，是「孝道義務與實踐的極端化、愚昧化」，〔註87〕與為親殉身等行為一樣，其代價極端慘重卻於事絲毫無益。不過，當事人和當時人可能不會有此覺悟，或許她們認為這才是真正「曲盡孝養」的表現。那麼是何原因導致她們如此認可，甚至不惜生命地去踐行這種愚孝呢？要想客觀地回答清楚這個問題，我們就必須要把審視問題的視角，轉向對明代小說中孝義女生存環境的考察當中去。

（一）「自殘療親」是社會對孝女職責的極端要求

《孝經》曰：「夫孝，始於事親，中於事君，終於立身」，〔註88〕「事親」

〔註85〕（明）周清原：《西湖二集》，北京：人民文學出版社，1989年，第312～325頁。

〔註86〕《輪迴醒世》，第358～361頁。

〔註87〕肖群忠：《孝與中國文化》，北京：人民出版社，2001年，第104頁。

〔註88〕《孝經》，第12頁。

之孝自來一直為世人立身之本。這種要求並不僅限於男性，而且同樣適用於女性。「夫孝者，行之本也，女而孝於母，婦而孝於姑，其本立矣」，〔註89〕女性立身之本亦在於「孝親」。尤其是在「男主外，女主內」的社會性別分工模式下，女性需要操持家庭生活起居等日常事務，這些事務很大一塊是以「事親」為重要內容，即所謂「為人女則事父母，為人婦則事舅姑，為人妻則承夫，為人母則教子，此女子之職，天下之常道」。〔註90〕因此，一旦家庭長輩甚至丈夫、兒女身患疾病之中，便是家庭女性必須直面社會對其「孝親」「事親」忠誠度檢校之時。公案小說《廉明公案》下卷「旌表類」「顧知府旌表孝婦」篇云：

> （韓淑貞）極有賢行，年登三十無子。姑唐氏年七十，偶沾重病，醫不治，臥枕半載。韓氏左右侍奉，未嘗離側。夜則陪臥，扶持起到，形雖勞瘦，怡色承奉。入灶房，則默禱灶君曰：「願姑病早安。」夜則視天曰：「願姑病早安，願損我年，以增姑壽。」既而姑病癒危，醫者皆云不起。則日夜焚香禱天，願以身代姑死。哭泣悲痛，不勝憂惶。〔註91〕

韓氏「年登三十無子」，這在「不孝有三，無後為大」的倫理環境下，她不但要面臨著范家無後大不孝的現實追責，〔註92〕而且還要時刻承載著未來無子可依，以致生活無可依託的潛在壓力！〔註93〕面對著莫大困境，此時，她所能夠做的，便是竭誠孝事舅姑以期彌補了。從這個角度說，韓氏姑唐氏的病篤，恰恰是贈予了她一個絕好的表現機會。然而，被侷限在狹小家庭空間之

〔註89〕（宋）洪諮夔：《平齋文集》卷三一「吳氏孺人墓誌銘」，曾棗莊、劉琳編：《全宋文》卷七〇一三，上海：上海辭書出版社，2006年，第264頁。

〔註90〕（宋）李綱：《梁溪集》卷一七〇「宋故安人劉氏墓誌銘」，《全宋文》卷三七六六，第292頁。

〔註91〕《廉明公案》下卷「旌表類」，第156頁。

〔註92〕女子「無後」，首先便是犯了「七去」第二忌；「無後」即為不孝，亦犯了「七去」首條。（參見「婦有七去：不順父母去，無子去，淫去，妒去，有惡疾去，多言去，竊盜去。不順父母去，為其逆德也；無子，為其絕世也；淫，為其亂族也；妒，為其亂家也；有惡疾，為其不可與共粢盛也；口多言，為其離親也；盜竊，為其反義也。」引自（清）王聘珍撰，王文錦點校：《大戴禮記解詁》卷一三「本命第八〇」，北京：中華書局，1983年，第255頁）

〔註93〕參見「婦人有三從之義，無專用之道，故未嫁從父，既嫁從夫，夫死從子。」（楊天宇：《儀禮譯注》「喪服第一一」，上海：上海古籍出版社，2004年，第308頁）

中的女性，並沒有多少可以用來盡孝的資源，唯一可選擇的，就是不惜自己的身體甚至生命，去應對社會對其「孝親」「事親」忠誠度檢校了。其實，對孝女們來說，「勞瘦」身體以孝事尊長，跟「自殘療親」之間並沒有什麼實質性的區別，只不過「自殘」程度有所不同而已。但二者所產生的檢校後果，則不可同日而語了。更為重要的是，該檢校的評判權係柄於他人之手的，而「他人」是優先傾向於後者的。這一點，在「鄉之眾父老及坊里長」的府呈中得到了明確的展現。

> 鄉之眾父老及坊里長，以韓氏孝德呈於府曰：「連僉呈為乞旌孝德以隆風化事：竊惟聖世重倫常，首崇孝誼。聖侯端化本，急賜褒揚。維民范齊，厥妻韓氏，服勞盡瘁，侍藥親嘗。老姑之病逾半年，小心以事如一日。欠爨則禱灶，乞沉痾之早痊；靜夜每籲天，願捐軀而代死。誠能格帝，示之割肝以醫；孝不顧身，甘於剜腹以死。以至靈魂不昧，猶奉肝肉以獻姑；致感灶神顯靈，來授良劑以救醒。滿腔真孝，已徵於神明之詩；萬懇旌隆，尚待於牧侯之德。則善者以勸，四郊遍爾德之風；而民益知，方比屋成可封之俗。為此具呈，須至呈者。」〔註94〕

韓氏初始「勞瘦」身體以孝事尊長的時候，並無人對之關切，而一旦「自殘療親」時，才獲得了檢校者的高度認可。此時，韓氏的努力，才可謂達到了個人預期效果。所謂檢校者亦因此可以最大化其檢校效果——「善者以勸，四郊遍爾德之風；而民益知，方比屋成可封之俗。」

從檢校後果看，一方面對孝女的個人名譽直至整個家庭榮譽均有莫大影響，另一方面也就隨之直接決定了孝女今後在家庭之中的生活地位。

> 李大巡批申曰：「孝婦韓氏，剖肝奉姑，至孝感神。比隆古之孝誼尤勝，於聖世之婦道有光。應支無礙官銀，立孝坊以旌表。仍著該府齎區，親送贈以褒崇。范齊有孝妻，可卜身先之化，授之冠帶，以養慈母。唐氏有孝婦，料應齊家之功，賜之肉帛，以禮高年。此繳。」
>
> 顧知府承大巡明文，即委官督建孝婦坊，親送大巡「孝孚神明」之區於范齊家；又自贈之區曰「滿腔真孝」，人皆羨其榮。後韓氏生三男，皆登科；娶三婦，皆克盡孝敬，人以為仁孝之有報。此可以

〔註94〕《廉明公案》下卷「旌表類」「顧知府旌表孝婦」，第158頁。

為積善孝親之勸夫。〔註95〕

對韓氏個人來說,「人皆羨其榮」,且「生三男,皆登科;娶三婦,皆克盡孝敬」。連帶而及,「范齊有孝妻,可卜身先之化,授之冠帶,以養慈母。唐氏有孝婦,料應齊家之功,賜之肉帛,以禮高年。」至此,韓氏在范家的家庭地位不但無可動搖,而且成為家庭的中心人物以致某種方式地「封夫蔭子」了。

不過可悲的是,在這皆大歡喜的結局背後,並沒有人在意韓氏曾經的生命摧殘,更沒有人去追究此行為的合理性與否。無論檢校者、旁觀者,還是當事者自身,他們所追求的只是孝女責任與義務的單向性和極端性。在家庭等級的高度不對稱中,孝女的權利和孝事對象的責任與義務則完全被有意忽略。也就說,在「自殘療親」倫理中,早已先驗地預設了這一前提。

(二)「自殘療親」是義女生存狀況惡劣的必然

孝女與其施捨對象之間,往往因血緣而具有天然的親情。從這個角度上說,孝女的「自殘療親」行為,在一定程度上,或多或少有情動於中而發於外的真情在裏面。因此,她們的「自殘療親」孝行,倒是具有某種可理解之處。至於義女與其施捨對象之間,通常並沒有任何血緣關係,也就自然談不上一般意義上的親情。她們之間之所以發生某種聯繫,多是因為一種上下等級秩序的維繫而存在,她們之間所具有的,應該是法律意義上的「親情」,是權利與責任、義務之間達到某種平衡時的外在顯現。那麼她們因為什麼獲得了什麼樣的權利,以至於不惜生命做出「自殘療親」之義行呢?這裡只有兩種可能,一則,該權利所蘊含的利益之豐厚,足以補償義女的生命代價;二則,由於義女生存狀況極度惡劣,迫使她不得不以冒險犧牲生命的方式,去獲取生命的延續。無論如何,這兩種可能都是一種弔詭的等價交換,該交換本質所在的唯一合理解釋就是——「自殘療親」是義女生存狀況惡劣的必然。

在明代小說《西湖二集》卷一九「俠女散財殉節」篇中,有一首詩這樣嘲笑丫鬟使女日常生活狀態道:

> 兩腳鏖糟拖破鞋,羅乖像甚細娘家?
> 手中托飯沿街吃,背上馱拿著處捱。
> 間壁借鹽常討碟,對門兜火不帶柴。

〔註95〕《廉明公案》下卷「旌表類」「顧知府旌表孝婦」,第158～159頁。

除灰換糞常拖拽，扯住油瓶撮撮篩。〔註96〕

拿作者的話說，「這首詩是嘲人家鏖糟丫鬟之作，乃是常熟顧成章俚語，都用吳音湊合而成，句句形容酷肖。」〔註97〕然而，在這「句句形容酷肖」之中，我們不難看出，丫鬟這個階層的身份地位是何等的卑微，其日常生活狀態是何等惡劣。更有甚者，倘稍有過失便會遭受嚴厲懲罰，如周大夫之婢潑翻一碗藥酒，便被笞數十。周妻為怕其洩露自己的姦情，竟可以借他事要將她活活打死。〔註98〕

具體到義女朵那女來說，朵那女雖然因為「有些氣性」，而被忽術娘子「另眼相看」，但仍然常常遭受家童和家主的性騷擾。而在忽術娘子看來，以朵那女的身份地位，被「家主來尋」是「別人求之不得」的一件好事，不過，朵那女自己非常清楚，倘若她接受了家主的「來尋」，那麼她肯定將會失去主母忽術娘子的「另眼相看」，會被打入前詩所嘲笑的「鏖糟丫鬟」和「剝伶兒」小廝之列，那樣就永無出頭之日了。〔註99〕並且，在朵那女心中，她並不認為自己天生就應該是低人一等：

俺心中不願作此等無廉恥之事，況且俺們也是父精母血所生，難道是天上掉下來的、地下長出來的、樹根頭塌出來的，怎生便做不得清清白白的好女人？定要把人做話把，說是灶腳根頭、燒火凳上、壁角落裏不長進的齷齪貨。俺定要爭這一口氣便罷！〔註100〕

她甚至從來沒有把自己看做是「灶腳根頭、燒火凳上、壁角落裏不長進的齷齪貨」，她認為自己同那些「清清白白的好女人」一樣，「也是父精母血所生」，是生來平等的。在朵那女的身上，閃耀著下層婢女極為難能可貴的平等意識和精神追求的光芒。在客觀上，朵那女也因此大大地迎合了忽術娘子切身利益需求，忽術娘子對她「一發喜歡，如同親生之女一般看待。」朵那女也盡心盡力，「料理內外，整整有條，」以致忽術娘子將家事「盡數託他」。然而，這種意識和追求的踐行，是要付出沉重代價的。一則，朵那女不得不完全摒棄

〔註96〕《西湖二集》卷一九「俠女散財殉節」，第312頁。

〔註97〕《西湖二集》卷一九「俠女散財殉節」，第312頁。

〔註98〕《西湖二集》卷一九「俠女散財殉節」，第315～316頁。

〔註99〕朵那女有「剝伶兒」小廝前車之鑒的警示，如小說中有這樣的情節——「忽術娘子正惱這剝伶兒奪了寵愛，又因他放肆無禮，叫到面前，將剝伶兒重重打了一棍。」（《西湖二集》卷一九「俠女散財殉節」，第317頁）後來，偉兀郎君去世後，剝伶兒便不得不離家逃走了。

〔註100〕《西湖二集》卷一九「俠女散財殉節」，第319頁。

個人的愛情幸福，終身陪伴、伏侍主母；二則，一旦執掌家事失職，即便不是她的責任，那麼，她也會因為失去利用價值而失去立身之地，甚至寶貴的生命。果不其然，朵那女最終不僅終身沒有愛情幸福，而且因盜失去所掌管之家財，不得不自責亡身。用她自己的說法就是：

> 一庫寶貨都教俺掌管，為救主母，只得棄了財寶，以救主母之命。俺既失了財寶，負了主母教俺掌管之意，俺有何面目活在世上？
>
> 斷然今日要死了〔註101〕

從傳統倫理價值角度評判，朵那女確實成為了一個「清清白白的好女人」，作者也在小說結尾「贊此女妙處」：

> 誰讀玄黃字，能知理道深。
>
> 守財殉死節，刲股籲天心。
>
> 頸拼萇弘血，心同伯氏箴。
>
> 千秋應未隕，豈與俗浮沉？〔註102〕

但問題在於，無論是朵那女的「自殘療親」，還是她的終身不嫁以忠孝家主，甚至是「守財殉死節」，無一例外，都是朵那女為了擺脫自身處境惡劣的種種努力之舉。尤為可悲的是，朵那女至死都沒有能夠意識到，無論如何，她的賤婢身份並未有絲毫改變。朵那女死後得以和主母合葬，其實，恰恰昭示了這一點。

　　義女許義存妾賈氏，同樣面臨著類似朵那女的境遇。在中國封建時代，賤妾的處境和地位並不能比賤婢絕對優越多少，所謂「買妾置婢」往往並列，她們的本質都是一致的——不過是以「人」的面目呈現出的財產，或者說是物化的人而已。唯一不同之處在於，她們作為物的功用各異：妾是繁衍工具，婢是奴役工具，在一定的時候，兩者之間常常可以互相轉換身份。明代小說《初刻拍案驚奇》卷三八「占家財狠婿妒侄，廷親脈孝女藏兒」篇，對此有非常精彩的形象化描述。元朝東平府劉員外因為妻子遲遲不生育，就納了丫頭小梅為妾，且有孕在身。為怕妻子因妒難為小梅，劉員外跟妻子有這樣一段對話：

> （劉員外）請將媽媽過來，對他說道：「媽媽，你曉得借甕釀酒麼？」媽媽道：「怎地說？」員外道：「假如別人家甕兒，借將來家

〔註101〕《西湖二集》卷一九「俠女散財殉節」，第324頁。
〔註102〕《西湖二集》卷一九「俠女散財殉節」，第325頁。

裏做酒。酒熟了時就把那甕兒送還他本主去了。這不是只借得他傢
伙一番。如今小梅這妮子腹懷有孕，明日或兒或女，得一個，只當
是你的。那其間將那妮子或典或賣，要不要多憑得你。我只要借他
肚裏生下的要緊，這不當是『借甕釀酒』？」媽媽見如此說，也應
道：「我曉得，你說的是，我覷著他便了。你放心莊上去。」〔註103〕
小梅由婢入妾，並不代表其身份地位有任何改變，改變的只是其作為「物」
的功能——由劉家的奴役工具轉為替劉家繁衍後代的生產工具。跟其有利益
衝突的劉媽媽，隨時都可以剝奪她的一切，就像劉員外說的那樣，「明日或兒
或女，得一個，只當是你的。那其間將那妮子或典或賣，要不要多憑得你。」
正妻對妾有絕對的支配權和處置權，一如其對賤婢的權力。

　　義女賈氏之所以與其「自殘療親」對象蔣氏之間發生聯繫，亦是因為許
義存妻蔣氏「五育子而皆產亡」，無以繼徐氏後代的情況下，賣身到徐家為
妾，從而轉身為徐家繁衍後代的工具。那麼在賈氏所處的明代，妾的生存狀
況如何呢？明代小說《輪迴醒世》卷一一「嫡妾繼庶部」「六鬼婦索嫡妻命
（嘉靖時）」篇，對此有駭人聽聞的描述。項曙妻秦施施「年三十五而不孕
育」，後在父命之下，受納二父婢以為夫妾，以期傳衍項家後代。然而，秦
施施難忍悍妒，活活杖斃一妾，殘忍湯腐一妾，威逼二妾自盡，刺肱剪舌致
一妾死，害其子、斷其腸殺一妾。這樣，前後共殘害六位夫妾，但卻沒有受
到任何法律制裁。〔註104〕於此可見，妾的生存狀況之惡劣，已經到了無以
復加的地步。就連閻羅王亦云：「世上不乏善人，未有嫡妾之間，留一善念
者。」〔註105〕

　　相比較而言，賈氏是極為幸運的。賈氏本為寡居服婦，已是低人一等，
現又賣身為人妾，更是與賤婢無異。在其意料之中，未來命運當是淒慘餘生。
不過，出乎意料的是，許義存嫡妻蔣氏不但「不效常婦之惡態」，而且主動為
夫買妾，與妾相處如姒娣，並絕無床笫之爭。這樣一來，「妻感夫情，夫感婦
義，妾感嫡恩，三人隔分不隔體，隔體不隔情，分寢不分心，共寢情可共。」
〔註106〕蔣氏如此對待賈氏，就世之常情而言，實為分外之舉。故此，在蔣氏

〔註103〕　（明）凌濛初：《初刻拍案驚奇》，合肥：安徽文藝出版社，2003 年，第 422 頁。
〔註104〕　《輪迴醒世》卷一一「嫡妾繼庶部」「六鬼婦索嫡妻命（嘉靖時）」，第 365～
　　　　　371 頁。
〔註105〕　《輪迴醒世》卷一一「嫡妾繼庶部」「嫡厚妾以免禍（成化時）」，第 360 頁。
〔註106〕　同上，第 359 頁。

「重疾」之時，「賈氏念平日深恩，因割股以進。」顯而易見，賈、蔣二氏之間雖有一定的親屬關係，但賈氏「自殘療親」之行，並非親情所感，實乃報恩所致。換句話說，賈氏「自殘療親」義舉得以發生的潛在動因，仍然是先驗地預設於義女賈氏所處生存狀況惡劣之前提。

二、孝義女「自殘療親」的「神性」考察

隨著佛教信仰重心的日漸下移，佛教文化的傳播亦日漸滲透到世俗文化之中，有些甚至固化為具有廣泛影響的民間習俗。當然，這些佛教文化，常常不會完全以其佛教本來面目出現於民間習俗之中，有些甚至還會變得面目全非，以致完全看不出它的佛教文化本性。不過，即便如此，有一點是不可磨滅的，那就是滲透於其中的宗教神性，是任何一個相關民間習俗都不可脫去的，「自殘療親」現象亦是如此。

「自殘療親」現象淵源於佛教文化的影響，這一點自不必說，筆者在前文也已經做了詳實的論述。但問題在於，「自殘療親」現象，從其一開始產生起，就已經被打上了深深的孝義烙印。無論釋迦牟尼往生為忍辱太子時，不惜「斷骨出髓、剜其兩目」為父「療疾」的孝行，〔註107〕還是往生為「毘婆浮為解呪師時，人民疫病，以身血肉持用解除與鬼噉之，人民眾病皆悉除差」的義行，〔註108〕皆是如此。而當「自殘療親」現象轉化為中國的民間習俗時，這種孝義因素，又因為中國的傳統孝義文化得以進一步的放大和強化，原有的佛教文化因素反而漸漸潛隱於其中，在多數情況下都退居為幕後角色了。但這並不意味著「佛性」的可有可無，事實上，它是「自殘療親」孝義實踐得以合理發生的不可或缺的重要理論支撐。只不過，在多種文化交互影響下，在儒、佛、道三教融合之中，「自殘療疾」的「佛性」面目，往往潛隱於有兼容意味的宗教「神性」面目之中而已。

在明代小說中，孝義女「自殘療親」的「神性」意味，相較於男性「自殘療親」行為而言，似乎顯得更為明顯。這種「神性」明顯的背後，分明地折射著女性「自殘療親」實踐的各種潛在動因。下面筆者將從以下方面，對「自殘療親」孝義女意象的「神性」特點進行逐一描述，並試圖揭明其內含

〔註107〕《佛說菩薩本行經》卷下，第 119 頁上第 21 行。

〔註108〕《大方便佛報恩經》卷第三「論議品第五」，第 138 頁上第 11〜27 行、中第 11〜26 行。

的動因所在。

（一）孝義女「自殘療親」的「神性」種種

　　孝義女「自殘療親」的「神性」，並不僅僅相關佛教。佛教信仰自不必說，道教信仰、天地崇拜、民間其他信仰等等，都有可能在孝義女的「自殘療親」行為中顯現。相關佛教的，如妙善公主捨手眼為父療疾，而妙善公主本身就是修佛得道者。〔註109〕《耳談》卷四「維揚孝婦」條中，維揚田家婦割肝療姑疾時，因「處事觀音大士」，得觀音大士化為乞婆指點其割肝可以療姑疾，以及正確的割肝方式。〔註110〕《三刻拍案驚奇》第四回「寸心遠格神明，片肝頓蘇祖母」中，陳妙珍「曾割肝救祖母，就是當日觀音菩薩剜眼斷手救妙莊王一般，真是如今活佛」〔註111〕等等。相關道教的，如《廉明公案》下卷「旌表類」「顧知府旌表孝婦」篇中，韓氏割肝療姑疾，是受一道士指點。〔註112〕陳妙珍割肝療祖母疾的舉動，是受一道士裝扮的神仙指點並授以靈藥〔註113〕等等。相關天地崇拜的，如朵那女割股肉療主母疾時，「焚一炷香禱告天地」。〔註114〕《剪燈新話》卷上「富貴發跡司志」篇中，某村某氏割股療姑疾時，「乃齋沐焚香祝天，願以身代」。〔註115〕《醒世姻緣傳》第五二回「名御史旌賢風世，悍妒婦怙惡乖倫」中，明水村張養沖兩兒媳，割股療姑疾時，「妯娌兩個吃了素，禱告了天地，許了冬日穿單，長齋念佛」以酬神。〔註116〕《詳刑公案》卷八「雙孝類」「王縣尹申請表孝婦」篇中，楊氏割肝療姑疾時，仍然是需要「禱天地」〔註117〕等等。相關民間其他信仰的，如《詳刑公案》中，楊氏割肝療姑疾時，「祝灶神」，在灶神幫助下，成功割肝奉姑療疾〔註118〕等等。

〔註109〕　《南海觀音菩薩出身修行傳》，第1～43頁。

〔註110〕　（明）王同軌撰，孫順霖校注：《耳談》，鄭州：中州古籍出版社，1990年，第120頁。

〔註111〕　《三刻拍案驚奇》下卷「旌表類」「顧知府旌表孝婦」篇，第44頁。

〔註112〕　《廉明公案》下卷「旌表類」「顧知府旌表孝婦」篇，第157～159頁。

〔註113〕　《廉明公案》下卷「旌表類」「顧知府旌表孝婦」篇第43頁。

〔註114〕　《西湖二集》卷一九「俠女散財殉節」，第312頁。

〔註115〕　（明）瞿祐：《剪燈新話》，《古本小說集成》，上海：上海古籍出版社，1990年，第131頁。

〔註116〕　《剪燈新話》，第241頁。

〔註117〕　（明）佚名編撰：《詳刑公案》，北京：群眾出版社，1999年，第233頁。

〔註118〕　《詳刑公案》，第233頁。

　　在更多的情況下，「神性」的派系，在「自殘療親」的孝義女認識裏，分別得並不是很清晰。而多數情況是，孝義女們並不會專注於某特定「神性」，但以「神性」靈驗為是。如前述張養沖兩兒媳，是即「禱告了天地」，又「長齋念佛」，這是合天地神佛於一體了。陳妙珍「尋醫問卜，求神禮斗，並不見好。他便早晚臂上燃香，叩天求把身子代祖母」，「臂上燃香」是佛教頭陀僧的苦行，但她求來的不是佛，卻是一個道士裝扮的神仙；在道教神仙面前求助，卻是「願終身為尼，焚修以報天恩」，「許天為尼，報天之德」，而非報佛之恩、德；另外還有醫、卜、北斗神等等，簡直是儒、佛、道、民間信仰等無所不用，無所不兼容了。〔註119〕

　　不僅如此，「神性」還參預到「自殘療親」的善後之中，使得其關懷貫穿了孝義女「自殘療親」始終。

　　「神性」參預善後之一，是對「自殘療親」孝義女的生命關懷。如陳妙珍割肝療祖母疾後，「自己瘡口難完」，「不意睡去復夢見前夜神人道：『瘡口可以紙灰塞之，數日可愈。』妙珍果然將紙燒灰去塞，五六日竟收口，瘢瘡似縷紅線一般。」〔註120〕又如楊氏割肝後，「身體痛不能止」，將死，其夫「華國夜往禱神，即於途中遇一神人，化作醫者，問曰：『這等夜何處來？』華國以前事告之。神醫者曰：『既如此，我與生肌藥末一服，回去敷之即愈。』華國持回，將生肌藥末敷於楊氏刀口瘡上。須臾漸安，方得不死。」〔註121〕又，韓氏割肝療姑疾後，死在床上，其夫范齊買棺木殮妻途中，遇到灶神所化的道士神醫贈送靈藥，最後救得韓氏起死回生。〔註122〕

　　「神性」參預善後之二，是對「自殘療親」孝義女的榮譽關懷。這種關懷一般通過兩種方式顯現：

〔註119〕《詳刑公案》，第42～43頁。
〔註120〕《詳刑公案》，第43頁。
〔註121〕《詳刑公案》卷八「雙孝類」「王縣尹申請表孝婦」，第233頁。
〔註122〕這個情節相類於前述《明史》「李孝婦」事，二者之間可能有互動關係。又，此類「自殘療親」情節的源頭，或啟發於佛教《涅槃經》中故事。(《涅槃經》云：「波羅奈城，有優婆夷，名摩訶斯那達多，已於過去無量諸佛，種諸善根。時有一比丘，身嬰重病，醫言當須肉藥。優婆夷，尋持黃金，周徧城市，買肉不得，即自割股，以種種香煮為美。比丘服已，病即得瘥。是優婆夷，患瘡苦惱，不能堪忍，即發聲言：『南無佛陀，南無佛陀。』時佛在舍衛城，聞其音聲，起大慈心，是女尋見佛持藥塗其瘡上，還復如本。」參見(明)弘贊輯：《四分律名義標釋》卷第二八「蘇卑」，《卍續藏》第44冊第744號，第617頁下第15行）

　　一則借孝義評判者之手間接參預嘉獎孝義女。如在孝女韓氏孝德呈裏，鄉之眾父老及坊里長具呈的主要理由之一，就是徵之於韓氏「自殘療親」過程中的「神性」因素，而「知府通祥」「大巡批申」的答覆，亦是認可該徵信的。如「知府通祥」有「死祈身代，禱靜夜神格九天」，「誠感靈應，何況人稱」之句；「大巡批申」也有「至孝感神」之辭。在這裡，「神性」是借鄉之眾父老、坊里長、知府和大巡一應孝義評判者之手而顯現的。又如在楊氏孝德申文中曰：

　　　　（縣尹申文）聞生肝之彌患，割肋以求；及痛楚之昏迷，得神而救。鬼供其釁，醫軫其瘥。姑疾之頓瘳，夫羔為之俱泰……裏媼呈其餘瀝，爐煙其神明。昏憒再三，猶問醫言之輕重；血流縲縷，更呼佛力之回春。氣屢絕而再蘇，瘡始痂而自合。醫有秘方之授，既救媳以存姑；神之急救之聲，復因親而慰子。一誠上格，三口侯完。〔註123〕

　　　　（知府祥文）孝婦楊氏，姑疾而躬親論藥，既危而割肋鏤肝。昏暈廚中，誠格灶神而撫背呼起；夜求神祐，應靈佛力而授付生肌。〔註124〕

縣、府提請旌表孝女楊氏的主要理由之一，亦是徵之於「自殘療親」行為中的「神性」，且這裡的「神性」還直接被等同於「佛力」。

　　二則以某種身份、通過某種方式直接善報孝義女。如妙善公主係由玉皇大帝頒下天詔曰：

　　　　其封為大慈大悲救苦救難南無靈感觀音菩薩，賜與蓮花寶座一副，求作南海普陀岩道場之主。其姐妙清……封為大善文殊菩薩，賜與青獅，出入騎坐；妙音封為大善普賢菩薩，賜與白象，出入騎坐；求作清涼山道場之主。其父莊王封為善勝菩薩，都仙官，其母封為萬善菩薩，都夫人……嗚呼！千叫萬應普度眾生，闔家封贈萬年香火……自是觀音娘娘在香山普陀岩大施靈顯，家家供養，人人欽奉。紫竹鳴鶯，淨瓶注醴，楊柳煙晴，草茅生色。自五帝以迄於華胥，共祀無達。〔註125〕

〔註123〕《詳刑公案》卷八「雙孝類」「王縣尹申請表孝婦」，第234～235頁。
〔註124〕《詳刑公案》卷八「雙孝類」「王縣尹申請表孝婦」，第236頁。
〔註125〕《南海觀音菩薩出身修行傳》，第42～43頁。

妙善公主「自殘療親」不但自己可以受善報，而且惠及全家都證道成神。只不過善報施予者玉皇大帝是道教神祇，卻可以分封妙善公主一家為佛教的菩薩。又，維揚某村某婦的「自殘療親」善報，係由天命嘉獎曰：「昨天符行下云：某氏孝通天地，誠格鬼神，今生貴子二人皆食君祿，光顯其門，終為命婦以報之。」〔註126〕而後城隍府君轉命「富貴發跡司」使之「著之福籍矣」。又，韓氏本是「年登三十無子」，但在「自殘療親」以後，「生三男，皆登科；娶三婦，皆克盡孝敬，人以為仁孝之有報」。這裡雖不明「神性」的某種身份，但無論當事人內外，均確認此「為仁孝之有報」等等。

（二）孝義女「自殘療親」的「神性」動因

女性與「神性」似乎有著天然的親近關係，不說中國古代女性如此，現代女性可能也不例外。否則，如何解釋，在有宗教（特別是佛教）信仰的歷史多數時期，女性常常是宗教最堅定的虔誠支持者，並在數量上是占比大多數呢？明人李樂曰：「天下大勢，崇佛之地多，而婦人女子尤多。」〔註127〕李說是從數據角度認同上述觀點。又，明人謝肇淛曰：「士人之好名，與婦人女子之好鬼神，皆其天性使然，不能自克。」〔註128〕謝說以所謂女性的「天性」為說辭。李、謝二人的觀點雖不無性別歧視之嫌疑，但也不得不承認，他們的觀點應該是契合於時人真實的現實觀感的。具體到孝義女「自殘療親」的「神性」問題上，在筆者看來，亦不過是上述歷史真實的具體表現之一而已。並且，在相關的明代小說中，「自殘療親」的孝義女，無一不是不同程度的宗教信仰者。此可為又一佐證。

再者，孝義女「自殘療親」的「神性」，在一定程度上，可以說是「女正位乎內，男正位乎外」〔註129〕的社會性別分工模式下產物。

《周易》「家人」卦曰：「無攸遂，在中饋，貞吉。」大意是說，女性在家中料理家務，安排饍食，沒有失誤，是吉利之象。孔穎達「正義」「主中饋」

〔註126〕《剪燈新話》卷上「富貴發跡司志」，第131頁。

〔註127〕（明）李樂《見聞雜記》卷五「五八」，上海：上海古籍出版社，1986年，第467頁。

〔註128〕（明）謝肇淛撰，傅成校點：《五雜俎》卷八「人部四」，上海古籍出版社輯：《歷代筆記小說大觀（明代卷）》，上海：上海古籍出版社，2005年，第1363頁。

〔註129〕《周易正義》卷第四「家人」卦「彖」辭，北京：北京大學出版社，1999年，第158頁。

曰:「婦人之道……其所職主,在於家中饋食供祭而已。」〔註130〕也就是說,女性在家中的主要職能,就是為家庭提供飲食服務。其中,最重要的部分有二:一是為家庭中尊者提供飲食服務,也就是鄭玄所解釋的:「進物於尊者曰『饋』」;〔註131〕一是為家庭中的祭祀提供飲食服務,這是女性「中饋」職能的「神性」所在,有如「自殘療親」中的「神性」色彩。其實,從某種意義上說,女性為家庭中尊者提供飲食服務,實質上也是一種「神性」職能。在中國傳統的孝道精神中,「公姑父母即天神,觸忤天神殞自身」,〔註132〕為尊者提供飲食服務,實質上就是在服務「天神」。在「孝通神明」的「神性」背景下,女性的「中饋」職能,具有了雙重意義上的「神性」色彩。只不過,前一職能目的在於「生則親安之」,後一職能目的在於「祭則鬼享之」,〔註133〕生死各異,「神性」實一。

而在「自殘療親」中,一方面,無一例外地,該行為的實踐,都要借道於女性「中饋」職能,尤其是為尊者提供飲食服務的職能,才能夠得以實現;另一方面,「自殘療親」本來就是淵源於佛教的「神性」,而「中饋」的「神性」色彩,亦是其不可或缺的天然屬性,這是二者之間的又一交匯點所在。這就意味著,在女性「主中饋」的雙重「神性」紐帶的連接下,「自殘療親」與孝義女之間具有了天然的親近關係。

這一點,在韓氏割肝療姑疾中變現得最為明顯。韓氏割肝之法,源自於化為道士的灶君所教;取肝不得時,亦是禱祝灶君幫助;得肝奉姑,仍然是夢中託灶君代為;割肝喪命,還是得救於化為道醫的灶君;甚至於事後的旌表,灶君還故意留下宣揚韓氏孝行的金字詩,並被當做了旌表的重要徵信憑據。正是由於韓氏「主中饋」的日常生活職能,使得韓氏的「自殘療親」行為天然地依附於灶君的「神性」,而非其他。

但我們在上述韓氏例子中,同樣看到了這樣一個事實:那就是,無論所謂的女性與「神性」似乎有著天然的親近關係,還是所謂的「自殘療親」是女性「主中饋」的「神性」必然,這兩個結論的形成,都是基於對女性社會性別分工的歧視與侷限之上考慮的。傳統的「女正位乎內,男正位乎

〔註130〕《周易正義》卷第四「家人」卦「象」辭,第159頁。
〔註131〕黃壽祺、張善文:《周易譯注》,上海:上海古籍出版社,2001年,第304頁。
〔註132〕《西湖二集》卷六「姚伯子至孝受顯榮」,第90頁。
〔註133〕《孝經》「孝治章第八」,第25頁。

外」〔註134〕的社會性別分工模式，嚴重地禁錮了女性的社會生活和精神生活自由，極大地剝奪了女性參與社會生活和社會管理的機會。因此，被侷限於狹隘生活空間中的女性，不得不接受父權社會強加給自己的定位，而淪為繁衍後代的工具和以「主中饋」伏侍他人為己任的二等公民。處在極為有限選擇當中的女性，或者虔心於宗教之中，尋找另一個虛擬理想世界，以實現自己的人生價值。〔註135〕這也是為什麼人們認為，女性與「神性」有著天然親近關係的緣故。或者甘心於被規定的命運之中，並可悲地迷信於其中，甚至樂於奉獻出自己寶貴的生命。孝義女不惜在「神性」的自我麻痺中，以「自殘療親」博得某種變態的出位，就是這種可悲的極端表現。而包括佛教在內的種種「神性」，在不自覺中也起到了推波助瀾的作用，這一點恐怕是出乎女性尋求宗教「神性」寄託的初衷之外的吧。

三、「自殘療親」孝義女意象的文、史遭遇悖異分析

「自殘療親」孝義女意象在明代小說中的遭遇，與其在客觀歷史中的遭遇有著很多的悖異之處。這些悖異之處，無疑是在一定的時代背景下，社會對女性孝義要求綜合平衡後的結果。在其背後各種平衡因素中，既有社會管理者的社會考量需要，也有孝義女被動的孝義價值觀的取捨；既有文本創作者的主觀創作情感因素的表達，也有文本接受者的好惡傾向滲透其中等等。然而，無論是哪一方面的平衡因素佔據了優勢地位，「自殘療親」孝義女意象最終的定位，均會服從於封建孝義秩序、功能等的大局需要。也就是說，明代小說之中孝義女意象的形成，並非是人物形象內在邏輯發展的結果，而是為了某種價值觀的傳播和推揚需要的產物。可以說，明代小說中的「自殘療親」孝義女意象，是一類預設性、樣板性的文學典型。在文、史形象的悖異比照中，她們以自己的方式，在中國文學史中留下了一抹獨有的劃痕。

明代小說中的「自殘療親」孝義女意象，其所在背景時間主要對應於元、明兩朝，而元代似乎是明確不支持「自殘療親」孝義行為的。如元代曾規定：

〔註134〕《周易正義》卷第四「家人」卦「象」辭，第158頁。
〔註135〕黃美英也有類似的觀點，參見《宗教與性別文化——臺灣女神信奉初探》，中國海洋發展史論文集（三），臺北：臺灣中央研究院中山人文社會科學研究所，1988年，第297～325頁。

「諸為子行孝，輒以割肝、刲股、埋兒之屬為孝者，並禁止之。」〔註136〕然
而，檢索《元史》中的孝義女「自殘療親」事蹟發現，孝義女因為「自殘療
親」而被旌表的還是間有人在。如郎氏刲股肉療姑事：

> 郎氏，湖州安吉人，宋進士珠甲妻也。珠嘗仕浙東，以郎氏從。
> 至元間，珠歿，郎氏護喪還至玉山裏，留居避盜。勢家柳氏欲強聘
> 之，郎誓不從，夜棄裝奉柩遁。柳邀之中道，復死拒，得免。家居，
> 養姑甚謹。姑嘗病，郎禱天，刲股肉進啖而愈。後姑喪，以哀聞。
> 大德十一年，旌美之。〔註137〕

不過，郎氏刲股肉療姑疾，可能並非其獲「旌美」的主要原因，而是「後姑
喪，以哀聞。大德十一年，旌美之。」明代對待「自殘療親」的態度，在不
同時期各有崇抑。〔註138〕在英、景以前，「自殘療親」還是被推崇有加的孝
義行為：不過也有例外，如《明史》卷二九六「列傳第一八四」「孝義一」
曰：

> （洪武）二十七年九月，山東守臣言：「日照民江伯兒，母疾，
> 割肋肉以療，不愈。禱岱嶽神，母疾瘳，願殺子以祀。已果瘳，竟
> 殺其三歲兒。」帝大怒曰：「父子天倫至重。《禮》父服長子三年。
> 今小民無知，滅倫害理，亟宜治罪。」遂逮伯兒，杖之，遣戍海南。
> 因命議旌表例。〔註139〕

當然，這是一例「自殘療親」行為的極端延伸。其實，這樣極端情況的發生，
當是時風所致的結果。即便女性的孝義行為，也是崇尚如此風氣。所謂「蓋
輓近之情，忽庸行而尚奇激」，再加上「國制所褒，志乘所錄，與夫里巷所
稱道，流俗所震駭「的多方助推，以致世人崇尚」胥以至奇至苦為難能」。
〔註140〕這種風氣之盛已經造成了嚴重的後果，以致不得不著禮臣擬議加以
制止。

> 禮臣議曰：「人子事親，居則致其敬，養則致其樂，有疾則醫藥

〔註136〕（明）宋濂等撰：《元史》卷一〇五「志第五三」「刑法四」「禁令」，北京：
中華書局，1975 年，第 2682 頁。

〔註137〕《元史》，卷二〇〇「列傳第八七」「列女一」，第 4486 頁。

〔註138〕臺灣邱仲麟先生與筆者的看法大致相似。（參見《不孝之孝——唐以來割股
療親現象的社會史初探》，第 72～81 頁。）

〔註139〕《明史》，第 7793 頁。

〔註140〕《明史》卷三〇一「列傳第一八九」「列女一」，第 7689 頁。

籲禱，迫切之情，人子所得為也。至臥冰割股，上古未聞。倘父母
止有一子，或割肝而喪生，或臥冰而致死，使父母無依，宗祀永絕，
反為不孝之大。皆由愚昧之徒，尚詭異，駭愚俗，希旌表，規避里
徭。割股不已，至於割肝，割肝不已，至於殺子。違道傷生，莫此
為甚。自今父母有疾，療治罔功，不得已而臥冰割股，亦聽其所為，
不在旌表例。」制曰：「可。」〔註141〕

禮臣擬議加以制止的理由有三：一是，上古未聞；二是，若「自殘療親」而喪
生，則「父母無依，宗祀永絕，反為不孝之大」；三是，「自殘療親」行為不過
是「愚昧之徒，尚詭異，駭愚俗，希旌表，規避里徭」。總之，「自殘療親」行
為「違道傷生，莫此為甚。」基於以上三個方面的弊端，「自殘療親」雖「聽
其所為」，但今後「不在旌表例」。此後，明代歷朝基本上都是沿承該例。如
《明史》卷二九六「列傳第一八四」「孝義一」曰：

永樂間，江陰衛卒徐佛保等復以割股被旌。而披縣張信、金吾
右衛總旗張法保援李德成故事，俱擢尚寶丞。迨英、景以還，即割
股者亦格於例，不以聞，而所旌，大率皆廬墓者矣。〔註142〕

以上內容，是「自殘療親」孝義女意象的歷史遭遇。那麼，「自殘療親」
孝義女意象，在明代小說中又是怎樣被對待的呢？特別是上述歷史評價中的
三個否定理由，又是如何被化解於文學形象塑造之中的呢？下面筆者將對應
此三點依次加以分析。

其一，上古未聞。

所謂「上古未聞」，實是反對者指責「自殘療疾」行之無據。對於這種
指責，明代小說中的相關內容對此處理的方式不一。有的以儒家「自殘盡忠」
傳統為說辭的，如《型世言（三刻拍案驚奇）》第四回「寸心遠格神明，片
肝頓蘇祖母」中辯云：「若執這個意見，忠孝一般，比如為官的，或是身死
疆場，斷頭刎頸；或是身死諫諍，糜骨碎身，這也都是不該的了。」〔註143〕
這是把「自殘療親」的孝義行為，比照於「身死疆場，斷頭刎頸；或是身死
諫諍，糜骨碎身」的盡忠舉動，就是小說作者所謂的「忠孝本同理，何緣復

〔註141〕　《明史》卷二九六「列傳第一八四」「孝義一」，第7793頁。
〔註142〕　《明史》卷二九六「列傳第一八四」「孝義一」，第7793～7594頁。
〔註143〕　《型世言（三刻拍案驚奇）》第四回，第39頁。

低昂。死君固宜褒，死親豈非良。」〔註 144〕儒家講究忠孝一體，可以「自殘盡忠」，就自然可以「自殘療親」。正如《隨緣集》雜著一「血書法華經跋」曰：

> 為儒佛者，率以委蛇八正，從容中道，無過不及之患，是謂得之。若孝而必至於割股，忠而必至於殺身，不已太過，而失其中道乎。然子不如是，則似為孝之力不竭；臣不如是，則似為忠之心不盡。蓋充忠孝之類之極也。夫剖心割股，斷脰決腹，傷形毀性，一瞑而萬世不見，然後忠孝之心盡，忠孝之名立，忠孝之行成也。與其不及也，寧過聖人有所取之矣。〔註 145〕

有的以佛教「孝義修行」為說辭的，如妙善公主剜眼斷手為父王療疾，即盡了孝道，又成全了自己的修道，這是以佛教證道觀為依據；又，維揚孝婦割股療姑疾，是受觀世音菩薩點化而為。有的以道家的醫術為說辭的，如韓氏、楊氏割肝療姑疾，是得益於化為道士的神醫（灶神）指點和幫助的。還有以儒、佛、道孝道傳統三者兼顧為說辭。如陳妙珍割肝療祖母疾，無垢尼院院主定慧對此是這樣解釋：「我院裏有一個孝女，不上二十歲，曾割肝救祖母，就是當日觀音菩薩剜服斷手救妙莊王一般，真是如今活佛。若人肯供養他，供養佛一般。」〔註 146〕觀音菩薩都能夠剜眼斷手療父疾，陳妙珍割肝療祖母疾自然是行之有據。而根據陳妙珍自己的說法，其割臂療祖母疾的行為，來自於以儒家傳統孝道持家的祖母耳濡目染的教導；〔註 147〕其割肝療祖母疾的行為，又是來源於一道教神醫的指引。〔註 148〕口耳相傳的儒家孝道傳統和道教神醫的指引，不可謂行之無據。

〔註 144〕《型世言（三刻拍案驚奇）》第四回，第 38 頁。

〔註 145〕（清）靈耀：《隨緣集》，《卍續藏》第 57 冊第 975 號，第 517 頁中第 3 行。

〔註 146〕《型世言（三刻拍案驚奇）》第四回「寸心遠格神明，片肝頓蘇祖母」，第 44 頁。

〔註 147〕《型世言（三刻拍案驚奇）》第四回，第 41 頁有這樣的交代：「這林氏原也出身儒家，曉得道理，況且年紀高大，眼睛裏見得廣，耳朵裏聽得多，朝夕與他並做女工，飲食孫炊祖煮，閒時談今說古，道某人仔麼孝順父母，某人仔麼敬重公姑，某人仔麼和睦妯娌，某人仔麼夫婦相得，某人仔麼儉，某人怎麼勤。那妙珍到得耳中，也便心裏明白，舉止思想，都要學好人。」第 42 頁又有這樣的情節：「因記得祖母嘗說有個割股救親的，他便起了一個早，走到廚下，拿了一把廚刀，輕輕把左臂上肉撮起一塊，把口咬定，狠狠的將來割下。」顯然，陳妙珍割臂療祖母疾的行為，當時深受林氏的儒家孝道思想的影響。

〔註 148〕《型世言（三刻拍案驚奇）》第四回，第 43 頁。

其二，若「自殘療親」而喪生，則會導致「父母無依，宗祀永絕，反為不孝之大」。

在當時的醫療條件下，「自殘療親」實是一件非常危險的舉動，動輒喪生應該是合理結果，尤其是那些割肝、心，取腦，抉睛等極端危險的「自殘療親」方式，更容易危及生命。以現代的科學水平審視「自殘療親」舉動，自然可以斷定其為某種「醫療迷信」。因此，在醫療科學水平不可能有現代化的進步情況下，面對如此重大的現實問題，「神性」的引入，則必然是小說應對該指責的唯一選擇了。故此，在明代所有相關小說中，無一例外地都被引入了「神性」，以確保「自殘療親」的孝義女生命安全。如陳妙珍在割肝之前，就有道裝打扮的神醫，在其夢中賜以神藥，並告之「食之可以不痛」，後陳妙珍「就紅線處用刀割之，皮破肉裂，了不疼痛。」事後，「復夢見前夜神人道：『瘡口可以紙灰塞之，數日可愈。』妙珍果然將紙燒灰去塞，五六日竟收口，瘢痕似縷紅線一般。」這樣，「神性」之下，妙珍身體完全無恙。又有韓氏割肝療姑疾已經死去，但仍然得化為道士的神醫靈藥起死回生。妙善公主剜眼斷手，是得佛力護持全生等等。作為人婦，自殘喪身或能間接絕夫之宗嗣；作為孤女，自殘喪身亦會直接致父母無依。這就必然陷孝義女於一種尷尬境地而失去其標杆推崇價值，故此，在明代所有這一類小說中，「自殘療親」孝義女意象，無一是以喪生為最後命運的。這種小說人物命運結局，無疑是其「神性」使然，「神性」是明代小說中「自殘療親」孝義女意象的重要特徵。

其三，「自殘療親」行為，不過是「愚昧之徒，尚詭異，駭愚俗，希旌表，規避里徭」。

其實，「自殘療親」孝義行為，被指責為「愚昧之徒，尚詭異，駭愚俗，希旌表，規避里徭」，是很不公平的。一則，雖是時風所尚，但其實際上由來已久。《明史》卷三〇一「列傳第一八九」「列女一」曰：

> 婦人之行，不出於閨門……魏、隋而降，史家乃多取患難顛沛、殺身殉義之事。蓋輓近之情，忽庸行而尚奇激，國制所襃，志乘所錄，與夫里巷所稱道，流俗所震駭，胥以至奇至苦為難能。〔註149〕

這種「以至奇至苦為難能」的孝義風氣，自魏、隋以降，佛教盛行以來，即已有之。同時，史家在修史的時候，也傾向於彰顯這一類的事蹟，有推波助瀾

〔註149〕《明史》卷三〇一「列傳第一八九」「列女一」，第 7689 頁。

之功。這類行為在明代開始興起之時，更以法律條文的形式固定下來，如《明史》卷三〇一「列傳第一八九」「列女一」曰：

> 明興，著為規條，巡方督學歲上其事。大者賜祠祀，次亦樹坊表，烏頭綽楔，照耀井閭，乃至僻壤下戶之女，亦能以貞白自砥。其著於實錄及郡邑志者，不下萬餘人，雖間有以文藝顯，要之節烈為多。嗚呼！何其盛也。豈非聲教所被，廉恥之分明，故名節重而蹈義勇歟！〔註150〕

可見，這種「尚詭異，駭愚俗，希旌表，規避里徭」的「自殘療親」之風，完全是官方誘導甚至慫恿的結果。只是當其走到一定的極端，以致產生某種社會危害時，官方的態度便不得不由鼓勵轉向壓制了。那麼小說中的這類情況，又是用怎樣的文學藝術手法加以妥善處置的呢？《型世言（三刻拍案驚奇）》第四回「寸心遠格神明，片肝頓蘇祖母」曰：

> 嘗閱割股救親的，雖得稱為孝，不得旌表，這是朝廷仁政，恐旌表習以成風，親命未全，子生已喪，乃是愛民之心。但割股出人子一段至誠，他身命不顧，還顧甚旌表？果然至孝的，就是不旌表，也要割股；不孝的就是日日旌表，他自愛惜自己身體。〔註151〕

小說作者並不認可前述指責，而是認為「割股出人子一段至誠，他身命不顧，還顧甚旌表？」具體到小說中「自殘療親」孝義女的言行，同樣踐行了這個理念。如小說中設置了這樣一個情節：

> （妙珍割肝事傳揚開後）一時鄰里要為他具呈討匾。妙珍道：「這不過是我一時要救祖母，如此豈是邀名？」城中鄉宦、舉監、生員、財主都要求他作妻作媳。他道：「我已許天為尼，報天之德。」都拒絕不應。林氏再三勸他，則道：「嫁則不復能事祖母，況當日已立願為尼，不可食言。」……因城中有一監生堅意求親，遂落髮出家無垢尼院。朝夕焚修，祈薦撥祖父母、父母。〔註152〕

作者借妙珍之口，明確否定了「自殘療親」乃邀名之舉。並且為了決絕於此，妙珍最終「遂落髮出家無垢尼院。朝夕焚修，祈薦撥祖父母、父母。」這種命運結局的安排，可謂煞費作者一番苦心。一則，作為一個無依無靠的

〔註150〕《明史》卷三〇一「列傳第一八九」「列女一」，第7689～7690頁。
〔註151〕《型世言（三刻拍案驚奇）》第四回，第38頁。
〔註152〕《型世言（三刻拍案驚奇）》第四回，第43～44頁。

孤身弱女，倘無邀名之實，恐怕將無以為生；而一旦獲邀名之實，即難免貽人口實甚致惡名。落髮出家尼院，可以存生的同時，更免落人口舌之憂。二則，妙珍落髮出家尼院的目的，一是自我「焚修」，一是「祈薦撥祖父母、父母」，這也與其孝義意象一以貫之。三則，作為作者傾心塑造的孝義典型，如果結局無任何名實，人之常情之下，恐怕後來者將會無意進取，並不能起到勸勉激勵之目的。不過，世俗的名實雖不可致，但方外之地仍可有旌表，妙珍的最終結局是證道成佛，這是一種另類的旌表，可謂兩全其美。

　　繞道世俗旌表之外，還有另一種非常方式，那就是所謂「現世果報」。如小說《剪燈新話》卷上「富貴發跡司志」篇中有這樣的故事：

> 某村某氏奉姑甚孝，其夫在外，而姑得重痼，醫巫無效，乃齋沐焚香祝天，願以身代，割股以進，固遂得愈。昨天符行下云：某氏孝通天地，誠格鬼神，令生貴子二人。皆食君祿，光顯其門，終為命婦以報之。府君下於本司，今已著之福籍矣。〔註153〕

某村某氏割股療姑疾的旌表並不源之於世俗，而是上天旨義傳之於城隍府君，府君下之於「富貴發跡司」，而後行之於孝義女。實際上，這種旌表實無異於世俗，但在這裡以如此面目出現，確有規避於前述指責之效。《嫡厚妾以免禍》《顧知府旌表孝婦》等小說中，亦有類似的情節出現。

　　當然，在其他同類小說中，以世俗的旌表作為「自殘療親」孝義女的最終結局，則亦可常見。一則，在現實人情之下，倘不如此安排結局，小說就會大失其勸勉激勵功用，顯然深違作者創作本義；二則，這是人物典型的多樣化需要，也是孝義誘導多樣化的需要；三則，這種結局經過了作者藝術化處理，並不會破壞典型人物的正面形象。如小說《詳刑公案》卷八「雙孝類」「王縣尹申請表孝婦」篇中設計了這樣一個情節，當官方勘察楊氏割肝療姑疾的情況時，「楊氏不肯出見，自謂：『此特醫吾姑，豈有心以干名哉！』」後在眾人的勉強之下，卻之不過，「久而才許。令夫以被蓋其頭、足，僅出瘡口」〔註154〕以接受檢驗。如此設計之下，楊氏獲旌表的結局也就大在情理之中了，而這種結局方式的社會誘導效果，不用說是遠優於前兩者的，更不用說亦是深契於小說創作者初衷的。

〔註153〕《剪燈新話》卷上「富貴發跡司志」篇，第131頁。
〔註154〕《詳刑公案》卷八「雙孝類」，第233頁。

結語

在佛教裏,「自殘」其實是一種供施,亦是一種「療疾」行為,供施或「療疾」的對象可以是親人,特別是父母等長輩,亦可以是一切有情眾生。同時,由於「自殘」供施所具有的不可思議功果,又使得「自殘」供施與「療疾」二者之間產生了必然聯繫,此可謂是神性使其然。在佛教典籍中,「自殘療親」有大量成例可尋。隨著佛教的入住中國,在儒、佛孝義倫理的共振之下,「自殘療親」之風隨之盛行於唐代中、後期及其以降。再驗證於具體實踐中的「自殘療親」個案,供施者的佛教自覺常常貫穿於其過程之始終,此亦可佐證「自殘療親」淵源於佛教之確然。

在唐代及其以前,女性「自殘療親」現象極為稀見,而到宋代及其以後,女性「自殘療親」現象猛然激增。其原因主要源於三個方面:一是,晚期佛教密宗的輸入,促進了女性和佛教的親近關係;二是,五代至宋以來,「自殘療親」現象較之前代進一步盛行天下;三是,「妙善公主證道正果應化千手眼觀音菩薩」的傳說,在民間的廣泛衍傳。

而具體到明代小說來說,「自殘療親」孝義女意象大致可以分為兩類,一為孝女意象,一為義女意象。該兩類人物意象的形成,是社會對孝女職責的極端要求,亦是義女生存狀況惡劣的必然。雖然「自殘療親」孝義女意象是遠承於佛教,但其「神性」特徵依然最為重要。從表面上看,女性與宗教「神性」似乎有著天然的親近關係,但究其實質,孝義女「自殘療親」的「神性」,在一定程度上,亦可以說是「女正位乎內,男正位乎外」的社會性別分工模式下產物。「自殘療親」孝義女意象在明代小說中的遭遇,與其在客觀歷史中的遭遇有著很多的悖異之處。這些悖異之處,無疑是一定的時代背景下,社會對女性孝義要求綜合平衡後的結果。明代小說之中孝義女意象的形成,並非是人物形象內在邏輯發展的結果,而是為了某種價值觀的傳播和推揚需要的產物。可以說,明代小說中的「自殘療親」孝義女意象,是一類預設性、樣板性的文學典型。在文史意象的悖異比照中,她們以自己的方式,在中國文學史中留下了一抹獨有的劃痕。只是這種獨有的劃痕,在一定角度看,也可以說是助紂為虐之果,它嚴重地消解了女性原本就已經極為微薄的權利。

第三篇　淪為「試金石」的紅蓮們

　　佛教認為，生命的存在，即意味著承受永無窮盡的痛苦，而痛苦的產生，緣於生命中太多欲望得不到滿足。因此，要消滅痛苦，必須按照佛的指引努力修行，以克服種種欲望，才有可能完全跳出輪迴苦海，進入體認佛性，而後涅槃成佛的歡樂、祥和、自由境界。在所有欲望之中，最難克服的，便是生命中的本能欲求——色慾。所謂業海茫茫，難斷無如色慾；紅塵滾滾，易犯惟有邪淫。也因此，在各種佛教經典中，宣揚戒色成道的內容也最為豐富。在這些內容中，有相當一部分文學化地展示了修道者艱難的成道過程，宣揚了佛教的絕對禁慾思想。其基本人物敘事特點是：設置一組相對人物形象——「美女」和「修道者」，其中，「修道者」多以戒行精嚴的高僧面目出現，而「美女」常常充當的是「試金石」角色；「修道者」形象一般因為宣教需要，人物類型化和模式化味道相對明顯，而「美女」形象則因為色慾原型的複雜，呈現出一定的多樣性。連類而及，在關涉佛教內容的明代小說中，亦有一類所謂「修道者」和「美女」的故事，如《三言》中的「月明和尚度柳翠」「明悟禪師趕五戒」「佛印師四調琴娘」篇；〔註1〕《輪迴醒世》中的「法僧投胎」篇；〔註2〕《西遊記》八十一難中的「四聖顯化」十七難、「吃水遭毒」四十二難、「西梁國留婚」四十三難、「琵琶洞受苦」四十四難、「棘林吟詠」五十二難、「辨認真邪」六十六難、「松林救怪」六十七難、「無底洞遭困」六十九

〔註1〕（明）馮夢龍：《喻世明言》卷三〇、三一，第294～304頁；《醒世恒言》卷一二，第1026～1030頁，合肥：安徽文藝出版社，2003年。
〔註2〕（明）無名氏撰，程毅中點校：《輪迴醒世》卷六「貞淫部」，北京：中華書局，2008年，第196～200頁。

難、「天竺招婚」七十八難；〔註3〕又有《北遊記》「太子被戲下武當」一回中，當山聖母、竹竿精、蟮精化為美女戲出家太子的故事，其內容明顯係高度類同於紅蓮試玉通禪師的情節〔註4〕等等。這些故事雖然同樣具有鮮明的宣教色彩，但由於其生發背景已被移植於廣闊的世俗內外社會生活之中，因此，故事情節和人物形象要遠複雜於前述佛經文學，其中，尤以「美女」人物形象及其文化內涵最為豐富多彩。下面筆者就從女性主義的角度出發，重點分析「美女」人物形象的三個傳播亞型——試「佛性」之金的紅蓮意象、試「人性」之金的柳翠意象、試「貞潔」之金的路氏女意象，以期揭示「美女」與「修道者」之類故事中所蘊含的女性觀念及其相關文化內涵。

第一節　試佛性之金的紅蓮意象

　　「紅蓮」稱謂並不是一個偶然性或隨意性的命名，仔細辨析之下，就會發覺其符號象徵極為明顯。一則，在中國傳統文化中，女性色慾暗示是「紅」符號的常見內容之一；二則，「蓮」符號的佛教意味濃厚，其常常是佛性高潔的象徵。二者合而言之，紅蓮符號的佛教色慾考驗意味就呼之欲出了。「紅蓮」的這種符號性色彩，說明紅蓮意象自其產生之初，即不具有小說人物應有的獨立個性；她的存在不過是附庸於「修道者」修證佛性的需要，是一種工具性的人物形象典型而已。不但如此，在「修道者」被試出為非金之時，「紅蓮們」還可能會因為先在的「紅顏禍水」標籤，而不得不在輪迴果報中承擔「修道者」修證佛性失敗的罪責。從這個角度說，紅蓮意象在小說中的地位，不過是「修道者」修證佛性的「試金石」甚至「替罪羊」罷了。

一、「紅」符號的女性色慾暗示

　　在中國古代文化中，「紅」跟女性有著密切的聯繫，它關聯著女性生活的方方面面，一直以來多是相關女性的符號象徵。不但如此，「紅」的女性符號象徵，還常常指向「美女」形象，其色慾意味的暗示亦是十分明顯。

　　婦女化妝用的胭脂和鉛粉，可以被稱為「紅粉」。如《古詩十九首》「青

〔註3〕（明）吳承恩：《西遊記》第九九回「九九數完魔劃盡，三三行滿道歸根」，北京：人民文學出版社，1955年，第1180～1182頁。

〔註4〕（明）余象斗：《北遊記》（又名《北方真武祖師玄天上帝出身全傳》），北京：華夏出版社，1994年，第201～206頁。

青河畔草」篇曰：「娥娥紅粉妝，纖纖出素手。」後來「紅粉」又可以被用來借指美女。如宋計有功《唐詩紀事》「杜牧」條曰：「忽發狂言驚滿座，兩行紅粉一時回。」女性化妝之後的面龐被稱為「紅顏」，特指女子美麗的容顏。「紅」為胭脂之色，而顏為面龐，古代女性常常以胭脂飾面，遠看如紅色面龐，所以「紅顏」也成為了美麗女性的代稱。漢傅毅《舞賦》：「貌嬿妙以妖蠱兮，紅顏曄其揚華。」《漢書》卷九七上「外戚傳第六十七上」有「既激感而心逐兮，包紅顏而弗明。」此處「紅顏」代指漢武帝寵妃李夫人。甚至連女性流的汗也被稱為「紅汗」，這可能是因女性面上施胭脂，流汗則與之俱下，其色紅，故曰紅汗。唐李端《胡騰兒》詩曰：「揚眉動目踏花氈，紅汗交流珠帽偏。」五代王仁裕《開元天寶遺事》「紅汗」條謂：「妃夏日畏熱，每有汗出，紅膩而多香。」

女性服飾審美以紅裳為常見，故紅裳又多被借指美女。如宋朱熹《春谷》詩：「紅裳似欲留人醉，錦障何妨為客開。」女性的衣袖也被稱為「紅袖」。南朝齊王儉《白紵辭》之二曰：「情發金石媚笙簧，羅袿徐轉紅袖揚。」後來「紅袖」也被借指美女。如唐元稹《遭風》詩曰：「喚上驛亭還酩酊，兩行紅袖拂尊罍。」又，女性盛妝多用紅色，故稱「紅妝」。古樂府《木蘭詩》：「阿姊聞妹來，當戶理紅妝。」後又被借指美女。如宋周密《齊東野語》「尹惟曉詞」條曰：「蘋末轉清商，溪聲供夕涼，緩傳杯催喚紅妝。」

女性所居之處被稱為「紅閨」或「紅樓」，如唐王諲《後庭怨》詩：「君不見紅閨少女端正時，夭夭桃李仙容姿。」後「紅閨」又被借指閨中美女。如清陳康祺《郎潛紀聞》卷五：「山尊果以是科通籍入翰林。雖大魁讓人，猶未滿紅閨期望。」

「紅」符號的女性色慾暗示，具體到相關小說中，無一例外地均有明顯的表現。不過，小說中的女性色慾暗示，在依託於女性性別意象的同時，更多的是顯現於「美人」意象之中。如在《古今詩話》「至聰禪師」條中，至聰禪師「一日下山，於道中見一美人曰紅蓮，一瞬而動，遂與合歡」。〔註5〕在這裡，至聰禪師之所以「一瞬而動，遂與合歡」，是因為具有色慾暗示的「美人」這個意象的存在。在《月明和尚度柳翠》中，當柳府尹因為玉通禪師不來參迎自己而氣惱時，「當日府堂公宴，承應歌妓，年方二八，花容嬌媚，唱韻

〔註5〕（宋）李頎：《古今詩話》，程毅中編：《古體小說鈔》（宋元卷），北京：中華書局，1995年，第296頁。

悠揚」，卻能讓柳府尹聽罷立刻大喜。原來，在柳府尹的意識裏，歌妓紅蓮的「美女」意象意味著強烈的色慾暗示，必然能夠突破玉通禪師的邪淫戒而使其身敗名裂，從而以泄自己「心中不忿」。紅蓮在柳府尹的授意之後，與母親一夜商議，決定以喪夫之年少婦人的角色登場水月寺。紅蓮的這種偽角色定位可謂大有匠心，弱女子喪夫惹人慈憐對以慈悲為懷的出家人自不必說，而年少婦人則是生理性的色慾符號象徵，尤其是喪夫的年少婦人，更具有了社會性的色慾符號暗示——在夫權的「不在場」情況下，意味著人皆可夫。也就是說，紅蓮的偽角色定位，使得潛在的參與者雙方在特定的情場中，預先被脫去了法律和道德枷鎖而成了純生理性的動物。在這種情況下，玉通長老所能剩下的情障，就唯獨「佛性」的自覺了。但這也並不能成為問題，正如「法僧投胎」篇中所曰：「能玄（實同於玉通）雖有法行，尚未脫凡，經紅蓮百般摩弄，佛心亦動，況非佛乎。」〔註6〕告子曰：「食色，性也。」果然，玉通長老在這種情景之下，不由得「禪心不動」——「這長老看了紅蓮如花似玉的身體，春心蕩漾起來，兩個就在禪床上兩相歡洽。」〔註7〕在「明悟禪師趕五戒」篇中，棄兒紅蓮也是「生得清楚」「生得清秀，諸事見便，」以致收養她的清一老道人不得不把她「藏匿在房裏，出門鎖了，入門關了，且是謹慎。」〔註8〕並且，這種藏匿狀況，一直持續到紅蓮十六歲被五戒禪師玷污為止。小說於此處雖然沒有正面強調紅蓮的色慾意象，但其色慾暗示已是再明顯不過了。正因為紅蓮的色慾暗示是如此之令人震撼，以致五戒禪師「一見吃了一驚，卻似：分開八塊頂陽骨，傾下半桶冰雪來。」五戒禪師甚至沒有做出任何抗拒的舉動，便完全拜倒於紅蓮的色慾力量之中。又，在「佛印師四調琴娘」篇中，佛印是聽了琴娘（實同於紅蓮）的「仙音」又想「知人物生得如何」，待見到了琴娘的「一雙彎彎小腳兒」還遺憾「不見如花似玉眸」，以致「幾回欲待去掀簾，猶恐主人惡。」待琴娘完全站在他的面前時，

> 佛印把眼一覷，不但唱得好，真個生得好。但見：峨眉淡掃，蓮臉微勻。輕盈真物外之仙，雅淡有天然之態。衣染鮫綃，手持象板，呈露筍指尖長；足步金蓮，行動鳳鞋弓小，臨溪雙洛浦，對月

〔註6〕《輪迴醒世》，第198頁。
〔註7〕《喻世明言》卷二九「月明和尚度柳翠」，第287頁。
〔註8〕《喻世明言》卷三〇，第297頁。

兩嫦娥。好好好，好如天上女；強強強，強似月中仙。〔註9〕

在這裡，也或許是蘇軾在物色人選時，早有意迎合其所好，琴娘的「美人」意象，在佛印眼裏是如此地具體而微到身體的每一個部分，可謂赤裸裸地鏡象出了所謂高僧的色慾審美癖好。在色慾趣味的滿足之下，琴娘的色慾暗示的吸引力有意無意之中得以放大，以致道行高深佛印不禁真情顯露，語中失態曰：

　　執板嬌娘留客住，初整金釵，十指尖尖露。歌斷一聲天外去，
　清音已過行雲住。耳有因緣能聽事，眼有姻緣，便得當前覷。眼耳
　姻緣都已是，姻緣別有知何處？〔註10〕

不過，為顯示高僧的色慾雅於一般常人，琴娘的色慾暗示裏又被標籤上了「才女」符號。所謂「歌斷一聲天外去，清音已過行雲住」，「美女」的色慾暗示內容得以進一步豐富，同時「修道者」的「耳欲」也得到了滿足。但這只是表明小說中「美女」色慾暗示內容，會因為「修道者」身份不同而有變化，並不涉及小說中「美女」色慾暗示會因為「修道者」身份不同而有無的問題。即便是在「法僧投胎」篇中，作者雖然極力諒解能玄，而幾乎把所有過錯推到紅蓮身上，但也不得不給紅蓮意象設置出「喪夫」「小娘子」的色慾暗示。

　　另外，「紅」符號的女性色慾暗示，還意味著「紅顏禍水」的先驗判斷。尤其是當「修道者」被試出非金之時，「紅」符號色慾暗示中的「美女」（或「紅顏」）意象，就會因為其曾在中國傳統文化中一貫地被標籤上「禍水」印記，而不得不承受「修道者」修證佛性失敗的罪責。這種「替罪羊」角色，在經過了佛教輪迴果報的催生之後，成功地延伸了紅蓮角色的「試金石」工具性功能。同時，這也是「紅蓮」小說意象得以衍生為「柳翠」「琴娘」「路氏女」等意象的關鍵所在。在「紅蓮」的眾多衍生意象中，對「紅顏禍水」的敷演，尤其在「路氏女」意象系列中得到了多方的展示，筆者將在「試『貞節』之金的路氏女」一節中對此加以詳論，茲不贅述。

二、「蓮」符號的「佛性」意味

　　蓮花是佛教象徵的名物。如佛陀臨產之時，淨飯王宮廷中出現了三十二種瑞應之相，其中之一就是「陸地生青蓮花大如車輪」。佛陀出生以後，「忽

〔註9〕《醒世恒言》卷一二，第 1029 頁。
〔註10〕《醒世恒言》卷一二，第 1029 頁。

然現身住寶蓮花」。〔註11〕佛陀成道後，佈道時坐的座位是「蓮花座」，坐姿是「蓮花坐姿」——雙腿交叉於相對的大腿之上，足心朝上。也因此，幾乎佛教所有的佛、菩薩身下的寶座，都是蓮花座。另外，還有手持蓮花的菩薩、明王等眾，如觀世音菩薩、大聖引路王菩薩眾、大威德焰發德迦明王等手持蓮花的壁畫；〔註12〕有以蓮花命名的佛典，如《妙法蓮華經》；有以蓮花命名的宗派，如中國唐宋以後影響巨大的淨土宗又名「蓮宗」；有以蓮花命名的佛教結社，如東晉佛教大德慧遠大師創立的「白蓮社」；佛教稱佛國為「蓮界」、寺廟為「蓮舍」、袈裟為「蓮服」、做法事用的是蓮燈、僧徒行法手印是「蓮華合掌」、佛門同修是「蓮友」等等。可以說，蓮花意象在佛教裏是無處不在。

　　蓮花是佛教的象徵，究其原因大致在兩個方面。一則，蓮花有出污泥而不染的特點，象徵著佛法出於世俗而不染於世法的純潔。如《中阿含經》卷第二三「中阿含穢品青白蓮華喻經第六」曰：

> 猶如青蓮華，紅、赤、白蓮花，水生水長，出水上，不著水；
> 如是，如來世間生，世間長，出世間行，不著世間法。所以者何？
> 如來無所著，等正覺，出一切世間。〔註13〕

《大涅槃經》卷九「如來性品第四之六」說的更為明確：

> 優缽羅花、缽頭摩花、拘牟頭華、分陀利華（不同品種的蓮
> 花譯音），生於淤泥而終不為彼泥所污，若有眾生修大涅槃微妙經
> 典亦復如是，雖有煩惱終不為此煩惱所污。何以故？以知如來性
> 相力故。〔註14〕

又，蓮花還可以用來象徵「修道者」修道佛法的精進不怠的精神，如《雜阿含經》卷三一「八八二」條曰：「譬如水陸諸華，優缽羅花為第一，如是一切善法，皆不放逸為根本，乃至涅槃。」〔註15〕二則，最初是佛教隨順印度民俗的結果。印度一貫有珍視蓮花的習俗，〔註16〕「是故諸佛隨世俗故，於寶蓮

〔註11〕（梁）僧祐：《釋迦譜》卷第一「釋迦降生釋種成佛緣譜第四」，《大正藏》第
　　　　50 冊第 2040 號，第 5 頁。

〔註12〕程澄、任達永繪：《無上粉本寺中尋——寶寧寺明代水陸畫線描精選》，杭州：
　　　　西泠印社出版社，2010 年，第 51、20 頁。

〔註13〕（東晉）僧伽提婆譯：《中阿含經》，《大正藏》第 1 冊第 26 號，第 574 頁。

〔註14〕（北涼）曇無讖譯：《大般涅槃經》，《大正藏》第 12 冊第 374 號，第 419 頁。

〔註15〕（劉宋）求那跋陀羅譯：《雜阿含經》，《大正藏》第 2 冊第 99 號，第 222 頁。

〔註16〕亦麗：《神聖的花木》，文史知識編輯部編：《佛教與中國文化》，北京：中華
　　　　書局，1988 年，第 356～357 頁。

花上結加趺坐」，以示行梵道而「於諸淫瞋已盡無餘」。〔註17〕後來佛教傳到中國，而中國自古以來亦有珍愛蓮花的傳統。早在《詩經》和《離騷》中就有對蓮花的讚美，後來自稱為「窮禪客」的周敦頤一篇《愛蓮說》，更是明白道出了「佛性」與蓮花的共通精神「出污泥而不染，濯清漣而不妖」。可以說，蓮花亦是中國佛教的象徵名物。

　　總之，無論在印度佛教還是在中國佛教中，「蓮」一方面因民族傳統習俗而標籤於佛教；另一方面因為其「出淤泥而不染」的清淨芳香特質，契合了「佛性」的無上妙好，以及「修道者」證道的勇猛精進精神，而成為了佛教及其「修道者」的宗教指向。正是由於「蓮」的這種標籤和指向意義，「紅」的美女色慾暗示才能夠在與「蓮」的「佛性」結合中，得以表達出對「修道者」的色慾考驗意味。

　　再者，「蓮」本身在印度和中國亦有某種色慾象徵。在印度，蓮花不但可以被用來作為女性生殖器的象徵，也還被用來配合表現印度著名的「林迦」（linga，男性生殖器）崇拜──「林迦」常常是置於蓮花瓣上或者以蓮花瓣為其飾邊。在中國，蓮花也會跟色慾聯繫在一塊，如漢樂府《相和曲》中有男女調情的形象化表現：「江南可採蓮，蓮葉何田田。魚戲蓮葉東，魚戲蓮葉西。魚戲蓮葉南，魚戲蓮葉北」。在此處的象徵性描寫中，魚、蓮的深層次內在語義指嚮明顯有男女色慾意味，正如聞一多先生指出的：「這裡是魚喻男，蓮喻女，說魚與蓮戲，實等於說男與女戲。」〔註18〕這一點，在「紅蓮」系列小說中有更為直白的表現。如「至聰禪師」文尾的頌曰：「有道山僧號至聰，十年不下祝融峰。腰間所積菩提水，瀉向紅蓮一瓣中。」〔註19〕很明顯，這裡的「菩提水」指向的是至聰的精液，「紅蓮一瓣」指向的是紅蓮生殖器外陰。這兩種色慾的指向一旦對應出現，那麼其間所賦予的佛教「修道者」色慾考驗意味就不言而喻了。

三、審醜與審美之下的「試金石」意象

　　筆者在前文已提及，在佛教「修道者」面臨的種種欲障中，最難克服的，便是生命中的本能欲求──色慾，故此，在佛經以及佛教相關宣教作品中，

〔註17〕道略集：《雜譬喻經》「三二」，《大正藏》第 4 冊第 207 號，第 529 頁。
〔註18〕聞一多：《神話與詩》，上海：上海人民出版社，2006，第 101 頁。
〔註19〕《古今詩話》，第 296 頁。

往往會極寫男女色慾魔障的可怕誘惑性，以及佛、菩薩、得道高僧們反制該誘惑的艱難過程。這樣極寫的目的，一方面在於期冀以此警醒「修道者」只有遠離各種形式的色慾異相，才有可能完全跳出輪迴苦海，進入體認佛性，而後涅槃成佛的歡樂、祥和、自由境界；另一方面還可以通過如此形象化的渲染，標榜出一批佛、菩薩、得道高僧形象，作為其他「修道者」的樣板，以達到指引和激勵後進，以及佛化世俗的目的。因此，從這個角度說，所謂「紅蓮」之類的色慾魔障，不過是佛教的宣教工具，「修道者」所證之道的「試金石」而已。如《摩登伽經》就有這樣的故事：舍衛國妓女摩登伽女，在阿難獨歸途中經歷其家時，以大幻術婆毗迦羅先梵天咒攝阿難入淫席，淫躬撫摩，將毀阿難戒體。後得如來以神咒付文殊師利往護，才使得惡咒消滅，並提獎阿難及摩登伽女歸來佛所。作為佛陀最喜愛的弟子，阿難一向以多聞著名，可謂「功行固已侔佛」，但一旦面對色慾引誘，竟然還未全道力，可見色慾確實是佛教「修道者」證得「佛性之金」的第一大魔障。但這類故事的存在目的絕不僅僅在此，重點還在於為「修道者」遭遇迷障時提供有效的解脫之道。正如《首楞嚴經要解》卷第一評論摩登伽女與阿難故事曰：

> 摩登伽妓女也，婆毗迦羅此云黃髮外道。所傳幻咒名先梵天，實妖術耳。淫躬撫摩將毀戒體者，以身逼近欲染淨戒之體也。後云心清淨故尚未淪溺，則將毀而已。阿難於空王佛所，同佛發心功行固已侔佛，但本願常樂多聞，護持法藏，不取佛果。則今之示跡，乃所以護持也。蓋般若之後，慧學方盛，迷己之流，一向多聞，不修正定，為物所轉，易遭邪染。宛轉零落，則佛之法藏，殆無以護持，故假多聞之人邪染之事起教。以首楞之大定，資般若之大慧，使定慧均等學行雙明，則倒妄可消，妙湛可得，不為物轉，而能轉物，同如來矣。當知，阿難方便真慈，俯為末學，後經轍跡，無非策礪也。〔註20〕

戒環和尚在解這個故事的時候認為，阿難遭遇摩登伽女色慾引誘差點毀戒，是因為「般若之後，慧學方盛，迷己之流，一向多聞，不修正定，為物所轉，易遭邪染。」而救護此種不足的方法在於，「以首楞之大定，資般若之大慧，

〔註20〕 （唐）般刺密帝譯、（宋）戒環解：《首楞嚴經要解》，《卍續藏》第 11 冊第 270 號，第 779 頁。

使定慧均等，學行雙明，則倒妄可消，妙湛可得，不為物轉，而能轉物，同如來矣。」因此，該故事的目的在於，「阿難方便真慈，俯為末學，後經轍跡，無非策礪也。」佛經中類似的色慾考驗故事還有很多，如《雜寶藏經》中難陀貪戀妻子美色不肯出家，後佛陀以欲制欲，帶難陀到天界見識更多更美的仙女，以此誘引難陀修道昇天；《大法炬陀羅尼經》中一法師受愛欲魔女誘惑，無奈之下借如來佛像抵制才得解脫等等。

　　其實，為了幫助「修道者」們抵制色慾，在佛經及其相關宣教作品中，早就有了大量的詆毀女色內容。如《阿含口解十二因緣經》卷第一曰：

　　　　有阿羅漢，以天眼徹視，見女人墮地獄中者甚眾多，便問佛：
　　「何以故？」佛言：「用四因緣故：一者貪珍寶物衣被，欲得多故；
　　二者相嫉妬；三者多口舌；四者作姿態淫多。以是故墮地獄中多
　　耳。」〔註21〕

又《法句譬喻經》卷第四「喻愛欲品第三二之二」曰：

　　　　於是化女即解瓔珞香薰衣裳，倮形而立，臭處難近。二人觀之，
　　具見污露。化沙門即謂一人言：「女人之好但有脂粉芬薰眾華沐浴塗
　　香，著眾雜色衣裳以覆污露，強薰以香欲以人觀，譬如革囊盛屎有
　　何可貪？」〔註22〕

不過，這種詆毀女色內容的大量存在，在強化了宣教功能的同時，也嚴重地削弱了故事角色的個性。由於故事的目的指向需要，在以宣教為目的的佛教相關故事中，象徵色慾的小說角色通常不是化生於世俗的道德層面壓力，而是幻化於「修道者」的宗教自覺與「人性」本能之間的扭曲與分裂。因此，這種角色通常無一例外地被過分異化，很少有所謂人物形象個性可言，僅僅是宗教性的人物樣板而已。就這一點來看，紅蓮類故事則與之有著本質的不同。紅蓮類故事的演繹指向，往往以迎合世俗的審美要求為目的指向，而世俗審美的多樣性和複雜性，必然決定了「紅蓮們」意象鮮明的個性和豐富的內涵。具體到「紅蓮們」意象塑造來說，雖然其作為「試金石」的本質並沒有得以改變，但其形象個性和內涵則呈現出以下兩個新特點。

〔註21〕　（後漢）安玄、嚴佛調譯：《阿含口解十二因緣經》，《大正藏》第 25 冊第 1508
　　　　號，第 55 頁。
〔註22〕　（晉）法句、法立譯：《法句譬喻經》，《大正藏》第 4 冊第 211 號，第 603
　　　　頁。

其一，從人物形象內涵看，「紅蓮們」的色慾表徵不再處於異化之中。

以宣教為目的的女性形象，無一例外地都會被嚴重異化，但在紅蓮類故事中，「紅蓮們」的色慾表徵不再是「革囊盛臭」，相反，卻成為了小說創作者及其文本受眾的賞心悅目所在。如在《月明和尚度柳翠》篇中，紅蓮在柳府尹眼中是「年方二八，花容嬌媚，唱韻悠揚」。柳府尹以己推人，料高僧玉通禪師眼中的紅蓮亦是如此，故「大喜」可瀉「心中不忿」之機會在此。果然，在玉通禪師眼中，紅蓮的身體是「如花似玉」。並在雲雨之後，色慾滿足而「心歡意喜，分付道：『此事只可你知我知，不可泄與外人』」。倘不是紅蓮最後道出實情，在所謂高僧玉通禪師的意識裏，紅蓮的色慾表徵完全是美的所在。即便是在得知受騙的實情後，玉通禪師也並沒有為難紅蓮，而是「教道人開了寺門」，讓紅蓮告別離開。在柳府尹處，紅蓮得賞錢五百貫，並被免了一年的官唱。紅蓮的這種結局，實在是大異於宣教故事中的美女多在地獄裏的安排。我們完全可以有理由認為，紅蓮的色慾表徵倘不是處於審美之中，她的結局定不會優於地獄中的女性。在《明悟禪師趕五戒》篇中，紅蓮的結局是「嫁與一個做扇子的劉待詔為妻，養了清一在家，過了下半世」。〔註23〕在《法僧投胎》篇中，紅蓮同樣是安然「俟鐘鳴別去」，「執白綾馳送路公」，而圓滿完成任務沒有任何不利後果。〔註24〕在紅蓮類故事裏，以「紅蓮們」的色慾表徵為賞心悅目所在的審美理念，在《佛印師四調琴娘》篇中表現得最為詩意。如聽琴娘唱詞時，「佛印驀然耳內聽得有人唱詞，真個唱得好：」

> 聲清韻美，紛紛塵落雕梁；字正腔真，拂拂風生綺席。若上
> 苑流鶯巧囀，似丹山彩鳳和鳴。詞歌白雪陽春，曲唱清風明月。
> 〔註25〕

耳欲滿足了，眼欲卻又來了，「佛印口中不道，心下自言：『唱卻十分唱得好了，卻不知人物生得如何？』」「佛印把眼一覷，不但唱得好，真個生得好。但見：」娥眉、蓮臉、仙體、雅態、美飾、筍指、金蓮，一似洛神、嫦娥，強比天女、月仙。〔註26〕值得注意的是，佛印的女性審美趣向，此時已難脫世俗

〔註23〕《喻世明言》，第 300 頁。
〔註24〕《輪迴醒世》，第 198 頁。
〔註25〕《醒世恒言》，第 1028 頁。
〔註26〕《醒世恒言》，第 1029 頁。

一般色慾意識。不禁之下，頓生愛慕之心，雖在《蝶戀花》一詞中先是仍然不忘惺惺交代「執板嬌娘留客住」的自我辯白，但難耐聲色誘惑而忘情之際，竟全然忘卻方外戒律，公然歡羨兩性姻緣：「耳有姻緣能聽事，眼有姻緣，便得當前覷，眼耳姻緣都已是，姻緣別有知何處？」〔註27〕

在這裡，女性色慾的表徵已經被高度地審美化，完全沒有了宗教禁忌的痕跡。不僅如此，女性色慾審美，還被成功地調和於「修道者」的方便修行之中，正如佛印成功地把「塵心俗意」排斥於「詩酒自娛」之外一樣。不過，再進一步的兩性交合仍然是最大的禁忌，是不可逾越的底線，這種理念一貫於所有的紅蓮類故事之中。其實，兩性交合的禁忌，始終都是世俗內外共同的審醜要求，這一點是無可動搖的。《佛印師四調琴娘》故事中，佛印公然地放肆於女性色慾表徵的審美之中，但仍不失為高僧，並被蘇軾「愈加敬重，遂為入幕之賓。雖妻妾在旁並不迴避。」究其所在，還是緣於佛印堅守了兩性交合的所謂審醜底線。又，《西遊記》中，雖然豬八戒連連犯女色之戒，甚至唐僧面對女色也不乏動心時刻，但他們最終都因為恪守了上述審美禁忌，最終成功取得真經，修成正果。也正根源於此，無論何時何地，「紅蓮們」意象均脫不了其「試金石」之本質，只是此時的「試金石」功能，被狹隘化於兩性交合之中了。

其二，「紅蓮們」意象呈現出鮮明的個性化色彩。

《月明和尚度柳翠》中的紅蓮，可謂藝色兼足，足智多謀，深有心機；《明悟禪師趕五戒》中的紅蓮，是清純懵懂，情竇初開；《佛印師四調琴娘》中的琴娘，則才色雙絕，楚楚可憐；《法僧投胎》中的孫紅蓮，乃詭辯潑辣，粗野放蕩。〔註28〕《西遊記》中的女兒國國王，高貴不乏妖嬈，情綿綿而意深深；琵琶洞裏的蠍子精是異類多情女；木仙庵內的杏仙，係「人才俊雅，玉質嬌姿」。〔註29〕《型世言》中的謝芳卿，才色雙全，為愛情主動大膽；〔註30〕《禪真後史》中的濮氏，「妙年麗色」，寡情難耐；〔註31〕《北遊記》

〔註27〕《醒世恒言》，第1029頁。

〔註28〕《輪迴醒世》，第196～200頁。

〔註29〕《西遊記》第六四回「荊棘嶺悟能努力，木仙庵三藏談詩」，第770～783頁。

〔註30〕（明）陸人龍：《三刻拍案驚奇》（《型世言》）第一一回「毀新詩少年矢志，訴舊恨淫女還鄉」，北京：華夏出版社，2008年，第114～125頁。

〔註31〕（明）清溪道人編著，鄭明智校點：《禪真後史》第一回「耿寡婦為子延師，瞿先生守身矢節」，西安：太白文藝出版社，2006年，第9～12頁。

中的當山聖母，雖已成道，但「春心」不滅。〔註32〕如此等等。

紅蓮類故事的世俗性，決定了故事中色慾誘因的不確定性，並具體體現在「紅蓮們」意象個性化的加強之中。而從本質上看，「紅蓮們」意象鮮明個性化的呈現，實際上是對所謂「高僧們」形象刻板化的非對稱應對。在紅蓮類故事中，「高僧們」的形象一般是固定於兩種類型中，一類是絕對地離情斷欲，也即「禪心已作沾泥絮，不逐東風上下狂」；一類是雖然努力地離情斷欲，但是「只因一點念頭差，犯了如來淫色戒。」這種形象類型的固化，使得故事結局具有高度的可預見性，以致嚴重地打擊了文本受眾的閱讀興趣，也就更談不上能夠實現其終極教化目的了。為應對於此，小說創作者不得不對「紅蓮們」意象進行非對稱複雜化，以彌補上述缺陷。更何況，在中國女性倫理禁錮下，正常女性一向是多禁足於公開社會生活的，這就造成了中國男性的女性審美饑渴，個性鮮明的「紅蓮們」恰恰迎合了他們的意淫慾求。因此，多方的多重需求之下，「紅蓮們」意象走向個性化，就成為一種多方共贏了。只是可悲的是，多方共贏並沒有包括「紅蓮們」自己的真實思想。在男性話語霸權的壓迫下，她們的角色在被代言中一如既往地保持著實際上的沉默。

第二節　試人性之金的柳翠意象

在水月寺的方外場域裏，「紅蓮之石」試的是「他者」的「佛性之金」；而在紅塵背景下，「柳翠之石」試的是「超我」的「人性之金」。當「試金石」的功能發揮場域，轉換到世俗世界的時候，「紅蓮之石」或者「柳翠之石」的測試對象，也就轉換為現實倫理道德制約下的社會個體。相應地，其具體測試內容亦自然轉換為「人性之金」。紅蓮與柳翠角色的輪迴，一致於她們的妓女身份。而柳翠從妓女到高僧的回歸，則得益於妓女塵封之下的「人性之金」的光輝，佛教「眾生平等」的大慈大悲情懷，以及潛隱於小說之中的文本創作者及其受眾難能可貴的女性主義意識。

一、「我」的轉換──從「佛性」到「人性」

弗洛伊德認為人格是由「自我」「本我」和「超我」三部分構成，並且這三部分之間沒有不可轉化的界限。其中，「本我」處於人格結構的最底層，是

〔註32〕《北遊記》，第 201～206 頁。

人性本能和欲望組成的能量系統，是力量強大的性本能，以追求快樂為目的。「自我」是在人格本能與社會道德之間對「本我」的管控，在調節「本我」的過程中，更好地追求現實滿足。「超我」與「自我」實際上是同一部分，不過，「超我」處於人格結構最高層，使得「自我」最終受控於「超我」。「超我」是社會道德與規範內化後的昇華，它追求的是完善的境界。〔註33〕

在紅蓮類故事中，高僧的「佛性」追求，實際上是宗教意義上的「超我」修證；在成功證道之前，其始終處於痛苦的「自我」管控之中。而這種管控更多的是被動於外在的社會道德規範的壓力，並非真正意義上的自我佛性開悟。比如說，玉通禪師在發現柳府尹陰謀之前還是「心歡意喜」，只是得知真相後，才「聽罷大驚，悔之不及」；五戒禪師破戒後辭世亦是被迫而行，所謂「傳與悟和尚，何勞苦相逼」。二者的覺醒係被動於外力而非自我開悟，至此明白無疑。

可以說，所謂高僧的「佛性」雖是宗教意義上的「超我」，但相對於紅塵背景下的紅蓮或柳翠們的「人性」來說，它甚至連「自我」都算不上。因為所謂高僧的「超我」指向是極端自私的，它的目的不過是尋求個體的自我解脫。正如法空長老為玉通和尚下火時所說的那樣，玉通禪師「不去靈山參佛祖，卻向紅蓮貪淫慾」的代價，無非是其個人「無福向獅子光中，享天上之逍遙；有分去駒兒隙內，受人間之勞碌。」〔註34〕正是因為這種「超我」的自私性，當玉通禪師「本我」面對「紅蓮之石」時，是那麼的不堪一試，就輕易地臣服於「本我」的管控，更不用說得到「超我」的昇華了。而一旦得知自己是受人陷害後，便毫不猶豫地輪迴轉世報復——「我身德行被你虧，你家門風還我壞」；〔註35〕或者是「長成不信佛、法、僧三寶，必然滅佛謗僧，後世卻墮落苦海，不得皈依佛道」；〔註36〕或者是「我法被你破，你家被我壞。」〔註37〕如此等等。

在「人性」與「佛性」的比對中，在小說創作者的「人性」自覺與女性主義意識裏，所謂高僧的「佛性」光環，已經失去了其現實的說服力，並在紅蓮

〔註33〕霍欣彤編著：《弗洛伊德精神分析》，海口：南海出版公司，2008年，第144、149頁。

〔註34〕《喻世明言》卷二九「月明和尚度柳翠」，第289頁。

〔註35〕《喻世明言》卷二九「月明和尚度柳翠」，第287頁。

〔註36〕《喻世明言》卷三〇「明悟禪師趕五戒」，第299頁。

〔註37〕《輪迴醒世》，第198頁。

或柳翠們的「人性」相形中顯露出虛偽的本質而黯然失色了。在這裡，紅蓮或柳翠們的「人性」力量喚醒了高僧之「本我」，使之脫離了「超我」甚至「自我」或「佛性」的管控，從而完成了「我」的人格轉換──從「佛性」到「人性」。雖然這種轉換需要付出所謂的轉世輪迴代價，但柳翠們最終的證道成佛──一種另類的「人性」回歸，顯示出該代價實質上並不值一提。

二、固化的人性──從紅蓮到柳翠

紅蓮與柳翠角色的輪迴，固化於她們前世今生的妓女身份。在故事中，雖然「紅蓮們」的結局並沒有牽扯於「高僧們」的後世輪迴，但她們的妓女身份卻被一以貫之下來，這自然是得益於該身份符號所具有的特殊內涵。「妓女」符號有兩重內涵，於「妓」而言，係至卑至賤的男性泄欲工具；於「女」來說，乃男性話語霸權下的生殖繁衍工具。其實，這兩重內涵之間並沒有太大的區別，只不過前者是人盡可夫，後者是一人專用，且身兼它職如「主中饋」、伺候公姑等而已。玉通禪師在輪迴轉世後，肩負著兩個果報使命，一則以示破色戒後的懲罰，二則以示對遭受陷害後的回應。這兩個果報之業的造作者，涉及到紅蓮、柳府尹、玉通三人。其中，紅蓮係如玉通禪師一樣的受害者，且玉通禪師在其《辭世頌》中亦曰：「我欠紅蓮一宿債」，但在果報之中，卻並沒有體現出對紅蓮應有的補償，這顯然是果報補償的女性歧視。對玉通禪師來說，犯如來色戒後的報應，是轉身為女性再受輪迴之苦，而不能「向獅子光中，享天上之逍遙」；對柳府尹來說，其因陷害玉通而受生女為妓之報應。此兩者的果報中，無論玉通禪師還是柳府尹，他們的果報載體卻無一例外地歸結到女性符號之上，這仍然是一種果報的女性歧視。與此形成鮮明對比的是，在《明悟禪師趕五戒》篇中，五戒禪師在沒有任何客觀誘引的情況下主動犯如來色戒，輪迴轉身後卻以男性的面目出現，而且「一舉成名，御筆除翰林學士，錦衣玉食，前呼後擁，富貴非常」。這種果報的女性歧視背後，折射的卻是中國傳統文化，特別是儒家文化與佛教文化中對女性人性等同於「淫慾」「卑賤」和「醜惡」等認識的真實狀況。

其一，儒、佛的女性人性「淫慾」觀。

紅蓮之於玉通禪師、五戒禪師或其他證道者，柳翠之於柳府尹家，路氏女之於其父路知府、其夫徐子、其情夫史監生，三位女性雖然姓名各異，娼

妓身份卻是一以貫之，〔註38〕附著於其身份之上的文化內涵更是歸結於儒、佛的女性人性「淫慾」觀。在佛教文化裏，女性是「淫慾」的象徵。如《大般涅槃經》卷第九「菩薩品第一六」曰：

> 若善男子善女人等，無有不求男子身者。何以故？一切女人皆是眾惡之所住處。復次善男子，如蚊蚋水不能令此大地潤洽，其女人者淫慾難滿亦復如是；譬如大地一切作丸令如芥子，如是等男與一女人共為欲事猶不能足；假使男子數如恒沙，與一女人共為欲事亦復不足。善男子，譬如大海一切天雨百川眾流皆悉歸注，而彼大海未曾滿足，女人之法亦復如是；假使一切悉為男子，與一女人共為欲事而亦不足。復次善男子，如阿叔迦樹、波吒羅樹、迦尼迦樹春花開敷，群蜂唼取色香細味不知厭足，女人慾男亦復如是不知厭足。〔註39〕

又《增一阿含經》卷第二七「邪聚品第三五」亦曰：

> 是時，老母語僧迦摩曰：非獨我女而有此事，一切女人皆同此耳。舍衛城中人民之類，見我女者，悉皆意亂，欲與交通，如渴欲飲，覩無厭足，皆起想著。〔註40〕

儒家文化對待女性的態度也是如此。一直以來，在中國主流傳統文化的儒家學說裏，女性在社會分工中都是被定位於家庭生殖工具和男性服務工具。在這裡，儒家學說雖然沒有直接抨擊女性是淫慾的象徵，但無論生殖定位還是男性服務定位，其主體內容都離不開女性特有的「性」特徵，以及與之對應的男性「性」欲望。也因此，執掌著話語霸權的中國傳統男性，在某種動機和目的之下，在傾城傾國之紅顏美色和禍水的糾結中，把女性人性標籤上了淫慾符號。而隨著佛教的入住並發展於中國，儒、佛文化中的女性淫慾觀，在多方文化融合與共振之中得到了進一步強化。一旦這種女性淫慾觀標籤於紅蓮與柳翠意象時，就成為了一種固化的符號，符號的內涵一貫於她們的娼妓身份，無論前世、今生或者來世，均注定如此。

〔註38〕路氏女雖然是良家婦女，但在小說著者的筆下已與娼妓無異，如「路氏益無忌憚，由是尋花問柳，渡水登山遊亭入廟，無不至矣。一應精緻童僕，盡欲遍嘗滋味；大凡風韻親朋，隨機挑逗聯情。即教坊之流，無如彼之淫垢者。」（《輪迴醒世》，第199頁）

〔註39〕（劉宋）慧嚴等依《泥洹經》加之：《大般涅槃經》，《大正藏》第12冊第125號，第663頁。

〔註40〕（東晉）僧伽提婆譯：《增壹阿含經》，《大正藏》第2冊第125號，第702頁。

其二，儒、佛的女性人性「卑賤」觀。

儒家文化中的「男尊女卑」自不必說，一個「三從四德」外加一個「三綱五常」的女性倫理限定，就已經把男權的張狂、女權的「卑賤」體現得淋漓盡致。而佛教雖然在一定層面上主張「眾生平等，無有分別」，但在具體的佛教制度和證道實踐中，男權至上的痕跡還是非常明顯甚至嚴重的。可以說，在佛教歷史的幾乎所有時期，女性的性別平等問題並不比其他宗教有更多改進，因為「考佛陀原始教義，本亦輕賤女身」。如一直以來備受爭議的「八敬法」，就突出顯示了佛教男眾對女眾的權力優越性。〔註41〕又如出家受具足戒的男性僧眾只須盡守 250 戒，而出家受具足戒的女性僧眾則須要守 349 戒（一說500 戒）等等。正是由於儒、佛的這種「男尊女卑」觀，使得男權符號下的玉通禪師和柳府尹造作的罪孽，卻最終歸結到女性符號下的「卑賤」人性觀之上，由柳翠從良家婦女淪為娼妓以承受其惡報。即便在《明悟禪師趕五戒》中，五戒禪師主觀上犯了色戒輪迴轉世為男身，卻是「富貴非常」並未受到惡報。這種輪迴果報的男尊特權意味，不較自明。

其三，女性人性的「醜惡」，預設了輪迴轉世受女人身是惡報的結果。〔註42〕

在輪迴轉世的果報中，從紅蓮到柳翠的女性身份固化，還緣於佛教「受女人身是惡報」的理念，其預設前提則是女性人性的醜惡。如《佛說觀普賢

〔註41〕「八敬法」，又作「八尊重法」「八尊師法」「八不可越法」等等。即比丘尼尊重恭敬比丘之八條戒律。其制定因緣是：佛陀成道後不久，姨母大愛道等五百善女人要求出家，佛不允許，蓋以正法千年，若度女人，則減五百。阿難代為三請，佛陀即制定該法，使向彼說，若能遵守，則聽彼等出家。大愛道等頂戴信受，遂得戒，由得戒之十緣而正法亦復千載。「八敬法」的產生雖有一定的時勢因緣，但它集中體現了佛教出家女性在佛教中的地位：一方面，它使得比丘尼不得不屈從「蓋以正法千年，若度女人，則減五百」的既定假設；另一方面，它又使得該假設得以上升至「法」的層面，從而成為規定比丘尼從屬於比丘的約法，也就是說比丘尼必須承認比丘的優越領導權。從內容上看，它大致可以歸結為比丘尼對比丘的三種依附：人格依附（如尼百歲禮初夏比丘、不得罵謗比丘、不得舉比丘過）、佛法依附（如從僧受具戒、有過從僧懺、半月從僧教誡、夏訖從僧自恣）、生活依附（如依僧三月安居）。（參見本人拙作《「八敬法」的中國女性倫理遭遇論》，《世界宗教研究》，2011年，第 1 期，第 41～49 頁）

〔註42〕普慧在《從佛典文學看佛教的女性觀》（見《陝西師範大學學報（哲學社會科學版），2009 年，第 1 期，第 76 頁》）一文中認為，大乘佛教否定轉世輪迴為女身是一種惡報。筆者並不認同該觀點。

菩薩行法經》曰：

> 汝今應當於諸佛前發露先罪，至誠懺悔。於無量世，眼根因緣
> 貪著諸色，以著色故，貪愛諸塵，以愛塵故，受女人身。世世生處
> 惑著諸色，色壞汝眼，為恩愛奴。色使汝經歷三界，為此弊使盲無
> 所見。〔註43〕

又《佛說大乘造像功德經》卷下曰：

> 有四種因緣，令諸男子受女人身。何等為四：一者以女人聲，
> 輕笑喚佛及諸菩薩一切聖人；二者於淨持戒人，以誹謗心說言犯戒；
> 三者好行諂媚誑惑於人；四者見他勝己心生嫉妒。若有丈夫行此四
> 事，命終之後必受女身，復經無量諸惡道苦。〔註44〕

不僅如此，女性自身也認為自己之所以受女人身，是因為女性人性「醜惡」
之報。這一點，常常還成為女性出家修道的緣由之一。如《大愛道比丘尼經》
曰：

> 比丘尼以捨家立志除去惡露，常自慚愧羞恥，罪患受女人身。
> 不得縱意迷惑於眾，欲破敗道意，展轉生死與罪相值。自省態惡無
> 過是患，因拔罪根求金剛體，終離女身求鮮潔志。是故捨家行作沙
> 門，斷諸惡論遠離罪患，是為比丘尼立德之本也。〔註45〕

這種觀點還深入影響到世俗理念之中，〔註46〕明代小說裏也有大量的相關表
達。如《輪迴醒世》卷一二「施濟吞謀部」中有一篇「轉女成男」的故事，極
為典型地表達了「受女人身是惡報」的理念。故事說「和州沈恭，智可濟謀，
力可服眾，遂欺壓一方。」結果天曹「查得沈恭妾史氏懷孕，合當生女註其淫
污破敗，以為惡報。」後沈恭良心發現，棄惡從善，玉帝改判其報應曰：「幸
得伊妾有孕，先註生女以敗壞，今沈恭既有許多善行，著男女司將伊妾轉女
為男，著富貴司加以祿秩，永其後代以報。」〔註47〕沈恭為非作歹遭受的惡

〔註43〕（劉宋）曇無蜜多譯：《佛說觀普賢菩薩行法經》，《大正藏》第9冊第277號，
　　　　第391頁。
〔註44〕（唐）提雲般若譯：《佛說大乘造像功德經》，《大正藏》第16冊第694號，
　　　　第795頁。
〔註45〕失譯：《大愛道比丘尼經》卷下，《大正藏》第24冊第1478號，第950頁。
〔註46〕如在明代影響極大的目連戲中，就被增入了這樣的情節：目連母親青提夫人，
　　　　因為造惡業受懲罰，輪迴轉世為娼妓受罪。這種情節的產生，並不是一種偶
　　　　然現象，而是相關社會共識合力下的必然指向。
〔註47〕《輪迴醒世》，第399頁。

報，是以女身「淫污破敗」的形式承受，而一旦轉為善報的時候，女身即無緣此福，而必須由女身轉為男身才可以享此善報。男女身的果報承載赤裸裸的不平等顯露無餘。而這種不平等，正是建立在所謂女性人性「醜惡」論基礎之上的。又如《西湖二集》卷第七「覺闍黎一念錯投胎」篇中，高僧錯了念頭，被罰為蛇後，又投胎為女人身十八歲而死，死後才再轉男身成道；再有覺長老被史丞相引誘而「一念差錯」，輪迴轉世為其子，竟「封為衛王，威行天下，整整做了二十六年宰相」〔註48〕等等皆是如此。

綜上三點可知，在中國傳統文化和佛教文化中，女性的人性是被固化於「淫慾」「卑賤」和「醜惡」之中的。這種固化不但貫穿於女性的今生，而且還延續於女性輪迴轉世後的來世。那麼女性的人性救贖出路在哪裏呢？在嚴重輕賤女性的中國傳統文化中，是難能尋找到女性人性救贖之路的，而佛教則為之提供了某種可能，這是佛教秉承大慈大悲情懷的必然結果。關於這一點，筆者將在下一節中進行詳細論述。

三、人性的回歸——從柳翠到玉通

無論在傳統的儒家文化裏還是在佛教倫理中，作為娼妓的柳翠，其人性被固化於「淫慾」「卑賤」和「醜惡」是無疑的。在儒家文化裏，特別是在宋明理學時期，「餓死事小，失節事大」的倫理要求，使得女性一旦失足於此便無可饒恕。因此，柳翠如果想要在儒家文化背景下獲得人性的回歸，事實上是不可能的。柳翠的最終合理結果，就是沉迷風塵，以淫慾為現實，在人性迷失之中終此一生。正如月明和尚對法空所說：「老通墮落風塵已久，恐積漸沉迷，遂失本性，可以相機度他出世，不可遲矣。」〔註49〕又如法空長老為柳翠開悟所言：「小娘子今日混於風塵之中……若今日仍復執迷不悔，把倚門獻笑認作本等生涯，將生生世世浮沉欲海，永無超脫輪迴之日矣。」因此，柳翠要想獲得人性的正常回歸，必須要借助非正常力量的介入才能夠得以實現。這個非正常力量就是佛教密宗的淫慾修道法和佛教禪宗的「洞了夙因，立地明心見性」證道理念。

作為妓女的紅蓮或柳翠，她們的看似縱情聲色，不過是社會道德和規範失靈后，「他者」之「本我」的失控，綁架了她們的「人性之金」，塵封了作為

〔註48〕（明）周清原：《西湖二集》，北京：人民文學出版社，1989年，第108頁。
〔註49〕《喻世明言》卷二九「月明和尚度柳翠」，第290頁。

社會弱勢群體的她們的「超我」光輝。即便在如此社會環境下，她們的「人性」光輝如奇蹟般始終不滅，在《月明和尚度柳翠》篇中，作者不無欣賞地讚歎柳翠道：

原來柳翠雖墮娼流，卻也有一種好處，從小好的是佛法。所以纏頭金帛之資，盡情布施，毫不吝惜。況兼柳媽媽親生之女，誰敢阻擋？在萬松嶺下造石橋一座，名曰柳翠橋；鑿一井於抱劍營中，名曰柳翠井。其他方便濟人之事不可盡說。又制下布衣一襲，每逢月朔月望，卸下鉛華，穿著布素，閉門念佛；雖賓客如雲，此日斷不接見，以此為常。那月明和尚只為這節上，識透他根器不壞，所以立心要度他。正是：「慳貪」二字能除卻，終是西方路上人。〔註50〕

不但如此，她們還念念不忘追問「有我輩風塵中人成佛作祖否」，借法空長老之口，以觀音大士化身為妓度人的故事為引導，作者明確地給予了柳翠以肯定的答案——柳翠問道法空長老曰：「自來佛門廣大，也有我輩風塵中人成佛作祖否？」法空長老道：

當初觀音大士見塵世欲根深重，化為美色之女，投身妓館，一般接客。凡王孫公子見其容貌，無不傾倒。一與之交接，欲心頓淡。因彼有大法力故，自然能破除邪網。後來無疾而死，里人買棺埋葬。有胡僧見其冢墓，合掌作禮，口稱：「善哉，善哉！」里人說道：「此乃娼妓之墓，師父錯認了。」胡僧說道：「此非娼妓，乃觀世音菩薩化身，來度世上淫慾之輩歸於正道。如若不信，破土觀之，其形骸必有奇異。」里人果然不信，忙劚土破棺，見骨節聯絡，交鎖不斷，色如黃金，方始驚異。因就冢立廟，名為黃金鎖子骨菩薩。這叫做清淨蓮花，污泥不染。〔註51〕

法空長老的這席話，「說得柳翠心中變喜為愁，翻熱作冷」，在經過了激烈的思想鬥爭之後，「人性」的光輝終於佔據了上風，「頓然起追前悔後之意」，在「洞了夙因，立地明心見性」之下，從而完成了「人性」回歸的首要一步。法空長老的這個觀音大士化身娼妓救度世人說法，其實是小說創作者化用於唐

〔註50〕《喻世明言》卷二九「月明和尚度柳翠」，第289～290頁。
〔註51〕《喻世明言》卷二九「月明和尚度柳翠」，第291頁。

李復言《續玄怪錄》中的「延州婦人」故事。〔註52〕不過,在法空長老的故事中,延州婦人或鎖骨菩薩被換成了觀音大士。這種置換的發生,一方面是由於唐宋以後,雖然觀音菩薩有多達三十三種應化身,但以女身形象示人的觀音菩薩及其相關信仰,已經廣泛為中國信眾所接受並奉行;另一方面則是因為在佛教相關典籍中,明確就有觀音菩薩化女身救度修行者的故事原型。如在佛教密宗經典《四部毗那夜迦法》中,就載有這樣的故事,講述了觀音菩薩化身為毗那夜迦女與暴惡的「大荒神」相合,最終使得其頓生歡喜,皈依佛教,成為「歡喜佛」。〔註53〕在佛教經典中,此類的故事並不只在觀音菩薩身上演繹過,甚至佛祖亦不例外。如《法句譬喻經》卷第四,就載有佛祖「化作一淫女人」開悟二位「游蕩子」的故事。〔註54〕而就《月明和尚度柳翠》這篇小說來說,這個情節的設置,在紅蓮故事的早期原型中已有伏筆。如《古今詩話》「至聰禪師」條曰:

> 五代時有一僧號至聰禪師,祝融峰修行十年,自以為戒性具足,無所誘掖也。夫何一日下山,於道傍見一美人號紅蓮,一瞬而動,遂與合歡。至明,僧起沐浴,與婦人俱化。有頌曰:「有道高僧號至聰,十年不下祝融峰,腰間所積菩提水,瀉向紅蓮一葉中。」〔註55〕

在這個故事裏,有一處尤其值得注意,那就是至聰禪師「與婦人俱化」故事結局。這個情節的設置,暗示了至聰禪師的悟道是緣於同紅蓮的合歡,紅蓮成了淫慾修道法的受益者,甚至是至聰禪師開悟的施予者,一如觀音大士以淫慾修道法施予「塵世欲根深重」的世人。只不過,在這裡,紅蓮的角色置換成了柳翠而已。

上述這類故事的佛教哲理依據,則在於佛教密宗的淫慾修道法。佛教顯宗以淫慾為障道法,要求修道者遠離淫慾以求清淨,而密宗中則以淫慾為修道法,認為淫慾也有調伏的功能,是達到自性淨的方便法門之一。正如《金剛頂經》中所論:「自性淨」並非對立於「染欲」,而是隨染欲自然而然,並能

〔註52〕（唐）李復言編,程毅中點校:《〈續玄怪錄〉補遺》,北京:中華書局,1982年,第195頁。

〔註53〕轉引自黃夏年主編:《佛教三百題》,上海:上海古籍出版社,2000年,第467～468頁。

〔註54〕《法句譬喻經》卷第四「喻愛欲品第三二之二」,第603頁。

〔註55〕《古今詩話》,第296頁。

夠藉助、順應染欲進行調伏的結果。又曰：一切諸佛智慧、歡喜境界的成就，亦可視同為因應染欲而得以獲取的自由轉化與精進。並且，各種供養三昧，如來心，金剛，印，世界微塵，一切如來族金剛嬉戲、鬘、歌詠、舞大天女，一切如來婢使金剛燒香、花、光明、塗香天女等，皆可互攝相生。所謂「奇哉無有比，諸佛中供養，由貪染供養，能轉諸供養。」〔註56〕這是把女性性別符號直接引入到佛教修證之中，一定程度地彰顯了佛教修行過程中的女性性別符號象徵之下的話語權力。《大日經》更是明確宣稱：「隨諸眾生種種性慾，令得歡喜。」直言不諱地提出了以男女性慾滿足為「大樂」的修行理念。從這個角度說，柳翠的娼妓身份，一旦置之於佛教密宗的這種證道理念下，反倒為其達到「自性淨」的成佛境界提供了「方便法門」。

又，《大般涅槃經》卷第七「如來性品第四之四」曰：「一切眾生悉有佛性……常為無量煩惱所覆，是故眾生不能得見。」〔註57〕因此，眾生「若能了了見於佛性」，〔註58〕則能達到完全解脫的成佛境界。在這種理念的觀照下，那些曾經主觀或客觀地造過種種不淨之業的社會邊緣人，如娼妓柳翠們，便獲得了某種贖免原罪回歸「人性」的新生機會。佛教禪宗在此啟迪下更是明白提出「明心見性」之說，認為「成佛並不是另有一種佛身，眾生的自心、本性就是佛。眾生只要認識自我，回歸本性，當即成佛。」〔註59〕同時，禪宗還宣揚「自心頓現真如本性」，「言下便悟，即契本心」，「當起般若觀照，剎那間妄念俱滅，即是自真正善知識，一悟即知佛也。」〔註60〕也就是說，只要你「運用般若直觀，在一剎那間，滅除妄念，顯現真如本性，契合本心」，即可「放下屠刀（對柳翠來說，是放下淫慾），立地成佛」。也即法空長老開悟柳翠時所說的證道理念——「洞了夙因，立地明心見性」。

從佛教宣教的意圖上看，柳翠的結局，是在「高僧的棒喝中」，〔註61〕「卸

〔註56〕（唐）不空譯：《金剛頂一切如來真實攝大乘現證大教王經》，《大正藏》第18冊第865號，第214頁中第12行。

〔註57〕《大般涅槃經》，第407頁。

〔註58〕《大般涅槃經》，「光明遍照高貴德王菩薩品第三」。

〔註59〕方立天：《中國佛教哲學要義》（上卷），北京：中國人民大學出版社，2002年，第416頁。

〔註60〕郭朋：《壇經導讀》第30、40、31節，北京：中國國際廣播出版社，2008年，第105、136、107頁。

〔註61〕《喻世明言》卷二九「月明和尚度柳翠」，第292頁。

卻恩仇擔」，﹝註62﹞最終「洞了夙因，立地明心見性」；從文章的內容和結構的完整性來看，柳翠的結局，是回歸到了玉通禪師的既定身份之中。但所有這些完滿結果得以發生的實質，卻在於某些「人性」的回歸──柳翠的「人性」回歸、小說其他旁觀者角色的「人性」回歸、文本創作者的「人性」回歸和文本受眾的「人性」回歸等等。佛教的因果報應之說，不過是隱含於小說中的深層社會元素之表象而已。從這個意義上說，柳翠的「明心見性」之「性」，實際上就是統一於其「人性」之「性」的──一種「佛性」與「人性」的交互回歸。

追溯一下柳翠「人性」墮落與回歸的過程，我們就可以更加確定這一論斷。因父親柳府尹的故去，柳翠失掉了生存庇護，不得不由官家小姐賣身為楊孔目妾、鄒主事外宅，直至最後淪為娼妓。在柳翠的「人性」淪落過程中，我們不難發現，男性符號始終掌控著柳翠的「人性」走向，正所謂「人生莫作婦人身，百年苦樂由他人。」﹝註63﹞父親柳府尹、丈夫楊孔目、鄒主事和「豪門子弟」，他們之間並沒有實質的不同，都是統一於男性符號。作為女性符號的柳翠們，在他們的共同決定下，無可選擇地選擇著被預設的社會生存方式和最終命運。因此，當柳翠在家無父可從的時候，最優的可選出路便是出嫁從夫，由一個男性符號依附轉向另一個男性符號依附。而當無夫可從的時候，唯一可行的出路，則只有「人盡可夫」了。也就是說，柳翠所依附的男性符號，由專一走向了泛化。雖然從符號的角度看，這種轉換並沒有實質性的改變，但從普世性的「人性」高度評判，柳翠的「人性」已經不得不迷失於「淫慾」之中了。此處的「人性」評判，當然是一種超時代的要求，不過，恰恰在這不情的評判中，柳翠始終不泯的「人性」，發出了難能可貴的向善光輝。「柳翠雖墮娼流」，但「方便濟人之事不可盡說」；當法空長老開悟她之後，便對自己的淫慾生涯「頓然起追前悔後之意」；當明瞭顯孝寺「高僧棒喝」與水月寺八句偈語之後，即在「壞你門風我亦羞」的廉恥自省中，「卸卻恩仇擔」坐化而去，用生命的代價完成了「人性」的回歸。

在旁觀者中，上從「合城公子王孫平昔往來之輩，都來探喪弔孝，聞知坐化之事，無不嗟歎」，下至「合城百姓聞得柳翠死得奇異，都道活佛顯化，

﹝註62﹞《喻世明言》卷二九「月明和尚度柳翠」，第293頁。
﹝註63﹞（明）凌濛初：《二刻拍案驚奇》卷三二「張福娘一心貞守，朱天賜萬里符名」，合肥：安徽文藝出版社，2003年，第824頁。

盡來送葬。」〔註64〕這些旁觀者「人性」的回歸，是得益於柳翠「人性」回歸的感動；而柳翠「人性」回歸的發生，亦離不開這些旁觀者寬容的「人性」環境，更離不開小說創造者和文本受眾的寬容的「人性」環境。

　　面對娼妓這一類社會邊緣人，文本創作者的「人性」回歸，在明代相關專題小說集《青泥蓮花記》卷一里體現的最為突出。其中，在記相關禪玄娼妓人物之後，作者以「女史氏」之口曰：

> 沮澤淤泥之地，亦有嘉生；火焰熱惱之場，豈無涼界？故護咒散花之眾，或本目挑心招之人，抑翹蜚骨鎖之靈，權示跕屨掛纓之跡。蓋一淨念，茶坊酒肆，即是道林。一回頭，但脫械放刀，立正成果。彼微豸且能化殼，冥合真詮。頑石猶知點頭，本含佛性，而況若而人者乎？余撰是記，首列禪玄，夫亦開方便之門，導歸受之路者也。〔註65〕

其實，在明代小說中，有關小說創作者對娼妓的人性化認識比比皆是。如馮夢龍「三言」中的「眾名姬春風弔柳七」篇，竟然有：「可笑紛紛縉紳輩，憐才不及眾紅裙」之論；〔註66〕「趙春兒重旺曹家莊」篇，亦有「不是婦人偏可近，從來世上少男兒」之歎；〔註67〕「杜十娘怒沉百寶箱」篇，則有「恩深似海恩無底，義重如山義更高」之贊；〔註68〕凌濛初「二拍」中的「硬勘案大儒爭閒氣，甘受刑俠女著芳名」篇，更是將妓女嚴蕊對比大儒朱熹道學之偽，而高誇嚴蕊「今日峨眉亦能爾，千載同聞俠骨香」；〔註69〕東魯古狂生《醉醒石》中的「穆瓊姐錯認有情郎，董文甫枉做負恩鬼」篇，作者滿腔讚歎、同情妓女穆瓊瓊之餘，強烈不齒董文甫的負心；〔註70〕還有周清原《西湖二集》中的「巧妓佐夫成名」篇，作者確信妓女曹文姬為「玉皇殿上掌書仙」，盛讚女妓邵金寶「解紛排難有侯嬴，金寶相傳義俠聲。若使男兒能似此，

〔註64〕　《喻世明言》卷二九「月明和尚度柳翠」，第292、293頁。

〔註65〕　（明）梅鼎祚纂輯，田璞、查洪德校注：《青泥蓮花記》，鄭州：中州古籍出版社，1988年，第54頁。

〔註66〕　《喻世明言》卷一二，第124頁。

〔註67〕　（明）馮夢龍：《警世通言》卷三一，合肥：安徽文藝出版社，2003年，第747頁。

〔註68〕　（明）馮夢龍：《警世通言》卷三一，第756頁。

〔註69〕　《二刻拍案驚奇》卷一二，第602頁。

〔註70〕　（明）東魯古狂生：《醉醒石》第一三回，北京：華夏出版社，1995年，第117～128頁。

史遷端的著高名」。〔註71〕如此等等，不一而足。

文本受眾的「人性」回歸，則在紅蓮、柳翠故事的傳播之廣泛中不言自明。紅蓮、柳翠故事「不僅不斷被明清時期的小說戲劇稱引，而且還不斷地被民間文藝搬演。」〔註72〕在明代小說《北遊記》「太子被戲下武當」一回中，就有當山聖母、竹竿精、蟆精化為美女戲出家太子的故事，其內容明顯係高度模仿紅蓮試玉通禪師的情節；〔註73〕《西遊記》五五回「色邪淫戲唐三藏，性正修持不壞身」中，蠍子女妖為了說服唐僧，就是自喻為「前朝柳翠翠」，而唐僧也以「貧僧不是月闍梨」作答；〔註74〕《西湖二集》第二〇卷「巧妓佐夫成名」中，則直接引述了紅蓮、柳翠故事。〔註75〕明代戲劇中，有多位戲劇家的多部戲劇改編或部分稱引過紅蓮、柳翠故事，其中，徐渭的《四聲猿》「玉禪師翠鄉一夢」，是完整地演繹了紅蓮、柳翠故事，並且傳遍大江南北，影響極大。〔註76〕紅蓮、柳翠故事還影響到了民間文藝之中，並且持續至今。如《金瓶梅》第一五回「佳人笑賞玩月樓，狎客幫嫖麗春院」中，描寫正月十五燈市時，就有「和尚燈，月明與柳翠相連」之語；〔註77〕《西湖遊覽志餘》中亦有正月十五燈節演「月明度妓」之說，並且演說紅蓮、柳翠的故事還成了一些人謀生的手段；〔註78〕《湖壖雜記》更載：「跳鮑老，兒童戲也；徐天池有玉通禪劇……今俗傳月明和尚馱柳翠，燈月之夜，跳舞宣淫，大為不雅，然此俗難革。」〔註79〕等等。此類相關內容，甚至今天還在一些地區流行著，〔註80〕可見紅蓮、柳翠故事在文本受眾之中

〔註71〕《西湖二集》卷第二〇，第330頁。

〔註72〕吳光正：《中國古代小說的原型與母題》，北京：社會科學文獻出版社，2002年，第32頁。

〔註73〕《北遊記》（又名《北方真武祖師玄天上帝出身全傳》），第201～206頁。

〔註74〕《西遊記》，第672頁。

〔註75〕《西湖二集》，第327頁。

〔註76〕（明）徐渭：《四聲猿》，上海：上海古籍出版社，1984年，第20～42頁。

〔註77〕（明）蘭陵笑笑生著，陶慕寧校注：《金瓶梅》，北京：人民文學出版社，2000年，第164頁。

〔註78〕（明）田汝成輯撰：《西湖遊覽志餘》第二〇卷「熙朝樂事」，上海：上海古籍出版社，1958年，第355頁。又第368頁載有：「杭州男女瞽者，多學琵琶，長古今小說、平話，以覓衣食，謂之陶真。大抵說宋時事，蓋汴京遺俗也……若紅蓮、柳翠、濟顛、雷峰塔、雙魚扇墜等記。」

〔註79〕（清）陸次云：《湖壖雜記》「月明庵柳翠墓」，上海：商務印書館，中華民國二八年（1939年），第28～29頁。

〔註80〕參見張全恭：《紅蓮故事的轉變》，《嶺南學報》第五卷第二期（1936年4月），

影響之深遠和普遍認可。

第三節　試「貞潔」之金的路氏女意象

如前所論，紅蓮和柳翠意象的善意結局，無疑是佛教觀照下的多方「人性」回歸的結果。但在《法僧投胎》篇中，與紅蓮、柳翠意象一脈相承的路氏女命運就沒有那麼幸運了。路氏女與情人史姓監生偷合而被捉姦在床，在丈夫的利刃威逼之下不得不「掩門自縊」，後又與情人一起被拋屍水中。更為甚者，在眾目睽睽之下，「（路氏女屍體）仰臥船頭，無寸絲相掩。史家僕隸，咸以篙子爭抵其陰戶。兩岸聚觀，豈止千餘人。」〔註81〕良家婦女因姦與情人當場雙雙被殺，在傳統的中國社會，於情於法皆為合理。不過，若非深惡痛絕或罪大惡極，女性死後還遭到如此公然侮辱的情況實屬異常。那麼路氏女的命運結局因何而一至於此呢？圍繞在路氏女意象周圍的多方「人性」，緣何又喪盡天良呢？在筆者看來，有以下三方面的緣故，可以合理應對上述難解：一為路氏女身份越位之下的「貞潔」淪喪，二為「貞潔」淪喪之下的儒、佛「女人禍水」觀，三為女性「貞潔」淪喪下的男權閹割焦慮。此三方面一言以蔽之，那就是路氏女命運的悲慘結局，是其作為試「貞潔」之金的「試金石」角色的必然歸宿。

一、路氏女身份越位下的「貞潔」淪喪

在《月明和尚度柳翠》篇中，柳翠由官家小姐身份淪為娼婦，是客觀的身份錯位。因為柳翠的每一步淪落，幾乎都是在身非得已的情形下發生。父親的故去，讓柳翠「娘兒兩個，日不料生，口食不敷」；與楊孔目和鄒主事之間的非常理關係，讓她又很快地失去了夫權的庇護。父權、夫權的庇護雙雙缺失，使得柳翠在無所適從之下才無奈「貞潔」淪喪。因此，柳翠的「貞潔」淪喪，是一種女性身份的客觀錯位，而非女性身份的主觀越位。路氏女則非如此，她的「貞潔」淪喪，卻更多的是一種女性身份的主觀越位。關於這一點，在小說《法僧投胎》相關內容的特別設計上，作者清楚明白地展示出了其上述創作意圖。

第 72～73 頁。

〔註81〕《輪迴醒世》，第 200 頁。

首先，路公不但並未如柳府尹那樣「感天行時疫病，無旬日而故」，而且「起任轉升副使」，其勢力之大，使得徐家在聞得其女婚前偷情得孕後，竟「畏路公勢力，只得含忍娶去。」〔註82〕再加上「路公無子」，其母「年已四十五」卻「未經生育，得生此女，不勝珍重。」〔註83〕由此可見，路氏女的生存環境不但無憂，而且是非常優越。在這樣優越的生存環境下成長的千金小姐，本來應該是「體柔順，率貞潔，服三從之訓，謹內外之別」，〔註84〕但路氏女卻是：

> 實是含香豆蔻，已如輕薄桃花。待門子入內書房，女即於門隙偷覷，甚至以繡囊相擲。但內外隔絕，不得相親。俟父升堂，梯牆外望，常為書吏所窺，絕不稍避。一日，被父目擊，一場恥辱，絕不為羞。觀其舉止動盪，大非處女模樣，父亦無之奈何。路公熟察其平時話語，知其春心頗動，在任所弗及擇婿，遂懶於軒冕，掛冠而回。抵家時，凡親屬往顧，女即出見，遇年輕而美貌者，女便留情。〔註85〕

更為甚者，在被允為徐姓媳後，竟與路家甥某人「送暖偷寒，因而得孕，母覺焉，為之贖藥打胎。消息頗著，無不聞者。」〔註86〕雖然從今天的女性倫理看，路氏女並沒有太多的值得譴責之處，但在《法僧投胎》小說時代處境下，路氏女的所為可謂大失「貞潔」而異常違背其身份倫理要求了。也就是說，路氏女本應安於「在家從父」，接受父權庇護和訓導的本分，可她卻越父權之位而行，主觀上置自身於「貞潔」淪喪之境地，為其惡劣的命運結局埋下了前因之一。

其次，在「從夫」條件方面，路氏女也遠優於柳翠。柳翠先是被賣與楊孔目為妾，以換取母親的養老依靠，後又被迫官賣，做了鄒主事的外宅，住在了「行首窟裏」。此時的柳翠身份已經與娼妓無異，人盡可夫之下，實際上是無夫可從了。路氏女則不然，姑不論其父家財大勢大，是其強有力的娘家靠山，單只說其夫家既然能夠連理於路家，那麼夫家的各方面條件應該足以

〔註82〕《輪迴醒世》，第199頁。
〔註83〕《輪迴醒世》，第198頁。
〔註84〕（明）仁孝文皇后撰，（清）王相箋注，鄭漢校梓：《內訓》「謹行章第四」，清光緒二六年（1900年）刻本，日本築波大學藏本。
〔註85〕《輪迴醒世》，第199頁。
〔註86〕《輪迴醒世》，第199頁。

維持其生存需要，且「其夫既籍其勢，又貪其財，又愛其色，十分承順，無命不從。」〔註87〕在這樣優越的「從夫」生存環境下，按理說，路氏女不應該有「貞潔」淪喪的可能，但路氏女的越位行為不僅發生了，而且還異乎尋常地不合情理。

> 路氏益無忌憚，由是尋花問柳，渡水登山，遊亭入廟，無不至矣。一應精緻童僕，盡欲遍嘗滋味；大凡丰韻親朋，隨機挑逗聯情。
> 即教坊之流，無如彼之淫垢者。〔註88〕

此時的路氏女雖非娼妓，但已經儼然娼妓了。這種極其嚴重的越位行為，顯然是夫權所無法容忍的。但夫權的行使目前還面臨著一個潛在障礙，那就是路氏女身後強大的父權力量。從路、徐兩家連理的一開始，路氏女的父權就在壓制著其夫權，如徐家曾風聞路氏女嫁前淫蕩醜行，卻因「畏路公勢力，只得含忍娶去。」即便在路氏女淫垢過於「教坊之流」的情況下，夫權仍然還是「無敢奈何。」這裡的夫權不伸，從表面上看，似乎是路氏女的女性權力異常張揚的結果，但實質上，這只是路氏女身後的父權越位延伸於夫權領域的表象而已。這種父權的越位延伸，是封建等級制度下權力通吃的表現（這是另外一個話題，不在本文的討論範圍之內）。而一旦路氏女的「貞潔」淪喪行為，同時越位於父權和夫權之外時，父權和夫權就會立刻形成利益同盟以維護男權的尊嚴，那麼，接下來就是路氏女為其越位行為付出代價之時了。因為路氏女的「貞潔」淪喪，「徐子痛恨入髓」之下，「乃以此醜行白於岳丈。路公知女行不端，料婿言非誑，亦難於答應，但曰：『即是你家人，任你為，吾不能為若庇也。』」〔註89〕至此，路氏女的父權與夫權在共同利益之下達成諒解，父權退出夫權領域。路氏女被父權拋棄，即將面臨夫權的嚴屬懲罰，為「貞潔」淪喪的越位行為付出生命代價。失去了父權的女權張揚，其實是在自尋毀滅。果然，徐子「知岳丈絕不護短，思有以處置之」，〔註90〕在路氏女與情人幽會之時，將二人雙雙殺死。不僅如此，夫權為了炫耀自己的絕對權威和警示男權神聖不可侵犯，在路氏女已經橫屍船頭的情況下，還扒光了女權軀體上的最後一塊遮羞布，用象徵男權符號的竹篙「爭抵其陰戶」，使女權

〔註87〕《輪迴醒世》，第199頁。
〔註88〕《輪迴醒世》，第199頁。
〔註89〕《輪迴醒世》，第199頁。
〔註90〕《輪迴醒世》，第199頁。

焚身揚灰、萬劫不復而後甘心。這就是路氏女越位夫權,「貞潔」淪喪的悲慘結局,也是小說創作者處心積慮的情節設計必然。

二、女性「貞潔」淪喪下的儒、佛「紅顏禍水」共識

美女紅蓮與玉通禪師的交合,使得玉通禪師多年的戒行與修道毀於一旦,以致不得不坐化而去。這是佛教所謂的「交合敗道」。美女路氏女與史姓監生的交合,使得自己被迫自縊的同時,還讓史監生命喪徐子刀下。這是儒家所謂的「縱淫喪身」。不過,紅蓮本就是娼妓,自然是「淫慾」的化身,早就無「貞潔」可淪喪;而路氏女身為良家婦女,本應守「三從四德」之「貞潔」,卻實有娼妓之「淫慾」。因此,無論紅蓮還是路氏女,「貞潔」的缺失以及該缺失引發了嚴重的災禍,則是二者的共性所在。而這種共性背後的文化內涵,則在於儒、佛二家宣稱的「紅顏禍水」共識。

在「男尊女卑」的儒家文化裏,女性因其特殊的生理、生育等原因,本就被認為是不潔、不祥的。如在《論衡》「四諱第六十八」中,王充列舉傳統女性禁忌曰:「諱婦人乳子,以為不吉。將舉吉事,入山林,遠行,度川澤者,皆不與之交通。乳子之家,亦忌惡之,丘墓廬道畔,逾月乃入,惡之甚也。」〔註91〕在「男尊女卑」的文化意識中,女人地位卑下,那麼附載於其身體之上的特殊之處,亦隨之被貶低。因此,男性的精液是「真陽至寶」,〔註92〕而女性的經血、產血等則是不潔和不祥招災的,即所謂「丈夫雖賤皆為陽,婦人雖貴皆為陰……惡之屬盡為陰,善之屬盡為陽。」〔註93〕引而伸之,女性的身體,就成了不潔招惡和不祥招災的禍水了。

隨著女性禁忌的不潔招惡和不祥招災之意無限擴大,「紅顏」所具有的正面審美色彩被抹殺,只剩下禍害的名聲,最終發展成「紅顏禍水」論,以警示著天下的男人們。如《尚書》「牧誓」篇曰:「牝雞無晨,牝雞之晨,惟家之索。」〔註94〕又如《詩經》卷七「瞻卬」篇言:「婦有長舌,維厲之階,亂匪

〔註91〕（東漢）王充著,袁華忠、方家常譯注:《論衡全譯》(上),貴陽:貴州人民出版社,1993年,第1141頁。

〔註92〕《西遊記》第五五回「色邪淫戲唐三藏,性正修持不壞身」,第672頁。

〔註93〕（東漢）董仲舒著,（臺）賴炎元注譯:《春秋繁露今注今譯》卷第一一「陽尊陰卑第四三」,臺北:臺灣商務印書館,中華民國七十三年（1984年）,第290頁。

〔註94〕顧寶田注譯:《尚書》「周書」「牧誓」,吉林:吉林文史出版社,1995年,第86頁。

降自天，生自婦人。」〔註95〕這樣一來，「紅顏禍水」的觀念使所有閉月羞花，沉魚落雁的容貌在歷史興衰、帝王及其王朝更迭面前承擔了最多的罪名，如夏代妹喜之與夏桀，商代妲己之與商紂王，周代褒姒之與周幽王，春秋西施之與吳王夫差，西漢趙飛燕之與漢成帝，唐代楊玉環之與唐玄宗等等，不一而足。在歷史上，她們都成為男人權力爭鬥中的犧牲品和「替罪羊」。

在佛教女性倫理觀中，雖然佛教於終極層面上主張眾生平等（自然包括男女兩性平等），無有例外，但在絕大多數具體宗教實踐過程中，女性仍然是被視作「惡露不淨」之人，一如儒家文化中的女性禁忌。如女性八十四惡態中的第七十九態，即有「女人憙刳胎剖形視其惡露」之說。〔註96〕「比丘尼入室，有十三事法」，其中，第一即為「常當自念惡露不淨，迷惑於人純纏罪根，不能自勉」；第十三亦為「常當自念恀怙，惡露不淨，不能自解」。〔註97〕沙彌尼十戒之十，亦有「常當自羞恥女人惡露」之戒律。〔註98〕即使「比丘尼已受具足戒」，也還有三事之一的「自念惡露不淨潔」。〔註99〕甚至出家為尼修道佛法的「立德之本」，還是為了斷女身之惡露不淨，以求轉男身而得清潔。如《大愛道比丘尼經》卷下曰：「比丘尼以捨家立志除去惡露……終離女身求鮮潔志……是為比丘尼立德之本也。」〔註100〕更為甚者，這些所謂的惡露不淨，在女性生命終結之後還能禍害「一切人不得道」。如《大愛道比丘尼經》卷上曰：

> 諸女人譬如毒蛇，人雖取殺之，破其身出其腦，是蛇以（已）
> 死，復有人見之，心中驚怖。如此女人雖得沙門，惡露故存，一切
> 男子為之回轉。用是故，令一切人不得道。〔註101〕

也因為惡露不淨，《阿含經》列舉女性有「九惡」，《淨心戒觀法》舉出女性有「十惡」，《正法念經》說女性有「三放逸」，《毗奈耶雜事》言女性有「五過」，《增一阿含經》斷言女性本性就有「五想欲」等等。在女性被認定為「眾惡之所處」的語境下，女性成了眾禍之源。如《菩薩本生鬘論》卷第一三曰：「了

〔註95〕周振甫譯注：《詩經》卷七「大雅」「蕩之十」，北京：中華書局，2002年，第489頁。
〔註96〕《大愛道比丘尼經》卷下，第954頁。
〔註97〕《大愛道比丘尼經》卷下，第951頁。
〔註98〕《大愛道比丘尼經》卷上，第948頁。
〔註99〕《大愛道比丘尼經》卷上，第948頁。
〔註100〕《大愛道比丘尼經》卷上，第950頁。
〔註101〕《大愛道比丘尼經》卷上，第949頁。

知女人深生過患……了知女人障善之本」；〔註102〕《大寶積經》更是定義女性「是眾苦本,是障礙本,是殺害本,是繫縛本,是憂愁本,是怨對本,是生盲本」,是一切禍害之源。這樣一來,自不例外,修道者敗道毀戒,自然也會被歸罪於「紅顏禍水」。如《菩薩訶色慾法經》就直指「紅顏禍水」,「女色者,世間之枷鎖,凡夫戀著不能自拔;女色者,世間之重患,凡夫困之至死不免;女色者,世間之衰禍,凡夫遭之無厄不至。」因此,修道者只有做到棄女色於不顧,才能「破枷脫鎖,惡狂厭病,離於衰禍;既安且吉,得出牢獄,永無患難」,然後才能證道成佛、菩薩。〔註103〕

　　具體到紅蓮和路氏女來說,紅蓮正是佛教所謂的色慾敗道之禍原,路氏女乃係儒家所謂的「貞潔」淪喪而致殺身之禍根。只不過,紅蓮之禍的惡果,雖然由與其名異實同的柳翠承擔,但由於宣教的需要,紅蓮之禍最終得以化解於佛光幻影之中。而路氏女「貞潔」淪喪之禍的惡果,則完全被加載於女性符號之上,進一步固化了「紅顏禍水」的儒家女性倫理內涵。路氏女之死,似乎並沒有化解作為道學家的小說創作者對女性「貞潔」淪喪的怨恨,借助史姓監生家僕隸的篙子,小說創作者等道學家們在「爭抵」路氏女「陰戶」以洩憤的同時,並聲明了作為男性符號的史姓監生的無辜,最重要的是,還惡狠狠地警示了那些可能膽敢以身試「貞潔」之金的女性們——路氏女的結局就是你們未來的下場。至於小說結尾的空中之語「能玄今日報路達之冤矣」,不過是儒、佛勾結之下,以輪迴果報演繹出的小說陳套舊路而已。

三、女性「貞潔」淪喪下的男權閹割焦慮

　　隨著佛教信仰與其他文化的互動性進一步加強,佛教各種理念在明代小說中的表達,與其他文化,尤其是儒家文化結合得更為爐火純青。儒家的女性「貞潔」至上倫理意識,同佛教的輪迴與因果報應思想之間形成了完美結合點,使得雙方在互為我用之中各自得到進一步強化。這種強化顯現在明代相關的小說中,其具體表現之一,便是小說中「美女」人物形象的命運結局,往往被固化於輪迴與因果報應思想之中。這種固化深切地契合了明代父權制下的女性倫理要求,並被廣泛地應用於明代相關小說之中,其基本模式是:

〔註102〕　（宋）紹德慧詢等譯:《菩薩本生鬘論》,《大正藏》第3冊第160號,第369頁。

〔註103〕　（後秦）鳩摩羅什譯:《菩薩訶色慾法經》,《大正藏》第15冊第615號,第286頁。

前世或現世造業——女性「貞潔」淪喪——現世或輪迴於來世遭受惡報——
得出「女色從來是禍胎」的結論。〔註104〕路氏女「貞潔」淪喪禍己禍人的「紅
顏禍水」小說主題，即是這種模式下的產物。雖然吳光正先生在《中國古代
小說的原型與母題》中認為：

> 路氏女縱淫喪身這類故事在傳統社會中間司空見慣，沒有什麼
> 奇異之處，衍生能力差，無法吸引文人藝人對它進行改編、搬演，
> 也引不起書商的興趣。因此僅見於《輪迴醒世》中，影響不大流傳
> 不廣。〔註105〕

但筆者並不認同這種說法，路氏女故事固然沒有如紅蓮故事那樣，被直接改
編、搬演，但實質上，路氏女「貞潔」淪喪禍己禍人的輪迴果報模式，在小說
中的影響相對間接甚至隱蔽一些罷了。如在《三言》中，有一小說「計押番金
鰻產禍」，其故事主要情節是這樣的：計押番釣了一條金鰻魚，金鰻魚警告計
押番曰：「汝若害我，教你闔家人口死於非命。」結果計押番妻子不知情之中，
把金鰻魚宰殺了。後來，金鰻魚投胎轉世為計押番之女名為慶奴，慶奴生性
不守婦道，結果招災引禍，果然如金鰻魚所言，計押番「闔家人口死於非命」。
〔註106〕這個故事跟路氏女故事顯然是一個模式下來的，雖然筆者沒有直接的
證據說明二者之間有某種傳承，但從《三言》成書的時間上來看，判斷小說
「計押番金鰻產禍」脫胎於路氏女故事也是不無可能的。〔註107〕與路氏女「貞
潔」淪喪禍己禍人的「紅顏禍水」主題相類的故事還有，《封神演義》中的妲
己等三妖亂商，《水滸傳》中的「潘金蓮『藥鴆武大郎』」「潘巧雲縱淫喪身」，
《型世言》中的「淫婦背夫遭誅」，《海剛峰公案》中的「姦夫誤殺婦」「通姦
私逃謀殺婦」，《神明公案》中的「施太尹斷火燒故夫」，《百家公案》中的「決
淫婦謀害親夫」，《龍圖公案》中的「白塔巷」，《歡喜冤家》中的「鐵念三激怒
誅淫婦」，《禪真後史》中的「來偉臣四妾縱淫喪身」，《三言》中的「喬彥傑一
妾破家」「蔣淑真刎頸鴛鴦會」「新橋市韓五賣春情」「任孝子烈性為神」「赫
大卿遺恨鴛鴦絛」，《二拍》中的「兩錯認莫大姐私奔，再成交楊二郎正本」等
等。不過，這些故事色慾考驗和輪迴轉世、因果報應等顯在的佛教內涵已經

〔註104〕《二刻拍案驚奇》卷三八「梁錯認莫大姐私奔，再成交楊二郎正本」，第892
　　　　頁。
〔註105〕《中國古代小說的原型與母題》，第32頁。
〔註106〕《警世通言》卷二一，第610～618頁。
〔註107〕據《輪迴醒世》，路氏女故事產生於嘉靖年間，而《三言》的成書遠晚於此。

大為削弱,甚至被全然隱略。從這裡也可以看出,佛教宣教故事在後世的傳播和再創造過程中,不可避免地,其宗教內涵會被世俗內涵所改造,這種改造本身其實就是佛教世俗化的重要體現之一。但問題並不在於宗教內涵和世俗內涵相互之間誰影響誰更多,或誰的因素在故事中占比更強勢,而在於這類所謂女性「貞潔」淪喪禍己禍人的「紅顏禍水」主題故事背後,它其實折射的是某種深刻的時代變化。這種變化是一種女權的覺醒,是一種男權的危機,以及該危機陰影之下躁動的男權閹割焦慮。

具體到路氏女意象來說,她的女權覺醒,恰恰展現於她的一系列「貞潔」淪喪之中。早在「含香豆蔻」之齡,路氏女便表現出異乎尋常的「貞潔」反動,「春心頗動」之下,無視「內外隔絕,不得相親」之閨訓,熱烈追求異性之愛,使得「父亦無之奈何」——在無可遏制的女性性慾本能面前,以「在家從父」為內涵的男權,也不得不因權力閹割的焦慮而「懶於軒冕,掛冠而回」。出於情竇初開後的身心要求,她的「食色性也」本能,指引著她「絕不為羞」地表達著對「年輕而美貌」之異性的強烈好奇與渴望,以致「送暖偷寒,因而得孕」。這種女權覺醒後的嚴重反動,極大地打擊了父權的權威,迫使父權至始至終都處於一種權力危機之中,最後不得不妥協而讓位於夫權。然而,當為人婦之後,她「既經配合,更倍風流」,「尋花問柳」,無所不至。在這個過程之中,以夫權為內涵的男權,要麼「無命不從」,要麼「無敢奈何」——夫權亦無可奈何於閹割焦慮之中。在父權與夫權的雙雙閹割焦慮之中,共同的利益指向,使得父權與夫權結成了聯盟——「『即使你家人,任你為,吾不能為若庇也。』徐子歸,知岳丈絕不護短,思有以處置之。」〔註108〕從更深層面考究,這裡的「思有以處置之」的男權底氣,當然還是來源於封建專制度中至高無上的君權,以及體現君權意志的強大法律機器。〔註109〕然而,弔詭的是,無論從法律上,還是女性倫理上,甚至「叢林法則」上說,女性的權力覺醒,應該都不能對男權構成足夠的威脅,那麼,為什麼「路氏女們」的「貞潔」淪喪會讓男權如此深具閹割焦慮呢?

〔註108〕《輪迴醒世》,第 199 頁。

〔註109〕明律對於妻妾與他人通姦的處罰極其嚴厲。相關法律規定:丈夫「於姦所,親獲姦夫姦婦,登時殺死者,勿論。若只殺死姦夫者,姦婦依律斷罪,從夫嫁賣。」又,若妻妾夥同姦夫殺死親夫者,妻妾將會被「凌遲處死,姦夫處斬。若姦夫自殺其夫者,姦婦雖不知情,絞。」(參見《大明律集解附例》卷一九「刑律」「人命」「殺死姦夫」)

其一，閹割焦慮，是男權自我墮落過程中的糾結。

　　男權主導的社會發展，在流動到明代時，整個已經處於封建專制後期，路氏女所在的嘉靖及其以後自然也囿於其中。此時，固有的封建思想、政治、經濟、文化和倫理道德等各方面的秩序，都已經失去了其曾經的社會凝聚力，這是家天下走向極端專制後的必然結果。在秩序缺乏向心力的情況下，長期高壓後的人性熱情得到了釋放，整個社會都在墮落中演繹著破與立的真理。男權所在的上中下各個階層，更是沉浸在物慾橫流和縱情淫樂的狂歡狀態，淫慾之好已成為明人生活之風尚。所謂「聞一道德方正之事，則以為無味而置之不道；聞一淫縱破義之事，則投袂而起，喜談傳誦而不已。」〔註110〕與之相因應，全國官妓和私娼亦大為盛行。謝肇淛《五雜組》卷之八「人部四」曰：「今時娼妓布滿天下，其大都會之地，動以千百計，其他窮州僻邑，在在有之，終日倚門獻笑，賣淫為活……又有不隸於官，家居而賣姦者，謂之土妓，俗謂之私窠子，概不勝數矣。」〔註111〕連類而及，男權在放縱之中，也客觀上培育出了女性「貞潔」淪喪的苦果，促使了女權的某種覺醒。《二刻拍案驚奇》中有一篇小說深刻地表現出了這個道理：鐵生想淫胡生美妻門氏，並且說服了自己美妻狄氏做牽頭勾引門氏。在妻子狄氏的幫助下，鐵生把胡生和門氏接到家中。胡生為了打動門氏「情性」，在家裏「廣接名妓狎客，調笑戲謔」。結果自己妻子狄氏「看見外邊淫昵褻狎之事，無所不為」，倒先動了火，反而暗地裏跟胡生勾搭上了。後來一來二往之中，胡生的妻子門氏，也勾搭上了鐵生。〔註112〕雖然小說的意圖在於宣揚「淫人自淫」的因果報應觀，但卻無意中道出了女權某種覺醒背後的男權縱慾動因。

　　明代中後期的社會各個階層，無論男女都在酒色財氣中尋求人生寄託。其中，男權更是盡情地淫慾，女權也在潛移默化中被動地享受著人性變態宣洩的快樂，在現實實踐中，女權仿效男權化趨向明顯。如小說在描繪路氏女「貞潔」淪喪時這樣寫道：「路氏益肆無忌憚，由是尋花問柳，渡水登山，遊亭入廟，無不至矣。一應精緻童僕，盡欲遍嘗滋味；大凡丰韻親朋，隨機挑逗

〔註110〕（明）屠隆：《鴻苞節錄》卷二，北京：保硯齋刻本，清咸豐七年（1857年）刻本。

〔註111〕（明）謝肇淛撰，傅成校點：《五雜組》，上海古籍出版社輯：《歷代筆記小說大觀（明代卷）》，上海：上海古籍出版社，2005年，第1651～1652頁。

〔註112〕《二刻拍案驚奇》卷三二「喬兒換鬍子宣淫，顯報施臥師入定」，第354～363頁。

聯情。即教坊之流,無如彼之淫垢者。」〔註113〕路氏女的縱淫行為,已經完全走向男權化了。在整個社會的墮落之中,一方面男權的絕對淫慾,需要女權無條件恪守「三從四德」「三綱五常」等女性倫理規範,才能為所欲為。如上述鐵生為了勾引他人之妻,幫其做牽頭的,竟然是自己「從來沒有妒心的」所謂「賢妻」。而另外一方面男權的絕對淫慾,又需要女權的絕對墮落,才能曲盡淫慾之妙。亦如上述鐵生想淫門氏,則需要先以「淫昵褻狎之事,無所不為」的淫行使其墮落,才能勾引得逞一樣。只是女權以絕對墮落為覺醒,則不可避免會嚴重傷害「三從四德」「三綱五常」等傳統女性倫理根本,這樣,男權處在了糾結之中。力圖在閹割焦慮與絕對淫慾之間尋找某種不存在的平衡,便成了一個男權極端費解的難題。而在不可遏制的人性本能需要面前,男權只有屈從於閹割焦慮了。

其二,閹割焦慮,是左派王學對男權反動的結果。

隨著明代中後期商品經濟的發展,以及新型生產關係形態——資本主義萌芽的出現,原本窮途末路的封建統治秩序,進一步走向沒落,各種離經叛道的思想觀念和越禮逾制的生活實踐層出不窮。以左派王學為代表的進步思想,對傳統的男權意識發起了挑戰。左派王學以「良知」為武器,打擊了正統儒家的聖賢崇拜;對宋元以來的主流思想程朱理學,實行了反動。尤其對程朱理學中的「存天理,滅人慾」的禁慾主義進行了否定。如在這種時代背景下,一些思想先進的士大夫們,深刻地認識到,「男尊女卑」思想其實並不是尊男和卑女,而是對所有人性的壓抑。男性對女性的各種倫理規範約束,實質上,同時也嚴重地束縛了男性本身的人性自由。因此,他們掀起了一股同情女性疾苦的思潮,明確反對「女子無才便是德」和「女人是禍水」、女人見識短等腐朽論調。他們還提倡個性解放,寡婦可以改嫁,男女交往、婚姻自由,男女平等,色慾有理等等一系列標新立異的思想,極大地衝擊了傳統的封建腐朽倫理規範,啟蒙了廣大民眾,尤其鼓勵了女權的覺醒。正如《二刻拍案驚奇》卷一一「滿少卿饑附飽揚,焦文姬生仇死報」中所言:

> 天下事有好些不平的所在!假如男人死了,女子再嫁,便道是
> 失了節,玷了名,污了身子,是個行不得的事,萬口訾議。及至男
> 人家喪了妻子,卻又憑他續弦再娶,置妾買婢,做出若干勾當,把

〔註113〕 《輪迴醒世》,第 199 頁。

> 死的丟在腦後不提起了，並沒有道他薄倖負心，做一場說話。就是
> 生前房室之中，女人少有外情，便是老大的醜事，人世羞言。及至
> 男人家撇了妻子，貪淫好色、宿娼養妓、無所不為，總有議論不是
> 的，不為十分大害。所以女子愈加可憐，男子愈加放肆，這些也是
> 伏不得女娘們心裏的所在。〔註114〕

而「事實上，陽明以後的晚明思想裂變，其思想的開放性已使權威意識的滑落成為整個時代的精神特徵。」〔註115〕在這樣的時代環境下，女權的覺醒，進一步引起了男權閹割焦慮。這一點，在明代小說的相關內容中，表現得極為明顯。除本文論述的女性「貞潔」淪喪禍己禍人的「紅顏禍水」主題小說外，還有就是所謂的「妒婦」「悍婦」「怨婦」等題材小說，也深刻地反映了女權覺醒之下的男權閹割焦慮。比較有代表性的相關小說有《醋葫蘆》，《西湖二集》中的「寄梅花鬼鬧西閣」「李鳳娘酷妒遭天譴」，《二拍》中的「占家財狠婿妒侄，延親脈孝女藏兒」；《醒世姻緣傳》，《型世言》中的「悍婦計去孀姑，孝子生還老母」，《輪迴醒世》中的「悍婦報」「怨妾作祟」「六鬼婦索嫡妻命」；《西湖二集》中的「月下老錯配本屬前緣」等等。雖然這些小說中女主人公的命運結局，均是以惡報收結，但這並不能掩抑她們身上所具有的那種強烈的女權自覺，以及該自覺對男權帶來的閹割焦慮。

其三，閹割焦慮，是女性倫理規範考量的理論與實踐之間悖異的結果。

在明代中後期，雖然女性倫理規範在理論上更趨完善和嚴厲，但在具體的現實實踐中，女性倫理規範並不是人們考量女性的首要因素，其首要因素更多的卻是實實在在的現實利益需要。這一點，在明代相關小說中有著顯著的體現。如路氏女丈夫徐子及其家庭，在明知路氏女「貞潔」淪喪的情況下，卻因路公勢力強大仍然「含忍娶去」。及至娶回家後，雖然路氏女「既經配合，更倍風流」，但是「其夫既籍其勢，又貪其財，又愛其色，十分奉承，無命不從。」在這裡，徐子及其家庭的女性倫理規範要求，已經完全讓位於現實利益需求了。正是這種讓位，致使作為丈夫的徐子權力閹割焦慮日益加深，而作為妻子的路氏女「貞潔」淪喪日益嚴重，兩相悖異之下，才導致了最後悲劇的發生。在其他「淫婦」「妒婦」「悍婦」「怨婦」等小說中，女性倫理規範

〔註114〕《二刻拍案驚奇》，第582頁。
〔註115〕黎明志：《簡明婚姻史》，北京：群眾出版社，1988年，第136頁。

的考量讓位於現實利益需要的情況，亦是大量存在。在潘金蓮周圍男人們的考量中，「淫婦」潘金蓮的女性價值首要在於其特異的色慾功能；在成珪的擇妻考量中，「妒婦」都氏娘子的價值在於其「如花似玉，一應做家，色色停當」，在「家業皆得內助」的現實利益下，故「『懼內』二字，自不必說了。」〔註116〕狄希陳甘於忍受薛素姐的潑悍，甚至容忍她忤逆公婆，考量的是薛素姐「洛浦明妃」容和「河洲淑女」貌。〔註117〕金三老官夫妻對媳婦朱淑真「致敬盡禮，不致輕慢」，考量的是「媳婦果然生得標緻，貌若天仙」。〔註118〕甚至在明代小說中，還有為報恩而獻妻、為得錢而賣妻、為縱淫而換妻等等極端「貞潔」淪喪行為，〔註119〕就更談不上是以傳統女性倫理規範為考量因素了。顯然，在現實生活中，女性倫理規範在現實實踐中的考量，並非都是以「三從四德」「三綱五常」等理論條款為首選標準，相反，更多的卻是傾向於現實利益的需要。也正因此，在所謂的「淫婦」「妒婦」「悍婦」「怨婦」等小說中，婦人們的種種女權覺醒行為，無不讓男權衛道者們深生閹割焦慮。不過，這種交織於男權和神權話語之中的焦慮背後，表達的卻是一種雙向警示意圖，一者警醒男權應該要有危機意識，二者警戒正在覺醒的女權，勿以淪喪之身冒犯男權「貞潔」之金。

結語

在明代小說中，「美女」和「修道者」的故事，雖然具有鮮明的宣教色彩，但由於其生發背景已被移植於廣闊的世俗內外社會生活之中，因此，故事情節和人物形象要遠複雜於一般意義上的佛經文學，其中，尤以「美女」人物意象及其文化內涵最為豐富多彩。在明代小說中，「美女」人物意象有三個傳

〔註116〕（明）西湖子伏雌教主編，王瑩校點：《醋葫蘆》第一回「限時刻焚香出去，怕違條忍娥歸來」，西安：太白文藝出版社，2006年，第8頁。

〔註117〕（明）西周生：《醒世姻緣傳》第四四回「夢換心方成惡婦，聽撒帳早是癡郎」，濟南：齊魯出版社，2008年，第204頁。又第259頁曰：「（見到薛素姐）狄希陳就像戲鐵石引針的一般，跟到房中。久別乍逢，狄希陳不勝繾綣。」

〔註118〕《西湖二集》卷第一六「月下老錯配本屬前緣」，第267、268頁。又第268頁，小說作者也感歎曰：「朱淑真是個絕世佳人，閨閣文章之伯，女流翰苑之才，嫁了這樣人，就是玉帝殿前玉女嫁了閻王案邊小鬼一樣，叫他怎生消遣。」

〔註119〕這些例證與「女權覺醒」論題的關聯不大，故不詳列。

播亞型——試「佛性」之金的紅蓮意象、試「人性」之金的柳翠意象、試「貞潔」之金的路氏女意象。其中,「紅蓮」稱謂並不是一個偶然性的命名,色慾考驗意味是其極為明顯的符號象徵。「紅蓮」的這種符號性色彩,說明紅蓮意象自其產生之初,即不具有小說人物應有的獨立個性;她的存在不過是附庸於「修道者」修證佛性的需要,是一種工具性的人物形象典型而已。不但如此,在「修道者」被試出為非金之時,「紅蓮們」還可能會因為先在的「紅顏禍水」標籤,而不得不在輪迴果報中承擔「修道者」修證佛性失敗的罪責。從這個角度說,「紅蓮們」意象在小說中的地位,不過是「修道者」修證佛性的「試金石」,甚至「替罪羊」罷了。從這個意義上說,「紅蓮」符號的背後其實意味著一個被物化的工具性女性群體——「紅蓮們」,一如「柳翠們」和「路氏女們」。

在水月寺的方外場域裏,「紅蓮之石」試的是「他者」的「佛性之金」;而在紅塵背景下,「柳翠之石」試的是「超我」的「人性之金」。當「試金石」的功能發揮場域,轉換到世俗世界的時候,「紅蓮之石」或者「柳翠之石」的測試對象,也就轉換為現實倫理道德制約下的社會個體。相應地,其具體測試內容亦自然轉換為「人性之金」。「紅蓮們」與「柳翠們」角色的輪迴,一致於她們的妓女身份。而「柳翠們」從妓女到高僧的回歸,則得益於妓女塵封之下的「人性之金」的光輝,佛教「眾生平等」的大慈大悲情懷,以及潛隱於小說之中的文本創作者及其受眾難能可貴的女性主義意識。

「柳翠們」的善意命運結局,無疑是佛教關照下的多方「人性」回歸的結果。但與「柳翠們」意象一脈相承的「路氏女們」命運就沒有那麼幸運了。在中國傳統女性倫理規範的場域下,敢於以「貞潔」淪喪對抗男權的「路氏女們」,最後不但付出了生命代價,而且連屍體都被掃地出門,並在千萬人的圍觀中永不翻身。「路氏女們」的命運結局一至於此,緣於三個方面的因素:一為「路氏女們」身份越位之下的「貞潔」淪喪,二為「貞潔」淪喪之下的儒、佛「女人禍水」觀,三為女性「貞潔」淪喪下的男權閹割焦慮。此三方面一言以蔽之,那就是「路氏女們」命運的悲慘結局,亦是其作為試「貞潔」之金的「試金石」角色的必然歸宿。

不論是紅蓮意象,還是柳翠意象,抑或路氏女意象,在男權的話語霸權下,她們的存在意義都一致於她們的「試金石」功能,且這個功能多是影響於佛教,為突出顯示這個意義,故筆者把她們的標識統一於「紅蓮們」這個

符號。在明代小說中,「紅蓮們」發揮「試金石」功能的場域和機會常常很多。如在很多宣淫小說中,男主人公在淫蕩無度之後,最終幡然悔悟成就正果。像《怡情陣》之白琨、《宜春香質》之狙俊、《浪史》之梅素先、《繡榻野史》之姚同心等等,都屬此類。這種男權意義上的縱淫背後之頓悟,無不或隱或現著那些被物化為「試金石」的「紅蓮們」身影。另外,還有其他以勸善為內容的小說,以宣教為主題的故事等等,亦是如此,茲不贅言。無疑,「紅蓮們」意象是廣泛性和典型性兼具的,這也是筆者行文於本論題的要因之一。

第四篇　在邊緣化中越位的出家女性

　　佛教發展到明代，其信仰重心已經逐漸下沉到社會底層，這一點突出表現在佛教信仰者社會身份層次的下移。也就是說，明代佛教信仰者的構成，實質上是偏限於社會下層平民百姓這一支撐主體的。而就明代佛教出家女性來說，這種下沉主要表現在兩個方面：一方面，佛教出家女性的前身份，原本就具有邊緣性，也即她們在成為正式的佛教出家女性之前，就已經是處於社會邊緣之中，或者說，社會身份的邊緣性，是推動其成為佛教出家女性的主要動因；另一方面，「已在」的佛教出家女性的社會身份（主要指比丘尼等出家女性），亦是處於邊緣化之中。因此，女性從在俗走向出家，確實難能真正改變其前身份的邊緣性。但這並不意味著，女性出家僅僅只是一個簡單的同階層位移，實際上，在這個看似非質變性的位移過程中，出家女性曾經表達出了自己真實的社會話語，傾瀉出了自己長期受壓抑的人性本能。在明代小說中，這些社會話語與人性本能，形形色色地標籤於眾多的佛教出家女性意象之上，敘說著女性涉佛後對傳統女性倫理的反動。只是在一貫的男性話語霸權之下，這種小說文本講敘不可避免地帶上了某種男權意向，以致其中的佛教出家女性意象被深深地扭曲和異化了。

第一節　邊緣化的出家女性

　　在中國佛教初發期和昌盛期出家成風，女性出家為尼並非賤業，甚至可

以說是一種時尚和前衛，並且在「獨善」的同時，還能夠「兼濟六親」。〔註1〕
如晉僧基尼出家時，「內外親戚皆來慶慰，競施珍華，爭設名供。州牧給伎，
郡守親臨。道俗諮嗟，歎未曾有」〔註2〕；晉安令首尼被其父偽趙外兵郎徐仲
允許出家的原因竟是：「若從其志，方當榮拔六親，令君富貴。生死大苦海，
向得其邊。」〔註3〕而這種時尚與前衛的追逐、引領，「獨善」與「兼濟」的
領悟、辯證，是掙扎在生存邊緣的一般階層女性所不可想像的。也就是說，
作為嶄新而震撼當世思想的佛教思潮，在其入住中國不久直至其巔峰時期，
上層等級女性應該尤比一般的普通階層女性更能有機會和能力接觸與接受
它。這是因為上層家庭女性能更容易具備獲得親近佛教的一些條件，如有接
觸時代最新潮流的機會，有一定的認讀經文、理解佛法的文化能力，求法過
程中能夠得到一定的家庭和社會經濟支持，門閥規風酷嚴導致的女性反叛意
識自覺等等。中國比丘尼第一人淨檢尼，其父即為武威太守，且「少好學」。
又《比丘尼傳》中，安令首尼父為外兵郎，「聰敏好學，言論清綺」；智賢尼父
為扶柳縣令；妙相尼「家素富盛」，「早習經訓，十五適太子舍人北地皇甫達」。
〔註4〕又《洛陽伽藍記》卷一「瑤光寺」條有：「椒房嬪御，學道之所，掖庭
美人，並在其中。亦有名族處女，性愛道場，落髮辭親，來儀此寺」〔註5〕；
隋唐之際望族蕭瑀一門，竟有三個女兒一個孫女當尼姑；「（唐）崇敬寺尼無
疑、道登等，貴族出身，梵宴上首」〔註6〕；晚唐節度使張議潮姪女、孫女多
人為尼。又有《宋史》卷二五六「列傳第一五」「趙普傳」曰：「（趙普）兒女
皆笄，普妻和氏言願為尼。太宗再三諭之，不能奪。賜長女名志願，號智果大
師；次女名志英，號智圓大師。」〔註7〕至於佛教沒落的封建社會中後期，佛
教信仰重心在社會階層上不斷下移，雖間或有「可憐繡戶侯門女，獨臥青燈

〔註1〕（梁）釋寶唱著，王孺童校注：《比丘尼傳》卷一「偽趙建賢寺安令首尼傳二」，
　　　　北京：中華書局，2006年，第7頁。又，儒、佛、道三教並立，唐代幾乎每
　　　　朝都有皇帝女兒出家為女道士，亦可為此論斷從側面做一注腳。
〔註2〕《比丘尼傳》卷一「偽趙建賢寺安令首尼傳二」，第23頁。
〔註3〕《比丘尼傳》，卷一「偽趙建賢寺安令首尼傳二」，第7頁。
〔註4〕《比丘尼傳》，卷一「偽趙建賢寺安令首尼傳二」「司州西寺智賢尼傳三」「弘
　　　　農北嶽妙相尼傳四」，第7、10、12頁。
〔註5〕（北魏）楊衒之撰，周振甫釋譯：《洛陽伽藍記》卷一「城內」「瑤光寺」，北
　　　　京：學苑出版社，2001年，第35頁。
〔註6〕（唐）王維撰，陳鐵民校注：《王維集》卷一二，北京：中華書局，1997年，
　　　　第1149頁。
〔註7〕（元）脫脫等：《宋史》，北京：中華書局，1974年，第8939、8940頁。

古佛旁」的現象〔註8〕，但其出家證道的宗教理想追求及其「涉佛」環境，已完全不可與往昔相提並論了。相反，更多的情況卻是，女性出家之舉不過是自身社會身份邊緣性的無奈表達和逃避而已。

一、出家女性「前社會身份」的邊緣性

　　明代小說中的出家女性，在其出家之前，本就屬於邊緣化的社會下層角色。由於身處社會下流，她們一方面要承受一般意義上的男權壓迫，另一方面還要承受來自其上一社會層級的階級壓迫。她們是社會中最為脆弱的一個群體，幾乎沒有多少抗拒命運風險的能力，任何不經意之中的風吹草動，都會給她們的人生帶來莫大傷害。但與此同時，在社會壓力傳遞鏈上，她們卻又不得不扮演著可悲的終極承受者，遭受著來自男權壓迫和階級壓迫的雙重打擊。也正因此，她們對自己的人生命運有著無法掌控的困惑，出於某種精神寄託或苦難解脫的需要，她們對大慈大悲的佛、菩薩有著天然的親近感。尤其是一旦遭遇某些人生意外之後，走出家門進入尼庵便成了她們自然的選擇之一。

　　在明代小說中，「前社會身份」的邊緣性，主要集中體現在以下幾類出家女性意象之上。並且，這幾類出家女性，基本上就涵括了明代小說中大多數類型的出家女性意象。

一類出家女性的「前社會身份」是寡婦。

　　在中國古代社會，女性從經濟到人身都是依附於男性的，因此，女性一旦失去丈夫成為一個寡婦，那就意味著其失去了根本依賴而面臨著嚴峻的生存問題。而社會給予寡婦的生存空間，是非常狹窄的，可供其選擇的餘地並沒有多少。在一般情況下，可選擇的道路無外乎兩條：一是守節，一是再嫁。但在實際生活中，無論寡婦守節還是寡婦再嫁，其生存狀況都是異常惡劣的。尤其是寡婦再嫁，更是有著多方社會禁忌，其中最大的禁忌就是，寡婦再嫁是一種貞潔淪喪的行為。因此，寡婦所面臨的問題在於兩個方面，一是要解決基本的生存問題，一是要解決如何保守女性貞潔問題。最終，此二者兩全其美地交匯於尼庵之中。一者，出家可以得到布施，這就解決了生存問題，

〔註8〕（清）曹雪芹、高鶚著，李全華標點：《紅樓夢》第五回「遊幻境指迷十二釵，飲仙醪曲演紅樓夢」，長沙：嶽麓書社，1987年，第51頁。

二者，所謂「婦人入道者曰比丘尼，其戒至於五百」，〔註9〕又，「女人之心弱而多放，佛達其微，防之宜密，是故立戒每倍於男也」。〔註10〕佛教的這種嚴厲約束，很好地迎合了寡婦保守貞潔的現實需求，這就有效解決了寡婦的貞潔保守問題。

在明代小說中，寡婦選擇出家，很多都是基於上述兩個因素的考量。如《輪迴醒世》卷六中有這樣一位出家女性——新姐，她本為休寧宋安妾，「生子三歲」而宋安卒。「新姐撫養孤兒，衣食不給，拾蘆作薪。挑菜為羹，歲月苦捱。」後「有叔宋寧欲出新姐，利其身價。新姐以死拒之，不果。」又有「土豪徐能仗財倚力，寅夜潛入新姐房幃。」在用計燙傷徐能之後，新姐不得不為避禍而「引兒逃去」。最終無路可走之下，「捨身於泰興觀為尼，苦行修持」。〔註11〕在這裡，新姐本想寡婦守節，為丈夫宋寧撫養孤兒，但在現實的種種壓迫下，還是無奈成為了一名出家女性。又如《續西遊記》第十六回中有一守寡婦人曰：「妾山後良家婦也。無夫無子，又沒娘家，無人養贍，饑餓難存。欲跟隨他人，又恐失了婦節，故此在此空山欲尋個自盡。」而一位富家子聽了道：「娘子，聽你說來，也是個節義的了。何不剃了青絲細髮，出家做一個尼姑，投入庵門，自有善信人家供奉你。何必尋死，可惜了殘生。」〔註12〕又如謝小娥本是豫章郡「家有巨產」的富家女，丈夫也是「在江湖上做大賈」的俠士。但因遇江洋大盜，父親和丈夫兩家人口都被殺殆盡，自己僥倖逃命之下也成了一個孀婦。無奈之中「一身無歸，畢竟是皈依佛門，可了終身。」並且，在謝小娥為父夫報仇之後，「里中豪族慕小娥之名，央媒求聘的殆無虛日」而為了表明自己守孀婦之貞的決心，謝小娥「少不得皈依了三寶，以了終身。不如趁此落髮，絕了眾人之願。」〔註13〕又有《金瓶梅》中的韓愛姐，丈夫死後，「那湖州有富家子弟，見韓愛姐生的聰

〔註9〕（北齊）魏收：《魏書》卷一一四「釋老志十第二〇」，北京：中華書局，1974年，第3026頁。

〔註10〕（梁）僧祐，蘇晉仁、蕭鍊子點校：《出三藏記集》卷一一「比丘尼戒本所出本末序第十」，北京：中華書局，1995年，第411頁。

〔註11〕（明）無名氏撰，程毅中點校：《輪迴醒世》卷六「貞淫部」「有子寡」，北京：中華書局，2008年，第178～179頁。

〔註12〕（明）不題撰人：《續西遊記》第一六回「真經寶櫃現金光，鎮海寺僧遭毒蠆」，北京：華夏出版社，1995年，第141頁。

〔註13〕（明）凌濛初：《初刻拍案驚奇》卷一九「李公佐橋接夢中言，謝小娥智擒船上盜」，合肥：安徽文藝出版社，2003年，第200、208頁。

明標緻，多來求親。韓二再三教他嫁人。愛姐割髮毀目，出家為尼姑，誓不再配他人。」〔註14〕

　　在明代小說中，寡婦出家為尼的女性意象還有很多，出家的原因則各有側重。如《醒世恒言》中的劉大娘子，丈夫死後，在家守孝過日，「巴巴結結，將近一年。」後來又被殺人強盜靜山大王威逼成親，靜山大王被處決後，劉大娘子「將這一半家私，舍入尼姑庵中，自己朝夕看經念佛，追薦亡魂，盡老百年而絕。」〔註15〕又如《騙經》中的董寡婦，「入寺燒香，容貌甚美，亦信善好念彌陀。帶一使女，十七歲，國色嬌媚，到寺亦參拜。無二以巧言勸誘，寡婦亦心服，即拜無二為師，欲削髮為尼，暫在寺宿幾夜。」〔註16〕又如《歡喜冤家》中的唐氏，在丈夫被人殺死後，「不管閒事。先被家人偷盜，後來這些占田產的人，被害的共有數百家，竟大家約日會齊，把內囊搶得精光，房屋放火燒了，田地都被占去了，家人盡數走完。那唐氏後來沒住處，投入前村尼姑庵修道，只得一個家人媳婦隨他出家。」〔註17〕《金瓶梅》中的薛姑子，「不是從幼出家的，少年間曾嫁丈夫，在廣成寺前居住，賣蒸餅兒生理。不料生意淺薄……早與那和尚們刮上了四五六個……以後丈夫得病死了。他因佛門情熟，就做了個姑子。」〔註18〕等等。

　　上述這些出家的寡婦，雖然其出家的目的、原因各有不同，但有一點是一致的，那就是她們的社會身份均統一標籤於「寡婦」──一種社會身份邊緣化的象徵。其實，這種象徵早在佛教發展於中國的鼎盛時期，就已經被標籤於「涉佛」之上了。如寡婦以法門為皈依，就已經是唐代的一個典範性女人於社會和個體兩適的選擇之路了。所謂「『自喪所天，鞠育孤孺，屏並人事，歸依法門』；而『晚歲以禪誦自適』。」〔註19〕可見，即使是在所謂開明的唐

〔註14〕　（明）蘭陵笑笑生著，陶慕寧校注：《金瓶梅》第一百回「韓愛姐湖州尋父，普靜師薦拔群冤」，北京：人民文學出版社，2000年，1357～1358頁。

〔註15〕　（明）馮夢龍：《醒世恒言》第三三卷「十五貫戲言成巧禍」，合肥：安徽文藝出版社，2003年，第1373頁。

〔註16〕　（明）張應俞：《騙經》二一類「僧道騙」「信僧哄惑幾染禍」，桂林：廣西師範大學出版社，2008年，第143頁。

〔註17〕　（明）西湖漁隱主人：《歡喜冤家》第一六回「費人龍避難逢豪惡」，北京：華夏出版社，1995年，第182頁。

〔註18〕　《金瓶梅》第五七回「道長老慕修永福寺，薛姑子勸舍陀羅經」，第702頁。

〔註19〕　姚平：《唐代婦女的生命歷程》「序言」，上海：上海世紀出版集團、上海古籍出版社，2004年，第5～6頁。

代社會裏，寡婦的規範性出路亦以依附佛門為是，更毋論女性倫理最為強化的明代了。

　　不過，需要特別指出的是，明代小說中的寡婦出家，往往多限於社會地位邊緣化的家庭，而有一定社會地位人家的寡婦往往不會出家棲身於尼寺之中，她們更多的是以在家出家的形式區隔自己的寡婦身份和家庭身份。一則，在世人眼中，有一定社會地位人家的寡婦，是不應該以出家為尼作終身出路的。《初刻拍案驚奇》卷二七中的王氏（法名慧圓），途中遇盜後以為丈夫已亡，便在尼庵中落髮出家。後來御史大夫高納麟夫人勸她返俗的理由就是：「你是名門出身，仕宦之妻，豈可留在空門沒個下落？」〔註20〕同書卷三四中的尼姑靜觀，本是湖州府東門外一姓楊的儒家女兒，父親早已亡故，是一個寡婦人家的女兒。當聞人生得知靜觀身世後道：「儒門之女，豈可埋沒於此？須商量個長久見識出來。」〔註21〕二則，在事實上的出家寡婦中，她們的皈依佛門都是以在家出家的形式實現。如《禪真後史》中的「巨富」瞿天民的寡居母親元氏，就是在家中為她專闢的佛閣中吃齋念佛；侍郎瞿琰的母親媚姨、妻子黨氏二位夫人，在瞿琰投井之後，「婆媳三個共居一樓，皆皈依三寶，口吃長齋……終日靜坐，足不下樓。」〔註22〕《初刻拍案驚奇》卷三四中的聞人生姑娘，「嫁在這裡關內黃鄉宦，今已守寡，極是奉佛。家裏莊上造得有小庵，晨昏不斷香火。」〔註23〕等等。這種異於前代的寡婦出家形式，恰恰也進一步從側面印證了筆者的前述論斷——明代小說中的出家女性，在其出家之前，本就屬於邊緣化的社會下層角色。

一類出家女性的「前社會身份」是妾、婢等。

　　在明代小說中的出家女性意象裏，「前社會身份」為妾、婢的出家女性，佔有相當大的比例。這種情況的出現，自然是因應於妾、婢邊緣化的社會身份所致。妾是繁衍工具，婢是奴役工具，在一定的時候，兩者之間常常可以互相轉換身份。當正妻不能生育後代時，作為奴役工具的婢，就轉為繁衍後

〔註20〕《初刻拍案驚奇》卷二七「顧阿秀喜捨檀那物，崔俊臣巧會芙蓉屏」，第297頁。

〔註21〕《初刻拍案驚奇》卷三四「聞人生野戰翠浮庵，靜觀尼晝錦黃沙弄」，第382頁。

〔註22〕（明）清溪道人編著，鄭明智校點：《禪真後史》第十回「慶生辰妯娌分顏，嘔閑氣大家得病」、第五九回「赴井泉棄名避世，隱岩壑斂跡修真」，西安：太白文藝出版社，2006年，第55、297頁。

〔註23〕《初刻拍案驚奇》卷三四，第383頁。

代的生產工具。完成了這個任務之後，跟其有利益衝突的正妻，隨時都可以剝奪她的一切，包括其生育的兒女。也就是說，正妻對妾有著絕對的支配權和處置權，一如其對賤婢的權力。甚至在很多情況下，妾、婢的生殺予奪之權，都被掌控在正妻的手裏。正因為如此，妾、婢的命運和結局一般都是非常淒涼的，她們沒有希望和未來，她們只是一個隨時都可以丟棄的工具而已。相較之下，出家為尼自然就成了妾、婢的一個最優選擇，這一點在尼姑海會於出家前發表的一番「高見」裏表現得最為明澈。〔註24〕在這裡，青梅（尼姑海會）仔細地分析了為婢、妾、娼、僕婦、覓漢婦和尼姑等各種出路，最終還是做出了出家為尼的最優選擇。又，《醒世恒言》第一九卷中的程玉娘，先是張萬戶家的婢女，再又被賣與「一下等人家」的「市井上開酒店的顧大郎」為妾。後程玉娘苦求為尼姑，在曇花庵出家。〔註25〕又，陰崗毛秋察妻竇氏，「悍而且妒」。對妾米氏不容，米氏不得不到本村香火觀出家避難，情願「不想洞房花燭，願親佛殿琉璃」。〔註26〕《醋葫蘆》第一二回中的熊二娘，因為丈夫家業承繼給了「一個浪子」，家業尚且難保，更何況自己賤為人妾，以後的終身必是無有著落。所謂「大事已去，再難挽回，日後不測，如何是好？」再加上自己「身生於世，形體不全，命運薄劣，究竟都是前生罪孽，以致今生如是。今生若再錯過，來生又當何如？不若及早回頭，剃髮為尼，博得清靜度日，上可以報答養育之恩，下可以完就衣食之慮。」最後，熊二娘出家為尼於石佛庵，法名空趣。〔註27〕在《初刻拍案驚奇》卷二七中，崔俊臣妻王氏，在遭劫投奔尼姑庵的時候，「對驀生人，未知好歹，不敢把真話說出來，哄他道：『妾是真州人，乃是永嘉崔縣尉次妻，大娘子兇悍異常，萬般打罵。近日家主離任歸家，泊舟在此。昨夜中秋賞月，叫妾取金杯飲酒，不料偶然失手，落到河裏去了。大娘子大怒，發願必要置妾死地。妾自想料無活理，乘他睡熟，逃出至此。』」而尼姑庵院主勸她出家修行的理由則是：「娘子雖然年芳貌美，爭奈命蹇時乖，何不捨離愛欲，披緇削髮，就此出家？禪榻佛燈，晨饗暮粥，且隨緣度其日月，豈不強如做人婢妾，受今世的苦惱，結來世的冤家

〔註24〕（明）西周生：《醒世姻緣傳》第八回「長舌妾狐媚惑主，昏監生鶻突休妻」，濟南：齊魯書社，2008年，第35頁。

〔註25〕《醒世恒言》第一九卷「白玉娘忍苦成夫」，第1127～1138頁。

〔註26〕《輪迴醒世》卷十「人倫順逆部」「育弟為子」，第317～321頁。

〔註27〕（明）西湖子伏雌教主編，王瑩校點：《醋葫蘆》第一二回「石佛庵波斯回首，普度院地藏延賓」，西安：太白文藝出版社，2006年，第83～84頁。

麼？」〔註28〕王氏投奔尼庵，不找別的理由，而是以妾、婢身份為藉口；庵主勸王氏出家的因緣，亦是強調妾、婢苦惱至深甚至於會與主人結來世冤家。可見妾、婢之性別身份的社會區隔，應該是其出家為尼之最令人信服的由頭，以及最為尋常發生的慣象。

一類出家女性的「前社會身份」是娼妓。

在明代小說中，娼妓自不必說，是社會中被邊緣化的典型代表。在外表光鮮、錦衣玉食的背後，她們不但遭受著現世精神上和肉體上的雙重痛苦，還要背負著前世、今生和來世的無盡惡報和絕望。而以大慈大悲為感召的佛教，恰恰能夠提供這雙重痛苦的解脫之道，並化解所謂萬劫不復的惡報循環。因此，出家為尼對她們來說，不僅意味著現實痛苦的解脫，而且還有著對三生的懺悔和期許。從這個意義上看，娼妓的天然出路，便是出家為尼。這也是為什麼在明代小說中，多有出家女性的「前社會身份」是娼妓的因緣所在。如《風流悟》中的妙有、妙能師兄弟二人都是娼妓出生，其中，妙有「十五歲被人拐入煙花，在南京院子裏二年，花案上考了個狀元。奈徐國公家請我，去遲了些，被他百般凌辱，因此一口氣同師兄落髮修行，今已六七年了。」〔註29〕又，《歡喜冤家》第一五回中的馬玉貞，背夫王文同宋仁私奔，在外賣淫為娼，按律應該官賣，但因「玉貞情願出家，姑免究。」〔註30〕又，《醒世姻緣傳》第八回中的郭尼姑，是從景州來的，「年紀三十多歲，白白胖胖，齊齊整整的一個婆娘，人說他原是個娼婦出家。」〔註31〕又，任杜娘是一娼妓，因後悔欺騙了陶穀的情感，「竟落髮為尼，以所得資創仁王院居之」〔註32〕又，「王寶奴，南京舊院妓也，色慧絕倫，聲達於宮禁……寶奴遂祝髮為尼，建反照庵於曲中老焉。」〔註33〕又，「汪佛奴，歌兒也，姿色秀麗……佛奴獨居尼寺，深藏簡出，操行潔白，以終其身。」〔註34〕又，妓女琴操，「頗通佛書，解言辭。」一次與蘇軾參禪，當

〔註28〕《初刻拍案驚奇》卷二七「顧阿秀喜捨檀那物，崔俊臣巧會芙蓉屏」，2003 年，第 292～293 頁。

〔註29〕（明）坐花散人編輯，金明順校點：《風流悟》第五回「百花庵雙尼私獲雋，孤注漢得子更成名」，西安：太白文藝出版社，2006 年，第 203 頁。

〔註30〕《歡喜冤家》第一五回「馬玉貞汲水遇情郎」，第 164 頁。

〔註31〕《醒世姻緣傳》第八回「長舌妾狐媚惑主，昏監生鶻突休妻」，第 36 頁。

〔註32〕（明）梅鼎祚纂輯，田璞、查洪德校注：《青泥蓮花記》卷一下「記禪二」「任杜娘」，鄭州：中州古籍出版社，1988 年，第 34 頁。

〔註33〕《青泥蓮花記》卷一下「記禪二」「王寶奴」，第 39～40 頁。

〔註34〕《青泥蓮花記》卷一下「記禪二」「汪佛奴」，第 39 頁。

聽到「門前冷落車馬稀，老大嫁作商人婦」一句時，「於言下大悟，遂削髮為尼。」〔註35〕又，秦少游伎因被人詆毀，「遂削髮為尼」。〔註36〕又，妓女「汪憐憐，湖州角妓，美姿容，善雜劇……汪髠髮為尼。公卿士夫多訪之，汪泪其形以絕眾之狂念而終身焉。」〔註37〕如此等等，不一而足。

又，出家女性的其他邊緣性「前社會身份」種種。

除了以上幾種外，出家女性的其他「前社會身份」，還有父母雙亡的孤女、單親家庭的女兒、體弱多病難以養活者、犯人家庭的女兒、婚姻失敗者等等。如《三刻拍案驚奇》第四回中的妙珍，與祖母相依為命，後祖母去世，「服滿，因城中有一監生堅意求親，遂落髮出家無垢尼院，朝夕焚修，祈薦拔祖父母父母。」〔註38〕《醒世恒言》第一五卷中的空照，「自七歲喪父，送入空門，今已十二年矣。」〔註39〕《二刻拍案驚奇》卷二中的妙觀，「自幼失了父母，寄養在妙果庵中。」〔註40〕《初刻拍案驚奇》卷三四中的靜觀，本是湖州府東門外一姓楊的儒家女兒，父親早已亡故，是一個寡婦人家的女兒。因體弱多病「送在佛門做個世外之人，消災增福。」〔註41〕《歡喜冤家》第十五回中的本空，父親「因事被逮。小姐年方二八，因而避入明因寺，投師受戒，法名本空。」〔註42〕《山水情》中的雲仙，「原為父母將身錯許蠢子，怨命立志，投入空門。」〔註43〕《八段錦》第七段中林松妻子韓氏，只因丈夫林松輕信人言，誤己不貞，遭百般逼勒之下，「逃在慈定庵出家」〔註44〕等等。

〔註35〕《青泥蓮花記》卷一下「記禪二」「琴操」，第37～38頁。

〔註36〕《青泥蓮花記》卷一下「記禪二」「秦少游伎」，第38頁。

〔註37〕《青泥蓮花記》卷一下「記禪二」「汪憐憐」，第39頁。

〔註38〕（明）陸人龍：《三刻拍案驚奇》第四回「寸心遠格神明，片肝頓蘇祖母」北京：華夏出版社，2008年，第44頁。

〔註39〕《醒世恒言》第一五卷「赫大卿遺恨鴛鴦絛」，第1060頁。

〔註40〕（明）凌濛初：《二刻拍案驚奇》卷二「小道人一著饒天下，女棋童兩局注終身」，合肥：安徽文藝出版社，2003年，第474頁。

〔註41〕《初刻拍案驚奇》卷三四「聞人生野戰翠浮庵，靜觀尼晝錦黃沙弄」，第377、378頁。

〔註42〕《歡喜冤家》第一五回「黃煥之慕色受官刑」，第238頁。

〔註43〕（明）佚名編撰，佚名批評，覺園、愚谷標點：《山水情》第三回「衛旭霞訪舊得新歡」，《明清稀見小說叢刊》，濟南：齊魯書社，1996年，第28頁。

〔註44〕（明）醒世居士編，吳明賢校點：《八段錦》第七段「小光棍浪嘴傷命，老尼姑仗義報仇」，侯忠義主編：《明代小說輯刊》第一輯，成都：巴蜀書社，1993年，第891～899頁。

綜上所舉可知，明代小說中的出家女性，其「前社會身份」具有顯著的社會邊緣性。或是寡婦，或是妾、婢，或是娼妓，或是遭遇其他變故者等等，均無外乎是社會邊緣性角色。在某種意義上說，她們是社會生活中的失意者，走進佛門出家為尼，很大程度上只是一種被動的生活方式轉換，而非真正意義上的宗教理想自覺。毋庸諱言，這種邊緣性的「前社會身份」，亦勢必會如影隨形於出家女性的佛門生活之中，進而深刻地重塑甚至顛覆了傳統意義上的佛教出家女性意象。關於這一點，本文將在下一節有進一步論述。

二、「已在」的出家女性社會身份的邊緣性

在明代小說中，「已在」的出家女性社會身份，一如其「前社會身份」亦處於邊緣性之中。這種社會身份的邊緣性，主要體現在以下兩個方面：

其一，出家女性生存的基本物質條件和安全環境都很惡劣。

隨著中國封建社會走向沒落，則其思想意識上的專制控制也日益嚴厲。在無奈的因應過程中，此時的佛教在社會中已然失去了獨立特行的可能。一方面主動或被動地淪為了專制統治的工具之一；一方面則下沉到社會底層，為民間大眾提供某種現實的宗教安慰。這種宗教安慰是如此地現實，以致佛教及其教職人員亦無可避免地功利化甚至低俗化。至此，佛教信仰，無論於教於俗都偏離了其應該的宗教理想追求，而陷入了一種飽受抨擊的尷尬境地。也因此，明代小說中的出家女性，事實上難能有其前輩出家女性那樣的佛教信仰社會環境了。她們走進空門，絕不意味著就自然獲得了一方宗教追求的理想淨地。她們要想能夠潛心修道，則不得不一如世俗女性一樣，必須面對兩個基本的生存問題，一是生存必需的基本物質供給，一是生存必需的基本安全保障。不過令人遺憾的是，面對上述兩個問題，此時的佛教能給予她們的幫助，並不比其「前社會身份」能提供的幫助更為有效，在某些方面，甚至不得不用「惡劣」二字來表達這種遺憾。從這個角度說，「已在」的出家女性社會身份，並沒有能夠走出她們「前社會身份」的邊緣性陰影。

一則，出家女性生存的基本物質條件惡劣。

在小說《石點頭》中，在落難投奔夢覺寺的王珣和寺僧之間，有這樣一段對話，雖然說的是男性出家的內容，但更可以因之一窺弱勢社會存在之下的女性出家的問題：

> 眾僧道：「居士要出家，所執何務？」王珣道：「我弟子是文安縣

田莊小民，從不知佛法，不曉得所執事務。」眾僧道：「既不執務，你有多少田地，送入常住公用？」王珣道：「寒家雖有薄田幾畝，田不過縣，不能送到上剎收租。」眾僧道：「然則隨身帶得幾多銀兩，好到本寺陪堂？」王珣道：「弟子為官私差役，家業蕩盡，免勞和尚問及。」眾僧道：「既如此，只選定一日，備辦一頓素齋小食，好與眾師兄弟會面。」王珣道：「弟子離家已久，手無半文，這也不能。」眾僧齊道：「呵喲，佛門雖則廣大，那有白白裏兩個肩頭，一雙空手，到此投師問道的理。」內中又有一個道：「只說做和尚的吃十方，看這人到是要吃廿四方的，莫要理他。」王珣本是質直的人，見話不投機，歎口氣道：「咳！從來人說炎涼起於僧道，果然不謬。」〔註45〕

在這裡，出家為僧還需要你或者能夠執得一門佛家事務，或者「有多少田地，送入常住公用」，或者「帶得幾多銀兩，好到本寺陪堂」，再不然也要「備辦一頓素齋小食，好與眾師兄弟會面」，獲得某種諒解而收留你，否則，佛門也是難進的。這倒並不像王珣所感歎的那樣：「炎涼起於僧道」，而是寺院本身物質條件並不豐厚，多養活一個人口並不容易。這一點在另一個例子中，表現得更為直接。《鼓掌絕塵》中的白雲寺，雖然是「敕建」，但依然難免生活艱難，正如主持長老向楊太守訴苦時所言：

> 而今世事多艱，十方檀那竟沒有個肯發善心。去年正月十三，佛前缺少燈油，和尚捐了五六兩私囊，蒸了二百袋面的齋天饅首，齋了緣簿，踵門親自到眾信家去求抄化一抄化，家家盡把饅首收下，哄和尚走了，半年依舊把個空緣簿搬將出來。和尚忍氣不過，自此以後，就在如來面前焚信立誓，再不去化緣。〔註46〕

具有性別優勢的出家男性尚且如此，更毋論處於性別劣勢之中的女性出家者了。相較而言，出家女性所在處的物質條件，更是單薄甚至惡劣。如《山水情》中的尼庵，只有尼姑了凡和雲仙兩個人，庵中「施主少，齋糧淡薄」，無奈之下，只好「印些佛圖出去，沿村一派，做個西資會兒，收些錢線米麥之類，混帳混帳」。而請到西資會的施主，也不過是一些「乾癟老嫗」和「一班

〔註45〕（明）天然癡叟：《石點頭》第三回「王本立天涯求父」，北京：華夏出版社，1995年，第195頁。

〔註46〕（明）金木散人編：《鼓掌絕塵》第三九回「猛遊僧力擒二賊，賢府主看演千金」，北京：華夏出版社，1997年，第292頁。

蓬鬆黃髮，歪嘴田螺眼的丫頭」。這些人本身就是社會中最需要救助的邊緣人，她們的微薄施捨之舉，也不過是為今生的不如意而希圖「修來世」。可以想見，即便行此「不雅」之舉，庵中「齋糧淡薄」的狀況也應該不會有多少改觀。〔註47〕又如《禪真後史》中的碧雲庵：

> 共有四眾尼姑：一位當家的年已衰老，法名慧真。一個徒弟乃雙眼不見的，法名真見，只好坐著吃現成茶飯。有一徒孫，是個瘸子，法名見性，臉雖生得醜陋，頗識幾行字，誦經念懺，說因果、談佛法，件件皆能，乃是本庵的　子，虧著他攀施主、化錢糧、打月米、包人家經卷來念，養活一庵人口。

一庵之中共四位出家女性，全靠瘸子見性一個人「攀施主、化錢糧、打月米、包人家經卷來念，養活一庵人口」。庵中生活的艱難，不言而喻。也因此，見性的徒弟性完「與本城百佛寺富僧華如剛相交情密」的一個重要目的，便是貪圖富僧華如剛為她「破費不少」。〔註48〕又如《醒世姻緣傳》中的白姑子們，為薛素姐誦經懺悔前，需要預支一半經資，才能「糴米買柴的安了家，才好一盼心的念經」，因為「這幾位師父，他各人家都頂著火煙，靠著身子養家的。既是要建七晝夜道場，可就要占住了他們的身子哩。他們家裏都有徒弟合支使的人，卻也都要吃飯。」〔註49〕很顯然，庵無餘財，等米下鍋，是這一眾尼姑們的生存常態。再說，能碰上像薛素姐這樣的主顧這樣的機會，實在是難能一見的運氣，而更多的現實情況卻是，無論居庵守貧還是出外抄化，出家女性們的衣食多是難以周全。如《三刻拍案驚奇》中的妙珍，「結庵在祖母墳側，每日拾些松枝，尋些野菜度日。又喜得種他田的租戶，憐他是個孝女，也不敢賴他的。」〔註50〕《醒世姻緣傳》中的尼姑海會和郭姑子，是「問人抄化著吃還趕不上嘴」。〔註51〕《禪真逸史》中的趙尼姑，「東拐西騙，覓些財物，以過日子……因食用不足，常得鍾守淨周濟些錢米」。〔註52〕《初刻拍案驚奇》中的謝小娥，落難於妙果寺出家，「日間在外乞化，晚間便歸寺中安

〔註47〕《山水情》第六回「攝尼魂顯示阿鼻獄」，第48～49頁。
〔註48〕《禪真後史》第一二回「寫議單敗子賣墳山，假借宿禿囚探消息」，第64、73頁。
〔註49〕《醒世姻緣傳》第六四回「薛素姐延僧懺罪，白姑子造孽漁財」，第296頁。
〔註50〕《三刻拍案驚奇》第四回「寸心遠格神明，片肝頓蘇祖母」，第46頁。
〔註51〕《醒世姻緣傳》第一〇回「恃富監生行賄賂，作威縣令受苞苴」，第45頁。
〔註52〕（明）清溪道人編著：《禪真逸史》第五回「大俠夜闌降盜賊，淫僧夢裏害相思」，北京：華夏出版社，1995年，第45頁。

宿。」〔註53〕《輪迴醒世》中的萬贅妻曹氏，因兵禍出家，在女觀中不得不「執炊操臼以度日」〔註54〕等等。

正因為出家女性所在的基本物質生活條件惡劣，所以一旦有新人加入其中，這些新人常常需要自帶一些財產進來以填補公用。如《警世通言》中的鄭夫人，投身到慈湖尼庵裏出家時，「將隨身簪珥手釧，盡數解下，送與老尼為陪堂之費。」即便是這樣，她還是心中不安，認為自己「吃了這幾年安逸茶飯，定害庵中，心中過意不去。如今不免出外托缽，一來也幫貼庵中」。最終「與老尼商議停妥，託了缽盂，出庵而去。」〔註55〕《醒世恒言》中的白玉娘，投身到城南曇花庵出家時，把超過自己身價二倍的布匹，「盡施與為出家之費」，顧大郎夫婦「又備了些素禮，夫婦兩人，同送到城南曇花庵出家。」後來白玉娘返俗之時，憐老尼無所依靠，還將知府送給自己的一半禮物服飾「與老尼為終老之資」。〔註56〕《醋葫蘆》中的熊二娘，出家所需的僧帽鞋衣等供養所需，是由都氏措辦；「道糧之費」由成珪「聽起水田十畝與他，生則贍養，死為殯殮」；另外還有各種小菜、小食之類，不時送到庵中。〔註57〕當然，像鄭夫人、白玉娘、熊二娘等這一類情況，畢竟是一般之中的特例而已。實際上，她們也並不屬於「前社會身份」邊緣性這一範疇。出家女性及其所在的基本生活條件，絕大多數依然還是難脫於事實上的邊緣性境況，而且這種基本生活條件的惡劣，本已經先在地決定於她們「前社會身份」的邊緣性之中了。

二則，出家女性生存的基本安全環境惡劣。

在明代小說中，出家女性生活如此艱難之際，更是常常有多方安全風險之憂。如《醒世姻緣傳》中的尼姑海會和郭姑子，因為走家串戶地抄化，無端地遭人家誤會，被處以「不守空門，入人家室，並杖允宜」的刑罰。〔註58〕《三刻拍案驚奇》中的尼姑定慧，「因一個於一娘私自將丈夫的錢米出來做佛

〔註53〕《初刻拍案驚奇》卷一九「李公佐橋接夢中言，謝小娥智擒船上盜」，第200頁。
〔註54〕《輪迴醒世》卷十「人倫順逆部」「易兒以撫」，第337頁。
〔註55〕（明）馮夢龍：《警世通言》第一一卷「蘇知縣羅衫再合」，合肥：安徽文藝出版社，2003年，第525、528、529頁。
〔註56〕《醒世恒言》第一九卷「白玉娘忍苦成夫」，第1136、1138頁。
〔註57〕《醋葫蘆》第一二回「石佛庵波斯回首，普度院地藏延賓」，第85～86頁。
〔註58〕《醒世姻緣傳》第一〇回「恃富監生行賄賂，作威縣令受苞苴」，第60頁。

會，被丈夫知覺，趕來院中罵了一場。又聽兩個光棍撥置，到縣中首他創做白蓮佛會，夜聚曉散，男女混雜，被縣裏拿出打了十五，驅逐出院。」〔註59〕《初刻拍案驚奇》中的翠浮庵觀主，被人家「尋他事故，告了他偷盜，監了追贓，死於獄中。」〔註60〕《醒世姻緣傳》中的白姑子們，連晚上都不能在街上走，否則「叫那光棍挾制著，不說是養和尚，就說是養道士，降著，依了他，還擠你個精光哩！」〔註61〕白姑子庵中被小偷盜竊一空，自己還被強姦，報官後，不但沒有任何效果，反倒還被官府捕快們大肆訛詐：「白姑子湊處那應捕的盤纏，管待那番役的飯食，伺候那捕衙的比較，足足的忙亂了兩個月，當不起這拖累，只得苦央了連春元的分上，與了典史，方才把番捕掣了回去。」〔註62〕《輪迴醒世》中的劉氏尼姑，「入觀居五年，因觀中冷落，隨道姑徙至徐州玄妙觀。居十四年，此觀為祝融氏所災，移至鎮江，欲投女觀，被棍徒張世用邀至家中，逼為繼妻。」〔註63〕《續西遊記》中的尼僧，只因收了一個徒弟削髮在庵中出家，結果「不知是那個村鄉山精水怪，天晴不來，只等風雨晦冥，便有三五成群，提壺攜盒，到此堂中，要我這徒弟陪伴他們暢飲」，後來，這個「徒弟深惡他來吵鬧，回家請了他一個法師，書符念咒，也遣不得他，還齊把法師打個不活」。〔註64〕原來「這一行來吵尼僧的那裡是妖魔，乃是遠村近里強梁惡少，看見這庵尼僧姿色，相聚來酒食暢飲，假裝妖魔，嚇這庵眾。」〔註65〕《歡喜冤家》中的明因寺，曾因遊客光棍生事，而向官方求禁遊客。同書中的黃煥之，可以直入雲淨庵，不顧孤身一人的尼姑了凡「再三推阻」，「放出力氣抱至幽室，扯下小衣，直抵其處。」〔註66〕等等。可以想見，出家女性所在之處，一般居地偏遠，且不過是孤孤單單的二、三弱女，其中有多少安全性自不必言。然而，當面對這些可知與不可知的安全威脅時，明代小說的作者們，並沒能給出家女性們一個可行的解決之道。事實上，問

〔註59〕 《三刻拍案驚奇》第四回「寸心遠格神明，片肝頓蘇祖母」，第46頁。
〔註60〕 《初刻拍案驚奇》卷三四「聞人生野戰翠浮庵，靜觀尼晝錦黃沙弄」，第377頁。
〔註61〕 《醒世姻緣傳》第六四回「薛素姐延僧懺罪，白姑子造孽漁財」，第294頁。
〔註62〕 《醒世姻緣傳》第六四回「薛素姐延僧懺罪，白姑子造孽漁財」，第299～300頁。
〔註63〕 《輪迴醒世》卷四「悲歡離合部」「離十九載而得合」，第134頁。
〔註64〕 《續西遊記》第九三回「假變無常驚獵戶，借居蘭若誘尼俗」，第523～524頁。
〔註65〕 《續西遊記》第九四回「顯法力八戒降假妖，變尼僧悟空明正道」，第524頁。
〔註66〕 《歡喜冤家》第一五回「黃煥之慕色受官刑」，第238、238、241頁。

題的根本在於，所謂可行的解決之道並不存在，因為出家女性們的邊緣性社會身份，早已注定了這一切。並且，更為不幸的是，出家女性在遭遇到某些侵害的以後，還會因此落下「淫慾」的口實。

其二，出家女性的出家身份之自我認同和社會評價均非常低。

一者，出家女性對自己出家身份的自我認同低。

筆者在上一節中已經詳細論述了，明代小說中的出家女性，其「前社會身份」具有顯著的社會邊緣性。她們的出家是一種被動的身份轉換，而非自我的宗教自覺。並且，在成為出家女性後，因「前社會身份」而先在的生活失意者自卑自怨意識，不可避免地會延伸於其出家生活之中。不僅如此，她們對出家行為所具有的宗教拯救功能持普遍懷疑的態度，這一點尤其在年輕的出家女性身上表現明顯。如《山水情》中的了凡，在與杜卿雲談到自己的出家境況時，歎口氣道：「蒙相公問及，但小尼因前世不修，得陷入空門，日夜受清苦，有甚好處？」卿雲道：「既如此，今世著實修修，行些方便，結些善緣，來世自然不復入空門受孤單了。」了凡道：「休得取笑。」〔註67〕了凡認為自己出家是「前世不修」所致，出家在她的意識中，其實是一種懲罰，並且，她對杜卿雲所言的出家修來世說法持否定態度——認為杜卿雲是在取笑她。把出家為尼看作是一種懲罰，在《輪迴醒世》卷十七中表現得最為明顯：孟氏因不守婦貞，閻王罰她：「『今有兩條路，著汝轉生，非向空門為尼，即往花街作妓。』孟氏淚曰：『這兩條路分明是陽間地獄，……乞免淪此陷阱也。』……閻羅因其兩番苦告，因判作某家妾焉。」〔註68〕在這裡，轉世為妾的懲罰，顯然是輕於轉世為尼的懲罰的。尼姑即便還俗以後，她曾經的出家身份仍然還是令其自卑的心理陰影。如《輪迴醒世》中的賈氏返俗嫁人，必須要刻意隱瞞自己曾經的尼姑身份。並且自以為，之所以只能嫁得一個「衰老不堪」的丈夫，是因為「做尼姑的，命只該如此也」。〔註69〕甚至連被人稱作「活佛」有靈異能力的李尼姑，也自我定位不過是一個為他人作嫁衣裳的「挑腳漢」而已。〔註70〕

〔註67〕《山水情》第一回「俏書生春遊逢麗質第三回」，第9頁。
〔註68〕「妖魔部」「夫擊婦腦於五樹間」，第543頁。
〔註69〕《輪迴醒世》卷四「悲歡離合部」「五喪妻」，第102～103頁。
〔註70〕《醒世姻緣傳》第四四回「義方母督臨愛子，慕銅尼備說前因」，第187頁、第184頁。

二者，出家女性的社會評價極其低劣。

在明代小說中，出家女性社會評價的極其低劣，主要表現在社會對出家女性不守佛教戒律的不滿上。其中，社會反映最為強烈之處在於，出家女性在「淫慾之戒」和「貪財之戒」兩方面的不淨。

在明代小說中，不守「淫慾之戒」和「貪財之戒」的出家女性意象，佔據了所有出家女性意象的大多數。較為典型的不守「淫慾之戒」的意象，如《醒世恒言》中的尼姑空照和靜真，為了把赫大卿私藏在非空庵中供自己日夜淫樂，竟然設計把赫大卿「灌得爛醉如泥，不省人事……把頭髮剃得一莖不存，」迫使赫大卿在非空庵中做了一個假尼姑。結果，由於縱慾過度，赫大卿命喪非空庵。在小說作者意識中，尼姑就是「真色鬼」，所謂「貪花的，這一番你走錯了路！千不合，萬不合，不該纏那小尼姑！小尼姑是真色鬼，怕你纏他不過。頭皮兒都擅光了，連性命也嗚呼！埋在寂寞的荒園，這也是貪花的結果。」〔註71〕又如《金瓶梅》中的薛姑子，在出家前就已經「不尷不尬，專一與那些寺裏的和尚行童調嘴弄舌，眉來眼去，說長說短。弄的那些和尚們的懷中，個個是硬幫幫的。乘那丈夫出去了，茶前酒後，早與那和尚們刮上了四五六個。」即便出家後，拿西門慶的話來說，依然是個「賊胖禿淫婦」，「有道行一夜接幾個漢子」。而白姑子也被潘金蓮嘲笑說：「男僧寺對著女僧寺——沒事也有事」。在這裡，小說作者著意以淫亂無比的西門慶和潘金蓮視角評判二尼，可謂良有用心。〔註72〕又如《型世言》中的清庵尼姑寂如：

> 年紀四十模樣，看他做人溫雅，不妄言笑，只是念佛，或時把自己誦習的《心經》《金剛》等經，與妙珍講說。妙珍禮他為師兄，像個可與語的……不知寂如這意也是不善……靠著附近一個靜室內兩和尚……乘著黑夜過來，輪流歇宿。〔註73〕

又如《初刻拍案驚奇》中的杭州翠浮庵的觀主，「是個花嘴騙舌之人，平素只貪些風月，庵裏收拾下兩個後生徒弟，多是通同與他做些不伶俐勾當的。」

〔註71〕《醒世恒言》第一五卷「赫大卿遺恨鴛鴦條」，第 1063、1065 頁。
〔註72〕《金瓶梅》第五七回「道長老慕修永福寺，薛姑子勸舍陀羅經」；第五一回「月娘聽演金剛科，桂姐躲在西門宅」；第三九回「西門慶玉皇廟打醮，吳月娘聽尼僧說經」，第 702 頁，第 605 頁，第 465 頁。
〔註73〕《三刻拍案驚奇》第四回「寸心遠格神明，片肝頓蘇祖母」，第 45 頁。

〔註74〕又如《歡喜冤家》明因寺和雲淨庵中的尼姑本空、玄空、了凡等，被作者諷刺道：「尼姑生來頭皮光，拖了和尚夜夜忙。三個光頭好似師弟師兄拜師父，只是鐃鈸緣何在裏床。」又道：「五更三點寺門開，多少豪華俊秀來。佛殿化為延婿館，鐘樓竟似望夫臺。去年弟子曾懷孕，今歲尼姑又帶胎。可惜後園三寶地，一年埋了許多孩。」〔註75〕其他還有如《初刻拍案驚奇》尼姑真靜〔註76〕，《禪真後史》中的碧雲庵尼姑性完〔註77〕，《山水情》中的尼姑雲仙、了凡〔註78〕等等，不一而足。甚至連皇家寺院中的尼姑，都是不守「淫慾之戒」的淫慾尼意象。如《醒世姻緣傳》中這樣描繪皇姑寺道：

> 朱紅一派雕牆，回繞青松掩映，翠綠千層華屋，周遭紫氣氤氳。
> 獅子石鎮玄門，獸面金鋪繡戶。禁宮閹尹，輪出司閽；光祿重臣，
> 迭來掌膳。香煙細細，絲絲透越珠簾；花影重重，朵朵飛揚畫檻。
> 蓮花座上，高擎丈六金身；貝葉堂中，嬌養三千粉黛。個個皆陳妙
> 常道行，灌花調鶴，那知薑晚參禪；人人是魚玄機行藏，鬥草聞鶯，
> 罔識晨昏念佛。滿身紗羅緞絹包纏，鎮日酒肉雞魚奉養。惹得環佩
> 琨朝來，千乘寶車珠箔卷；輪蹄晚去，萬條銀燭碧紗籠。名為清淨
> 道場，真是繁華世界！〔註79〕

在作者的意識裏，皇姑寺中的尼姑，亦「個個皆陳妙常道行」，「人人是魚玄機行藏」，更不用說一般寺院中的出家女性了。

不過，在明代小說中，出家女性因為不守「淫慾之戒」而被抨擊得最為強烈的，還在於她們自身不守「淫慾之戒」的同時，還利用其「無論貧家、富戶、宦門，借抄化為名，引了個頭，便時常去闖」的方便，〔註80〕直接誘引了良家婦女貞潔淪喪的發生。如《金瓶梅》中的王姑子，作者對她的評價是：

> 似這樣緇流之輩，最不該招惹他。臉雖是尼姑臉，心同淫婦心。

〔註74〕《初刻拍案驚奇》卷三四「聞人生野戰翠浮庵，靜觀尼晝錦黃沙弄」，第377頁。

〔註75〕《歡喜冤家》第一五回「黃煥之慕色受官刑」，第238、245頁。

〔註76〕《二刻拍案驚奇》卷二一「許察院感夢擒僧，王氏子因風獲盜」，第707頁。

〔註77〕《禪真後史》第一二回「寫議單敗子賣墳山，假借宿禿凶探消息」，第64頁。

〔註78〕《山水情》第一回「俏書生春遊逢麗質」；第三回「衛旭霞訪舊得新歡」，第7〜17頁，第25〜33頁。

〔註79〕《醒世姻緣傳》第七八回「陸好善害怕賠錢，寧承古詐財捱打」，第361頁。

〔註80〕《三刻拍案驚奇》第二八回「癡郎被困名韁，惡髡竟投利網」，第281頁。

只是他六根未淨，本性欠明，戒行全無，廉恥已喪。假以慈悲為主，一味利欲是貪。不管墮業輪迴，一味眼下快樂。哄了些小門閨怨女，念了些大戶動情妻。前門接施主檀那，後門丟胎卵濕化。姻緣成好事，到此會佳期。〔註81〕

而對薛姑子的評價則是：

但凡大人家，似這樣僧尼牙婆，決不可抬舉。在深官大院相伴著婦女，俱以講天堂地獄，談經說典為由。背地裏說釜念款，送暖偷寒，其麼事兒不幹出來！十個九個，都被他送上災厄。有詩為證：最有緇流不可言，深宮大院哄嬋娟。此輩若皆成佛道，西方依舊黑漫漫。〔註82〕

又如《騙經》中法華庵尼姑妙真誘姦事，作者告誡說：

婦人雖貞，倘遇淫婦引之，無不入於邪者。凡婦之謹身，惟知恥耳，惟畏人知耳。苟一失身之後，恥心既喪，又何所不為？故人家惟慎尼姑、媒婆等，勿使往來，亦防微杜漸之正道也。〔註83〕

而在《醋葫蘆》中，小說作者更是借熊老之口，幾乎把天下的尼姑和尼寺都打上了淫慾的烙印：

成珪道：聞有幾座尼庵，說道裏邊有若干女眾，不論老少，不計其數，從幼含花女兒出家的都有。不知怎的，不拘在山在市，都把個門兒鎮日裏緊緊關閉，日日又有道糧，並不出門抄化，我想這班都是真正好尼姑庵了。」

熊老道：「員外，你真是個老實人。豈不曉得古人說：『僧敲月下門』，正為那關的，所以要去敲。裏邊專一吃葷吃酒，千奇百怪，勝似男人，無所不為，無所不做。還養得好光頭滑腦梓童帝君相似的小官，把來剃了頭髮，扮做尼姑，又把那壯年和尚放在夾壁道裏。有人來時，只做念佛看經；沒人來時，一味飲酒取樂。甚至假修佛會，廣延在城在郭縉紳、士庶之夫人、小姐及人家閨女、孤孀，到於庵內修齋念佛，不許男客往來。有那等不信的小夥子、惡少年要去看婦女、亂法會，又有那等開眼孔假慈悲的舉人、進士、鄉宦們，

〔註81〕《金瓶梅》第六八回「鄭月兒賣俏透密意，玳安殷懃尋文嫂」，第870頁。
〔註82〕《金瓶梅》第四十回「抱孩童瓶兒希寵，妝丫鬟金蓮市愛」，第476頁。
〔註83〕《騙經》第一八類「婦人騙」「尼姑撒珠以誘姦」，第122頁。

有血瀝瀝的護法告示當門遍掛，你道誰敢再來多嘴？那些婦女們挨
到黃昏夜靜，以為女眾庵中不妨宿下，其家中父親、丈夫也不介意。
誰知上得床時，便放出那一班餓鬼相似的禿驢來，各人造化，不論
老小，受用一個。那粉孩兒樣的假尼姑日間已就陪著一位夫人、小
姐，晚來伴寢，是不必說。其內婦人之中，有些貞烈性的，也只插
翅難飛，沒奈何，吃這一番虧苦，已是打個悶將，下次決不再來，
惟恐玷了聲名，到底不敢在丈夫跟前說出。那為丈夫的，也到底再
悟不透。及至那等好淫的婦人，或是久曠的孤孀，自從吃著這般滋
味，已後竟把尼庵認為樂地，遭遭念佛，日日來歇，與和尚們弄出
妊孕，到對丈夫說是佛力浩大，保祐我出喜了。你道那班為父為夫
的，若能知些風聲，豈不活活羞殺？故此在下說，極可惡是那關門
的尼姑哩。」〔註84〕

與此類似的抨擊和告誡，在《西湖二集》中也有出現：

奉勸世上男子將自己妻子好好放在家間，做個清清白白、端端
正正的閨門，有何不好？何苦縱容他到尼庵去，不乾不淨。說話的
好笑，世上有好有歹，難道尼庵都是不好的麼？其中盡有修行學道
之人，不可一概而論。說便是這樣說，畢竟不好的多於好的。況且
那不守戒行的誰肯說自己不好？假至誠假老實，甜言蜜語，哄騙婦
人。更兼他直入內房深處，毫無迴避，不唯「竅」己之「竅」、「妙」
己之「妙」，還要「竅」人之「竅」、「妙」人之「妙」。那些婦人女
子心粗，誤信了他至誠老實，終日到於尼庵燒香念佛，往往著了道
兒。還有的男貪女色、女愛男情，幽期密約，不得到手，走去尼庵
私赴了月下佳期，男子漢癡呆懵懂，一毫不知。所以道三姑六婆不
可進門，何況親自下降，終日往於尼庵，怎生得不做出事來？何如
安坐家間，免了這個臭名為妙。大抵婦女好入尼庵，定有姦淫之
事，世人不可不察，莫怪小子多口。總之要世上男子婦人做個清白
的好人，不要踹在這個渾水裏。倘得挽回世風，就罵我小子口尊造
罪，我也情願受了，不獨小子，古人曾有詩痛誡道：「尼庵不可進，
進之多失身。盡有姦淫子，藉此媾婚姻。其中置窟宅，黑暗深隱淪，
或伏淫僧輩，或伏少年人。待爾沉酣後，兇暴來相親，恣意極淫毒，

名節等飛塵。傳語世上婦，何苦喪其貞，莫怪我多口，請君細諮詢。」〔註85〕

由上可知，在明代小說作者及其受眾意識裏，天下尼姑大多數都不是「修行學道」之人，而是假借「修行學道」為名行淫慾之實。而最令世人痛恨的是，她們不但自己不守「淫慾之戒」，而且「假至誠假老實，甜言蜜語，哄騙婦人」，「甚至假修佛會，廣延在城在郭縉紳、士庶之夫人、小姐及人家閨女、孤孀，到於庵內修齋念佛」，結果使得這些良家婦女陷入她們的奸計之中而貞潔淪喪。因此，尼姑庵也成了一個事實上的淫慾之地，一個世俗女性禁忌之所。

較為典型的不守「貪財之戒」的出家女性意象，如《禪真逸史》中的趙尼姑，「綽號叫做『蜜嘴』，早年沒了丈夫，在家出家。真是俐齒伶牙，專一做媒作保。好做的是佛頭，穿庵入寺，聚眾斂財。」〔註86〕《金瓶梅》中的薛姑子，「專一在士夫人家往來，包攬經懺。又有那些不長進要偷漢子的婦人，叫他牽引和尚進門，他就做個馬八六兒，多得錢鈔。聞得西門慶家裏豪富，見他侍妾多人，思想拐些用度，因此頻頻往來。」〔註87〕曾經為了三兩銀子，將「陳參政家小姐，七月十五日弔在地藏庵兒裏，和一個小夥阮三偷奸。」〔註88〕《三刻拍案驚奇》中的無垢院院主定慧：

> 是個有算計的人，平日慣會說騙哄人，這番把妙珍做個媒頭……哄得這些內眷，也有瞞著丈夫、公婆布施銀錢的，米穀的，布帛的。他都收來入己……又看那院主搬茶送水，遇著捨錢的奶奶孀人，口叫不絕，去奉承他。其餘平常，也只意思交接，甚是炎涼態度。〔註89〕

同書中的清庵王師姑，不但能夠哄得女人們個個「背地裏拿出錢，還又攛掇丈夫護法施捨。」〔註90〕《山水情》中的尼姑雲仙和了凡發起「西資會」，也是因為「施主少，齋糧淡薄」，「做個西資會兒，收些錢線米麥之類，混帳混帳」，並非真心為人懺悔消災。正如了凡自己所言：「卻不曉得世上這起尼姑、

〔註85〕（明）周清原：《西湖二集》第二八卷「天台匠誤招樂趣」，北京：人民文學出版社，2006 年，第 454～455 頁。

〔註86〕《禪真逸史》第五回「大俠夜闌降盜賊，淫僧夢裏害相思」，第 45 頁。

〔註87〕《金瓶梅》第五七回「道長老募修永福寺，薛姑子勸舍陀羅經」，第 702 頁。

〔註88〕《金瓶梅》第五一回「月娘聽演金剛科，桂姐躲在西門宅」，第 605 頁。

〔註89〕《三刻拍案驚奇》第四回「寸心遠格神明，片肝頓蘇祖母」，第 44 頁。

〔註90〕《三刻拍案驚奇》第二八回「癡郎被困名韁，惡髡竟投利網」，第 281 頁。

和尚看經說法，總不過是騙施主的錢鈔，能有得幾個顧著體面，為人懺悔消災的？」〔註91〕《醒世姻緣傳》中蓮花庵白姑子及其徒弟冰輪，水月庵秦姑子超凡、傅姑子妙蓮，觀音堂任姑子水雲、惠姑子堯仁、祁姑子善瑞、劉姑子白水，地藏庵楚姑子陽臺、管姑子寶僧等一眾尼姑，以幫薛素姐懺悔消災為名，大肆騙取薛素姐錢財無數。〔註92〕

　　另外，還有尼姑因為貪財竟去傍和尚的，如《三刻拍案驚奇》中的清庵尼姑寂如，「雖不抄化，不聚眾，卻靠著附近一個靜室內兩和尚。師父叫做普通，徒弟叫做慧朗，他時常周給。相去不遠，乘著黑夜過來，輪流歇宿。」《禪真後史》中的性完自己供認道：「若要不知，除非莫為。妾身醜事，難逃列位高鄰洞察。這華師兄原與我往來日久，他為我破費也不少哩。」〔註93〕顯然，她「與本城百佛寺富僧華如剛相交情密」〔註94〕的主要目的，還在於貪圖其錢財。甚至還有尼姑因為貪財而不惜賣淫為娼的，如《初刻拍案驚奇》中的尼姑本空，「年方二十餘歲，盡有姿容。那裡算得出家？只當老尼養著一個粉頭一般，陪人歇宿，得人錢財，但只是瞞著人做。」〔註95〕又，同書中的尼姑真靜，「見了白晃晃的一錠銀子，心下先自要了。便伸手來接著銀子……微笑道：『夯貨！誰說道叫你獨宿？』王爵大喜，彼此心照。是夜就與真靜一處宿了，你貪我愛，顛鸞倒鳳，恣行淫樂，不在話下。」〔註96〕在這裡，尼姑本空師徒和真靜，因為貪財已經是把尼庵當作妓院了。

　　總之，在明代小說裏，社會世俗意識中的出家女性意象，不但多為淫慾之輩，而且還是貪財之流。她們在自身不守戒律的同時，還誘騙良家婦女，使她們貞潔淪喪。可以說，明代小說中的出家女性意象，其社會評價一如出家男性形象，正同《醒世姻緣傳》所論的那樣：「只說做和尚的個個貪狠，原來這做姑子的女人，沒了兩根頭髮，那貪婪狠毒，便也與和尚一般。」〔註97〕當然，這種出家女性意象評價，並不意味著她們的真實面目，關於這一點，筆者將在下一節中再作詳論。

〔註91〕《山水情》第六回「攝尼魂顯示阿鼻獄」，第48～49頁。
〔註92〕《醒世姻緣傳》第六四回「薛素姐延僧懺罪，白姑子造孽漁財」，第293～298頁。
〔註93〕《禪真後史》第一四回「凌老道華禿死奸，葬師母耿郎送地」，第73頁。
〔註94〕《禪真後史》第一二回「寫議單敗子賣墳山，假借宿禿囚探消息」，第64頁。
〔註95〕《初刻拍案驚奇》卷六「酒下酒趙尼媼迷花，機中機賈秀才報怨」，第63頁。
〔註96〕《二刻拍案驚奇》卷二一「許察院感夢擒僧，王氏子因風獲盜」，第708頁。
〔註97〕《醒世姻緣傳》第八八回「薛素姐送回明水，呂廚子配死高郵」，第406頁。

第二節　越位中的出家女性

　　游離於社會邊緣中的出家女性，一方面，由於其社會身份的邊緣性，她們失去了男權社會體制的關照，處於被拋棄之中；而另一方面，她們亦因此擺脫了男權社會女性倫理規範的多方約束，處於一種相對自由的倫理真空之中。這樣一來，出家女性們反而意外地獲得了一個體制內的在俗女性難能具有的越位機會。再加上一定的時代機緣使然、內外條件的成熟，她們依託在佛教神性的光環之下，不但從生存獨立到人性自由等多方面追求主觀越位，而且還客觀上給予了男權禁錮之中的在俗女性以前世、今生和來世的關懷和希望。為節省篇幅，關於明代小說中的出家女性意象所具有的越位行為，本文將重點提取兩個方面進行解讀。

一、出家女性生存需求獨立的獲取

　　在中國古代男權社會中，女性本身多是以附屬於男性的財產的狀態存在，又所謂「丈夫經營家計，女子不能謀財」，〔註98〕所以對女性來說，根本就不存在生存需求的獨立可言。而就嚴格意義上的佛教戒律來說，是不允許教眾擁有個人財產的。教眾的衣、食、住、行等基本生存需求的獲取，主要是通過「乞討」的方式完成的。這種所謂的生存需求的獲取，就必然難脫其「乞討」本質──依附性。因此，出家女性亦無所謂生存需求的獨立可言。但在明代小說中，出家女性對「財」的追求，卻呈現出前所未有的熱情。這種熱情其實是出家女性對生存需求獨立的渴盼，甚至是某種女權意識的表達，更是對男權社會規範和佛教戒律的雙重越位。具體到明代小說中的出家女性看，她們生存需求獨立的獲取，主要是通過以下三種途徑獲得。

　　一者，向社會布施佛法，為社會提供精神食糧而得到社會的等量勞動交換價值。這種等價交換一般以兩種形式出現，一是，出家女性們為信眾提供直接的佛教服務，如誦經念懺、做功果、念佛做會等等而獲得生活所需；二是，出家女性們作為佛法的象徵符號而存在，為信眾提供心靈的皈依，而接受其布施。

　　《初刻拍案驚奇》中的杭州翠浮庵眾尼姑，在「六月半盂蘭盆大齋時節。杭州年例，人家做功果，點放河燈。那日還是六月十二日，有一大戶人家差

────────────────

〔註98〕（清）陳夢蕾：《古今圖書集成》「明倫彙編」「閨媛典」第 3 卷「閨媛總部」。

人來庵裏請師父們念經，做功果，庵主應承了。眾尼進來商議道：我們大眾去做道場，十三到十五有三日停留。……眾尼自去收拾法器經箱，連老道者多往那家去了。」〔註99〕這種念經、做功果，收入或許應該還是較為可觀的，因為翠浮庵中的靜觀尼，竟然能夠「自出家來，與人寫經寫疏，得人襯錢，積有百來金。」〔註100〕又如前述之碧雲庵尼眾，可以藉此「養活一庵人口」。又有《金瓶梅》中的薛姑子，「專一在士夫人家往來，包攬經懺」，另外還同大師父和王姑子等，頻繁地在西門慶家為月娘一眾婦女提供宣卷服務，所謂「聽法聞經怕無常，紅蓮舌上放毫光。何人留下禪空話？留取尼僧化稻粱」。〔註101〕再如前述之白姑子等十多位人眾，為薛素姐建七晝夜道場「誦經懺悔」，可以各自供一眾「徒弟合支使的人」吃飯。不過，上述這些布施佛法的機會，並不是常常會有的。生活窘迫之時，出家女性們無奈還會主動邀請信眾到庵中做佛會，從而求取一點布施。如《山水情》中的尼姑了凡和雲仙，印佛圖沿村派發，做西資會，睟顏希圖些許果腹之費。只是這種作為，對出家女性來說，似乎是「不雅」之舉，以此獲取生活來源應該不常見。〔註102〕也因此，在《三刻拍案驚奇》中，無垢院院主定慧「把妙珍做個媒頭」，集村姑老嫗念佛做會，不但引起了妙珍很大的反感而「避到清庵中」，而且又遭施主丈夫誣作「白蓮佛會」，以致被擯出寺。

　　對後者來說，出家女性們首先需要創建一個供養佛、法、僧的專門場所，然後以此為基礎吸引信眾前來皈依並布施，但更多時候，還是需要主動走出廟門抄化獲得布施。不過這種走門過戶以求布施，一般需要非常高超的人際交往技巧。如《三刻拍案驚奇》中的清庵王師姑，「無論貧家、富戶、宦門」，都能夠「口似蜜，骨如綿，先奉承得人喜歡，卻又說些因果，打動人家，替和尚遊揚讚誦。這些婦女最聽哄，那個不背地裏拿出錢，還又攛掇丈夫護法施捨。〔註103〕又如《初刻拍案驚奇》的王尼，雖是「男假為女」，但「有一身奢嗻的本事：第一件一張花嘴，數黃道白，指東話西，專一在官室人家打

〔註99〕　《初刻拍案驚奇》卷三四「聞人生野戰翠浮庵，靜觀尼晝錦黃沙弄」，第383頁。
〔註100〕　《初刻拍案驚奇》卷三四「聞人生野戰翠浮庵，靜觀尼晝錦黃沙弄」，第383頁。
〔註101〕　《金瓶梅》第五七回「道長老慕修永福寺，薛姑子勸捨陀羅經」，第702、472頁。
〔註102〕　《山水情》第六回「攝尼魂顯示阿鼻獄」，第48～49頁。
〔註103〕　《三刻拍案驚奇》第二八回「癡郎被困名韁，惡髡竟投利網」，第281頁。

誓,那女眷們沒一個不被他哄得投機的。第二件,一付溫存情性,善能體察人情,隨機應變的幫襯。」也因此,「他庵中沒一日沒女眷來往」,自然其獲得的布施也就格外豐厚。〔註 104〕或者還有以神異之舉、神異之能引動信眾布施的,如《三刻拍案驚奇》中的妙珍,因為割肝療親的神異之舉,引動內眷紛紛施捨錢糧布帛的同時,還被當做「活佛」來拜。《新平妖傳》中的聖姑姑,能認無人能識的梵文佛經,還能任意變化、來去無礙、七日不食、聖水治病等等,被楊巡檢夫婦當成「活佛」一般,供養在家。〔註 105〕《醒世姻緣傳》中的李尼姑,有通曉過去未來的神異之能,「大家敬那姑子就是活佛一般」。為石塢娘娘和「兩位站的女官」請白檀像,需要近千金都能化得出。連楊尚書家的奶奶也許著給她布施,替她做冬衣。〔註 106〕如此等等,不一而足。

二者,在出家女性的身份之下,行其他服務而獲得利益。出家女性因為其身份特別,相較在俗女性來說,在人際交通方面有著極大的便利。「能通閨閣內」與女性交往自不必說,就是見了異性亦同樣交接無妨。正如《初刻拍案驚奇》中所說,出家女性「借著佛天為由,庵院為囤,可以引得內眷來燒香,可以引得子弟來遊耍。見男人問訊稱呼,禮數毫不異僧家,接對無妨。到內室念佛看經,體格終須是婦女,交答更便。」〔註 107〕正是由於上述這些便利,在一定的情況下,出家女性往往就成了某些社會特定群體間的交通工具。而這種工具所具有的服務性,便成就了出家女性的利益獲得。一直以來,中國古代女性,都程度不等地侷限於「主內」和「他控」的禁錮之中,嚴重缺乏個體自主性和社會自由性。因此,從個體情感訴求到社會參與渴望,她們均處於多方的缺失狀態。從這個角度說,在俗女性就是出家女性交通服務的天然消費者。

在明代小說中,這種利用自己特殊身份提供交通服務,而獲取利益的出家女性意象很是常見。如《金瓶梅》中的薛姑子,「有那些不長進要偷漢子的

〔註 104〕 《初刻拍案驚奇》卷三四「聞人生野戰翠浮庵,靜觀尼晝錦黃沙弄」,第 374、375 頁。
〔註 105〕 (明)馮夢龍:《新平妖傳》第七回「楊巡檢迎經逢聖姑,慈長老汲水得異蛋」,呼和浩特:遠方出版社,2006 年,第 42～48 頁。
〔註 106〕 《醒世姻緣傳》第四一回「陳哥思妓苦王師,魏氏出喪做新婦」,第 187 頁。
〔註 107〕 《初刻拍案驚奇》卷六「酒下酒趙尼媼迷花,機中機賈秀才報怨」,第 57 頁。

婦人，叫他牽引和尚進門，他就做個馬八六兒，多得錢鈔。」〔註108〕又將「陳參政家小姐，七月十五日弔在地藏庵兒裏，和一個小夥阮三偷奸」，〔註109〕「他知情，受了三兩銀子。」〔註110〕《禪真逸史》中的趙尼姑，「真是俐齒伶牙，專一做媒作保……聚眾斂財。」後來，趙尼姑幫助住持鍾守淨與黎賽玉二人得遂戀情，不但得了「雪花白銀，約有十餘兩」，而且連「送終之具」都了在鍾守淨身上。〔註111〕《二刻拍案驚奇》中的妙通為權學士和桂娘子做媒，權學士「重謝了妙通師父」。〔註112〕《喻世明言》中的老尼，幫助劉素香和張舜美最終團聚，張舜美後「以白金百兩，段絹二端，奉尼師為壽」。又「復訪大慈庵，贈尼師金一笏。」〔註113〕《初刻拍案驚奇》中的靜樂院主慧澄，接了滕生的十兩銀子，設計促成了他和狄夫人之間的戀情。〔註114〕《喻世明言》中的閒雲庵尼姑王守長，借觀音聖像開光之際，在閒雲庵中撮合了陳太尉小姐玉蘭同阮三之間的愛情。事前許諾的報酬是，兩錠銀子「權當開手，事若成就，蓋庵蓋殿，隨師父的意」。〔註115〕《騙經》中法華庵尼姑妙真，得銀二兩幫助寧朝賢交通白鑒妻向氏〔註116〕等等。

除兩性情感訴求之外，在俗女性還需要出家女性為伴，以彌補社會參與缺乏導致的無聊和寂寞。而出家女性則是走家串戶，見識多廣，風土人情，社會時聞等等無一不曉。再加上出家女性多「善能體察人情」，故她們對在俗女性來說，是絕好的開解無聊和寂寞的夥伴。正如《醒世姻緣傳》中的尼姑海會所言：

> 且是往人家去，進得中門，任你甚麼王妃侍長，奶奶姑娘，狠
> 的、惡的、賢的、善的、妒忌的、吃醋的，見了那姑子，偏生那喜

〔註108〕《金瓶梅》第五七回「道長老募修永福寺，薛姑子勸舍陀羅經」，第702頁。

〔註109〕《金瓶梅》第五一回「月娘聽演金剛科，桂姐躲在西門宅」，第605頁。

〔註110〕《金瓶梅》第三九回「西門慶玉皇廟打醮，吳月娘聽尼僧說經」，第465頁。

〔註111〕《禪真逸史》第五回「大俠夜闌降盜賊，淫僧夢裏害相思」；第七回「繡閣禪宗兩心通，淫婦奸僧雙願遂」；第八回「信婆唆沈全逃難，全友誼澹然直言」，第45、67、69頁。

〔註112〕《二刻拍案驚奇》卷二「權學士認遠鄉姑，白獺人白嫁親生女」，第489頁。

〔註113〕（明）馮夢龍：《喻世明言》第二三卷「張舜美燈宵得麗女」，合肥：安徽文藝出版社，2003年，第243頁。

〔註114〕《初刻拍案驚奇》卷六「酒下酒趙尼媼迷花，機中機賈秀才報怨」，第57～61頁。

〔註115〕《喻世明言》第四卷「閒雲庵阮三償怨債」，第53～62頁。

〔註116〕《騙經》第一八類「婦人騙」「尼姑撒珠以誘姦」，第120～122頁。

歡，不知從那裡生將出來。讓吃茶、讓吃飯、讓上熱炕坐的、讓住二三日不放去的。臨行送錢的、送銀子的、做衣服的、做包巾的、做鞋襪的、捨幡幢的、捨桌圍的、捨糧食的、捨醬醋的，比咱那武城縣的四爺還熱鬧哩！〔註117〕

另外，在俗女性還有一些其他私密問題，需要出家女性提供服務幫助解決。當然，出家女性也會因此而獲得一定利益。如在《金瓶梅》中，吳月娘與西門慶結婚後沒有生孩子，王姑子便向她推薦薛姑子有「一紙好符水藥。前年陳郎中娘子，也是中年無子，常時小產了幾胎，白不存。也是吃了薛師父符藥，如今生了好不醜滿抱的小廝兒！」結果，吳月娘便給了她一兩銀子，「好歹請薛姑子帶了符藥來」。〔註118〕等薛姑子和王姑子把藥送來時，吳月娘又「每人拿出二兩銀子來相謝」，並許諾道：「明日若坐了胎氣，還與薛爺一疋黃褐段子做袈裟穿。」〔註119〕再後來，潘金蓮也「央薛姑子，與他一兩銀子，替他配坐胎氣符藥吃，尋頭男衣胞。」藥到手後，「稱了三錢銀子送與他」，並許諾「坐胎之時，你明日稍了朱砂符兒來著，我尋匹絹與你做鍾袖」。〔註120〕又如《初刻拍案驚奇》中的某寡婦，看中了昭慶寺裏的一個「未淨頭」的小和尚，先以十兩銀子為報酬，拜託翠浮庵的庵主認小和尚為徒，假扮成尼姑「供養在家裏庵中」。〔註121〕《輪迴醒世》中，「曹氏得孕，再數月而腹漸大，欲覓藥驅胎，苦無人代」，結果由男扮女尼信良代為贖買。〔註122〕這種代勞自然也是有利益的，亦如《醒世姻緣傳》中的尼姑海會所言：「還有奶奶們託著買人事，請先生，常是十來兩銀子打背弓。」〔註123〕這裡的「人事」「先生」，是女性用的自慰性具，如果不是絕對信任的知心人，是不會被託付去做的。

三者，獲得並行使一般意義上的勞動權，直接靠自己的辛勤勞作而獲得生存需求的獨立。如《醋葫蘆》中「西湖南山有一所小小茅庵，不多幾

〔註117〕《醒世姻緣傳》第八回「長舌妾狐媚惑主，昏監生鶻突休妻」，第35頁。
〔註118〕《金瓶梅》第四○回「抱孩童瓶兒希寵，妝丫鬟金蓮市愛」，第473、476頁。
〔註119〕《金瓶梅》第五○回「琴童潛聽燕鶯歡，玳安嬉遊蝴蝶巷」，第601頁。
〔註120〕《金瓶梅》第六八回「鄭月兒賣俏透密意，玳安殷勤尋文嫂」；第七三回「潘金蓮不憤憶吹簫，郁大姐夜唱鬧五更」，第869、961頁。
〔註121〕《初刻拍案驚奇》卷三四「聞人生野戰翠浮庵，靜觀尼晝錦黃沙弄」，第386頁。
〔註122〕卷六「貞淫部」「假尼恣奸」，第208～209頁。
〔註123〕《醒世姻緣傳》第八回「長舌妾狐媚惑主，昏監生鶻突休妻」，第35頁。

眾尼僧，自耕自食，不善扳緣，奉侍一尊古佛，卻是石頭鑿成，因此叫做石佛庵。庵裏住持法名妙音，此尼年過六旬，頗有德行。」〔註124〕出家女性以其他勞作方式自養的還有，如《輪迴醒世》中的萬贅妻曹氏，因兵禍出家，在女觀中不得不「執炊操臼以度日」。〔註125〕《醒世恆言》中的白玉娘，投身到城南曇花庵出家時，「積成布匹，比身價已有二倍，將來交與顧大郎夫婦，求為尼姑。」筆者在前文已經論述過，出家女性所在的基本生活條件是極為惡劣的，可以想見，白玉娘出家為尼後，繼續她的紡織勞作以獲取經濟利益應是極有可能的。〔註126〕這種猜想可以在下面兩個例子中得到一定的佐證，《金瓶梅》中孟玉樓看到廟裏送給官哥兒的鞋子道：「道士家也精細的，這小履鞋，白綾底兒，都是倒扣針兒，方勝兒鎖的；這雲兒又且是好……怎的扣掭的恁好針腳兒」，潘金蓮則接話道：「王師父和大師父會挑的好汗巾兒」，可見不論道教的道士還是佛教的出家女性，常多能做得一手好針線活用來換取一些利益。〔註127〕《初刻拍案驚奇》的王尼，「有一身奢嘴的本事……一手好手藝，又會寫作，又會刺繡，那些大戶女眷，也有請他家裏來教的，也有到他庵裏就教的。」〔註128〕這位王尼雖是一男扮尼姑，但從小說對他的描述中可以看出，尼姑憑藉「手藝」獲得某些收益，不僅是平常之舉的，而且於尼於俗都還是很受歡迎的。

尼姑辛勤勞作獲得生存需求的獨立，在明代小說之外也有印證，如褚人獲《堅瓠四集》卷四就記有這樣的事：祝允明和沈石田看見尼姑從田裏擔稻子，於是便作對聯加以嘲笑。二人對聯分別是：「師姑田裏挑禾上（諧音『和尚』）」，「美女堂前抱繡裁（諧音『秀才』）」〔註129〕。姑不論二人對聯的態度傾向，從內容上，我們可以發現這樣的信息：尼姑會親自下田做農活；尼姑會親自做女紅；雖然這些行為有違佛教本來的戒律，但卻是一種中國化的「農禪」而被中國化的佛教戒律所允許。不過，限於明代小說創作者對出家女性意象的某種偏見，以辛勤勞作自養的出家女性意象並不多見描繪。其實，早

〔註124〕《醋葫蘆》第一二回「石佛庵波斯回首，普度院地藏延賓」，第85～86頁。
〔註125〕卷十「人倫順逆部」「易兒以撫」，第337頁。
〔註126〕《醒世恆言》第一九卷「白玉娘忍苦成夫」，第1136、1138頁。
〔註127〕《金瓶梅》第三九回「西門慶玉皇廟打醮，吳月娘聽尼僧說經」，第465頁。
〔註128〕《初刻拍案驚奇》卷三四「聞人生野戰翠浮庵，靜觀尼晝錦黃沙弄」，第374頁。
〔註129〕（清）褚人獲纂輯：《堅瓠四集》卷四「祝沈對」，《筆記小說大觀》第15冊，揚州：廣陵古籍刻印社，1985年，第139頁。

在明代之前的許多文獻中，就已經多有出家女性辛勤勞作自養的記載了。如朱彧《萍洲可談》卷二載：

> 撫州蓮花寺織造蓮花紗云：撫州蓮花紗，都人以為暑衣，甚珍重。蓮花寺尼四院造，此紗撚織之妙，外人不得傳。一歲每院才織近百端。市供尚局並數，當路計之，已不足用。寺外人家織者甚多，往往取以充數。都人買亦自能別。寺外紗，其價減寺內紗什二三。〔註130〕

又孟元老《東京夢華錄》卷三《相國寺內萬姓交易》載：

> 汴梁相國寺瓦市出賣諸寺師姑刺繡物品云：（相國寺）兩廊，皆諸寺師姑賣繡作、領抹、花朵、珠翠、頭面、生色、銷金、花樣、袱頭、帽子、特髻、冠子、縧線之類。〔註131〕

又《宋會要》「職官」二九之八載：

> 汴梁尼寺為政府刺繡種種服用物品云：崇寧三年三月八日，試殿中少監張康伯言，今朝庭自乘輿服御，至於賓客祭祀用繡，皆有司獨無纂繡之功。每遇造作，皆委之閭巷市井婦人之手，或付之尼寺，而使取直焉。〔註132〕

這裡有一個有趣的現象：作為女性的尼姑下田務農，與世俗社會對女性的禁忌是嚴重相左的，故文獻少有記錄；女紅是世俗社會對女性的傳統要求，所以並不被避諱而多有記載甚至鼓勵和傳揚。這一現象反映了這樣一種社會態度：即出家女性生存需求獨立的獲取方式，被要求趨從於世俗女性倫理意識及其規制。

而「進入明代以後，商品經濟不斷向縱深發展，日益深入農村，促使農家經營出現了商品經濟的新模式。這種農家經營的商品化傾向，集中地體現在新興的棉作經濟和蠶桑經濟，包括與之配套的家庭手工業，以及其他經濟作物栽培與加工的商品化經營，日益明顯地壓倒了傳統的稻作經濟，從而改變了以糧食作物為主體的農業。」〔註133〕據此可知，明代社會的紡織、刺繡

〔註130〕（宋）朱彧撰、李偉國點校：《萍洲可談》，上海：上海古籍出版社，1989年。（轉引自張曼濤：《佛教經濟研究論集》，臺北：大乘文化，1977年，第154頁）

〔註131〕（宋）孟元老：《東京夢華錄》卷三，北京：中華書局，1985年，第88頁。

〔註132〕（清）徐松輯：《宋會要稿》第075冊，上海：大東書局，1935年。

〔註133〕樊樹志：《明清江南市鎮探微》，上海：復旦大學出版社，1990年，第64頁。

等手工藝，是更盛於其前代的。再聯繫到明代小說中的出家女性及其所在的基本生活條件的惡劣，她們的相關勞作更頻繁於其前代，亦是情理之中的。

　　綜上所述可知，在明代小說中，出家女性主要通過三種途徑獲取自己生存需求的獨立：一是，向社會布施佛法，為社會提供精神食糧而得到社會的等價勞動交換價值；二是，在出家女性的身份之下，行其他服務而獲得利益；三是，獲得並行使一般意義上的勞動權，直接靠自己的辛勤勞作而獲得生存需求的獨立。在男權社會中，對於出家女性來說，這種獨立的獲取是難能可貴的，也是至關重要的。因為正是基於這種生存需求獨立的獲取，所以出家女性們才會有機會，在一定程度上多方越位於其曾在的「前社會身份」和已在的「現社會身份」之雙重邊緣性。當然，該生存需求獨立獲取的本身，其實已經是一種對社會正統女性倫理意識和佛教戒律的嚴重越位。

二、越位於「淫慾」之戒的人性訴求

　　佛教是嚴格禁慾的宗教，種種戒律之中，尤以「戒淫慾」為甚。因此，佛教戒律對男女兩情之防的條款眾多。其中，對出家女性的「淫慾」之戒，則尤為繁苛。以至於有五百戒之多而「倍於男」，這是以防「女人之心弱而多放」的緣故。如在《四分比丘尼戒本》中，就有所謂「波羅夷」「僧伽婆尸沙」「波逸提」等戒律，從多個可能產生「淫慾」後果的角度，對出家女性作了嚴密且細緻入微的防範。具體內容見下表：

文本標號	相關「淫慾」的各種戒律 〔註134〕
1031b16	若比丘尼作淫慾，犯不淨行，乃至共畜生，是比丘尼波羅夷不共住。
1031c02	若比丘尼染污心，共染污心男子，從腋已下膝已上身相觸，若捉摩若牽若推，若上摩若下摩，若舉若下若捉若捺，是比丘尼波羅夷不共住，是身相觸也。
1031c06	若比丘尼染污心，知男子染污心受，捉手捉衣入屏處，共立共語共行，或身相倚或共期，是比丘尼波羅夷不共住，犯此八事故。
1032b04	若比丘尼染污心，知染污心男子，從彼受可食者及食並餘物，是比丘尼犯初法應捨僧伽婆尸沙。
1034c15	若比丘尼，與男子同室宿者，波逸提。
1034c16	若比丘尼，共未受戒女人同一室宿，若過三宿，波逸提。
1034c24	若比丘尼，與男子說法過五六語，除有智女人，波逸提。

〔註134〕　（後秦）佛陀耶舍譯：《四分比丘尼戒本》，《大正藏》第 22 冊第 1431 號。

1035b12	若比丘尼，獨與男子露地一處共坐者，波逸提。
1036b27	若比丘尼，以胡膠作男根，波逸提。
1036c07	若比丘尼，入村內與男子在屏處，共立共語，波逸提。
1036c09	若比丘尼，與男子共入屏障處者，波逸提。
1036c10	若比丘尼，入村內巷陌中，遣伴遠去，在屏處與男子共立耳語者，波逸提。
1036c18	若比丘尼，與男子共入闇室中者，波逸提。
1036c26	若比丘尼，無病二人共床臥，波逸提。
1036c27	若比丘尼，共一蓐同一被臥，除餘時，波逸提。
1037a20	若比丘尼，露身形在河水泉水流水池水中浴者，波逸提。
1038a15	若比丘尼，身生癰及種種瘡，不白眾及餘人，輒使男子破若裹者，波逸提。
……	……

從表中戒律可以看出，出家女性不但與異性接觸有多種禁止，而且連同性之間接觸亦有各種限制，以防同性間的可能「淫慾」。甚至連「染污」的想法也必須斷絕，更不用說可能的「淫慾」實踐了。對出家女性的「淫慾」之戒，在世俗法律之中也有體現。如《大明律》曰：「凡居父母及夫喪，若僧、尼、道士、女冠犯姦者，各加凡姦罪二等。相姦之人，以凡姦論。」〔註135〕由此可知，無論佛教戒律還是世俗法律，對出家女性的「淫慾」行為都有著嚴格的規範。也就是說，於教於俗，出家女性都應該是恪守「淫慾」之戒的雙重典範。然而，在明代小說中，出家女性卻是被標籤為「淫慾」之徵的，那麼，這些「淫慾」的出家女性意象，又是怎樣越位於僧、俗的雙重戒律，而呈現出如此面目的呢？該意象背後的真實表達又到底是怎樣的呢？這將是筆者下文要論述的內容。

其一，越位於「淫慾」之戒的自我人性訴求。

筆者在前文已經論述過，在明代小說中，出家女性的出家行為，往往並非是一種宗教自覺和宗教理想的追求，更多的是某種被動和無奈。因此，一旦她們通過出家而暫時規避了這些被動和無奈後，先前被一時擱置或壓抑的

〔註135〕懷效鋒點校：《大明律》卷二五「刑律八」「居喪及僧道犯姦」，瀋陽：遼瀋書社出版，1990年，第197頁。

其他因素，自然就要進入現時的考量之中。其中，最令出家女性備受困擾的
因素，莫過於人性本能的需求——兩性相悅的男女之大欲。對於那些青春年
少的出家女性來說，這一點尤其是她們需要時刻面對的現實煎熬。在具體的
佛教實踐中，恪守戒律、禪定、「不淨觀想」等等，是修行者應對該問題的常
用方式。但問題在於，這些方式的應對有效，是必須以修行者執著虔誠的宗
教信仰為前提的。顯然，明代小說中的出家女性，並不具備這一必須前提。
正如《初刻拍案驚奇》卷三四中所論：

> 但凡出家人，必須四大俱空。自己發得念盡，死心塌地，做個
> 佛門弟子，早夜修持，凡心一點不動，卻才算得有功行。若如今世
> 上，小時憑著父母蠻做，動不動許在空門，那曉得起頭易，到底難。
> 到得大來，得知了這些情慾滋味，就是強制得來，原非他本心所願。
> 為此就有那不守分的，污穢了禪堂佛殿，正叫做「作福不如避罪」。
> 奉勸世人再休把自己兒女送上這條路來。〔註136〕

同卷中的靜觀便是屬於這種情況。靜觀十二歲時，因體弱多病被寡母舍入翠
浮庵中出家為尼，那時「情竇未開，卻也不以為意」。但到十六歲時，人性本
能的需求——兩性相悅的男女之大欲，便自然提上了日程。故而當她「在門
縫裏窺看」到「逸致翩翩，有出塵之態」的聞人生時，不禁：

> 注目而視，看得仔細。見聞人生去遠了，恨不得趕上去飽看一
> 回。無聊無賴的只得進房，心下想道：「世間有這般美少年，莫非天
> 仙下降？人生一世，但得恁地一個，便把終身許他，豈不是一對好
> 姻緣？奈我已墮入此中，這事休題了。」歎口氣，噙著眼淚。正是：
> 啞子漫嘗黃柏味，難將苦口向人言。〔註137〕

在人性本能的驅動下，靜觀甚至主動裝扮為男僧而得機投獻處女身於聞人
生，並通過精心策劃，最終與其成就眷屬。在這個過程中，靜觀竟然完全沒
有任何佛教信仰與戒律的顧忌，也少有俗世律法和倫理的牽絆，有的只是義
無反顧地對人性本能的情慾渴求。不僅靜觀如此，連翠浮庵中的院主及其他
二尼亦是如此：院主「師父，是四十以內之人，色上且是要緊，兩個同伴多
不上二十來年紀，他多不是清白之人。平日與人來往，盡在我眼裏，那有

〔註136〕《初刻拍案驚奇》卷三四「聞人生野戰翠浮庵，靜觀尼晝錦黃沙弄」，第380
　　　　頁。
〔註137〕《初刻拍案驚奇》卷三四，第380頁。

及得你這樣儀表？若見了你，定然相愛。」〔註138〕因此，一旦機會來臨，師父立刻拋庵棄徒而去，「兩尼也巴不得師父去了，大家散夥」，「各歸俗家去了」。〔註139〕又如《歡喜冤家》中的性空，父親「因事被逮」，「因而避入明因寺，投師受戒」。一旦黃煥之追求她時，「口內雖與本空如此說著硬語，心中早已軟了，時時在念，每每形於紙筆」，自謂：「斷俗入禪林，身清心不清。夜來風雨過，疑是叩門聲。」在人性本能的指引下，最後答應黃煥之「今宵郎共枕，桃瓣點春衣」。並在合歡之夜吟詩一首，顯明自己由斷欲回歸人性的心跡與欣喜：「旋蓄香雲學戴花，從今不著舊袈裟。寧操井臼供甘旨，分理連枝棄法華。越宿頓知鴛被暖，乍妝殊謂鳳釵奢。禪心匪為春心膩，女子生而願有家。」〔註140〕

但並不是每個出家女性，都有靜觀和性空如此幸運機遇和完滿結果，或者說靜觀的遭遇更多的只是一種難能的欲想，這是出家女性邊緣性社會身份的必然所致。《輪迴醒世》中的賈氏還俗後的淒涼結局，深刻地印證了這一點。賈氏隱瞞了自己尼姑還俗的身份，才嫁得一個「衰老不堪」的丈夫。以致「賈氏乃揮涕歎曰：『守枯骨，猶如當年守木魚；對老朽，猶如當日對泥塑。做尼姑的，命只該如此也。』於是觀花鳥繽紛，不覺鬱鬱縈懷；睹蜂蝶翩翩，雖禁厭厭瘦損。勞疾成而三年不起，命運絕而一旦無常。」〔註141〕也因此，在更多的時候，出家女性們的人性本能需要的滿足，主要借道實現於一些被正統意識視為「淫慾」的方式——或者交通於同樣處於人性禁錮的出家男性。如《金瓶梅》中的白姑子，被潘金蓮嘲笑說：「男僧寺對著女僧寺——沒事也有事」。《型世言》中的清庵尼姑寂如，相好的是「附近一個靜室內兩和尚」。《歡喜冤家》明因寺和雲淨庵中的尼姑本空、玄空、了凡等，是「尼姑生來頭皮光，拖了和尚夜夜忙」。《二刻拍案驚奇》中的真靜，與光善寺和尚無塵平日裏私下往來。〔註142〕《禪真後史》中的碧雲庵尼姑性完，與本城百佛寺富僧華如剛相交情密。〔註143〕《醒世恒言》中的極樂庵了緣，「勾搭萬法寺小和尚

〔註138〕《初刻拍案驚奇》卷三四，第382頁。
〔註139〕《初刻拍案驚奇》卷三四，第387頁。
〔註140〕《歡喜冤家》第一五回「黃煥之慕色受官刑」，第238～245頁。
〔註141〕卷四「悲歡離合部」「五喪妻」，第102～103頁。
〔註142〕《二刻拍案驚奇》卷二一「許察院感夢擒僧，王氏子因風獲盜」，第712頁。
〔註143〕《禪真後史》第一二回「寫議單敗子賣墳山，假借宿禿凶探消息」，第64頁。

去非做了光頭夫妻」，扮作尼姑藏在寺中。〔註 144〕《禪真逸史》中的玄武閣尼姑碧霞，「貌美多能，與領僧私通，淫慾過度，雙目失明」。〔註 145〕

或者交通於非固定對象的世俗男性，如《初刻拍案驚奇》中翠浮庵尼姑，「多不是清白之人」，除了聞人生之外，「庵中也有來往的，都是些俗子村夫」。〔註 146〕《風流悟》中的妙有、妙能師兄弟二人，「願隨個讀書人，巴個出身……所以願委身於」張同人「為婢妾」。〔註 147〕《二刻拍案驚奇》中的真靜，「是個經彈的班鳩，著實在行的」，不但對王爵的挑逗「公然不拒」，而且受了王爵的銀子，便「一處宿了，你貪我愛，顛鸞倒鳳，恣行淫樂」。〔註 148〕《初刻拍案驚奇》中的趙尼姑等一眾出家女性，跟「淫濫之性」的卜良都有「往來的，有時做他牽頭，有時趁著綽趣」。趙尼姑徒弟本空，「年方二十餘歲，盡有姿容。那裡算得出家？只當老尼養著一個粉頭一般，陪人歇宿」。〔註 149〕《醒世恒言》中的非空庵空照和靜真一眾人等，「是個真念佛，假修行，愛風月，嫌冷靜，怨恨出家的主兒」，把赫大卿偽裝成尼姑藏留在庵中縱慾而亡。〔註 150〕。

或者借助一些特殊的性具滿足自己，如《醒世姻緣傳》中的白姑子，庵中就備有「兩三根『明角先生』，又有兩三根『廣東人事』……一個大指頂樣的緬鈴」，很顯然，這些性具是其平常用來消解性慾饑渴的。〔註 151〕出家女性借助性具消解性慾饑渴，應該是極為常見的方式。她們不但自己用，而且還會幫助俗家女性代購性具。如《醒世姻緣傳》中尼姑海會常常會應「奶奶們」之託，大量購買各種女性自慰性器。而且海會應託購買各種性用具，竟然經常可以從中賺取十來兩銀子之多的利益，可知其代購數量之多、受託人數之眾、購買次數之頻繁、女性性需求之強烈。如此等等，不一而足。

〔註 144〕《醒世恒言》第一五卷「赫大卿遺恨鴛鴦絛」，第 1063、1072 頁。

〔註 145〕《禪真逸史》第一七回「古崤關啜守存狐，張老莊伏邪歸正」，第 167 頁。

〔註 146〕《初刻拍案驚奇》卷三四「聞人生野戰翠浮庵，靜觀尼晝錦黃沙弄」，第 381、382 頁。

〔註 147〕《風流悟》第五回「百花庵雙尼私獲雋，孤注漢得子更成名」，第 203 頁。

〔註 148〕《二刻拍案驚奇》卷二一「許察院感夢擒僧，王氏子因風獲盜」，第 707、708 頁。

〔註 149〕《初刻拍案驚奇》卷六「酒下酒趙尼媼迷花，機中機賈秀才報怨」，第 62 頁。

〔註 150〕《醒世恒言》第一五卷「赫大卿遺恨鴛鴦絛」，第 1063、1072 頁。

〔註 151〕《醒世姻緣傳》第六五回「狄生遭打又賠錢，張子報仇兼射利」，第 299 頁。

其二，對在俗女性「淫慾」之戒的越位誘引。

隨著宋明理學壓迫力的高度強化，中國古代男女兩性間的情感交流自主性和自由性，則進一步嚴重萎縮。在這個萎縮的過程中，男性往往會利用其先在的性別特權，或一妻多妾，或於合法婚姻之外尋求情感寄託，或甚至直接在專門場所釋放情感壓抑等等。至於女性的情感失衡，除了以自我壓抑為唯一平衡路徑之外，其他可能的途徑則完全被封殺。不過例外的是，由於佛教同樣倡導個體情感自我壓抑，禁錮在閨閣之中的女性們，一般會被允許親近佛教。這樣，在俗女性和出家女性之間，在同病相憐的默契中，正如《醒世姻緣傳》中的尼姑海會所言的那樣，建立起了天然的親近關係。〔註152〕

出家女性可以「借著佛天為由，庵院為囮」，不但能夠為男女活動提供場所，而且一方面以女性的面目無礙交接男性的同時，更直接深入人家「內室念佛看經」，與深閨女性「交答」有著獨特的方便。正是由於上述這些便利，在一定的情況下，出家女性往往就成了在俗女性接觸外面世界，尤其是異性情感世界的交通工具。

因此，在明代小說中，出家女性提供的交通服務，主要集中於滿足在俗女性的情感訴求方面。所謂「從來馬泊六、撮合山，十樁事到有九樁是尼姑做成、尼庵私會的」，便是社會正統意識對該服務的批評回應。〔註153〕《金瓶梅》中也有類似的說法：「似這樣僧尼牙婆，決不可抬舉。在深宮大院，相伴著婦女，俱以講天堂地獄，談經說典為由，背地裏說條念款，送暖偷寒，甚麼事兒不幹不來！」〔註154〕又有《西湖二集》更是赤裸裸地指責這種交通服務的「淫慾」色彩曰：「大抵婦女好入尼庵，定有姦淫之事。」〔註155〕

在明代小說中，這一類的指責處處可見，其中當然更多的是偏見和誇飾。但這類指責的背後顯然蘊含了這樣的事實：出家女性不僅越位於自身的「淫慾」之戒，而且還嚴重越位於自身的神性本分，去誘引在俗女性去冒犯世俗意義上的「淫慾」之戒，以致她們「貞潔淪喪」。當然，這裡的所謂「淫慾」和「貞潔淪喪」，是基於男權利益角度考量的用語。而從女權利益角度考量，在明代小說中，出家女性的交通服務，對在俗女性的人性覺醒實

〔註152〕《醒世姻緣傳》第六五回「狄生遭打又賠錢，張子報仇兼射利」，第299頁。
〔註153〕《醒世姻緣傳》第六五回「狄生遭打又賠錢，張子報仇兼射利」，第299頁。
〔註154〕《金瓶梅》第四〇回「抱孩童瓶兒希寵，妝丫鬟金蓮市愛」，第473、476頁。
〔註155〕《西湖二集》第二八卷「天台匠誤招樂趣」，第454～455頁。

在是增益良多。具體到相關個案中看，在明代小說中，由於出家女性的交通，在俗女性越位「淫慾」之戒的行為，皆多事出有因，並非一句「貞潔淪喪」的單向指責所能歸因。在很多時候，這種所謂的「貞潔淪喪」，更多的是女性被誘引後的人性覺醒。如《禪真逸史》中的黎賽玉，丈夫沈全「是個蛇瘟，不務生理，弄的家業凋零」，家中靠著黎賽玉自己「做得一手好針線，賺些錢米養活丈夫」。正是在這種艱難的狀況下，趙尼姑受託「不時送些柴米資助，或將酒食來同吃」，最終使得黎賽玉「感住持不嫌醜陋，過蒙錯愛」，而愛上了「少年聰俊」「富貴有勢力的」鍾守淨。〔註156〕《騙經》中的向氏，嫁個丈夫白鑒「只好飲酒，從來不要妻子，一年不歡會幾次。今又奉差遠去，似無夫一般」，以致向氏每天夜裏要借酒消愁，才能夠熬得過情慾渴想。故此，尼姑妙真才有機可乘，誘引得向氏同寧朝賢二人成就因緣，並長相往來。〔註157〕《初刻拍案驚奇》中的狄氏，丈夫「出使北邊」，處於情慾久曠之中。而「那滕生是少年在行，手段高強」，以致從未「經著這般境界」的狄氏，在「歡喜不盡」之餘，不禁感歎：「若非今日，幾虛做了一世人。自此夜夜當與子會」。甚至主動要求誘引她的尼姑慧澄道：「而今要在你身上，夜夜送他到我家來便罷」。〔註158〕《初刻拍案驚奇》中的某安人，是個守孝三年的寡婦，情慾難耐之下，主動上門請求翠浮庵院主幫忙將情人男扮女尼，帶到家庵之中以供自己滿足情慾。〔註159〕《西湖二集》中的無名貴婦人，「是尼姑來做馬泊六」，「假以燒香念佛看經為名，住於尼庵之中」，「若不是無恥好淫的婦人，就是圖寵之計，思量借種生子。」〔註160〕《喻世明言》中的「霍員外家第八房姜」，因「員外老病」，在乾明寺老尼的幫助下，裝扮成尼姑與意中人張生合歡於乾明寺，後又在老尼的提醒和資助下，「遠涉江湖，變更姓名於千里之外」，「兩情好合，偕老百年。」〔註161〕《警世通言》中的鶯鶯，因阻於父母之命而間隔於情人張浩，後在張浩家香火院之

〔註156〕《禪真逸史》第六回「說風情趙尼畫策，赴佛會賽玉中機」；第七回「繡閨禪室兩心通淫婦奸僧雙願遂」，第47、53、59、64頁。

〔註157〕《騙經》第一八類「婦人騙」「尼姑撒珠以誘姦」，第120～122頁。

〔註158〕《初刻拍案驚奇》卷六「酒下酒趙尼媼迷花，機中機賈秀才報怨」，第58、60～61頁。

〔註159〕《初刻拍案驚奇》卷三四「聞人生野戰翠浮庵，靜觀尼晝錦黃沙弄」，第385～387頁。

〔註160〕《西湖二集》第二八卷「天台匠誤招樂趣」，第462～463頁。

〔註161〕《喻世明言》第二三卷「張舜美燈宵得麗女」，第237～238頁。

尼惠寂的交通下，二人終得「鴛幃共寢」〔註162〕等等。

從上引事例可知，在明代小說中，在俗女性越位「淫慾」之戒的緣由，或者是妻子失望於丈夫之愛，或者是妻子失望於丈夫之欲，或者是妻子無奈借種以希寵，或者是寡婦寂寞而人性難耐，或者是兩情相悅而見阻等等。不難看出，出家女性介入其間的動因，多有基於女性利益考量的性別同情和人性自覺。在這個過程中，出家女性的交通行為，無疑對在俗女性的性別覺醒和人性追求，起到了非常重要的誘引作用。

其三，出家女性雙重越位背後的男權焦慮。

中國封建時代的女性們，在家從父母、出嫁從丈夫、夫死從兒子（兒子其實是家庭等級倫理的另類象徵，是等級倫理陰影下的男權延伸）。但隨著她們成為出家女性走出娘家或夫家家門，她們實際上也是走出了一個等級牢籠——在一定程度上擺脫了家庭內部的長幼、男女、尊卑等等等級倫理的束縛。家庭的秩序甚至家庭的意象，在佛教核心教義「空」的理念中，被她們理直氣壯地棄置於不顧了。在小說《諧佳麗》中，有這樣一段對話：

> 夫人道「你這般青春標緻，何不返俗，嫁個丈夫，以了終生？」
> 淨海道：「奶奶，提起丈夫二字，頭腦子疼，倒是在這清淨法門快活。」夫人道：「這是怎麼說？有了夫主，知疼知熱，生男育女，以接宗枝，免得被人欺侮。」淨海道：「奶奶有所不知，嫁個丈夫，若是撞著知趣的，不用說朝歡暮樂，同衾共枕，是一生受用；倘若嫁著這村夫俗子，性氣粗暴，渾身臭穢，動不動拳頭、巴掌，那時上天無路，入地無門，豈不悔之晚矣。」〔註163〕

雖然這裡的淨海尼是男扮女裝的假尼姑，但他所說的這段話卻頗能真切反映女性面對封建家庭等級倫理的男尊女卑狀況不滿與祈望規避的心態。相較而言，她們更願意並且能夠「在這清淨法門快活」。而在《醒世姻緣傳》中，尼姑海會則把這種不滿與祈望規避的心態剖析得更為深切：

> 我每日照鏡，自己的模樣也不十分的標緻，做不得公子王孫的嬌妻豔妾。總然便做了貴人的妾媵，那主人公的心性，寵與不寵，大老婆的心腸，賢與不賢，這個真如孫行者壓在太行山底下一般，

〔註162〕《警世通言》第二九卷「宿香亭張浩遇鶯鶯」，第731～737頁。
〔註163〕（明）佚名：《諧佳麗（風流和尚）》第三回「留淫僧永夜圖歡會」，《古本小說集成》，上海：上海古籍出版社，1991年，第25、26、27頁。

> 那裡再得觀音菩薩走來替我揭了封皮，放我出去？縱然放出來了，
> 那「金箍兒」還被他拘束了一生，這做妾的念頭是不消提起了。其
> 次還是那娼妓……所以這娼妓也還不好。除了這兩行人，只是嫁與
> 人做僕婦，或嫁與覓漢做莊家，他管得你牢牢住住的，門也不許走
> 出一步。總然看中兩個漢子，也只「賴象嗑瓜子」罷了。且是生活
> 重大，只怕連自己的老公也還不得摟了睡個整覺哩！尋思一遭轉
> 來，怎如得做姑子快活？〔註164〕

正如尼姑海會剖析的那樣，處在邊緣性社會身份之中的女性，她們的人生出路，必然沒有多少可供擇優的餘地。男權等級規範的壓迫，始終是其揮之不去、逃之不離的魅影。但出家女性則不一樣，各種因緣之下的佛教神性，助使她們有可能得以去男權之魅，「就如那鹽鹺戶一般，見了麒麟，說我是飛鳥；見了鳳凰，說我是走獸；豈不就如那六科給事中一般，沒得人管束。」〔註165〕但這並不是簡單的自由祈望和追求，更不是從體制邊緣向體制中心的同化，而是一種對自身邊緣性社會身份、男權等級規範、甚至佛教「淫慾」之戒的徹底顛覆。在尼姑海會的意識裏，這種顛覆集中表達於出家女性對情慾肆無忌憚的自由獲取之中：

> 但凡那年小力壯，標緻有脅力的和尚，都是我的新郎，周而復始，始而復周。這不中意的，準他輪班當直，揀那中支使的還留他常川答應……連那俗家的相公老爹、舉人秀才、外郎快手，憑咱揀用。〔註166〕

在男權的角度看，這種肆無忌憚的「淫慾」之行，一方面，可能會嚴重動搖維繫男權社會秩序的最基本單元——家庭穩固；另一方面，更可能會為在俗女性樹立了一個惡劣的「淫慾」標的，並因此危及男權傳承的血統純正。恰如《醋葫蘆》中所指責的那樣：「與和尚們弄出妊孕，到對丈夫說是佛力浩大，保祐我出喜了。你道那班為父為夫的，若能知些風聲，豈不活活羞殺？」借「淫慾」以顛覆男權的合理性，在《新平妖傳》中聖姑姑的辯解裏最令人信服：「七情六欲，男女總則一般。女當為節婦，男亦當為義夫。男子三妻九妾，兀自嫌少。如何偏怪得婦人？」並且，聖姑姑還一針見血地指出女性

〔註164〕　《醒世姻緣傳》第八回「長舌妾狐媚惑主，昏監生鶻突休妻」，第35頁。
〔註165〕　《醒世姻緣傳》第八回「長舌妾狐媚惑主，昏監生鶻突休妻」，第35頁。
〔註166〕　《醒世姻緣傳》第八回「長舌妾狐媚惑主，昏監生鶻突休妻」，第35頁。

生存需求獨立的重要：「婦人讓著男子，只為男子治外，一應事體，都是他做作。婦人靠著他現成吃著，所以守著男子的法度，從一不亂。若是有才有智的，賽過男子，他也不受人制，人也制他不得。」〔註167〕尼姑海會亦敏銳地意識到，上述種種越位行為的實現，是需要生存需求獨立作為物質基礎的。當然，這種生存需求獨立，是出家女性提供了廣受歡迎的相應服務，才能夠獲得的。

其實，無論是女性肆無忌憚的「淫慾」之行，還是「王妃侍長，奶奶姑娘」們，「見了那姑子，偏生那喜歡」並予其經濟支持的根本動因，卻又源於男權自身的首先不檢點和對女性的不公平禁錮使然。可以說，這一切的造成，不過是男權的自食其果。如此一來，男權禁錮與女性越位二者之間便形成了一個惡性循環的怪圈：男權禁錮女性——女性因禁錮而越位——男權禁錮又因女性越位而加強——女性又因男權禁錮加強而進一步越位。於是，出家女性對情愛的「淫慾」和經濟的「貪欲」，以及在此兩方面對在俗女性人性覺醒的越位誘引，均深深地刺激著男權的神經，男權陷入了嚴重的焦慮之中。

不僅如此，而且一旦女性在更大層面上獲得擺脫男權的機緣時，她們甚至可以同樣地不理會家庭以外的男權社會秩序束縛，一似其祖輩「假服飾以陵度，抗殊俗之傲禮，直形骸於萬乘」〔註168〕，使得「尊卑不陳，王教不得一」〔註169〕。在這裡，詔中的「沙門」自然是包括出家女性的。在極端情況下，她們還可以依託佛法干涉國家政治、甚至廁身行伍之間直接問鼎國家政權。在明代小說中，《三遂平妖傳》中的聖姑姑，便是借佛教神性為因由，以佛會的形式聚集徒眾發動起義，期冀顛覆男權所主宰的社會秩序。在史實之中，自然不乏此類出家女性越位與其印證，如晉妙音尼、隋唐之際的太原慧化尼、（王）奉仙尼、明清之際的唐賽兒、王聰兒、嶺南三尼，以及數量廣大的民間佛教信仰中的一眾佛母等等。當然，這類極端的出家女性意象，因某些禁忌在明代小說中沒有得到足夠的描寫，現實中的影響亦主要侷限於象徵性層面，但男權卻因此而產生了極大的焦慮，如明太祖「洪武十六年六月戊

〔註167〕《新平妖傳》第三五回「趙無瑕拼生紿賊，包龍圖應詔推賢」，第263～264頁。

〔註168〕（梁）僧祐：《弘明集》卷一二「成帝重詔」，《大正藏》第52冊第2102號，第79頁中第26行。

〔註169〕《弘明集》卷一二「尚書令何充奏沙門不應盡敬」，第80頁上第13行。

戌，並僧道寺觀，禁女子不得為尼」〔註170〕；其後的永樂帝、宣宗、憲宗、世宗等，均相沿有嚴旨禁婦女出家〔註171〕——雖然其間動因複雜，但面對女性多方越位後的人性覺醒，男權的焦慮已經延及國家最高統治層面。

結語

在明代小說中，佛教出家女性意象的「前社會身份」，原本就具有邊緣性，也即她們在成為正式的佛教出家女性之前，就已經是處於社會邊緣之中，她們是寡婦、姜、婢、娼妓、孤女、病女、逃難者、婚姻失敗者等等。可以說，社會身份的邊緣性，是推動其成為佛教出家女性的主要動因；她們的出家之舉，不過是自身社會身份邊緣性的無奈表達和逃避而已。在明代小說中，「已在」的出家女性社會身份，一如其「前社會身份」亦處於邊緣性之中。這種社會身份的邊緣性，主要體現在以下兩個方面：一是，出家女性生存的基本物質條件和安全環境都很惡劣；一是，出家女性的出家身份之自我認同和社會評價均非常低。因此，女性從在俗走向出家，並沒有能夠真正改變其「前社會身份」的邊緣性。但這並不意味著，女性出家僅僅只是一個簡單的同階層位移。實際上，在這個看似非質變性的位移過程中，依託於佛教神性光環，出家女性們努力獲取了生存需求獨立，並越位於「淫慾」之戒，勇敢地表達出了「自我」和「她者」的人性訴求。這種越位的獨立與訴求，深深地刺激了男權的神經，讓其陷入了嚴重的權力焦慮之中。也正因此，明代小說中的出家女性意象，多數都被惡意地標籤上了貪淫的符號。很顯然，在一貫的男性話語霸權之下，小說文本講敘不可避免地帶上了鮮明的男權利益傾向，以致其中的佛教出家女性意象被深深地扭曲和異化了。

〔註170〕（清）顧炎武撰，秦克誠校：《日知錄集釋》「日知錄之餘」卷三「僧禁」，長沙：嶽麓書社，1994 年，第 1127 頁。

〔註171〕參見《明太宗實錄》卷一一六、《明宣宗實錄》卷五五、《明憲宗實錄》卷七四、《明世宗實錄》卷八三和卷二七六，《明實錄》，臺北：中央研究院歷史語言研究所校印，1967 年。

第五篇　佛光劍影中的女性劍俠意象

　　筆者始終認為，絕對文明之前，生理性弱勢終究是女性社會性弱勢的源動力所在。相較於男性而言，這種生理性弱勢的最主要表現，便是女性先天性身體力量的劣勢。從生物學意義上說，女性生理特點決定了其身體相對敏感而柔弱。亦因此，在中國傳統文化意識中，甚至在時至今日的世界文明意識中，女性也就理所當然地被定位於「感性」「順從」「依附」等一系列的社會性，並有意無意地被標籤上了「陰」「坤」「坎」等具有相對弱勢意義的象徵性符號。

　　筆者無意冒犯女性，更不是男權至上主義者，但不得不承認的是，前述的「定位」與「標籤」，在特定的歷史條件下，具有其時代必然性和一定程度的合理性。這是因為，至少到目前為止，人類文明的任何階段都還是依託於國家暴力的存在。雖然國家暴力文明相對於個體之間的」叢林法則」是歷史性的進步，但其實質仍然是暴力與暴力的較量，只不過在無限放大的國家暴力面前，個體力量常常可以忽略不計罷了。於是，一種令人尷尬的悖論就出現了：一方面，「她者」因為身體力量劣勢需要外力保護；另一方面，提供該保護的國家暴力卻正是來源於對「她者」正在產生或潛在產生危險的「他者」力量。在這種悖論下，女性受保護的有效性是不得不令人極其懷疑的。

　　而即使國家暴力能夠及時且理想地為女性提供保護，上述悖論依然不可避免地存在。更何況在一定的歷史時期，這種國家暴力保護是處於嚴重的缺失之中。在漫長的中國封建社會時期，國家暴力對女性的保護從未真正有效過。在其後期的明朝，尤其是明朝中後期，社會動盪不安，國家暴力對女性

保護的有效性更是大打折扣。明朝前期，國家專制達到了中國歷史上前所未有的高度。此時，國家暴力提供給女性的保護，更多的是以對女性無以復加的限制加以替代。這種限制有法律層面上的強制性，也有道德層面上的誘導性，它殘酷地壓抑了女性人性的同時，也一定程度地有效避免了女性因走出家庭而產生的人身危險。但在明朝中後期，社會法律、道德約束嚴重退化，以各種面目呈現的」叢林法則」，日漸為社會認可並主流化。在這種背景下，女性如何獲得自己的人身安全，成為擺在女性面前的一個嚴峻問題——是繼續安於「他者」的庇護而放棄自我，還是勇敢地尋求「她者」力量去直面「他者」式的「叢林法則」？

對明代女性來說，甚至整個中國封建時代的女性來說，這似乎是一個無解的難題。不過，佛教的介入卻為之提供了某種轉機，這一點尤其在女性劍俠小說中有著眾多的顯現。現存四卷本劍俠小說選集《劍俠傳》係明王世貞輯，共收有元明以前的劍俠小說三十三篇，其中幾乎有一半選篇中或多或少涉及到了女性劍俠。該書雖然內容多為唐宋人的作品，裏面的選篇自然描述的也多是其時代環境下的某些社會元素，但實質上，一方面，《劍俠傳》的纂輯及其選篇的過濾，勢必亦會折射出——纂輯者、文本受眾及其所在時代、社會等等，對劍俠小說及其女性劍俠人物的某種社會性別審美取向和社會建構中的性別價值期望；〔註1〕另一方面，這種取向與期望也對明代及其後世劍俠小說中女性劍俠意象的創作有著深遠的影響。〔註2〕

下面筆者就以明代劍俠小說選集《劍俠傳》〔註3〕及明代部分劍俠小說中的女性劍俠意象為考察標本，追究佛教的介入與劍俠劍術神通、女性劍俠意

〔註1〕比如說，余嘉錫就在其《四庫提要辯證》中提出，此書係王世貞對嚴嵩陷害其父一事不能忘懷，因思有劍俠一流人物出而快天下志的說法。又，履謙子在跋語中也提到，「舒灆決憤而逞心於負義者，亦人孝子所不費也」之語。但觀傳中選篇所涉及的內容，並不是上述說法能夠簡單對應的了的。

〔註2〕如「明清以後，描寫女性劍俠的小說更是大量出現，成為武俠小說中一種十分普遍的現象。」（引自羅立群：《古代武俠小說對劍術的表現及其文化意蘊》，南開大學學報（哲學社會科學版），2006年第6期，第119頁）

〔註3〕（明）王世貞：《劍俠傳》，清乾隆（1742）文盛堂重刻本。書中作者雖標作（唐）段成式，但實為明王世貞所纂輯。（詳細論述參見劉世德主編的《中國古代小說百科全書》，北京：中國大百科全書出版社，2006年，第211頁）又，本文中所引《劍俠傳》的有關內容，均源於清乾隆（1742）文盛堂重刻本。

象形成的淵源，並多方位考察女性劍俠意象塑造過程中的劍俠小說敘事特點，尤其重點關注佛教劍術神通等超能力的介入，對女性劍俠能夠直面「他者」主導下的「叢林法則」而表現出的種種女權張力。

第一節　佛教密宗與劍俠劍術形成的淵源

劍俠形象最為引人注目的地方，便是其身上籠罩著的神異奇幻的劍術神通光環，該光環的形成跟佛教密宗的劍法器與劍修法的介入有著直接的淵源。

在佛教密宗裏，劍為降伏惡魔的法器之一，與密宗其他法器如金剛杵、金剛杖、金剛鉤、金剛橛、舍利塔、小錫杖等等一樣，常常以秘印秘咒行之，有其專門的劍修密法儀軌——「成就劍法」。

在瞭解「成就劍法」之前，須先瞭解密宗中「本尊修法」的概念。所謂「本尊修法」，即修行者視本人的法緣選擇一位佛尊，作為自己修行的「本體佛」。然後在修持本法的過程中，口誦本尊佛的真言（咒語），觀想本尊佛的形象，手結本尊佛的印契，也就是身、口、意三密相印，而後，本我與本尊佛合為一體，修持者便能變身為本尊佛，達到「即身成佛」的最高成就和目的，也即「我即是本尊佛，本尊佛即是我；我與佛與一切完全不二」。從功利主義修行目的看，這種境界的「我」可消災去難、心想事成；可打通中脈之結，引發無量神通與智慧——能小、能大、能輕舉、能遠到、能為主、能尊勝、能自在並隨心所欲等等。

又，在密宗裏，有明王、菩薩等，常有持劍形象，如大忿怒明王、大威德金剛、尊那菩薩、普賢菩薩、觀音菩薩等。當其成為行者的修持本尊時，劍之意象勢必成為本尊的重要象徵，甚至直接就與其本尊同為一體。又，在三密相印的修持過程中，其儀軌一般在「壇場（曼陀羅）」之上進行。密宗壇場可分四大類，也即「四曼為相」，其中一相便是「三昧曼陀羅」。該曼陀羅描繪象徵佛菩薩的器杖和印契，如所持珠寶、刀、劍、輪等，用以表示諸尊的本誓。修密法者在禮讚「三昧曼陀羅」時，甚或親自手持珠寶、刀、劍、輪並依法修持時，即可得到本尊佛菩薩等的神力加持，亦可具同上所述無量神通與智慧。

「成就劍法」即是上述三密相印的重要修持儀軌之一，這種儀軌在密宗經典中比比皆是。此法以劍為本尊象徵或直接等同本尊，當行者一旦三密相印時，便是行者與劍（本尊）合二為一之時，即當時可得本尊之無量神通與

智慧。《佛說妙吉祥最勝根本大教經》卷下「焰發得迦明王本法儀軌分第八」
云：

> 復次成就法。持明者用花鐵作劍，長三十二指，巧妙利刃。持
> 明者執此劍往山頂上，如前依法作大供養，及隨力作護摩。以手執
> 劍，持誦大明，至劍出光明。行人得持明天。劍有煙焰，得隱身法。
> 劍若暖熱，得降龍法。壽命一百歲。若法得成，能殺魔冤，能破軍
> 陣，能殺千人。於法生疑，定不成就。〔註4〕

此處對劍的材質、長度、外觀、鋒利性等提出了一定的要求，須持誦真言，修
持者可以因應焰發得迦明王之大力，使得「劍出光明」而「得隱身法」「得降
龍法」「壽命一百歲」「能殺魔冤」「能破軍陣」「能殺千人」神通。又《聖迦柅
忿怒金剛童子菩薩成就儀軌經》卷上云：

> 又法對舍利塔前，誦真言六十萬遍，即先行成就。然後以補沙
> 鐵作劍，長六指或八指或十六指或三十二指，或依餘真言教中劍量。
> 劍成之後，以五淨洗之。右手把劍於道場中念誦，乃至劍現光焰，
> 持誦者則得變身，為持明仙，飛騰虛空，名為持劍明仙。〔註5〕

此處亦對劍的材質、長度等提出了一定的要求，須持誦真言，修持者因劍成
就可「變身」為「持劍明仙」，獲得「飛騰虛空」之神通。又《大方廣菩薩藏
文殊師利根本儀軌經》卷第一五「略說一字大輪明王畫像成就品第二十之一」
云：

> 或有求劍成就者。當求第一妙好之劍鋒利無缺者，得已收掌，
> 先持戒，然後就善月吉日，於佛獻大供養。手執如前誦法，直至光
> 出，是得成就。得成就已，並及助伴皆得神通。復變自身如十五六
> 歲，得飛行自在，住壽一劫。〔註6〕

此處則要求劍必須為「第一妙好之劍鋒利無缺者」，須持誦真言，劍成就者及
其助伴可獲得如十五六歲般年輕、住壽，並能「自在飛行」。又《一字奇特佛
頂經》卷中「成就毘那夜迦品第五」云：

〔註4〕 （宋）法賢譯：《佛說妙吉祥最勝根本大教經》，《大正藏》第21冊第1217號，
第89頁下第3行。

〔註5〕 （唐）不空譯：《聖迦柅忿怒金剛童子菩薩成就儀軌經》卷上，《大正藏》第
21冊第1222a號，第103頁下第9行。

〔註6〕 （宋）天息災譯：《大方廣菩薩藏文殊師利根本儀軌經》，《大正藏》第20冊
第1191號，第888頁下第1行。

又法說劍成就。補沙鐵作劍，諸根不闕匠作一肘量……作廣大供，發一切有情利益菩提心，對塔前作發露等。隨喜一切德。坐圓茅薦，以右手持劍，從黃昏起首乃至明相出時，則相現手戰動，光如流星，乃至一千道。彼光照耀持明者。彼時大持明王皆來灌頂，彼行者並眷屬並凌虛，剎那頃遊於界，無礙行於五由旬內照耀。〔註7〕

此處不但對劍的材質、長度等做了要求，還要求劍匠「諸根不闕」，因劍成就可以「凌虛」打破時空侷限，能夠在遼遠的範圍內，於剎那間任意東西。又《佛說一切如來烏瑟膩沙最勝總持經》云：

復有成就劍法。……用五鐵為劍安向塔前，復誦總持一洛叉加持於劍。加持劍已，即以右手執劍，得如意通變化自在。有大威勢，增壽無量，能為一切眾生作於禍福。〔註8〕

此處要求以「五鐵為劍」，須持誦真言，因劍成就可以隨心所欲，自由變化，長生不老，甚至能掌控眾生的禍福。又《菩提場所說一字頂輪王經》卷四「密印品之餘」云：

又以如來揍量，造窣堵波十萬。取一劍無瑕翳者，隨取一像前，於神通月白分，於八日或十四日，作三波多護摩，加持劍於像前廣大供養。坐於茅薦，其劍以右手而持念誦，乃至空中出聲，作是言：「成就矣」。然後其像放光，其光照曜行者，然後鼓鳴。即阿蘇羅女來圍遶修行者，以為眷屬。即飛騰虛空，成大持明王仙。能現種種形狀，往來自在；能觀餘世界無礙，住壽大劫。〔註9〕

此處要求劍必須是「無瑕翳者」，須持誦真言，劍成就者為「大持明王仙」，具「飛騰虛空」、隨意變化、周遊世界、住壽等神通。又《金剛薩埵說頻那夜迦天成就儀軌經》卷第四云：

持明者發菩提心，安住三昧心無二相……劍既入手，具大神通，騰空往復，一切自在。所有眷屬及同伴人俱得神通，隨持明者往諸天界，入彼八十俱胝持明天女宮中。彼諸天女與同伴人為眷屬承事，

〔註7〕　（唐）不空譯：《一字奇特佛頂經》，《大正藏》第 19 冊第 953 號，第 296 頁中第 24 行。

〔註8〕　（宋）法天譯：《佛說一切如來烏瑟膩沙最勝總持經》，《大正藏》第 19 冊第 978 號，第 409 頁下第 7 行。

〔註9〕　（唐）不空譯：《菩提場所說一字頂輪王經》，《大正藏》第 19 冊第 950 號，第 215 頁中第 26 行。

當得灌頂王位，及其眷屬當受快樂，騰空自在。於瞬息間從閻浮提界，往西瞿耶尼、北俱盧洲、東勝身洲已，復過七重大海及七金山，日宮月宮，至妙高山上。乃至他化自在天、那羅延天，如是復至崑崙山中，入補陀落迦山，見觀自在菩薩，於菩薩處聽聞妙法。因緣成熟，得於世間最上成就，所有世間虛空界內聖劍持明天中，此持明人得為彼主。〔註10〕

此處須持誦真言，在「安住三昧心」的狀態下，劍成就者能夠打破時間、空間約束，「具大神通，騰空往復，一切自在」，於瞬息之間，周遍宇宙。甚至「當得灌頂王位」，是劍成就的最高境界，並因之成為所有劍成就者之主宰。又《法苑珠林》卷四三「七寶部第三」云：「第一劍寶者，輪王所王國內，若有違王命者，彼劍寶即從空飛往，諸小王見即降伏拜。」〔註11〕此處是寶劍通靈人意，可自行獨往實現命令。又《不空羂索神變真言經》卷第六「羂索成就品第六之二」云：

世尊劍羂索三昧耶。鑌鐵為劍，其劍量長一十六指（手四把量定），白銀為柄，劍兩面上金彩火焰……左手執杖按劍索上，誦母陀羅尼真言、秘密心真言……奮怒王真言……證獲不空王陀羅尼真言神通劍仙三昧耶，壽命十八千歲。〔註12〕

此處是「世尊劍羂索三昧耶」，而非單純的劍成就修持。其法對劍有很講究的要求，不但要求一定的材質、長度、裝飾等，還需要羂索作為劍索配合修持。須持誦「（不空王觀世音）母陀羅尼真言、秘密心真言」「奮怒王真言」，劍成就者得長壽、神通，能得一切轉輪王贊護，能降服一切極惡鬼神、敵軍，能滿足一切所願事等等。又《大方廣菩薩藏文殊師利根本儀軌經》卷第一七「妙吉祥心麼字唵字成就法儀則品第二十二」云：「若以上等劍無損缺者，於像（妙吉祥菩薩像等）前手按，誦真言，直至如蛇起頭，若執之，得天輪王，住壽一劫。」〔註13〕此處要求劍必須是上等無損缺者，須持誦真言，劍成就者因應

〔註10〕（宋）法賢譯：《金剛薩埵說頻那夜迦天成就儀軌經》，《大正藏》第21冊第1272號，第319頁中第7行。

〔註11〕（唐）道世撰：《法苑珠林》，《大正藏》第53冊第2122號，第618頁下第20行。

〔註12〕（唐）菩提流志譯：《不空羂索神變真言經》，《大正藏》第20冊第1092號，第257頁下第14行。

〔註13〕（宋）天息災譯：《大方廣菩薩藏文殊師利根本儀軌經》，《大正藏》第20冊第1191號，第896頁中第7行。

妙吉祥菩薩的大力，「得天輪王」、住壽。如此等等，在佛教密宗中，如上述各種類型的「劍成就法」很多。

早在清末就有學者沈曾植在《海日樓札叢》卷五「成就劍法」中認為：「唐人小說紀劍俠諸事，大抵在肅、代、德、憲之世，其時密宗方昌，頗疑是其支別。如此經劍法，及他諸神通，以攝彼小說奇蹟，固無不盡也。」〔註14〕沈曾植認為，劍俠小說的內容主要發生於中晚唐肅宗、代宗、德宗、憲宗時代，此時，佛教密宗也正值盛行之時，因此，他認為劍俠相關內容只不過是佛教密宗的內容之一。小說只不過是被借用來更詳盡地描述了佛教密宗經典中「成就劍法」的各種神通，小說是宣揚佛教密宗「成就劍法」的手段而已。

相較於沈曾植，臺靜農則認為，劍俠小說中的故事母題是受佛書的影響，此論的確。但其認為小說作者為「聳動讀者的好奇心理，明知其不可能，而驚駭震動之餘，不免為之嚮往。」〔註15〕這種說法恐怕略有不確之處，筆者倒更傾向於沈曾植的看法。因為其時的小說作者，實質上是因信仰而創作的，小說的內容就是其信仰的所在。對於小說作者來說，一切皆是真實可能的。從今天的文學敘事角度看，其是在創作劍俠小說；從宗教信仰的角度說，更多的是源於因信仰而宣教。臺靜農對二者之間的關係還有進一步的總結：

> 聖劍成就者，具大神通，騰空自在，無處不可到，往諸天界，入天女宮，與之娛樂，得灌頂王位，為持明天中主，一切享受，皆非人間帝王所能想像。聖劍成就者如此偉大，小說家則承受其啟發，創造出新的境界，若完全接受，便算不得藝術了。即如聶隱娘篇中所運用佛書的故實，只是奇幻的劍術與隱身術，從唐人劍俠小說發展下去的，也不外以奇幻的劍術與隱身術為間架，而充實以時代性的現實生活，或個人的寄託，快恩仇於一劍，寓真實於虛幻。是與佛書所謂具大神通得無上享受，截然不同。然小說中劍俠所操之術，又不能謂出於密宗劍法，特小說家取其故實，運以奇思，遂為譎詭奇麗之作，影響之大，直至近世。〔註16〕

〔註14〕（清）沈曾植：《海日樓札叢》（外一種），中華書局，1962年，第220頁。現代學者弘學大和尚，在他的《中國漢語系佛教文學》一書中，也認為「密宗的成就劍法」影響了「唐人傳奇及中國的各種小說之中」，但他沒有具體展開論述。（見《中國漢語系佛教文學》，巴蜀書社，2006年，第334頁）

〔註15〕臺靜農：《臺靜農論文集》，安徽教育出版社，2002年，第243頁。

〔註16〕《臺靜農論文集》，第246頁。

但臺靜農僅以奇幻的劍術與隱身術定義劍俠小說的間架，未免過於簡單化劍俠小說的同時，還有概念定位不妥之處。在佛教密宗裏，「成就劍法」的修持者以劍為本尊象徵或直接等同本尊，一旦進入三密相印境界，便是行者與劍（本尊）合二為一之時，即當時可得本尊之無量神通與智慧，成就劍者也就因劍而成無量智慧與神通之術，是為劍術。因此，隱身術不過是成就劍術中種種大神通之一，把劍術與隱身術作為並列概念頗有不妥。且劍俠小說裏涉及到的主要神通也遠不止這一種，其他如變化，顛覆時空、住壽、瞬間千里等往往都是劍俠小說必需的間架。再者，「成就劍法」也並非以「所謂具大神通得無上享受」如「往諸天界，入天女宮，與之娛樂」等為目的，事實上，這只是達到某一高級境界的修持者又一高階修持法而已。另外，這個問題涉及到劍俠小說劍俠性別問題研究，筆者將在本文第二部分中對此作重點討論。

又，還有學者認為，與佛教相比，儒、道等修行的方法及理念對劍俠小說的創作亦多有影響。〔註17〕一則，在儒、佛、道三教互融，佛教自唐中後期起信仰重心日漸趨下移的背景下，這是確然之論。但在本文中，此非筆者論述重點，故不申論。再則，「儒」的影響主要著落於劍俠作為「俠」的道德層面，「道」的影響主要著落於劍俠之「劍」的器物崇拜。至於劍俠之因劍而及的劍術神通，學者們對其淵源的論述依然沒能有太多的觸及。

而正如筆者在前文中所例證的「成就劍法」種種神通，並對應小說中的劍俠劍術的種種神異奇幻，確可以從中找到密切的因應關係。明王世貞的小說集《劍俠傳》，收集了唐宋以來著名的劍俠小說，其中以小說《聶隱娘》中對劍俠劍術的形成最為詳細和具代表性。故以此篇為例分析佛教密宗「成就劍法」對劍俠劍術意象形成的因應之處，當較有典型性意義。

首先，從外圍上看，由於劍俠劍術均以神異奇幻為其實質，故宗教神秘性是其天生的源動力。而就《劍俠傳》及明代劍俠小說中涉及到劍俠劍術的

〔註17〕如羅立群的《明清長篇劍俠小說的演變及文化特質》（《文學遺產》，2010 年第 3 期，第 108～116 頁），《古代武俠小說對劍術的表現及其文化意蘊》（《南開大學學報》（哲學社會科學版），2006 年第 6 期，第 114～119 頁），《古代小說中劍俠形象的歷史與文化探源》（《文學遺產》，2009 年第 3 期，第 105～114 頁），《中國古代劍俠小說的發展及文化特質》（《文藝研究》，2007 年第 12 期，第 42～49 頁）等等，均對劍俠小說中的儒、道文化淵源作了較詳盡的論述。

篇章來看，有多篇內容跟佛教有直接或間接的關聯。或其劍俠直接即為僧、尼，或其劍俠劍術為僧、尼之所傳授，或其劍俠隱身於佛教場所、或其行俠行為發生於佛教場所等等。並且，無一例外地，劍俠均須為天生適合修道之人，還要恪守一定的修道戒律，才可以修為劍術成為一名劍俠。《聶隱娘》中，聶隱娘「年方十歲，有尼乞食於鋒舍，見隱娘悅之。云：『問押衙乞取此女教？』」在這裡，聶隱娘能「悅」於該尼，當然是因為其天生具有修道劍俠的稟賦，以致自幼為尼僧以非常手段帶走教以劍術而成為一名具有高超劍術的劍俠。至於劍俠戒律的存在，從形式上看，顯然仿效於佛教之戒律設置。

　　再者，聶隱娘先是「讀經念咒」，正如「成就劍法」中極為重要的「誦真言」。然後修煉成功時，劍術的神異奇幻之處一者在身，一者在劍；合而言之，人劍合一。其身，「不食，能於峭壁上飛走，若捷猱登木，無有蹶失……逐二女攀緣，漸覺身輕如風」，「三年後能飛，使刺鷹隼，無不中」，甚至能夠隱身以致「白日刺其人於都市，人莫能見」，還能夠「化為蠛蠓，潛入僕射腸中聽伺」。而另一劍俠「空空兒之神術」更是達到了「人莫能窺其用，鬼莫得躡其蹤。能從空虛之入冥，善無形而滅影」的「劍仙」境界。其劍，最初「長二尺許，鋒利吹毛」，而後「劍之刃漸減五寸，飛禽遇之，不知其來也」，再後來「受以羊角匕首，刀廣三寸」，並且能夠「開腦後藏匕首，而無所傷……用即抽之」的人劍合一的神異奇幻境界。這種劍俠所具有的飛行、隱身、變化、人劍合一、行蹤莫測等劍術神通，及其寶劍的神異、靈通等妙好，均可以在前述密宗相關例證中找到一一因應之處。

第二節　佛教密宗與女性劍俠產生的淵源

　　劍俠小說裏有一個非常令人感到詫異的現象，那就是女性劍俠意象前所未有的橫空出世。在中國傳統的男權話語霸權下，女性從來都是卑弱、依從的符號，更是「叢林法則」的被動者。而劍俠不用說是「叢林法則」的主動者，甚至是社會法則的顛覆者。因此，無論是從社會意義上還是從叢林意義上看，如非極端的特例，女性與劍俠之間無論如何都難以實現某種調和。但事實上，女性劍俠意象不僅出現了，而且能夠標杆於後世劍俠小說，甚至起到了引導女性以劍俠的面目實踐於社會的作用，如女性社會叛逆者，往往都會借助劍俠的神異奇幻以自詡，從而達到號召人心的目的，恐怕不是一種簡

單的偶然現象。那麼，這種情況產生的淵源何在呢？

明代學者謝肇淛曾對劍俠性別問題有這樣一種說法：

> 《傳記》載劍俠事甚多，其有無不可知，大率與遁形術相表裏。
> 今天下未必盡無其人也。但此術終是邪魅，非神非仙。蜀許寂好劍
> 術，有二僧語之曰：『此俠也，願公無學。神仙清淨事異於此。諸俠
> 皆鬼，為陰物，婦人僧尼皆學之，其言信矣。』但紅線、隱娘及崔
> 慎思、王立、董國度所娶事皆相類……〔註18〕

謝肇淛的邏輯是：劍術是邪魅之術，故劍俠「非神非仙」。他又借蜀許寂之口，
轉「二僧」之語，認為劍俠「皆鬼，為陰物，婦人僧尼皆學之」。很明顯，謝
的言語之間，在反感劍俠異類於「人」的同時，又對女性、僧尼充滿性別、身
份歧視，且主觀地把劍俠的性別全然陰性化。但他卻道出了一個客觀事實，
那就是劍俠確實多相關於女性、僧尼之流。僧尼之流關涉佛教淵源，在本文
的第一部分，已經有了結論；相關於女性，正是下文將要確認的。

現代有學者以為，「女性俠客在唐人傳奇中之受到重視，僅僅是在志怪小
說的發展向人間性質的開拓下，所增廣而來的題材，並未真正樹立起『女俠』
的典型形象」。〔註19〕有學者指出，女性俠客意象不過是作為一種怪異的存在
而呈現的，且其時的男女俠客皆以「怪異」為共相，故性別上的分別不應在
有效的考量之列。而多數學者則更傾向於，女性劍俠意象的出現應該歸功於
唐代女性地位提高。

筆者也認可，上述學者的觀點都有一定的合理性，只是這些合理性均侷
限於女性劍俠意象呈現的外圍理由，沒有觸及到直接關聯性的因素。正如筆
者上一節所探討的，劍俠的神異奇幻淵源自佛教密宗的介入，那麼，對女性
劍俠意象產生原因的追尋，當然首先就要直接關聯到佛教密宗的介入。再者，
女性劍俠意象的出現，是一種前所未有的橫空出世，這種震驚世人耳目的不
同凡響，不是舊有的土壤所能孕育的，我們勢必要放開眼光，尋找某種新鮮
的外來動因，才可以找到足以匹配的理由。竊以為，這種新鮮的外來動因仍
然非佛教及其密宗莫屬。

〔註18〕（明）謝肇淛撰，傅成校點：《五雜俎》卷之六「人部」，上海古籍出版社輯：
《歷代筆記小說大觀（明代卷）》，上海：上海古籍出版社，2005 年，第 1599
～1600 頁。

〔註19〕林保淳：《中國古典小說中的「女俠」形象》，《中國文哲研究集刊》（臺），第
11 期。

　　首先，破除性別執著的男女平等觀，是佛教及其密宗（尤其是密宗金剛乘）的重要修持理念。

　　佛教由小乘佛教發展到大乘佛教，女性宗教地位亦隨緣而得以嬗變。公元一世紀左右產生的大乘佛教為取得下層社會民眾的支持，提倡「眾生平等」的理念，並使之成為大乘佛法的核心思想；大乘佛教的般若空觀思想又破除了小乘佛教對男女相的分別執著，主張一切眾生皆有佛性，一切眾生不分男女皆可成佛。女性是眾生的一部分，所以，女性與眾生一樣，通過佛法修持同樣可以成佛。

　　隨著佛教的進一步發展，到了公元5、6世紀，密宗金剛乘進一步推進了大乘佛教的男女平等觀。金剛乘對女性的態度是相對於其「本體論」而言的，在這種本體中，女性的本性象徵森羅萬象的空間，現象世界就在這裡起滅。因此，如果說在這個本體中有一個原始的元素的話，那就是空間女性——智慧。這裡即把女性作為了一切現象和本質的母體。〔註20〕

　　因此，女性在佛教及其密宗裏的地位是極為重要的，已經達到了觸及「核心思想」「本體」的高度。也就是說，作為佛教修持實踐的「成就劍法」，自無例外會受到這種男女平等觀的影響。具體到劍俠的性別上，有男性劍俠，必然也就應該有女性劍俠。

　　其次，從「成就劍法」的修持主體性別看，並沒有明確的例證被發現並證明女性修持者是在受限之列。

　　「成就劍法」的修持過程亦沒有特別強調男性性別的必須。相反，卻常常可見劍法成就者對女性助伴和眷屬的需要與追求。即便是修持主體明確為男性的情況下，其劍法一旦成就後，「即阿蘇羅女來圍遶修行者，以為眷屬。」「彼行者並眷屬並凌虛，剎那頃遊於界，無礙行於五由旬內照耀。」也就是說，作為眷屬的女性，可以同樣因男性修持者的「成就劍法」獲得大神通。又，「持明者往諸天界，入彼八十俱胝持明天女宮中，彼諸天女與同伴人為眷屬承事，當得灌頂王位，及其眷屬當受快樂，騰空自在。」這裡是男性修持者及其所有眷屬、同伴人俱得神通，然後，入天界，天女宮中諸天女成為其眷屬，亦與之一起「當受快樂，騰空自在」。而且，「劍成就法」的修持本尊，也常常不乏「女性」的存在。如《不空羂索神變真言經》中的「不空王觀世音佛

〔註20〕諾布旺丹，巴桑卓瑪：《藏傳密教的女性觀》，《佛學研究》（年刊），1996年，第273～277頁。

母」;《金剛薩埵說頻那夜迦天成就儀軌經》中的「觀自在菩薩」等等。

再次,「成就劍法」的修持者常有女性眷屬助伴,以及以與女性大樂追求為修持目標之一,實質上,這種現象背後涉及到了佛教密宗獨特的性力修持理念。

佛教本以淫慾為障道法,曾嚴格加以禁止,要求遠離欲念,以求得清淨。但佛教密宗則不然,密宗秉持「相反相成」的理念去悟得「色即是空,空即是色」的真諦。在實踐上,則是「以欲制欲」的思路。該法認為,欲望業力(染)也有調伏的功能,是達到「自性淨」的一種手段,是一種「以染致淨」的修道理念。也即清淨自性,是隨染欲自然而然的;所謂離欲清淨,不是以染欲為障道法,而應隨緣染欲進行調伏以成就。又《金剛頂經》等相關經義中,甚至直接將「染欲」具象化為「天女相」以闡明:於一多圓融之下,在一切如來三昧中,一切天女能從自心出,如來、天女相即相入。也便意味著,一切染欲,一切三昧,均可以從女性性力中產生。在具體的修證實際中:一則,佛教密宗出現了與各個佛、菩薩、金剛等等本尊相對應的女性本尊配偶。這樣,金剛界五部,胎藏界三部,就各立部主與部母(明妃),部主如一國之王,部母如一國之母。部母又稱母主,意為能生部主之母也。如佛部以「無能勝菩薩」為部母(明妃),金剛部以「金剛孫那利菩薩」為部母,蓮花部以「多羅菩薩」為部母等等。而佛教密宗中的本尊諸神造像,也多是男、女成雙成對存在的。如勝樂金剛、時輪金剛、馬頭金剛、大黑天、法王等等,都有各自的部母(明妃)為配偶。二則,「染淨雙修」成為佛教密宗的高級修持境界。在此境界下,「男」「女」符號的同時存在成為必然。其中,男性代表智慧,女性代表禪定,因此,「男」「女」同修又意味著定慧雙成。女性性別符號與男性性別符號一起,平等地同處於佛教密宗的高級修持境界。《中國大百科全書》(宗教卷「印度教」條)把密教定義為——「主要崇拜對象為女神」,也正是基於密宗的女性性別符號內涵的考量。

上述兩個結果的產生,奠定了女性在佛教密宗裏不可或缺的重要地位。一方面,佛教密宗裏出現了大量的女性本尊,基本上是存在於與男性本尊一一對應的狀態中;另一方面,由於佛教密宗對女性性力的神秘化和崇拜化,女性本尊的修法價值,在佛教密宗的本尊譜系裏基本上是並駕齊驅於男性本尊。據此,佛教密宗「成就劍法」的修持,自然不能例外於女性本尊的在場。

第四，佛教密宗裏也多有持劍、刀等各種器杖的女性本尊形象。

《千手觀音造次第法儀軌》云：「十四大辨功德娑怛那。帝釋天王主之女子大德天女也，多聞天之大妃也。左手把如意珠，紫紺色也，右手金剛劍。」〔註21〕在這裡，右手持金剛劍的大德天女係千手觀音的護法眷屬。又《不空羂索神變真言經》卷第二七「大可畏明王像品第六十五」云：

> 明王座左，持真言者長跪而坐，一手把諸枝葉華果，一手把念珠，仰觀聖者。明王座右，天女使者面目可畏，曲躬而立，正拱二手，當胸握劍。天眾妙衣、珠瓔、環釧，具莊嚴身仰觀聖者。〔註22〕

此處「當胸握劍」「面目可畏」的天女使者，係大可畏明王的座右護法。又《佛說造像量度經解》「四護法像」云：「一切護法神，總歸於男女二宗。男宗以大黑神為首，女宗以福女天為首。（二位並青色。黑神右手執鉤刀，左手挐顱器；福女右手揮劍，左手同上）」〔註23〕可知，佛教密宗的護法神，多是以男女成雙的形象存在的。

其實，即便是菩薩、明妃等亦以手持劍、刀等各種器杖為常見形象。如千手觀音的眾手之中，就有一隻手持劍的形象；金剛劍明妃就是手持金剛劍的形象；七俱胝佛母尊那菩薩就是手持智慧劍的形象。另外，還有金剛明妃、吉尼明妃、無我明妃、遨哩明妃、陬哩明妃、尾多哩明妃、渴三摩哩明妃、十葛西明妃、設嚩哩明妃、贊拏哩明妃、弩弭尼明妃、空行明妃及地居明妃等等一眾女性本尊均是以手持寶刀的形象示眾。

據此可知，在佛教密宗裏，女性本尊及其修持者以舞刀弄劍的形象存在是必然現象。無論這些現象的產生是否攸關於所謂「劍成就法」，但其內在的以女性性力為修持供養，以「染淨同修」為高級修持境界的修行理念一定是與上述「劍成就法」中女性因素的在場，是完全保持內在一致的。

綜上所述四點可知，女性在佛教及其密宗裏的地位是極為重要的，已經達到了觸及佛教「核心思想」「本體」的高度。也就是說，作為佛教修持實踐

〔註21〕（唐）善無畏譯：《千手觀音造次第法儀軌》，《大正藏》第20冊第1068號，第138頁中第23行。

〔註22〕（唐）菩提流志譯：《不空羂索神變真言經》，《大正藏》第20冊第1092號，第378頁上第7行。

〔註23〕（清）工布查布譯解：《佛說造像量度經解》，《大正藏》第21冊第1419號，第948頁中第2行。

的「成就劍法」，自無例外會受到這種男女平等觀的影響。又，「成就劍法」作為眾多的佛教密宗「成就法」中的一種，其修持境界只是修持者修法過程中的一個中間階段。因此，修持者為了達到其最終成佛目的，追求女性眷屬的性力供養以達到「男女雙修」的最高修持境界，是其必然的經歷。而當「成就劍法」成就的種種劍術神通成為劍俠小說母題的時候，女性眷屬的性別符號，以及附著於該符號上的劍術神通也就會自然而然地同時被移植於小說之中了。並且，女性本尊在佛教密宗中不可或缺的重要地位，以及因此而產生的眾多舞刀弄劍的女性本尊形象的實際存在，也極大地提高了這種移植的確定性。

第三節　女性劍俠意象的性別意識考察

如前所述，女性劍俠意象的產生，事實上，多得益於小說家的基於信仰之上的宗教想像力。這種宗教想像力在突破了現實意義上「人」的能力限閾的同時，也突破了女性本然的相對性別弱勢。對「人」的能力限閾突破是宗教意義上的必然，是普遍意義上的人性訴求；而對女性性別弱勢的突破，則不得不說必不可少的是一種女權張力的結果。這種女權張力的結果是宗教想像力之一，是小說世界性別秩序建構的需要，更是一種複雜的社會學意義上的指向。女性劍俠意象成因的多源性，自然會給女性劍俠意象標記上複雜的個性。下面筆者就從以下三個方面對女性劍俠意象個性進行解讀。

一、女性劍俠的社會身份考察

在明王世貞輯的文言小說集《劍俠傳》和明代女性劍俠小說中，女性劍俠基本上都是游離於社會主流階層之外，具有很明顯的社會邊緣性，屬於所謂「賤品」。通過表一列舉的十五位女性劍俠的社會身份可知，除少數社會身份不明者之外，她們基本上都是沉跡於社會下流甚至賤品、盜賊之中。

表一

劍俠小說	女性劍俠姓名	女性劍俠社會身份
《老人化猿》	（趙）處女	不明
《扶餘國王》	紅拂妓	（司空楊素）家妓
《車中女子》	車中女子	不明（盜賊之流？）

《聶隱娘》	聶隱娘	魏博大將聶鋒之女，尼僧之徒、魏帥左右吏，劉僕射私人保鏢
《荊十三娘》	荊十三娘	商人
《紅線》	紅線	節度使薛嵩家青衣（賤品、賤隸）
《許寂》	劍俠之妻	劍俠之妻（頭陀僧之流？）
《潘將軍》	三鬟女子	衣裝襤褸、居家甚貧、以紉針為業
《李龜壽》	李龜壽妻	刺客之妻
《賈人妻》	賈人妻	賈人妻
《張訓妻》	張訓妻	將校之妻（底層軍官？）
《花月新聞》	神祠捧印女子	寺丞之妾（道士之流？）
《俠婦人》	俠婦人	棄官董國度之妾
《解洵娶婦》	解洵婦	流落北境的解洵之妻
《程元玉店肆代償錢，十一娘雲岡縱談俠》	韋十一娘 青霞、縹雲	藝人家庭出身，棄婦 士人妻妾

　　但這並不僅僅是女性劍俠社會身份的性別標識，男性劍俠亦是如此。如對後世劍俠小說影響很大的《崑崙奴》中的劍俠崑崙奴，社會身份就是一個低賤的僕役，雖然有功於主人，但功成之後還被其主人背叛出賣。又如《西京店老人》中的劍俠是店中箍桶的僕役；《蘭陵老人》中的劍俠因為「埋形雜跡」，以致為京兆尹「困辱甚」；《僧俠》中的劍俠乃為一僧盜等等。然而，《扶餘國王》中的虯髯客，社會身份似乎頗有來頭；不但家中成群地驅奴使婢，金銀珠寶不計其數，而且最後還成為扶餘國王。在劍俠中，其社會身份顯得極為突兀和另類。不過，本篇小說的創作，顯然太多地帶有既定的功利性和工具性。小說通篇都是在為所謂的「真主」、賢臣及他們主宰天下的天命觀做合理性詮釋和宣揚，甚至在文章的結尾還露骨地說教道：「乃知真人之興，非英雄所冀，況英雄者乎？人臣之謬思亂者，乃螳臂之拒走輪耳」。因此，本篇小說及其虯髯客的社會身份同其他劍俠小說和劍俠相比較，並沒有任何典型意義；在女性劍俠的社會身份比對中，當然也就不構成性別區隔意義。筆者倒更偏向於認為，這種下流身份的非常理文學設計，或者間接因緣於佛教的苦行要求和有意契合於小說受眾之社會市井細民的弱者身份認同及其天然義俠情懷。

　　不過，筆者並不因此就認為，女性劍俠社會身份一如同男性劍俠的下流，就意味著其在社會身份方面的女權標杆價值的缺失。一則，女性劍俠的劍術，賦予持劍者以非常的宗教超能力，可以很輕易地使得女性獲得社會身份向上

流動的機會；二則，女性劍俠即便處於社會身份的下流狀況中，但在比對於同一階層甚至更高一階層的男性時，她們並不會因為性別原因而遭受性別壓迫，甚至被區隔於本階層的邊緣。女性劍俠通常不會利用其劍術神通來改變其社會身份的下流狀態，更不會因此對男性製造另一個意義上的性別壓迫，其原因是多方面的，在下面兩節裏，筆者將會就此做進一步的詳細論述。

二、女性劍俠之女性色彩考察

從一般意義上說，女性劍俠意象的塑造，如果忽略了其女性色彩，那麼也就失去了其文學形象和社會角色的典型價值。容貌、服飾、語言、體徵、性情、行為、性別等等，是性別色彩的基本建構要素，也是女性劍俠意象是否具備文學與社會典型價值的重要考察途徑。當然，前提是這些色彩應該處於女性一直以來的自然與社會本然的侷限之中。

筆者仍然以列表的形式對此加以展現，見表二如下（○表示作品裏某要素無女性色彩的描述，√表示作品裏某要素有女性色彩的描述）：

表二

劍俠小說	女性劍俠姓名	容貌	服飾	語言	體徵	性情	行為	性別
《老人化猿》	（趙）處女	○	○	○	○	○	○	√
《扶餘國王》	紅拂妓	√	√	√	○	√	√	√
《車中女子》	車中女子	√	√	○	○	○	○	√
《聶隱娘》	聶隱娘	○	○	○	○	○	○	√
《荊十三娘》	荊十三娘	○	○	○	○	○	○	√
《紅線》	紅線	√	√	√	○	○	○	√
《許寂》	劍俠之妻	√	○	○	○	○	○	√
《潘將軍》	三鬟女子	√	○	○	○	○	○	√
《李龜壽》	李龜壽妻	○	○	○	○	○	○	√
《賈人妻》	賈人妻	√	○	√	○	○	○	√
《張訓妻》	張訓妻	√	√	○	○	○	○	√
《花月新聞》	神祠捧印女子	√	○	√	○	√	√	√
《俠婦人》	俠婦人	√	○	○	○	√	√	√
《解洵娶婦》	解洵婦	√	○	○	○	○	√	√
《程元玉店肆代償錢，十一娘雲岡縱談俠》	韋十一娘	√	○	√	○	○	○	√
	青霞	○	○	○	○	○	○	√
	縹雲	○	○	○	○	○	○	√

從表二的總體情況統計看，女性劍俠性別色彩描寫的肯定選項數，占比總選項數只有近 41%。也就是說，在劍俠小說裏，女性劍俠的性別描述是中性偏陽，其性別色彩，被小說創作者有意無意地忽略或隱形地摒棄了一大部分。那麼這是否就如上文所說的，女性劍俠意象就失去了其文學形象與社會形象的典型性價值了呢？答案當然是否定的。

其一，女性劍俠的女性性別選項是被注意凸顯了的。

表二有一個非常關鍵的地方，很值得我們注意。那就是在性別選項欄裏都是肯定選項──表中所列小說的每一位創作者，都明確地甚至是特別地交代了女性劍俠的女性性別，正如男性劍俠在小說中被清楚地交代為男性性別一樣。凌濛初在《程元玉店肆代償錢，十一娘雲岡縱談俠》中說：「從來世間有這一家道術，不論男女，都有習他的……又有專把女子類成一書，做《俠女傳》。」在凌濛初的說話裏，揭示了這樣一個事實：女性劍俠的性別色彩，在小說家的創作裏，不僅僅是一個劍術修持者的性別認識問題，而且還是一個文本受眾的興趣所在問題。在本文的第二節裏，從佛教的相關角度，筆者已經追尋了小說創作者對劍俠性別平等認識的淵源。因此，無論文本創作、文本受眾興趣迎合，還是文本文化溯源，小說創作者都完全沒有必要刻意地去摒棄女性劍俠的女性色彩。

其二，至於其他選項的女性性別色彩描述的缺失，更多的應該是劍俠小說敘事與審美的需要。

在一般的小說中，尤其是在愛情小說中，女性形象的描寫往往都是從男性視角出發，以取悅男性主人公的敘事方式進行的。如《李娃傳》中，滎陽生眼中的李娃是「妖姿要妙，絕代未有」，「明眸皓腕，舉步豔冶」，「觸類妍媚，目所未睹」；〔註24〕《鶯鶯傳》中，張生眼中的鶯鶯是「常服睟容，不加新飾，垂鬟接黛，雙臉銷紅而已。顏色豔異，光輝動人……凝睇怨絕，若不勝其體者」；〔註25〕《譚意歌傳》中，譚意歌「肌清骨秀，髮紺眸長，黃手纖纖，宮腰搦搦，獨步於一時，」以致「車馬騈溢，門館如市」；〔註26〕《嬌紅記》中，申純眼中的嬌娘是「雙髮綰綠，色奪圖畫中人，朱粉未施而

〔註24〕（唐）白行簡：《李娃傳》，喬力主編：《唐宋小說選》，西安：太白文藝出版社，2004 年。第 89 頁。
〔註25〕（唐）元稹：《鶯鶯傳》，同上，第 111 頁。
〔註26〕（宋）秦醇：《譚意歌傳》，同上，第 321 頁。

天然殊瑩」；〔註27〕《玉堂春落難逢夫》中，王景隆眼中的玉堂春是「鬢挽烏雲，眉彎新月。肌凝瑞雪，臉襯朝霞。袖中玉筍尖尖，裙下金蓮窄窄。雅淡梳妝偏有韻，不施脂粉自多姿。便數盡滿院名姝，總輸他十分春色。」〔註 28〕顯而易見，在唐宋元明以來的小說中，眾多類似上述的女性形象，無不折射了男性視角下的男性審美欲望。而在劍俠小說中，女性劍俠意象的敘事視角，已經不再是處於男性主人公的觀照下，而被宗教神通的渲染需要取而代之。因此，女性劍俠意象的女性色彩，自然就失去了其針對性敘事功能，以致處於儉省甚至摒棄之中。不僅如此，作者為了渲染女性劍俠意象的神秘性，還刻意一反常態的女性形象審美，為其標簽上神性的形象色彩。如《紅線》中，紅線在行俠前，額頭上被作者特意地書上了一個「太一神名」。在男性敘事視角下，這恐怕是男性主人公前所未見的女性形象裝飾。

其三，女性劍俠意象的塑造，有性別色彩描述中性偏陽的模糊甚至越界情況，也並不奇怪。

無論文學敘事、現實社會，抑或男性、女性，性別色彩的越界現象常常有之。如眾所周知的花木蘭形象，就是文學形象性別色彩描述越界的典型之一。在唐代，公主可以著武官裝扮，還能得到最高統治者的縱容。〔註29〕以致上行下效之中，「從駕宮人騎馬者，皆著胡帽，靚裝露面，無複障蔽。士庶之家，又相仿效……俄又露髻馳騁，或有著丈夫靴衫，而尊卑內外，斯一貫矣。」〔註30〕這是社會現實中的性別越界現象。到了明代，不但文學敘事中性別色彩描述模糊甚至越界，而且在現實社會中更是性別混亂，以致「南風」畸盛於天下。

事實上，性別模糊甚至越界，起到了開啟扣問性別意義的作用。在文學敘事中，性別位置，透過面貌、服飾、語言等等的模糊甚至越界處理得以被操控。女性劍俠小說的文學敘事，便是藉由操演中性偏陽的性別色彩描述，打破性別的既定僵局，成就其越界的表演。究其動機，不必然是為了爭取一

〔註27〕（元）宋梅洞：《嬌紅記》，喬力主編：《元明清文言小說選》，西安：太白文藝出版社，2004 年。第 1～2 頁。

〔註28〕（明）馮夢龍：《警世通言》卷二四，合肥：安徽文藝出版社，2003 年，第655 頁。

〔註29〕（宋）歐陽修：《新唐書》卷三四「五行志」「服妖」，北京：中華書局，1975年，第 878 頁。

〔註30〕（後晉）劉昫：《舊唐書》卷四五「輿服志」，北京：中華書局，1975 年，第1957 頁。

般意義上的性別認同，而是以性別模糊甚至越界的方式塑造前所未有的嶄新的女性劍俠意象，並在佛教密宗神秘性的籠罩下，曲折地映像著某種社會現實、表達著某種宗教化的社會訴求。

三、女性劍俠的女權張力考察

筆者在本文開篇就強調過，生理性弱勢始終是女性社會性弱勢的源動力所在，甚至在時至今日的世界文明意識中，「女性」二字依然是具有相對生理性弱勢的象徵性符號。但在女性劍俠小說的敘事語境中，女性劍俠被賦予的「劍成就者」神通，完全消解了這種源動力。也就是說，基於此源動力基礎上的一切性別社會建構，都必須要重新被審視和評估。當文本受眾驚詫於性別社會重構後的審美反差時，蘇軾給出了這樣的解釋：「吾聞劍俠世有之矣，然以女子柔弱之質，而能持刃以決凶人之首，非以有神術所資，惡能是哉！」〔註31〕蘇軾的解釋切中了女性生理性弱勢，以及劍俠神術對該弱勢的消解，但他對女性劍俠的女權張力評估時，僅僅停留在了女性直面「叢林法則」之上——「能持刃以決凶人之首」。其實，女性劍俠的女權張力，遠遠豐富和複雜於直面「叢林法則」的單一後果；父權、夫權、子權直至家庭之外的社會建構，均能強烈感受到該權力張力的能量。這是一種值得讓人熱烈讚美的社會文明的進步，而非僅僅是某種狹隘的性別權力再平衡。

其一，拓展家庭以外的存在空間。

「內外各處，男女異群。莫窺外壁，莫出外庭」，〔註32〕是中國古代社會要求女性「禁足」於家庭的經典闡釋，是女性生理弱勢和社會倫理規範的使然。雖然在不同的歷史時期，這種要求會或弱化或強化，但其一直作為女性審美標桿而存在的事實，是毋庸置疑的。並且，在現實中，即使能夠涉足於家庭以外的女性，也常常都是一些游離於社會主流之外的所謂邊緣角色，如妓女、出家修道女性、社會底層女性等等。也就是說，在中國古代社會，真正能夠挑戰女性「禁足」規範的社會女性是難能存在的。而女性劍俠，以其劍術神通克服了生理弱勢，藐視了社會倫理規範，極大地顛覆了女性「禁足」的畸形審美，拓展了女性在家庭以外的存在空間。她們雖然往往寄跡於商、

〔註31〕　（宋）蘇軾：《漁樵閑話錄》，《蘇軾文集》第 6 冊，北京：中華書局，1986 年，第 2617 頁。

〔註32〕　（唐）宋若莘著，宋若昭解：《女論語》，文淵閣《四庫全書》本。

吏、僧、盜、妾等等「賤品」之中，但是並不妨礙她們干預、主導家庭權力；參政社會生活，甚至成為社會正義的執法者、眾生的救難者。如俠婦人「以治生為己任」，一力承擔家庭經濟負擔；荊十三娘因商獲得經濟實力，不但可以為亡夫設「大祥齋」，還可以為情人提供經濟支持；聶隱娘在干政於藩鎮之前，就曾於鬧市之中白日刺人於無形，是因為「某大僚有罪，無故害人若干」；韋十一娘明確「吾術所必誅者」為：

> 世間有做守令官，虐使小民的，貪其賄又害其命的；世間有做上司官，張大威權，專好諂奉，反害正直的；世間有做將帥，只剝軍餉，不勤武事，敗壞封疆的；世間有做宰相，樹置心腹，專害異己，使賢奸倒置的；世間有做試官，私通關節，賄賂徇私，黑白混淆，使不才僥倖，才士屈仰的。〔註33〕

顯而易見，韋十一娘於此處列舉的種種「必誅」情形，不過就是在影射明代後期現實社會中的諸多不公，道出了小說創作者對社會正義執法者的期盼。與《劍俠傳》中的眾女性劍俠不同的是，韋十一娘並不存在寄跡於某種身份掩飾之中，她是一個專業的正義執法者。在小說的結尾，青霞已經獨立於師父執行「公事」——誅殺「蜀中某官」，蓋因「某官性詭譎好名，專一暗地坑人奪人。那年進場做房考，又暗通關節，賣了舉人，屈了真才，有像十一娘所說必誅之數。」〔註34〕並且，韋十一娘「又另有兩個弟子了」。有社會現實的需要，有主觀濟世的情懷，有合乎正義的理論依據，有系統的組織體系——一個劍俠的社會建構已經呼之欲出了。只是很有意思的是，在小說創作者心目中，正義執法的期盼不是寄託於明君良臣，也不是寄託於男性劍俠，而是女性劍俠被深深給予厚望。是下層知識分子社會遭際被女性化而引起的同病相憐，還是因為洞穿男權社會的無可救藥而生發的徹底絕望？抑或其他？這些已不是三言兩語所能解釋得清楚，筆者將會在本書的其他章節繼續對此加以研論。

同樣難能可貴的還有紅線。糾纏於藩鎮之間的紅線，歷盡艱險「盡弭」了藩鎮之間的血腥之爭。在功成身退之際，紅線曰：

> 某前本男子，遊學江湖間，讀神農藥書，而救世人災患。時裏

〔註33〕（明）凌濛初：《初刻拍案驚奇》卷四「程元玉店肆代償錢，十一娘雲岡縱譚俠」，合肥：安徽文藝出版社，2003年。第43頁。

〔註34〕《初刻拍案驚奇》卷四「程元玉店肆代償錢，十一娘雲岡縱譚俠」，第47～48頁。

有孕婦，忽患蠱症，某以芫花酒下之，婦人與腹中二子俱斃。是某一舉殺其三人，陰力見誅，降為女子，使身居賤隸，氣稟凡俚。幸生於公家，今十九年矣。身厭羅綺，口窮甘鮮。寵待有加，榮亦甚矣。況國家建極，慶且無疆。此即違天，理當盡弭。昨往魏邦，以是報恩。今兩地保其城池，萬人全其性命，使亂臣知懼，烈士謀安，在某一婦人，功亦不小，固可贖其前罪，還其本形。便當遁跡塵中，棲心物外，澄清一氣，生死長存。〔註35〕

紅線明確地表示，此生雖以婦人之身託生人世，但憑婦人之身同樣能令「兩地保其城池，萬人全其性命，使亂臣知懼，烈士謀安」。言語之間，對女性身份的自信，對眾生救難者角色的期盼，女性劍俠的濟世情懷溢於言表。至於「三生」之說，似乎是性別不自信的表現，實際上，不過是劍俠因淵源於佛教而難免被標籤上性別輪迴報應類的「方便說法」而已。

其二，對父權、夫權、子權的有效消解。

《儀禮》曰：「婦人有三從之義，無專用之道，故未嫁從父，既嫁從夫，夫死從子。故父者子之天也，夫者妻之天也。」〔註36〕「三從」突出了父權、夫權和子權，強化了中國古代女性對家庭內男性的服從和依附地位。女性失去了獨立的思想和人格，不但在家庭生活中喪失了應有的話語權，而且關乎自我的生活自由權如愛情、婚姻等一併受制於父親、丈夫和兒子。女性劍俠則完全異於此。聶隱娘在父親的「肯詰」下，告知了自己驚世駭俗的劍術神通，結果其父「聞語甚懼」，自此以後，隱娘「遇夜即失蹤，及明而返，鋒已不敢詰之」。隱娘的劍術神通使得自己擺脫了父權，獲得了人身自由。在愛情和婚姻自由上，隱娘同樣是自作主張，「忽值磨鏡少年及門，女曰：『此人可與我為夫』，白父，父不敢不從，遂嫁之」；荊十三娘改嫁於同旅舍素不相識的趙中行，是「因慕趙，遂同載歸揚州」；賈人妻改嫁於路上偶遇的王立，是「因誠意與言，氣甚相得」；捧印女子僅因一帕之戲便捨前夫改嫁於姜廉夫，並且是自進姜門；紅拂妓棄楊素而夜奔李靖，是因她看中了李靖的「英特之才」等等。她們的愛情和婚姻沒有父母之命，亦無媒妁之言，更無社會倫理道德的束縛，完全是依個人的喜好和意願行事。

〔註35〕《劍俠傳》卷二「紅線」。
〔註36〕楊天宇：《儀禮譯注》「喪服第一一」，上海：上海古籍出版社，2004年，第308頁。

在婚後家庭生活中，女性劍俠也是掌控著家庭婚姻的主導權，夫權反而常常處於從屬地位。在某些情況下，男方甚至淪為女性劍俠寄跡社會的身份掩飾道具。聶隱娘從父在時的「外室而居」，到為魏帥左右吏，再到效力於劉昌裔，直至於劉昌裔入覲後，聶隱娘不願跟從，「自此尋山水，訪至人，但乞一虛給與其夫」為止，在這個家庭婚姻生活的存續過程中，其夫完全是以隱娘的行止為行止。家庭婚姻生活的所有決定權，全在隱娘的掌控之中，其中看不到任何夫權的有效影響。在賈人妻與王立的家庭婚姻生活中，雖有「情款甚洽」的感情因素在裏面，但更多的是王立在充當賈人妻復仇的掩飾道具；一旦冤仇得報，賈人妻則絕然棄王立而去。

而當夫權與女權出現衝突時，女性劍俠會毫不猶豫地奮起抗爭，甚至不惜魚死網破。解洵妻勸解洵受贈四妾，本意是「正需也」，「當兒女撫之」。不料解洵卻好色於四妾，以致：

> 稍移愛，婦怏怏見辭色。一日，因酒間責洵曰：「汝不記昔年乞食趙魏時事乎？非我力，已為餓莩矣。一旦得志，便爾忘恩，獨不內愧於心耶？」洵方被酒，忽發怒，連奮拳毆其胸。婦嘻不動。又唾罵之，至詆為老死魅。婦翻然起，燈燭陡暗，冷風襲人有聲。四妾怖而僕。少焉，燈復明，洵已橫屍地上，喪其首。婦人並囊橐皆不見。〔註37〕

在女性劍俠的家庭婚姻中，是容不得夫權無理張揚的。即便是在明知夫權不可抗拒的情況下，女性劍俠也要不惜以犧牲性命相抗爭，以維護自己的權利和尊嚴。張訓妻在得知張訓「陰欲殺之」時，明知殺不了張訓，還毅然質問張訓道：「君欲負我耶！然君方為數郡刺史，我不能殺君。」又曰：「殺我必先殺此（婢），不爾，君必不免。」結果妻婢一起雙雙被張訓殺害。其實，只要仔細地分析一下張訓妻的言行和心理便可發現，她一直是在試圖尋求劍俠身份同家庭婚姻生活之間的調和可能的。先是其兩次利用劍術神通幫助張訓，以培養夫妻感情；接著讓張訓發現真珠衣秘密——顯露劍俠身份；在觀察到張訓對其劍俠身份似乎並沒有明確而非常的介意後，她進一步以「甑中蒸一人頭」試探被接受的可能，結果發現丈夫不但不能接受自己的劍俠身份，竟然還要負心殺害自己。至此，她的努力完全失敗，不得不毅然以犧牲生命的代價維護自己的身份權力。這種女性劍俠身份與家庭婚姻生活之間矛盾的不可

〔註37〕《劍俠傳》卷四「解洵娶婦」。

調和性，實質上正隱喻了夫權與女性劍俠符號下的女權張力之間矛盾的不可調和性。

女性劍俠對子權的抗爭方式極為特別，似乎完全偏離了人之常情，實際上，這不過是劍俠小說先天具有的佛教密宗特質的顯現罷了。崔慎思妾在報父仇之後，劍俠身份暴露，在離開崔慎思之前，以再乳為藉口殺死親生兒子後離去；賈人妻在報得冤仇之後，劍俠身份暴露，在離開王立之前，亦以再乳為藉口殺死親生兒子後離去。這種看似極為乖戾的行為，一旦放置在女性劍俠所在的語境中理解，就可以豁然明瞭了。一者，「成就劍法」可以得「男女同修」的大享樂，但並不必然接受生兒育女結果。不論是在佛教密宗裏，還是在其他可能的劍俠淵源裏，都不能為之找到存在依據。二者，劍俠成就了劍術神通以後，是可以「住壽」的。如聶隱娘近三十年後，仍然是「貌若當時」；韋十一娘十餘年後也是不老「如舊」；紅線更是「遁跡塵中，棲心物外，澄清一氣，生死長存」。既然無需有生老病死之憂，也就用不著養兒防老和延嗣祭亡了。這是從根源上斷絕了子權的存在意義。

其三，對「女子無才便是德」的反動。

大約明代以後，「女子無才便是德」的觀念開始蔓延並流行起來。〔註38〕首先明確地提出這個觀點的應該是明儒陳繼儒（眉公），明曹臣所輯《舌華錄》有陳繼儒所說的「男子有德便是才，女子無才便是德」句。〔註39〕不過，這句話雖在晚明才誕生，但一直以來的中國傳統的才德觀才是它的產生土壤。《左傳》「襄公二十四年」中就有「三不朽」之說：「太上有立德，其次有立功，其次有立言」。〔註40〕《周禮》「天官冢宰第一」「九嬪」條有：「九嬪掌婦學之法，以教九御婦德、婦言、婦容、婦功」。〔註41〕所以說，「德重於才」自古以來即為中國人的信念，不分男女均是如此。對女性來說，尤其強調德行的重要性，甚至比生命還更為重要。又恐女子「才可妨德」，故有「女子無才便是德」的觀念。只不過所謂的「才」，廣義地說，固然包括各方面的才能、智慧以及種種謀生的手段，但由於古代女性生活一般是「禁足」於家庭之內，

〔註38〕陳東原：《中國婦女生活史》，上海：上海商務印書館，1998年，第189～202頁。

〔註39〕文淵閣《四庫全書》本。

〔註40〕李學勤主編，《十三經注疏》整理委員會整理：《十三經注疏・春秋左傳正義上、中、下》，北京：北京大學出版社，1999年，第1003～1004頁。

〔註41〕楊天宇：《周禮譯注》，上海：上海古籍出版社，2004年，第116頁。

故此「才」很多時候是狹義地指「通文識字」的能力。本文所說的「才」，自然是指廣義上的「才」，為女性提供經濟支撐以突破「禁足」的「才」。

女性劍俠最為突出的才能，當然非劍術神通莫屬。並且正是基於此平臺，女性才能夠得以彌補本然的生理力量弱勢去直面「叢林法則」，也才有機會與男性一樣平等地在社會上展示自己的才智。本文的開篇即已論述過，在文明程度還非常有限的中國古代，「叢林法則」仍然是社會建構的基礎之一。男女兩性的不平等，源動力亦在於此。但女性劍俠並不會憑藉劍術神通去獲取非分之得，她們需要的是一個平等展示才智的社會平臺。《初刻拍案驚奇》卷四「程元玉店肆代償錢，十一娘雲岡縱譚俠」一文中有這樣一段對話，頗能說明這一點：

> 程元玉疑問道：「雉兔山中豈少？何乃難得如此？」十一娘道：「山中元不少，只是潛藏難求。」程元玉笑道：「夫人神術，何求不得，乃難此雉兔？」十一娘道：「公言差矣！吾術豈可用來傷物命以充口腹乎？不唯神理不容，也如此小用不得。雉兔之類，原要挾弓矢，盡人力取之方可。」程元玉深加歎服。〔註42〕

有了展示才智的機會，女性才能夠具有經濟基礎；有了一定的經濟基礎，女性才能分享家庭內外甚至社會政治的話語權。憑藉傑出的經商才能，荊十三娘具備了一定的經濟實力，在與趙中行的愛情中，占盡了話語權。紅線因善彈阮咸，又通經史，成為節度使薛嵩的內記室，才有機會消弭藩鎮之爭全萬人性命。三鬟女子以紉針為業，養活自己和母親。捧印女子「一夕制彩絲百副⋯⋯其人物花草、字畫點綴，歷歷可數」，被人贊為「仙姑」。俠婦人「以治生為己任，罄家所有，買磨驢七八頭，麥數十斛。每得面，自騎入市鬻之，至晚負錢以歸。如是三年，獲利益多有田宅」。俠婦人的才智不但保全了家庭生命財產安全，而且令男性俠客在其面前自歎弗如。解洵婦「奩裝豐厚」，不但解洵日常生活靠其供給，而且亂世歸鄉之時的「川陸之計」，「山宿水行、防閑營護」，皆是其力。故此，她在解洵負心之時，可以理直氣壯地聲討解洵。從「父乃給衣食甚豐」到魏帥「以金帛署為左右吏」，從為劉昌裔左右每日得二百文到「但乞一虛給與其夫」，家庭的經濟來源莫不是來自聶隱娘；韋十一娘及其弟子的日常撰用，是來自她們的挾弓矢之人力等等。

女性缺少的不是才智，她們有著與男性一樣的才智，她們缺少的是直面

〔註42〕《初刻拍案驚奇》卷四「程元玉店肆代償錢，十一娘雲岡縱譚俠」，第46頁。

「叢林法則」的平臺，而女性劍俠的劍術神通則彌補了這一缺失。或許有人說，女性的本然生理力量弱勢，就說明了她們的劣等。但筆者需要說明的是：男性同樣有自身的本然弱勢，男性也同樣不具有某些非女性莫屬的優點。倘若文明社會仍然以「叢林法則」為社會建構基礎的話，那不論男女，人人都有可能是「叢林法則」裏的相對弱者，那將不僅僅是女性的悲哀，更將是整個人類文明的悲哀。

結語

　　劍俠劍術神通的特質，主要淵源於佛教密宗的「成就劍法」。女性劍俠意象的產生，亦主要來自於佛教及其密宗的影響。其中，「眾生平等」的大乘思想、「空間女性——智慧」的密宗金剛乘理念與「男女雙修」的密宗成就方式，對女性劍俠意象能夠成功介入劍俠小說之中用力最多。女性劍俠意象的出現，是中國古代小說女性形象塑造中前所未有的創新。女性劍俠身懷絕世劍術神通，卻常常寄跡於「賤品」之列。而一旦功成身退，即絕跡於無形之中。她們以超群的才智，張揚著女性應有的權力和尊嚴，並藐視「三從四德」於無物。她們自由穿行於塵世與方外之間，踐行著一個劍俠的應盡的職責——為正義執法，為眾生全命。

　　在一般的武俠小說中，武俠多是孔武有力的彪形大漢形象，對女性來說，這種形象無疑在客觀上強化了女性性別弱勢。而在劍俠小說中，女性因劍術神通得以直面「叢林法則」，並且因此獲得與男性一樣展示才才智的平臺。在明代小說視域下，雖然女性劍俠意象多為唐宋人物，但文本創作（纂輯）與文本接受，均發生於明代女性的現實生存環境之中。而且，「明清以後，描寫女性劍俠的小說更是大量出現，成為武俠小說中一種十分普遍的現象。」可以說，女性劍俠意象的存在，無疑會對明代女性性別壓迫具有一定的審醜比照價值，也為現實中一眾卓異女性向女性劍俠進行模擬和靠近提供了標杆。如明代永樂年間，唐賽兒以佛母自號，以寶劍為術，揭竿而起，譜寫了一曲現實版的女性劍俠之歌。

第六篇　觀音意象的色慾化審美

　　觀音研究，相對來說，從文化、民俗、社會、宗教信仰等角度進行的研究，其成果最為豐碩，而以文學為立足點解讀觀音的研究成果，則較為薄弱。其中，代表性的成果，有大陸孫昌武的《中國文學中的維摩與觀音》〔註1〕《六朝小說中的觀音信仰》〔註2〕《觀世音應驗記三種》，〔註3〕鄭筱筠的《觀音救難故事與六朝志怪小說》，〔註4〕夏廣興的《觀世音信仰與唐代文學創作》，〔註5〕王海燕的《湘西觀音信仰與沈從文的鄉土小說》，〔註6〕臺灣江燦騰的《觀音信仰與佛教文學》〔註7〕，美國于君方的《觀音靈驗故事》〔註8〕等等。具體到明代小說中的觀音意象研究，其成果更是為數不多，且研究立足點主要集中於極少數小說名著如《西遊記》和《三言二拍》的少數篇目等等之中。其中代表性的研究成果，有張錦池的《論〈西遊記〉中的觀音形象——兼談作品本旨及其他》、〔註9〕周秋良的《〈西遊記〉中的觀音形象及其民間性》、〔註10〕項裕榮的《九子母、鬼子母、送子觀音：從「三言二拍」看中國民間

〔註1〕天津：天津教育出版社，2005年。
〔註2〕《佛學會議論文匯編》，臺北：法鼓文化出版社，1998年。
〔註3〕北京：中華書局，1994年。
〔註4〕《社會科學》，1998年第2期。
〔註5〕《上海師範大學學報》，2003年第5期。
〔註6〕《鄭州大學學報》，2004年第1期。
〔註7〕《臺灣佛教與現代社會》，臺北：東大圖書公司，1992年。
〔註8〕《中華佛學學報》總第11期，1998年7月。
〔註9〕《文學評論》，1992年第1期。
〔註10〕《船山學刊》，2008年第4期。

宗教信仰的佛道混合》〔註11〕等等。從以上成果內容看，一方面，在廣度上，明代小說中的觀音意象研究，其研究範圍尚需進一步拓展。正如孫昌武先生在《中國文學中的維摩與觀音》中所言：「（自己對觀音在中國文學中的研究）範圍主要是宋代以前。宋代以後小說、戲曲以及民間文學中的俗神化的觀世音資料很多，涉及到民眾佛教、民間宗教、道教等多方面的發展狀況，還有必要詳加梳理，進行實地調查，應當作為另外的獨立的題目來研究。」〔註12〕另一方面，在深度上，明代小說中的觀音研究，其研究層次亦需進一步挖掘。鑒於此，筆者搜集出明代小說中眾多的相關觀音材料，在前行學者的研究基礎上，嘗試著從女性主義視角出發，對觀音意象中的女性主義意識嘗試給予探討。

第一節　觀音意象的審美化

　　明代小說中觀音意象的色慾化，主要體現在兩個方面：一是世俗性的色慾化，一是宗教性的色慾化。在世俗性的色慾化中，觀音意象常常以世俗審美中的人間美女肉身出現；在宗教性的色慾化中，觀音意象常常以宗教捨身度人的菩薩化身面目示人。無論世俗性抑或宗教性色慾化，其先在前提都需要觀音意象的某種審美化。

　　在明代小說中，觀音於世人眼裏的意象不一。

　　或是白衣觀音，如《喻世明言》卷二十三「張舜美燈宵得麗女」中，大慈庵裏供奉的就是白衣觀音；〔註13〕《初刻拍案驚奇》卷六「酒下酒趙尼媼迷花機中機賈秀才報怨」中，婺州趙尼姑觀音庵裏供奉的亦是白衣觀音；〔註14〕同書卷二七「顧阿秀喜會檀那物，崔俊臣巧會芙蓉屏」中，蘇州一個僻在荒濱的小尼庵，供奉的是白衣大士；〔註15〕《醒世姻緣傳》第六十八回「侯道婆夥倡邪教，狄監生自控妻驢」中，白衣庵裏供奉的是白衣觀音；〔註16〕《三刻拍案驚奇》第二十八回「癡郎被困名韁，惡髡竟投利網」中，湖州張秀才家裏「三

〔註11〕《明清小說研究》，2005 年第 2 期。
〔註12〕孫昌武：《中國文學中的維摩與觀音》「導論」，天津：天津教育出版社，2005年，第 13 頁。
〔註13〕（明）馮夢龍，合肥：安徽文藝出版社，2003 年，第 242 頁。
〔註14〕（明）凌濛初，合肥：安徽文藝出版社，2003 年，第 63 頁。
〔註15〕（明）凌濛初，第 293 頁。
〔註16〕（明）西周生，濟南：齊魯書社，2008 年，第 314 頁。

間樓上，中懸一幅賜子白衣觀音像」；〔註17〕《禪真後史》第四十九回「收番禮金吾護法，慕閣黎王氏偷情」中，來金吾家供奉的是檀香木雕塑的白衣觀音之像〔註18〕等等。

　　或是水月觀音，如《警世通言》第二十五卷「桂員外途窮懺悔」中，施濟在虎丘山觀音殿上，燒香禮拜的就是水月觀音；〔註19〕《初刻拍案驚奇》卷二四「鹽官邑老魔魅色，會骸山大士誅邪」中，金陵弘濟寺「寺僧於空處建個閣，半嵌石崖，半臨江水，閣中供養觀世音像，像照水中，毫髮皆見，宛然水月之景，就名為觀音閣。」〔註20〕顯然，這裡的觀音是水月觀音。《鼓掌絕塵》第十四回「察石佛驚分親父子，掬湘江羞見舊東君」中，作者嘲笑蓮花寺裏的小和尚道：「目秀眉清，唇紅齒皓……寄跡沙門，每恨闍梨真妄誤；託蹤水月，聊供師父耍風流。」〔註21〕可知，蓮花寺供奉的是水月觀音。《東遊記》卷上「仙侶戲弄洞賓」中，呂洞賓見到歌舞名妓白牡丹時，以水月觀音與之比量；〔註22〕《韓湘子全傳》第三回「虎榜上韓愈題名，洞房中湘子合巹」中，作者是以水月觀音比量韓湘子的妻子蘆英；〔註23〕《金瓶梅》第七十八回「西門慶兩戰林太太，吳月娘觀燈請藍氏」中，作者亦是以水月觀音比量藍氏，款蹙湘裙，似水月觀音之態度；〔註24〕同書第七回「薛嫂兒說娶孟玉樓，楊姑娘氣罵張四舅」中，孟玉樓家裏「三間倒坐客位，正面上供養著一軸水月觀音」〔註25〕等等。

　　或者是魚籃觀音，如《西湖二集》第十四卷「邢君瑞五載幽期」中，觀音菩薩化為賣魚少女，手裏提著一個籃子，走到市上賣魚為生，後又成為馬門媳婦。這是魚籃觀音。〔註26〕《百家公案》第四十四回「金鯉魚迷人之異」中，「都下鄭翁，平素重善，家掛一張淡墨所畫懶裝觀世音形象」。

〔註17〕（明）陸人龍，北京：華夏出版社，2008年，第283頁。

〔註18〕（明）清溪道人編著，鄭明智校點，西安：太白文藝出版社，2006年，第241頁。

〔註19〕（明）馮夢龍，合肥：安徽文藝出版社，2003年，第680頁。

〔註20〕《初刻拍案驚奇》卷二四，第258～268頁。

〔註21〕（明）金木散人編，北京：華夏出版社，1997年，第121頁。

〔註22〕（明）吳元泰，北京：華夏出版社，1994年，第31頁。

〔註23〕（明）楊爾曾，北京：華夏出版社，1995年，第144頁。

〔註24〕（明）蘭陵笑笑生著，陶慕寧校注，北京：人民文學出版社，2000年，第1094頁。

〔註25〕《金瓶梅》，第70～71頁。

〔註26〕（明）周清原，北京：人民文學出版社，2006年，第230～243頁。

〔註27〕觀音為報他三年之供奉，抓住了金鯉魚，化作「一中年婦人，手執竹籃，立在楊柳樹下」等鄭翁來領賞。後鄭翁「請畫工繪墨水觀音之像，手提魚籃。京都人效之，皆傳繪，即今所謂魚籃觀音是也。」〔註28〕《咒棗記》第十四回「真人建西河大供，盧靖保真人上升」中，南海女菩薩手上的竹籃中，提著一尾金鯉魚。〔註29〕《輪迴醒世》卷九「救援盜拐部」「大慈救十難（成化時）」篇中，尹樂田「里巷中刁唆為首，衙門內繫詐馳名」，「注定某年死於亂刀之下」，但因為替人寫狀而不受人妻私謝，且贈之以銀，感觀音菩薩化為提籃之婦，留籃中之魚，「化為大蛇，盤旋舟上，以首捍盜」，而得免於難。〔註30〕《明鏡公案》二卷「姦情類」「林侯求觀音祈雨」篇中，林尹便是以求雨為名，獲得奸僧庵中的魚籃觀音塑像，從而抓獲奸僧〔註31〕等等。

在明代小說中，白衣、水月和魚籃這三類觀音意象是最為多見的。其她觀音意象也有難得一現的，如千手千眼觀音，在《三刻拍案驚奇》第二十八回「癡郎被困名韁，惡髡竟投利網」中，王尼姑就提到過：「北寺裏一尊千手千眼觀音要裝」的話語；〔註32〕又如海潮觀音，在《金瓶梅》第五十九回「西門慶摔死雪獅子，李瓶兒痛哭官哥兒」中，「鄭愛月兒的房……但見簾攏香靄，進入明間內，供養著一軸海潮觀音」〔註33〕等等。

在明代小說中，雖然這三類觀音意象各有異處，但有一點是共通的，那就是她們都是以女性面目示人，而且還都是世俗審美中的人間美女肉身。如《西湖二集》第三卷「巧書生金鑾失對」中，甄龍友到西湖天竺寺參拜觀音菩薩，一時高興，就集《詩》四句作贊於東壁上道：「巧笑倩兮，美目盼兮。彼美人兮，西方之人兮！」〔註34〕又如《三寶太監西洋記》第一回「盂蘭盆

〔註27〕這種懶裝觀音意象在《西遊記》中出現過，顯係魚籃觀音的異稱。（參見（明）吳承恩：《西遊記》第四十九回「三藏有災沉水宅，觀音救難現魚籃」，北京：人民文學出版社，1955年，第603頁）

〔註28〕（明）安遇時，呼和浩特：內蒙古人民出版社，2009年，第75頁。

〔註29〕（明）鄧志謨，《古本小說集成》第1輯，第119冊，上海：上海古籍出版社，1991年影印本，第183～184頁。

〔註30〕（明）無名氏撰，程毅中點校，北京：中華書局，2008年，第285～286頁。

〔註31〕（明）葛天民、吳沛泉彙編，劉國輝校點，北京：群眾出版社，1999年，第338頁。

〔註32〕《三刻拍案驚奇》，第283頁。

〔註33〕《三刻拍案驚奇》，第728頁。

〔註34〕《三刻拍案驚奇》，第50頁。

佛爺揭諦，補陀山菩薩會神」中，描繪觀音意象云：

> 體長八尺，十指纖纖，唇似抹朱，面如傅粉。雙鳳眼，巧蛾眉，
> 跣足巃頭，道冠法服。觀盡世人千萬劫，苦熬苦煎，自磨自折，獨
> 成正果。一腔子救苦救難，大慈大悲。左傍立著一個小弟子，火焰
> 渾身；右傍立著一個小女徒，彌陀滿口。綠鸚哥去去來來，飛繞竹
> 林之上；生魚兒活活潑潑，跳躍團藍之中。原來是個觀世音，我今
> 觀盡世間人。〔註35〕

在這裡，作者在突出觀音奇絕的外在美時，還強調了她的內在美：「觀盡世人
千萬劫，苦熬苦煎，自磨自折，獨成正果。一腔子救苦救難，大慈大悲。」又
有《西遊記》第八回「我佛造經傳極樂，觀音奉旨上長安」中云：

> 理圓四德，智滿金身。纓絡垂珠翠，香環結寶明。烏雲巧迭盤
> 龍髻，繡帶輕飄彩鳳翎。碧玉紐，素羅袍，祥光籠罩；錦絨裙，金
> 落索，瑞氣遮迎。眉如小月，眼似雙星。玉面天生喜，朱唇一點紅。
> 淨瓶甘露年年盛，斜插垂楊歲歲青。解八難，度群生，大慈憫：故
> 鎮太山，居南海，救苦尋聲，萬稱萬應，千聖千靈。蘭心欣紫竹，
> 蕙性愛香藤。他是落伽山上慈悲主，潮音洞裏活觀音。〔註36〕

此處在強調觀音外在美的同時，亦突出了觀音的內在美：「理圓四德，智滿金
身」；「解八難，度群生，大慈憫：故鎮太山，居南海，救苦尋聲，萬稱萬應，
千聖千靈。蘭心欣紫竹，蕙性愛香藤。」又，同書第十二回「玄奘秉誠建大
會，觀音顯像化金蟬」中云：

> 瑞靄散繽紛，祥光護法身。九霄華漢裏，現出女真人。那菩薩，
> 頭上戴一頂：金葉紐，翠花鋪，放金光，生銳氣的垂珠纓絡；身上
> 穿一領：淡淡色，淺淺妝，盤金龍，飛彩鳳的結素藍袍；胸前掛一
> 面：對月明，舞清風，雜寶珠，攢翠玉的砌香環珮；腰間繫一條：
> 冰蠶絲，織金邊，登彩雲，促瑤海的錦繡絨裙；面前又領一個飛東
> 洋，遊普世，感恩行孝，黃毛紅嘴白鸚哥；手內托著一個施恩濟世
> 的寶瓶，瓶內插著一枝灑青霄，撒大惡，掃開殘霧垂楊柳。玉環穿
> 繡扣，金蓮足下深。三天許出入，這才是救苦救難觀世音。〔註37〕

〔註35〕　（明）羅懋登，北京：華夏出版社，1995年，第8頁。
〔註36〕　《西遊記》，第85頁。
〔註37〕　《西遊記》，第149頁。

在這裡，觀音的印度式的「赤腳」已經成了中國式的「金蓮」。又，同書第四十九回「三藏有災沉水宅，觀音救難現魚籃」中云：

> 遠觀救苦尊，盤坐襯殘篁。懶散怕梳妝，容顏多綽約。散挽一窩絲，未曾戴纓絡。不掛素藍袍，貼身小襖縛。漫腰束錦裙，赤了一雙腳。披肩繡帶無，精光兩臂膊。玉手執鋼刀，正把竹皮削。〔註38〕

此處的魚籃觀音，已經消散了菩薩仙氣，完全成了一位切近人間煙火的世俗美人了。在世人眼中，觀音是如此的美麗絕色，以致被據為世俗女性的審美標準了。如《西遊補》第十四回「唐相公應詔出兵，翠繩娘池邊碎玉」中，孫悟空一見到媚絕千年、香飄十里的奇美人翠娘時，暗想道：「世間說標緻，多比觀音菩薩。老孫見觀音菩薩雖不多，也有十餘次了，這等看起來，還要做他徒弟哩！」〔註39〕《韓湘子全傳》第三回「虎榜上韓愈題名，洞房中湘子合巹」中，作者評判韓湘子的妻子蘆英之美時云：「眼橫秋水，眉盡遠山。眼橫秋水，猶如水月觀音；眉盡遠山，好似漢宮毛女。」〔註40〕《禪真逸史》第六回「說風情趙尼畫策，赴佛會賽玉中機」中，形容黎賽玉之美時云：

> 只見一個女人，立在人以後聽講，生得十分美貌；粉膩膩一個俏臉，筍纖纖一雙玉手兒，身材窈窕，性格溫柔，那一雙翹尖尖小腳兒，更是愛殺人，儼然活觀音出現。〔註41〕

《楊家將演義》第七卷「楊文廣領兵取寶」中，錦姑、月英、飛雲三女，在眾人眼中「乃活觀音降世」。〔註42〕《北遊記》卷二，「太子被戲下武當」中，當山聖母為勾引太子，「搖身一變，變一女子，卻似西子重生世，猶如觀音降山來」。〔註43〕《金瓶梅》第二十八回「陳經濟因鞋戲金蓮，西門慶怒打鐵棍兒」中，陳經濟看到潘金蓮：

> 黑油般頭髮，手挽著梳還拖著地兒，紅絲繩兒紮著，一窩絲攢上戴著銀絲鬆髻，還墊出一絲香雲，鬆髻內安著許多玫瑰花瓣兒，

〔註38〕《西遊記》，第 603 頁。

〔註39〕（明）董說，北京：華夏出版社，1995 年，第 44 頁。

〔註40〕《韓湘子全傳》，第 144 頁。

〔註41〕（明）清溪道人編著，北京：華夏出版社，1995 年，第 48 頁。

〔註42〕（明）秦淮墨客校閱，煙波釣叟參訂，劉倩校點，北京：人民文學出版社，2007 年，第 203 頁。

〔註43〕（明）余象斗，北京：華夏出版社，1994 年，第 202 頁。

露著四鬢上，打扮的就是個活觀音。〔註44〕

在此處，甚至連女人的髮式之美，亦是依觀音為比量標準。更有甚者，因為妻子亡故竟以觀音意象寄託亡妻之思的。如《喻世明言》第二十四卷「楊思溫燕山逢故人」中，韓思厚「感亡妻鄭氏」，作《御街行》詞曰：「合和朱粉千餘兩，撚一個，觀音樣。大都卻似兩三分，少付玲瓏五臟。」〔註45〕另外，觀音意象還成了世人身上的裝飾品，如《金瓶梅》第二十回「孟玉樓義勸吳月娘，西門慶大鬧麗春院」中，吳月娘頭上正面戴的首飾是「金廂玉觀音，滿池嬌分心」；李瓶兒託西門慶找銀匠打的首飾，亦是「金廂玉觀音，滿池嬌分心」；〔註46〕來旺兒擔著四處賣的首飾，還是「左右圍發，利市相對荔枝叢；前後分心，觀音盤膝蓮花座。」〔註47〕《醒世姻緣傳》第七十八回「陸好善害怕賠錢，寧承古詐財捱打」中，定府「徐太太當中戴一尊赤金拔絲觀音」。〔註48〕不說尋常婦人，即使是皇帝也是「頂玉冠觀音像，以朝百官」。〔註49〕還有因為生的美麗，乾脆以「觀音」為名的，如《金瓶梅》第十三回「李瓶兒隔牆密約，迎春女窺隙偷光」中，粉頭鄭愛香，「小名叫做鄭觀音，生的一表人物」。〔註50〕亦有因為性情賢慧而被加以「觀音」名號的，如《檮杌閒評》第四回「賴風月牛三使勢，斷吉凶跛老灼龜」中，王尚書公子的正妻貌美而為人賢慧，不吃醋，被侯一娘稱作「賽觀音」。〔註51〕反之則不然，如《醒世姻緣傳》第五十二回「名御史旌賢風世，悍妒婦怙惡乖倫」中，薛素姐就是「雖有觀音之貌，一團羅剎之心」；〔註52〕《醋葫蘆》第三回「王媽媽愁而復喜，成員外喜而復愁」中，成珪的繼女就是一個不賢慧的「觀音鬼」〔註53〕等等。

〔註44〕《金瓶梅》，第 323 頁。

〔註45〕《喻世明言》，第 248 頁。

〔註46〕《金瓶梅》，第 222 頁、223 頁。

〔註47〕《金瓶梅》，第 1229 頁。

〔註48〕《醒世姻緣傳》，第 361 頁。

〔註49〕（宋）志磐撰《佛祖統紀》卷第五十一「歷代會要志第十九之一」「君上奉法」，《大正藏》第 49 冊第 2035 號，臺北：白馬書局有限公司，2003 年，第 451 頁中第 12 行。

〔註50〕《金瓶梅》，第 139 頁。

〔註51〕（明）佚名，北京：人民文學出版社，1983 年，第 37 頁。

〔註52〕《醒世姻緣傳》，第 238 頁。

〔註53〕（明）西湖子伏雌教主編，王瑩校點，西安：太白文藝出版社，2006 年，第 23 頁。

在明代小說中，以觀音意象為審美，不僅在女性中被依為審美標準，而且在男性中亦被依為審美標準。如《英烈傳》第九回「定滁州神武揚威」中，明太祖的先鋒大將花雲，「花貌卻如觀自在，追魂勝過大閻羅。」〔註54〕，在此處，雖然大將花雲一面是如觀音般花容月貌，一面如閻羅王般追命奪魂，但於作者的審美意識裏，看似截然對立的二者卻被毫無掛礙地接受。同樣的審美傾向還出現在《禪真後史》第十七回「古嶠關啜守存孤，張老莊伏邪皈正」中，韋陀尊者法像：「鳳翅金盔耀日，連環鎖甲飛光。手中鐵杵利如鋼，面似觀音模樣。腳下戰靴抹綠，渾身繡帶飄揚。佛前護法大神王，魔怪聞之膽喪。」〔註55〕韋陀尊者是佛教裏面的著名護法神，在一般的審美意識裏，他的形象自然是威武兇狠。不過，作者於其的審美期望，卻是「面似觀音模樣」之後的「魔怪聞之膽喪」。這種男性審美的「觀音化」，甚至還延伸到男性兒童的審美標準中。如《石點頭》第十四回「潘文子契合鴛鴦冢」中，眾人「見了小潘安這般美貌，個個搖唇吐舌，你張我看，暗暗裏道：『莫非善財童子出現麼？』又有說：『莫非梓潼帝君降臨凡世。』又有說：『多分是觀音菩薩化身。』」〔註56〕又如《禪真後史》第三十一回「黃鼠數枚神馬伏，奇童三矢異僧亡」中，在「勇同羅剎」的虎將紅鳩尼眼中，垂發美貌的瞿琰就是一個美「觀音」。〔註57〕

綜上可知，在明代小說中，觀音意象以白衣、水月和魚籃觀音三種最為多見，她們均以世俗審美意識中的美女肉身面目示人。與此同時，觀音意象還成為了世俗女性的外在和內在審美標準，甚至還成為了男人和男童的審美標準。換句話說，在明代小說裏，觀音意象已經定格於整個世俗社會的審美意識之中。這種情況的出現，自然是多方面合力的促成結果。不過，筆者以為，其主要促成還在於：一者係佛教自身固有的某種教理因素所致，一者係小說所處時代的時代因緣所導。該教理因素和時代因緣，在特定的世俗審美接受中，最終共振於觀音意象的色慾化審美表達。

〔註54〕（明）佚名著，尚成校點，上海：上海古籍出版社，2004年，第28頁。
〔註55〕《禪真後史》，第172頁。
〔註56〕（明）天然癡叟，北京：華夏出版社，1995年，第367～368頁。
〔註57〕《禪真後史》，第154頁。

第二節　觀音意象的色慾化

正如上一節裏所論，在明代小說中，觀音意象更多的是以美女肉身而非神聖面目示人的。而該肉身的背後，則無一例外地直接或間接地折射著，某種男權對女性的審美要求和欲望表達。在《金瓶梅》第七十八回「西門慶兩戰林太太，吳月娘翫燈請藍氏」中：

> （藍氏）儀容嬌媚，體態輕盈。姿性兒百伶百俐，身段兒不短不長。細彎彎兩道蛾眉，直侵入鬢；滴溜溜一雙鳳眼，來往遟人。嬌聲兒似囀日流鶯，嫩腰兒似弄風楊柳。端的是綺羅隊裏生來，都壓豪華氣象；珠翠叢中長大，那堪雅淡梳妝。開遍海棠花，也不問夜來多少；飄殘楊柳絮，竟不知春色如何。要知他半點真情，除非是穿綺窗皓月；能施他一腔心事，都便似翻繡幌清風。輕移蓮步，有蕊珠仙子之風流；款蹙湘裙，似水月觀音之態度。正是：比花花解語，比玉玉生香！〔註58〕

在淫濫之徒西門慶的眼中，藍氏的驚人之美，是比照於「蕊珠仙子之風流」和「水月觀音之態度」的。無論是風流的蕊珠仙子，還是以媚態著名的水月觀音，在西門慶的男權佔有欲下，無不都是觸手可及的藍氏化身。因此，這種比照並非是一般意義上的異性審美要求，而是一種有意和無意之間的淫邪欲望表達。西門慶的該淫邪欲望表達，在第五十七回「道長募修永福寺，薛姑子勸舍陀羅經」中，有更為露骨的赤裸裸自白。吳月娘勸說西門慶云：「哥，你日後那沒來回、沒正經、養婆兒、沒搭煞、貪財好色的事體，少幹幾樁兒也好，攢下些陰功與那小的子也好。」西門慶則毫不在意地笑云：

> 咱聞那佛祖西天，也止不過要黃金鋪地；陰司十殿，也要些楮鏹營求。咱只消盡這家私廣為善事，就使強姦了常娥，和姦了織女，拐了許飛瓊，盜了西王母的女兒，也不減我潑天富貴！〔註59〕

又有同書第七回「薛嫂兒說娶孟玉樓，楊姑娘氣罵張四舅」中，在孟玉樓家裏，「三間倒坐客位，正面上供養著一軸水月觀音、善財童子」，走到西門慶面前的孟玉樓，則「恰似嫦娥離月殿，猶如神女下瑤階」。〔註60〕在水月觀音、

〔註58〕《金瓶梅》，第1094頁。
〔註59〕《金瓶梅》，第701頁。
〔註60〕《金瓶梅》，第70～72頁。

嫦娥、神女、孟玉樓,甚至善財童子面前,〔註61〕西門慶潛在於其間的淫慾意圖,自是不言自明。即便是淫污了蕊珠仙子、水月觀音、常娥、織女、許飛瓊、西王母的女兒等等,在西門慶的信仰意識裏,也是沒有任何宗教禁忌的。頗具諷刺的是,西門慶在色慾上的百無禁忌之底氣,恰恰在於宗教自身的默許甚至鼓勵:說此話之前,永福寺道長老已經因西門慶的五百兩銀子的布施,許諾云:

> 仰仗著佛祖威靈,福祿壽永永百年千載;倚靠他伽藍明鏡,父子孫個個厚祿高官。瓜瓞綿綿,森挺三槐五桂;門庭奕奕,焜煌金埒錢山。凡所營求,吉祥如意。〔註62〕

緊接著說此話之後,觀音庵的王姑子和薛姑子,亦因西門慶的三十兩銀子的印《陀羅尼》經布施,許諾其「獲福無量」,有著「那老瞿曇雪山修道,迦葉尊散發鋪地,二祖可投崖飼虎,給孤老滿地黃金」,也比不了的功德。且此經「勸人專心念佛,竟往西方見了阿彌陀佛,自此一世二世,以至百千萬世,永永不落輪迴。」〔註63〕也就是說,西門慶即便淫污了阿彌陀佛脅侍觀音,死後進入西方極樂世界也是毫無疑問的了。在這種意識之下,美女觀音同其他眾仙女們,最終淪為西門慶之流的意淫對象實在是自然之理。這種情況並非孤例,而是多處可見,如同書第五十九回「西門慶摔死雪獅子,李瓶兒痛哭官哥兒」中,妓女鄭愛月兒房中的明間內,「供養著一軸海潮觀音,兩旁掛四軸美人」,「上面掛著一聯:捲簾邀月入,諧瑟待雲來。」在此處,並列於「四軸美人」之旁的美女觀音,已經淪落為娼妓家中「捲簾邀月入,諧瑟待雲來」的又一噱頭。而這種噱頭背後的男權潛在淫慾,則具體實踐於妓女鄭愛月之身:

> 鄭愛月兒出來:不戴鬏髻,頭上挽著一窩絲杭州攢,梳的黑鬒鬒光油油的烏雲,霞著四鬢。雲鬢堆縱,猶若輕煙密霧,都用飛金巧貼,帶著翠梅花鈿兒,周圍金累絲簪兒齊插,後鬢鳳釵半卸,耳邊帶著紫瑛石墜子。上著白藕絲對衿仙裳,下穿紫綃翠紋裙,腳下

〔註61〕西門慶還是個孌童癖,如《金瓶梅》第三十四回「書童兒因寵攬事,平安兒含恨戳舌」,第三十五回「西門慶挾恨責平安,書童兒妝旦勸狎客」,均寫到了他跟書童之間的不正常性關係。(參見第 399、407~408 頁)在明代小說中,常有孌童癖甚至男性之間性行為現象。

〔註62〕《金瓶梅》,第 699 頁。

〔註63〕《金瓶梅》,第 703~704 頁。

露一雙紅鴛鳳嘴，胸前搖琱瓏寶玉玲瓏，正面貼三顆翠面花兒，越
顯那芙蓉粉面；四周圍香風縹緲，偏相襯楊柳纖腰。正是：若非道
子觀音畫，定然延壽美人圖。〔註64〕

又，同書第十三回「李瓶兒隔牆密約，迎春女窺隙偷光」中，粉頭鄭愛香，
「小名叫做鄭觀音，生的一表人物」。〔註65〕妓女鄭愛香是西門慶經常消費的
對象之一，這種經常消費的背後，自然是由於其具有觀音樣的美色，從而迎
合了西門慶的色慾審美愛好。在《金瓶梅》中，同樣的色慾審美愛好，還發生
在其他人身上，如陳經濟。陳經濟一直覬覦著潘金蓮的美色，無論是在其私
下的窺視裏，還是在他的心目中，潘金蓮均是「一個活觀音」。〔註66〕這種審
美比照的產生，當然是其潛在的觀音審美愛好的自然流露。而一旦契情契機
的情境出現，這種觀音審美愛好，就會被付諸實踐。如第八十二回「潘金蓮
月夜偷期，陳經濟畫樓雙美」中，作者就刻意安排了這樣一個陳、潘歡會的
場景：

原來潘金蓮那邊三間樓上，中間供養佛像，兩邊稍間堆放生
藥香料。兩個自此以後，情沾肺腑，意密如膠，無日不相會做一
處。一日，也是合當有事。潘金蓮早辰梳妝打扮，走來樓上觀音
菩薩前燒香，不想經濟正拿鑰匙上樓，開庫房間拿藥材香料，撞
遇在一處。這婦人且不燒香，見樓上無人，兩個摟抱著親嘴咂舌。
一個叫「親親五娘」一個呼「心肝性命」，說：「趁無人，咱在這
裡幹了罷。」一面解退衣褲，就在一張春凳上，雙鳧飛肩，靈根
半入，不勝綢繆。〔註67〕

梳妝打扮後的潘金蓮，被燒香的觀音菩薩，一個是事實上的色慾符號，一個
是被色慾化的符號指向；一個是陳經濟眼中的「活觀音」，一個是陳經濟心中
的色慾審美標準。雖然，二者不期而遇於佛堂之中，但「趁無人，咱在這裡幹
了罷」的陳、潘交合，卻實在是西門慶曾經的某些行為的再次上演。而所謂
的「趁無人」背後的陳經濟的潛意識則在於——只剩下觀音菩薩在此供我淫
慾，至此，潘金蓮與觀音菩薩的合而為一，讓陳經濟終於得償於對美女觀音

〔註64〕 《金瓶梅》第五十九回「西門慶摔死雪獅子，李瓶兒痛哭官哥兒」，第728頁。
〔註65〕 《金瓶梅》，第139頁。
〔註66〕 《金瓶梅》，第323頁。
〔註67〕 《金瓶梅》，第1143頁。

的色慾化夙願。如果說，西門慶的消失使得男權王位暫時空缺，那麼陳經濟的得償夙願，則「在這裡」恢復了男權對美女觀音的色慾化控制和佔有。而女權的可悲之處在於，潘金蓮對觀音菩薩的燒香祈願，沒有能夠為自己去色慾化，相反，卻促成了觀音菩薩自身再次百無禁忌地被色慾化了。

在明代其他小說中，觀音被色慾化的現象同樣處處可見。如《檮杌閒評》第十二回「傅如玉義激勸夫，魏進忠他鄉遇妹」中，魏進忠「從闌干邊張見一個少年婦人，同著兩個小女兒在那裡看花。那婦人生得風韻非常……十分美麗」，「不禁魂飛魄散，坐在椅子上就如癡了一般。」

> 對七官道：「才月裏嫦娥帶著兩個仙女來看花，豈非仙子麼！」
> 七官道：「不要瞎說，想是家嫂同舍妹來看花的。」進忠道：「如此說，
> 令嫂真是活觀音了。帶著善才龍女，只是未曾救苦救難。」〔註68〕

在魏進忠的宗教意識裏，不僅月裏嫦娥被色慾化，而且觀音菩薩的救苦救難，已經被藉口為色慾的救濟了。又如《醒世恒言》第三十一卷「鄭節使立功神臂弓」中，鄭信眼中的日霞仙子：

> 齁齁地裸體而臥。但見：蘭柔柳困，玉弱花羞。似楊妃出浴轉
> 香衾，如西子心疼欹玉枕。柳眉斂翠，桃臉凝紅。卻是西園芍藥倚
> 朱欄，南海觀音初入定。〔註69〕

在鄭信色慾化的觀想裏，剝去了文明的遮羞布的觀音菩薩，被赤裸裸地擺放在男權的色慾化審視之下，並最終淪為鄭信們的消費物。又如《警世通言》第十四卷「一窟鬼癩道人除怪」中，吳教授只道那李樂娘「是南海觀音」：

> 水剪雙眸，花生丹臉，雲鬟輕梳蟬翼，峨眉淡拂春山；朱唇綴
> 一顆天桃，皓齒排兩行碎玉。意態自然，迥出倫輩，有如織女下瑤
> 臺，渾似嫦娥離月殿。〔註70〕

當然，吳教授的這種觀想意圖則在於，與其「寫成今世不休書，結下來生雙綰帶」。〔註71〕又如《初刻拍案驚奇》卷十六「張溜兒熟布迷魂局，陸蕙娘立決到頭緣」中，沈燦若眼中的陸蕙娘生得：

> 敷粉太白，施朱太赤。加一分太長，減一分太短。十相具足，

〔註68〕《檮杌閒評》，第 148 頁。
〔註69〕（明）馮夢龍，合肥：安徽文藝出版社，2003 年，第 1345 頁。
〔註70〕《警世通言》，第 555 頁。
〔註71〕《警世通言》，第 556 頁。

是風流占盡無餘；一昧溫柔，差絲毫便不廝稱！巧笑倩兮，笑得人

魂靈顛倒；美目盼兮，盼得你心意癡迷。假使當時逢妒婦，也言我

見且猶憐。〔註72〕

「十相具足」係佛、菩薩的常用語；「巧笑倩兮」「美目盼兮」，乃《西湖二集》
第三卷「巧書生金鑾失對」中，甄龍友到西湖天竺寺參拜觀音菩薩時，集《詩》
贊觀音之美的其中最為著名的兩句。〔註73〕顯然，沈燦若是以觀音之美來觀
想陸蕙娘，以致自己「似頂門上喪了三魂，腳底下蕩了七魄」，「一步步趲將
去，呆呆的尾著那婦人只顧看。」當然，他的意圖亦在於期許觀音樣的陸蕙
娘，使得自己於斷弦之際，能夠「鸞膠續處舞雙鴞」〔註74〕

　　在明代小說中，觀音意象的被色慾化，不僅存在於世俗男權審美意識之
中，一些皈依佛教的方外專業宗教人士亦難免俗。尤其是某些佛教異類，不
但不避諱於此，而且還以此縱行淫慾，甚至毒害生命。

　　如《金瓶梅》第八十九回「清明節寡婦上新墳，吳月娘誤入永福寺」中，
永福寺觀音殿長老：

光溜溜一雙賊眼，單睃趁施主嬌娘；這禿廝美甘甘滿口甜言，

專說誘喪家少婦。淫情動處，草庵中去覓尼姑；色膽發時，方丈內

來尋行者。仰觀神女思同寢，每見嫦娥要講歡。〔註75〕

在觀音殿中「仰觀神女思同寢，每見嫦娥要講歡」，當然「觀」的是觀音，「見」
的還是觀音；「思同寢」的是觀音，「要講歡」的依然是觀音。於永福寺長老來
說，色慾化其信仰對象，已成為其宗教信仰實質了。又如《歡喜冤家》第十四
回「一宵緣約赴兩情人」中，淫僧了然見了豔妓李秀英，「自此無心念佛，只
念著救命王菩薩，也懶去燒香，就去燒的香，也只求的觀音來活現。整日相
思。」跟李秀英交合時，嘴裏喊的也是「活菩薩」。〔註76〕又如《禪真逸史》
第六回「說風情趙尼畫策，赴佛會賽玉中機」中，鍾守淨眼中的黎賽玉，「生
得十分美貌；粉膩膩一個俏臉，筍纖纖一雙玉手兒，身材窈窕，性格溫柔，那
一雙翹尖尖小腳兒，更是愛殺人，儼然活觀音出現。」以致左鄰右舍巷裏的
人，編曲兒諷刺道：「和尚是鍾僧，晝夜胡行。懷中摟抱活觀音，不惜菩提甘

〔註72〕《初刻拍案驚奇》，第165頁。
〔註73〕《西湖二集》，第50頁。
〔註74〕《初刻拍案驚奇》，第163頁。
〔註75〕《金瓶梅》，第1219頁。
〔註76〕（明）西湖漁隱主人，北京：華夏出版社，1995年，第148頁。

露水，盡底具傾。賽玉是妖精，勾引魂靈。」〔註77〕無論在鍾守淨眼中，還是在「左鄰右舍巷裏的人」眼中，活觀音就是黎賽玉，黎賽玉就是活觀音，總之都被色慾化成了「勾引魂靈」的妖精。又如《初刻拍案驚奇》卷二六「奪風情村婦捐軀，假天語幕僚斷獄」中，村婦杜氏到寺中避雨，心性淫毒的大覺和尚道：「觀音菩薩進門了，好生迎接著。」〔註78〕同書卷十七「西山觀設籙度亡魂，開封府備棺追活命」中，「姿容美麗」「白衣白髻」「態度瀟灑」的吳氏，在其情夫西山觀知觀法師眼中，是被「認做白衣送子觀音出現了」的。〔註79〕如此等等，不一而足。在明代小說中，觀音菩薩被自己的信奉者色慾化的例子非常之多。並且，明代小說中的出家僧人形象，普遍地被性化為淫慾的象徵，於此恐怕亦是該表現之一吧。

在明代小說家的筆下，觀音意象的命運，於僧、俗二界難免如此，那麼於觀音菩薩自身所處的靈性世界，又是如何呢？承前可以想見，加諸於觀音意象之上的仍然是無處不在的色慾化。

如《東遊記》，卷上，「仙侶戲弄洞賓」中，呂洞賓見到歌舞名妓白牡丹時，思曰：「廣寒仙子，水月觀音，吾曾見過，未有如此妖態動人者。傾國傾城，沉魚落雁，宜頌矣。」不禁心動之下曰：「良家女子則不可妄議，彼花柳中人，吾可得而試之。況此婦飄飄出塵，已有三分仙氣，觀其顏色豔麗，獨鍾天地之秀氣，而取之大有理益。」於是忘卻仙凡，與白牡丹交合而去。〔註80〕觀呂洞賓意可知，「廣寒仙子，水月觀音」一向皆為其色慾對象，只是因為「良家女子」身份所限，不可得逞所欲而已。因此，一旦廣寒仙子和水月觀音的意象，被移植於白牡丹的娼妓身份之上時，呂洞賓「忘卻仙凡」便在所難免，心動交合自是勢之必然。同書下卷「觀音和好朝天」中，對此作了進一步印證。當老君、如來二人請觀音為八仙與龍王之爭分解時，

> 觀音曰：「此事不敢如命。」老君、如來曰：「何故？」觀音笑曰：「洞賓那生最是輕薄。我向在洛陽造橋，彼常多方調戲。」老君、如來大笑曰：「今有我二老在，卻不妨事也。」〔註81〕

觀音的「笑曰」和老君、如來的「大笑曰」，早已昭示了包括觀音自身在內的

〔註77〕《禪真逸史》，第48、75頁。
〔註78〕《初刻拍案驚奇》，第280頁。
〔註79〕《初刻拍案驚奇》，第207頁。
〔註80〕《東遊記》，第31頁。
〔註81〕《東遊記》，第54～56頁。

一眾人等，對觀音的被色慾化的默認甚至縱容。又有《飛劍記》第十二回「純陽子擲劍化女，純陽子見火龍君」中，呂洞賓以寶劍化為一美婦人，去試探戒嚴寺僧人戒行。只見此婦人「眉分柳葉，唇點櫻桃。嫩盈盈半醉楊妃面，細纖纖一搦小蠻腰」。引得「寺中之僧大驚小怪，意蕩神馳。道：『哪裏有這樣小姐，敢是觀音菩薩麼？』」或曰：「『此不是觀音菩薩。既是觀音菩薩，如何沒有個紅孩兒、龍女跟隨？敢是妖精麼？』」〔註82〕在此處，呂洞賓化寶劍為觀音般的美婦，依其以往對觀音的行為和態度，難免在不自覺中顯露出了其潛意識對觀音的色慾取向。當然，這種取向更是由於小說創作者及其受眾對觀音的色慾取向所致。這樣一來，被色慾化了的觀音同呂洞賓之間的曖昧，甚至還成為作者及其受眾取樂的談資。如《雪濤小說》「諧史」曰：

> 昔觀音大士誕辰，諸神皆賀。呂純陽後至，大士曰：「這人酒色財氣俱全，免相見。」純陽數之曰：「大士金容滿面，色也；淨瓶在旁，酒也；八寶瓔珞，財也；噓吸成雲，氣也。何獨說貧道？」大士怒，用瓶擲之。純陽笑曰：「大士莫急性，這一瓶打我不去，還須幾瓶耳。」〔註83〕

類似的觀音被色慾化，甚至在佛教宣教意味非常強的《西遊記》中亦不乏存在。如第四十九回「三藏有災沉水宅，觀音救難現魚籃」中，孫悟空任性要見觀音菩薩時，作者道：「這個美猴王，性急能鵲薄⋯⋯拽步入深林，睜眼偷覷著。」一個「鵲薄」，一個「偷覷」，點出了孫悟空跟觀音菩薩之間關係之親密甚至於曖昧。而「偷覷」的具體內容，更是為之作了有力的佐證：

> 遠觀救苦尊，盤坐襯殘箬。懶散怕梳妝，容顏多綽約。散挽一窩絲，未曾戴纓絡。不掛素藍袍，貼身小襖縛。漫腰束錦裙，赤了一雙腳。披肩繡帶無，精光兩臂膊。玉手執鋼刀，正把竹皮削。〔註84〕

在孫悟空的眼中，觀音散挽著頭髮，只著貼身小衣，且赤腳，又精光著雙肩，還有玉手一雙。一者，孫悟空的行為無禮，尤其是眼光落點極為曖昧；二者，以觀音的神通廣大，不可能是因倉促而以此面目示現於孫悟空。因此，二人倘非極為親密的某種關係，對於一個《西遊記》所處時代的男女來說，雙方

〔註82〕　（明）鄧志謨，北京：華夏出版社，1995年，第58頁。
〔註83〕　（明）江盈科著，黃仁生校注，上海：上海古籍出版社，2000年，第254頁。
〔註84〕　《西遊記》，第603頁。

之舉均難言契情合理。又如第四十二回「大聖殷勤拜南海，觀音慈善縛紅孩」中，觀音菩薩對前來求救的孫悟空云：

> 悟空，我這瓶中甘露水漿……待要與你拿了去，你卻拿不動；待要著善財龍女與你同去，你卻又不是好心，專一只會騙人。你見我這龍女貌美，淨瓶又是個寶物，你假若騙了去，卻那有工夫又來尋你？〔註85〕

觀音的一句「你見我這龍女貌美……假若騙了去」，龍女與善財是觀音意象經典的標識之一，故觀音此言簡直就是在自我色慾化。而孫悟空的回答，也完全是密友之間的逗趣。更為曖昧的是，當孫悟空請觀音出了潮音仙洞後，觀音讓孫悟空先行時，孫悟空的回答則滿溢著直截的色慾挑逗意味：「弟子不敢在菩薩面前施展。若駕筋斗雲啊，掀露身體，恐菩薩怪我不敬。」〔註86〕這種直截的色慾意味，在《錢塘魚隱濟顛師語錄》有著更為赤裸裸的表達——當太后娘娘認出夢中羅漢正是濟顛，而準備向其下拜時，「濟公急忙打個筋斗，褲兒不穿，露出前面這件物事，扒起便走。」〔註87〕在明代小說中，人間的女性至尊乃太后娘娘，佛界的女性至尊係觀音娘娘，而遊戲人間的濟顛、叛逆桀驁的孫悟空，卻不約而同地用指向男權的男根，色慾化地顛覆了二位娘娘的女性至尊。不過，當故事敘述到達《醉菩提傳》時，這種色慾化的女權顛覆被極為巧妙地掩飾過了：

> 濟顛道：「貧僧是一個窮和尚，只會打筋斗，別無甚麼報答娘娘，只願娘娘也學貧僧，打一個筋斗轉轉罷。」一面說，一面就頭向地腳朝天，一個筋斗翻轉來，因未穿褲子，竟將前面的物事都露了出來。眾嬪妃宮女見了，盡皆掩口而笑……長老與眾僧膽都嚇破，忙跪下奏道：「此僧素有瘋癲之疾，今病發無禮，罪該萬死！望乞娘娘恩赦。」太后道：「此僧何嘗瘋癲？真是羅漢。他這番舉動，乃是願我來世轉女成男之意，實是禪機，不是無禮。本該請他來拜謝，但他既避去，必不肯來，只得罷了。」〔註88〕

〔註85〕《西遊記》，第513頁。

〔註86〕《西遊記》，第514頁。

〔註87〕（明）仁和沈孟柈述，古本平話小說集（上），北京：人民文學出版社，1999年，第29頁。

〔註88〕（明）天花藏主人編，蕭欣橋校點：《醉菩提傳》第十回「現金身太后施錢，轉輪迴蛤蟆下火」，北京：人民文學出版社，1999年，第56～57頁。

當然，該巧妙掩飾背後，宣示了太后娘娘的被色慾化，與觀音娘娘的被色慾化二者之間的截然區隔。在世俗權力的絕對自信下，太后娘娘可以大度地面對「長老與眾僧膽都嚇破」和下跪。而觀音娘娘則不然、也不能有此自信和大度，但她能做的不過是面對如來和老君訕笑，以及在孫悟空面前賣弄蓮瓣渡海的神通而已。但這兩種應對後的結果是一致的，太后娘娘「來世轉女成男」的解讀，觀音娘娘「訕笑」和「賣弄」中的妥協，均指向了被男權色慾化的默認。

第三節　觀音意象色慾化審美背後的隱喻

其實，觀音菩薩的女性化審美，並不是開始於明代小說之中。早在佛教傳入中國不久的南北朝時期，觀音菩薩形象就已經開始女性化審美了。這種女性化審美，突出表現在觀音菩薩的造像之中。

北齊貼金彩繪石雕觀世音菩薩立像，「頭戴雕花曼高冠，寶珠串連」，「額前梳六個圓形髮式，並從頸後披至雙肩……整個面部圓潤，顯得安詳莊重，慈善親切」。在體態上，肩削腰細，小腹明顯隆起，形體修長，姿態秀雅，女性氣息十足。〔註89〕其他如北魏貼金彩繪圓雕菩薩立像，亦多是如此。〔註90〕這種女性化審美形象，甚至在正史中也有反映。如唐李百藥《北齊書》卷三十三《徐之才傳》就載有，北齊武成帝縱慾過度後，「自云初見空中有五色物，稍近變成一美婦人，去地數丈亭亭而立。食頃，變為觀世音」。〔註91〕

到了隋唐之際，敦煌壁畫《南壁說法圖》裏的觀音，雖然留有髭鬚，但神情嫻靜，體態婀娜，端莊而不失柔媚，形態沉穩而不失靈動，「男身女相」的意味更加明顯。到了唐代，尤其是中唐以後，菩薩造像已經以女相為尚，以致（北宋）釋道誠在《釋氏要覽》卷中「造像」條云：「宣律師云，造像梵相，宋齊間皆唇厚鼻隆目長頤豐，挺然丈夫之相。自唐來筆工皆端嚴柔弱似妓女之貌，故今人誇宮娃如菩薩也。又云今人隨情而造，不追本實，得在信敬，失在法式。但論尺寸長短，不問耳目全具。或爭價利，計供厚薄，酒肉餉

〔註89〕夏名采：《青州龍興寺佛教造像窖藏》，北京：三聯書店，2004年，第36～39頁，
〔註90〕《青州龍興寺佛教造像窖藏》，第33頁。
〔註91〕（唐）李百藥：《北齊書》，北京：中華書局，1972年，第446頁。

遺，身無潔淨，致使尊像雖樹，無復威靈。」〔註92〕如中唐畫家周昉善畫「菩薩端嚴，妙創水月（觀音菩薩）之體」，〔註93〕「於諸像精意，至於感通夢寐，示現相儀，傳諸心匠」。也就是說，周昉畫的神像，是佛菩薩感通其夢寐而現的種種化身，而非一般的追本求實的「摹臨」，正乃宣律師所不滿的「隨情而造，不追本實」吧。又，《宣和畫譜》贊周昉「傳寫婦女，則為古今之冠」。且其「畫婦女，多為豐厚態度者……昉貴遊子弟，多見貴而美者，故以豐厚為體。」〔註94〕可知，周昉的水月觀音之體，當受其貴族仕女畫法之大影響。事實上，從唐代開始，觀世音造像基本定型為一派唐代貴婦的形象。唐朝以後觀世音造像除衣飾略有更改外，別無大的變化。〔註95〕

而且，在唐代，不僅觀音菩薩造像以女相為尚，而且佛教飛天形象亦是一改印度的男相，變成了容貌秀麗，舞姿曼妙的年輕女性，以致成了敦煌的藝術標杆。甚至佛陀造像也有女相的存在。如龍門石窟奉先寺的盧舍那大佛。「這尊在中國石窟造像中不同尋常地呈現女性相貌特徵的盧舍那佛，身材頎長豐約，神情莊嚴典雅，面龐圓潤豐腴。安詳舒展的彎眉秀目俯視著塵寰，眼神中既有那種了悟大千世界奧義的睿智，又流露出一種母性的溫厚與寬容，微微上翹的嘴角透出一絲絕對清純，又絕對超凡絕塵的微笑。」〔註96〕據說，這尊盧舍那大佛是依「廣頤方額」的武則天形象而造，是武則天的「報身像」。武則天自起名「曌」，不言而喻，光照乾坤，而盧舍那的譯意正好為「光明遍照」。再聯繫「宮娃如菩薩」的時代風尚，因此，此說當不無可能。

到五代、宋時期，觀音造像女性審美化進一步發展。如五代時期大足北山佛灣第125號龕數珠手觀音雕像，頭戴花冠，髮絲垂肩；頭向左側低俯，目光下視，含顰欲笑；右手輕拈一數珠串，左手握撫扼右腕，交叉於腹前，身段窈窕，體態輕盈，顯得悠閒自若。袒胸露臂，迎風而立，衣裙飄拂，頗有「吳帶當風」之韻。整個神態，天真靦腆，溫順淑雅，幽思含情，俏麗嫵媚，

〔註92〕（北宋）道誠集：《釋氏要覽》，《大正藏》第54冊第2127號，臺北：白馬書局有限公司，2003年，第288頁上第17行。

〔註93〕（唐）張彥遠：《歷代名畫記》卷第十「唐朝下」「周昉」，臺北國家圖書館藏明嘉靖本。

〔註94〕《宣和畫譜》卷六「人物二」「周昉」，長沙：湖南美術出版社，1999年，第126～127頁。

〔註95〕溫金玉：《觀音菩薩與女性》，《中華文化論壇》，1996年第4期，第88頁。

〔註96〕吳曉丁編著：《流失海外中國佛教造像》，天津：天津人民美術出版社，2001年，第12～13頁。

有「媚態觀音」之稱。又如宋代湖州鐵觀音塑像，髮髻高踞，面頰豐滿，兩手交叉胸前，身向右側立，體態呈「Ｓ」型。其造型上承盛唐豐腴遺風，下開宋代俊麗先聲，儀態端莊，眉目安詳，神姿飄逸，衣褶流暢，整座佛像嫻雅婀娜，渾然一體，有「東方維納斯」與「東方聖母」之譽。〔註97〕

　　但問題在於，觀音菩薩形象的女性審美化，既然早已存在，那麼緣何到明代小說中才會被色慾化呢？由上節可知，在明代小說中，男權對觀音的審美接受，是普遍地被色慾化的。在筆者看來，該色慾化的背後，凸顯的卻是男權得意與張揚，同時又隱喻著貌似神權蔭護下的女權萎縮與隨緣。這種隱喻除了中國男權社會一以貫之的某些傳統因緣之外，更有佛教修道的特殊理念，以及明代小說所在社會風尚及小說自身之文學演異的使然。

其一，佛教修道的特殊理念。

　　在明代小說中，有多處出現了一類宣揚佛教修道特殊理念的故事，在這些故事中，觀音意象更是被赤裸裸色慾化了。如《西湖二集》第十四卷「邢君瑞五載幽期」中，金沙灘一個賣魚為生的絕色女子，不收聘禮招丈夫。但先後提出三個條件：誰能夠熟背《觀世音普門品》《金剛經》《法華經》，就可以為其丈夫。最終馬小官經過三輪考驗，堅持到最後背下了《法華經》，並如願成了這位絕色女子的丈夫。但在新婚當夜，新娘突然一跤跌倒氣絕而亡，並「霎時間屍骸臭爛，就有千千萬萬蛆蟲攢食」。「馬氏一門見臭穢難當，蛆蟲四散爬開，即將衾褥包裹而出，掘土成坎，埋於沙灘之上。」小說最後借一老僧之口道：

　　　　檀越道他是個女子麼？你們肉眼凡胎，不識異人，他本是南海
　　落迦山紫竹林中大慈大悲救苦救難觀世音菩薩。他見你們不信三
　　寶，殺生害命，好酒好色，忘了本來面目，特地化身變了女子，故
　　意以賣魚為生，化度你們，勸你們皈依三寶，念經念佛。你們卻迷
　　而不悟，錯認他做女子，他所以脫胎而去，實時臭爛，以見女色不
　　可貪戀，四大不能久長之意。你們還說他是個女子！〔註98〕

又有《西湖二集》第二十卷「巧妓佐夫成名」中的「古佛」故事：

　　　　宋朝慶曆年間延州一個女妓，專與無賴貧窮之人交合，不接錢
　　鈔，如此幾年而死。後來一個西域僧繞墓禮拜。眾人都笑道：「這是

〔註97〕轉引自魏迎春：《敦煌菩薩漫談》，北京：民族出版社，2004年，第19頁。
〔註98〕《西湖二集》，第230～243頁。

淫娼，怎生禮拜？」西域僧道：「此是捨身菩薩化身，因見貧窮無賴
之人無力娶妻、無錢得嫖，所以化身為娼，以濟貧人之欲。」說罷，
掘出骨頭來看，果是一具黃金鎖子骨，節節勾連。眾人大驚，遂建
塔設齋，極其弘麗。〔註99〕

這個故事的主角，由上述的觀音菩薩變成了捨身菩薩。又有《喻世明言》卷
二十九，「月明和尚度柳翠」中，法空長老道：

當初觀音大士見塵世欲根深重，化為美色之女，投身妓館，一
般接客。凡王孫公子見其容貌，無不傾倒。一與之交接，欲心頓淡。
因彼有大法力故，自然能破除邪網。……胡僧說道：「此非娼妓，乃
觀世音菩薩化身，來度世上淫慾之輩歸於正道。……因就家立廟，
名為黃金鎖子骨菩薩。這叫做清淨蓮花，污泥不染。〔註100〕

其實上述三個故事均是化自於唐李復言《續玄怪錄》中的「延州婦人」故事：

昔延州有婦女，白皙頗有姿貌，年可二十四五，孤行城市，年
少之子，悉與之遊，狎昵薦枕，一無所卻。數年而歿，州人莫不悲
惜，共醵喪具為之葬焉。以其無家，瘞於道左。大曆中，忽有胡僧
自西域來，見墓，遂趺坐具〔一〕，敬禮焚香，圍繞讚歎數日。人見
謂曰：「此一淫縱女子，人盡夫也，以其無屬，故瘞於此，和尚何敬
邪？」僧曰：「非檀越所知，斯乃大聖，慈悲喜捨，世俗之欲，無不
徇焉。此即鎖骨菩薩，順緣已盡，聖者云耳。不信即啟以驗之。」
眾人即開墓，視遍身之骨，鉤結皆如鎖狀，果如僧言。州人異之，
為設大齋，起塔焉。〔註101〕

只是在不同的化用中，故事的主角或為延州婦人，或為鎖骨菩薩、或為捨身菩
薩等，但在小說的接受中，主要還是傾向於觀音菩薩。究其原因：一者，唐宋
以後，雖然觀音菩薩有多達三十三種應化身，但以女身形象示人的觀音菩薩及
其相關信仰，已經廣泛為中國信眾所接受並奉行；二者，在佛教相關典籍中，
明確就有觀音菩薩化女身救度修行者的故事原型。如在佛教密宗經典《四部毗
那夜迦法》中，就載有這樣的故事，講述了觀音菩薩化身為毗那夜迦女與暴惡

〔註99〕　《西湖二集》，第328頁。
〔註100〕　《喻世明言》，第291頁。
〔註101〕　（唐）李復言編，程毅中點校：《《續玄怪錄》補遺》「延州婦人」，北京：中
　　　　　華書局，1982年，第195頁。

的「大荒神」相合，最終使得其頓生歡喜，皈依佛教，成為「歡喜佛」。

> 觀世音菩薩大悲薰心，以慈善根力化為毗那夜迦身，往歡喜王
> 所，於時彼王見此婦女，欲心熾盛，欲觸毗那夜迦女，而抱其身，
> 於時，障女形不肯受之，彼王即憂作敬，於是彼女言，我雖似障女，
> 自昔以來，能憂佛教，得袈裟，汝若實欲觸我身者，可隨我教，即
> 如我至盡未來世，能為護法不？可從我護諸行人，莫作障礙不？又
> 依我以後莫作毒心不那？汝受如是教者，為我親友。時毗那夜迦（歡
> 喜王）言，我依緣今值汝等，從今已後看，隨汝等語，守護法。於
> 是毗那夜迦女含笑而相抱時，彼作歡喜言，善哉，善哉，我等今者
> 依汝敕語，至於未來護持佛法，不作障礙而已。仍可知，女天觀自
> 在菩薩也。是則如經所說，應以婦女身得度者，即現婦女身而為說
> 法云云。〔註 102〕

在佛教經典中，此類的故事並不只在觀音菩薩身上演繹過，甚至佛祖亦不例
外。如《法句譬喻經》卷第四，就載有佛祖「化作一淫女人」開悟二位「游蕩
子」的故事。〔註 103〕從佛教密宗的修道理念來看，這又是一種淫慾修道法，
而不同於佛教顯宗多以淫慾為障道法。也即淫慾亦存調伏之功能，是達到自
性淨的方便法門之一，甚至是男女性慾滿足被視為「大樂」的另類修證意識
與實踐。關於這一點，前章已多有闡述，茲不再論。因此，從這個意義上說，
明代小說中的觀音意象被色慾化，一定程度上乃使然於佛教修道的特殊理念
的。但這個論斷還需要同下文即將論述的「明代小說所在社會風尚」結合起
來，才可以更令人信服地接受。因為上述佛教修道的特殊理念，只有結合了
明代社會開放的色慾觀念，放蕩的色慾行為，才能凸顯出其在觀音意象的色
慾化審美特點形成中的重要作用。

其二，明代小說所在社會反禁慾、反權威風尚的使然。

明代中晚期以降，時代風氣大變，人們開始厭棄程朱學說所謂的「存天
理，滅人慾」的偽善說教，積極尋求個性自由和個性解放。流俗之下，程朱學

〔註 102〕轉引自黃夏年主編：《佛教三百題》，上海：上海古籍出版社，2000 年，第
467～468 頁。

〔註 103〕（晉）法句、法立譯：《法句譬喻經》卷第四「喻愛欲品第三十二之二」，《大
正藏》第 4 冊第 211 號，臺北：白馬書局有限公司，2003 年，第 603 頁上
第 23 行。

說倡導的社會道德規範成了空洞的符號，既有的倫理道德體系走向崩潰；各種新的社會思潮，替而代之，層出不窮。但要而言之，或無外乎兩個方面的演異，一者縱慾美色，二者消解權威。

就縱慾美色說，明代中後期，正如《金瓶梅》所述，在官商結合的商業經濟繁榮背景下，上有皇帝「朝歡暮樂」「愛色貪杯」，「行政之事可無，斂財之事則無奇不有」，以致「官吏倒懸，民不聊生」，更標杆為人慾放肆的榜樣而非禁忌；〔註104〕下有相爺、巡撫、御史、內相、太監等亦紛紛屈尊俯就於官商暴發戶，富婆因之不慕詩禮人家的舉人、皇親委曲向其典當、「世代簪纓，先朝將相」之家的太太心甘情願填其欲壑；而正在崛起的市民階層價值觀，在上行下效中，自不必待言，因奢華淫逸之風的彌漫已全然淪為畸形。無情的現實已證明，象徵著農本的、封建的勢力正在走向沒落，而新興官商經濟暴發戶的金錢至上、放縱人慾意識，已然籠罩了社會全部，並自信宣布：金錢萬能無疑，可以消解一切神聖與高貴，能夠逆轉所有善惡和因果，可保富貴永在且眾欲遂心。在新經濟基礎的層面上，封建專制統治的合理性自其內部開始動搖，而只得因應人慾本能以苟且維持社會秩序。甚至連站在「他者」視角上的小說敘事者，身處「好貨好色」時風之下，亦難免半是詛咒，半是欣羨：「世上錢財，乃是眾生腦髓，最能動人。」而對兩性間的「滋味」，更是無所顧忌地被表達為「美快不可言」。

在中晚明肯定人慾的思潮中，人們普遍不以談房闈之事為恥，赤裸裸的性描寫可見諸各類出版物中。《金瓶梅》無論「萬里本」「崇禎本」還是其他「評點本」，其間的穢筆直至民國年間才被視為禁忌；《金瓶梅》之後，專注於描寫縱慾乃至性亂的「獸心狗行，喪盡天真」類淫穢小說，更是大量風行。可見彼時人慾時風張揚之過分、世風日趨頹靡之嚴重。

在上述背景下，以李贄「童心」說為代表的新思潮風行天下。「童心」說的核心，其實就是反對程朱理學的「存天理，滅人慾」，要求順應和滿足人的

〔註104〕有學者認為：「《金瓶梅詞話》的最根本主旨是諷刺辱罵嘉靖皇帝，換句話說，這是一部對封建社會最高統治者皇帝的謗書。」甚至認為西門慶的原型就是荒淫無恥的明武宗。雖然此乃一家之言，但《金瓶梅詞話》影射了明代中後期以明世宗、武宗等最高統治者為代表的荒淫社會現實，自然是確鑿無疑的。分別參見霍現俊的《〈金瓶梅詞話〉的主旨及其表達的特殊方式》（《文藝研究》，2003 年第 2 期）和《西門慶原型明武宗考》（《河北師範大學學報》（社科版），2001 年第 2 期）二文。

欲望本能，這個本能自然也包括人的色慾要求。李贄還把這種思想引入到佛教信仰之中，甚至主張：「成佛徵聖，惟在明心，本心若明，每一日受千金不為貪，一夜御十女不為淫也。」〔註 105〕李贄雖然入了佛門，但藐視佛教戒律、經典、偶像，不參加僧眾的唪經祈禱，仍然保持著士人的生活方式。〔註 106〕甚至食葷，與妓女、寡婦等佛門信眾來往密切。〔註 107〕嵇文甫認為，萬曆以後，以李贄為中心的「狂禪」運動，在社會上風靡一時，上溯至王學之泰州學派，下及於明末廣大文人。〔註 108〕一如江燦騰所贊同的：「李卓吾既作為一位當時的大異議者，又深得社會群眾歡迎，所以不免引起在當時社會的種種思想激蕩。」〔註 109〕與此思想相呼應，整個社會色慾觀念變得越來越開放，色慾行為變得越來越放蕩，甚至宗教信仰方面亦難免異化。而所有這一切，勢必也會在明代小說之中多有表達。

　　在明代小說中，社會色慾觀念和色慾行為的表達，具體呈現內容各異，但就其對觀音意象審美的女性化和色慾化影響來說，一方面在於其同佛教修道特殊理念的結合，另一方面則在於其女性化審美和色慾化傾向。這兩方面上文均已有過一些論述，這裡需要補充關注的是後一方面，即男性審美亦存在女性化和色慾化傾向。在《三寶太監西洋記》第四十七回「馬太監徵頂陽洞，唐狀元配黃鳳仙」中，銅頭宮主對唐狀元的色慾審美在於：「唐狀元渾身上白白淨淨，嫩如玉，細如脂，雙眉鬥巧，十指誇纖，好標緻也。」也因此，才「惹動了他那一點淫慾之心」。同樣，在王蓮英的色慾審美中，「唐狀元清眉秀目，杏臉桃腮，三綹髭鬚，一堂笑色」，故此，「心裏想道：『這個將軍才是我的對子。』」〔註 110〕很顯然，在銅頭宮主和王蓮英的審美意識裏，作為一位男性將軍的唐狀元，被女性化和色慾化審美了。同樣的表達還發生在《楊家將演義》第七卷「楊文廣領兵取寶」中，「錦姑見文廣表表威儀，面如傅粉，

〔註 105〕　（明）周應賓：《識小篇》，廈門大學編：《李贄研究參考資料》二，福州：福建人民出版社，1976 年，第 165 頁。

〔註 106〕　黃仁宇：《萬曆十五年》，北京：中華書局，2006 年，第 186 頁。

〔註 107〕　李贄雖然未必如張問達所言之不堪，但據其文集可知，藐視佛門清規，與社會敏感人物如妓女、寡婦等佛教信眾公然來往密切是無疑的。

〔註 108〕　嵇文甫：《晚明思想史論》，上海：商務印書館，1944 年，第 73 頁。

〔註 109〕　（臺）江燦騰：《晚明佛教改革史》，桂林：廣西師範大學出版社，2006 年，第 235 頁。

〔註 110〕　《三寶太監西洋記》，第 381、383 頁。

唇如塗朱，心下十分歡悅，恨不即與合巹。」〔註111〕異性間的審美傾向是如此，同性間的審美亦不例外。如《檮杌閒評》第二回「魏醜驢迎春逞百技，侯一娘永夜引情郎」中云：

> 那扮旦的生得十分標緻，但見：丰姿秀麗，骨格清奇。豔如秋水湛芙蓉，麗若海棠籠曉日。歌喉宛轉，李延年浪占漢宮春；舞態妖嬈，陳子高枉作梁家後。碎玉般兩行皓齒，梅花似一段幽香。〔註112〕

臺下的眾多看客中，對這種男性審美的女性化，竟然是感歎「果然秀色可為餐，誰道龍陽不傾國」，並且「無不暗暗喝采欣羨」。這種男性審美的女性化和色慾化，還成為社會生活中的一般性審美意識和傾向。如《開闢衍繹通俗志傳》第二回「天皇定干支甲子」中，天皇氏是「面如傅粉，唇若塗朱」；第七十九回「紂寵妲己喪亡商」中，紂王是「唇若塗朱，齒排齊玉」。〔註113〕又如《萬曆野獲編》卷二十七「釋道」「京師敕建寺」篇載有，（萬曆）萬壽寺中被選作皇上替僧的「內主僧年未二十，美如倩婦」。〔註114〕又如《醒世恒言》第一卷「兩縣令競義婚孤女」中，潘華生得粉臉朱唇，如美女一般，其美貌引得世人無不欣羨，以為「潘安再出」，〔註115〕同書第八卷「喬太守亂點鴛鴦譜」中，玉郎姐弟「都生得一般美貌，就如良玉碾成，白粉團就一般。」〔註116〕當慧娘看到男扮女裝「美麗如畫」的玉郎時，不禁暗暗欣羨，「若我丈夫像得他這樣美貌，便稱我的生平了」〔註117〕這已然是男性審美和女性審美完全等同了。又有，《喻世明言》第三十一卷「鬧陰司司馬貌斷獄」中，大將陳平與梁王彭越，是英雄與美貌並舉，〔註118〕《警世通言》第四十卷「旌陽宮鐵樹鎮妖」中，孽龍所化之少年子弟，俊偉與美貌、丰姿和美麗並揚。〔註119〕這是同一個體中，男性陽剛之美與女性精緻之美相安並存，如此等等，不一

〔註111〕　《楊家將演義》，第190頁。
〔註112〕　《檮杌閒評》，第19頁。
〔註113〕　（明）周遊著，周到校點，成都：巴蜀書社，1999年，第8、254頁。
〔註114〕　（明）沈德符：《萬曆野獲編》卷二十七「釋道」「京師敕建寺」，上海：上海古籍出版社，2005年，第2621～2622頁。
〔註115〕　《醒世恒言》，第1頁。
〔註116〕　《醒世恒言》，第118頁。
〔註117〕　《醒世恒言》，第123、124頁。
〔註118〕　《醒世恒言》，第355頁。
〔註119〕　《警世通言》，第499～500頁。

而足。在一定的時期內，這種審美意識和傾向，甚至風行為社會上下的生活風尚。如《萬曆野獲編》卷二十四「風俗」「傅粉」篇載云：

> 婦人傅粉固為恒事……予遊都下見中官輩談主上視朝，必用粉傅面及頸，以表晬穆，意其言或不妄……近見一大僚年已耳順，潔白如美婦人，密詢之，乃亦用李何故事也……今劍佩丈夫以嬪御自居亦怪矣。〔註120〕

又同書卷「男色之靡」篇載云：

> 宇內男色……至於習尚成俗，如京中小唱，閩中契弟之外，則得志士人致孌童為廝役，鍾情年少狎麗曁若友昆，盛於江南而漸染於中原。至今金陵坊曲有時名者，競以此道博遊壻愛寵，女伴中相誇相謔以為佳事。〔註121〕

在明代小說中，充斥著大量的同性戀故事，可以說，正是上述男性審美女性化和色慾化風尚的文學表達。講究潔淨細嫩、唇紅齒白如婦人之美貌，從社會階層上論，其背後的隱喻是養尊處優者刻意的自我階級標記。然而，等而下之的普通大眾，雖因求生不易而難脫黝黑皮糙、面貌可憎，但心實豔羨嚮往之。作為佛教信仰下沉之主體承接階層，將此求而難得之審美階級標記移植於其信仰之上，實乃大概率之可能且合理的信仰踐行。可以說，男性審美的女性化和色慾化的風尚，對觀音意象由男性徹底轉化為女性，起到了極為重要的作用。這種作用的重要性，我們還可以從下面這些現象中得到深刻理解。如在明代小說中，以觀音意象為審美，在男性中亦被依為審美標準。如前文所論述過的《英烈傳》明太祖的先鋒大將花雲，「花貌卻如觀自在」，《禪真後史》中韋陀尊者法像「面似觀音模樣」，《石點頭》種小潘安的如善財童子、梓潼帝君、觀音菩薩這般美貌，《禪真後史》中垂髮美貌的瞿琰就是一個美「觀音」。在這些例證中，我們可以清楚地看出，觀音菩薩曾經的男性身份。或者可以說，從文學意象的隱喻似可推知，觀音意象發展到明代，並不是一蹴而就為女性化形象，並進一步走向審美化和色慾化的，其間有一個逐漸轉化的過程。而這個逐漸轉化背後的重要推動力量之一，便就是明代小說所在的社會風尚——男性審美的女性化和色慾化。

就消解權威而言，以佛教界而論，實乃明季佛、法、僧三寶神聖光環消

〔註120〕《萬曆野獲編》，第 2550～2551 頁。
〔註121〕《萬曆野獲編》，第 2551～2552 頁。

解後的必然果報。佛教東傳至明季，社會信仰之結構已全然下降至社會普通階層甚至社會邊緣階層為主。從僧寶構成看：

> 或為打劫事露而為僧者。或牢獄脫逃而為僧者。或悖逆父母而為僧者。或妻子閒氣而為僧者。或負債無還而為僧者。或衣食所窘而為僧者。或妻為僧而夫戴髮者，或夫為僧而妻戴髮者，謂之雙修。或夫妻皆削髮，而共住庵廟，稱為住持者。或男女路遇而同住者。以至奸盜詐偽，技藝百工，皆有僧在焉。如此之輩，既不經於學問，則禮義廉恥，皆不之顧。惟於人前，裝假善知識，說大妄語，或言我已成佛，或言我知過去未來。反指學問之師，謂是口頭三昧，杜撰謂是真實修行。哄誘男女，致生他事。〔註122〕

甚至叢林一家之靈魂所在——住持，「大抵叢林多有不識字者主之」。〔註123〕首座亦是「不通一經，不識一字，師承無據。」〔註124〕

　　僧寶之沉淪如此，佛法之傳揚也即可想而知：「諸方各剎，上堂小說檗不之聞，間有一二商榷者，亦不過依經傍教而已，其次皆世諦流佈，不足聽也。懸說懸談，抽釘拔楔，舉世不聞。」〔註125〕而佛門規矩，更是視若無物，所謂「今時沙門，視叢林為戲場，眇規矩為閒事，乍入乍出，不受約束。」〔註126〕不但「跪街乞錢」，而且「毋論富貴貧賤，或妓女丐婦，或大士白衣，但有衣食可資，拜為父母，棄背至親，不顧廉恥，作忤逆罪。」〔註127〕

　　佛教界自我作賤、自甘墮落，以致淪落為整個社會之不堪，更遑論曾經的輝煌與信仰威嚴。所謂「今也不然。帝王不出禁門，賢者苟不就試取仕，則聖賢之路，幾不絕乎！且前代之時，道德隆盛，帝王仰重，常遣近侍，遍訪山林，得一尊宿，必迎歸供養，故有內道場之說。今也僧尼不許入於禁門，豈古時之可比也！」〔註128〕雖然，或有一些稀見情況出現，如萬曆皇帝生母慈聖太后，篤信佛教，明中後期有限的幾位高僧，如德清、袾宏、紫柏等的佛教事業，均受其惠。但不過是佛教曲意逢迎其所好的結果而已。正如圓澄所言：

〔註122〕（明）圓澄：《慨古錄》，《卍續藏》第56冊第1285號，第369頁中第21行。
〔註122〕《慨古錄》，《卍續藏》第56冊第1285號，第369頁中第21行。
〔註124〕《慨古錄》，《卍續藏》第56冊第1285號，第371頁下第22行。
〔註125〕《慨古錄》，《卍續藏》第56冊第1285號，第369頁中第21行。
〔註126〕《慨古錄》，《卍續藏》第56冊第1285號，第373頁中第23行。
〔註127〕《慨古錄》，《卍續藏》第56冊第1285號，第372頁中第10行。
〔註128〕《慨古錄》，《卍續藏》第56冊第1285號，第369頁中第21行。

「今也一女大士，略有世緣，沙門之流，百意奉承，不知其恥也。」〔註129〕
並且，整個的時代氛圍，對佛教頗不友好，如紫柏死於牢獄、德清流戍嶺南、
李贄不甘屈辱自殺獄中。

　　沉淪中的佛教界，自我存在已是岌岌可危，其精神威權光環自然亦被消
解殆盡。上至普天佛菩薩，下至芸芸佛門七眾，無論於現實或虛擬文本中，
均不得不示現於遭受極盡嘲諷、挖苦、遊戲甚至被洩欲之可悲境地。而於或
此或彼之種種因緣下的觀音菩薩，當其宗教神聖性亦被消解之時，便是其淪
為世俗審美消費甚至色慾凌辱之時，所謂覆巢之下，安有完卵，實無例外可
言。

　　其三，佛教神聖性消解下的明季文學反權威、反禁慾之演異。

　　在唐代王權視域下，佛教或主動或被動地完成了本土化，與儒、道二者
之間實現了交互解讀與融通的同時，亦即意味著其神聖性的被透視和消解，
從而必然趨向沒落之路。連類而及，隨著宋元以降，佛教信仰重心便日漸下
移至社會中下層，並因其天然的世俗權力依附性，而高度共振於中國封建社
會的下行軌跡。時至元明之際，市民階層日漸長成之時，佛教神聖性消解的
審美表達自然就會大量形諸於市民文學之中。先是，在元代，傳統的儒家影
響受到了嚴重的削弱，思想界的控制相對寬鬆。又由於蒙古統治者的民族歧
視和科舉輕視，大批文化人反而因之「失之東隅，得之桑隅」──文人擺脫
了對政權依附的同時，在文學創作上獲得了更多自由和發揮──加強了人性
與神性意識的反權威，加強了與市民階層審美情趣的聯繫。又則，雖然明前
中期理教空前強化，乃不過是現實時勢異常嚴峻之反動而已。一旦時代因緣
聚會，明中後期的理教之聲，便全然湮沒於市民文學的演異浪潮之下。以元
末明初雜劇《西遊記》響明中後期同名小說演異為例，無論劇中人物個性塑
造，抑或《西遊記》之價值趨向，均呈現出了文學受眾審美映像下的全新演
異。

　　一則，從劇中人物個性塑造看，反一切權威為其最鮮明的形象光彩。

　　孫悟空「自開天闢地，兩儀便有吾身，曾教三界費精神，四方神道怕，
五嶽鬼兵嗔，六合乾坤混擾，七冥北斗難分，八方世界有誰尊，九天難捕我，
十萬總魔君……大兄齊天大聖，小聖通天大聖。」玉皇、太上老君、王母娘

〔註129〕《慨古錄》，《卍續藏》第 56 冊第 1285 號，第 374 頁中第 12 行。

娘等等三界神道均是可以隨意遊戲的對象。兼具人王與女性二重身份的女兒國之尊，可肆意輕薄調戲，金鼎國公主之高貴可任意攝藏於金屋。其中，與天地同生，意在從根本上否定個體先天存在之父權和母權的宗法羈絆；遊戲天上人間之尊，更是全然消解了個體後天存在所籠罩的神性和人性權威。所謂乾坤之間，任我逍遙，唯我獨尊。〔註130〕

沙僧是「不怕神明不怕天」，「不奉玉皇詔旨，不依釋老禪規」，唐僧「九世為僧，吃他九遭」。〔註131〕政、教權威，盡視之蔑如。

鐵扇公主是「風部下的祖師」，「為帶酒與王母相爭，反卻天宮」，並滿心不服懟道：「西王母道他金能欺風木催槎。當日個酒逢知己千鍾少，話不投機一句多，死也待如何？」「天長地久誰煞得我？把世界都參破。」〔註132〕並動輒就威脅「惱著我呵登時間便起干戈，我且著扇扇翻地獄門前樹，捲起天河水波」。〔註133〕

又，在鬼母眼中，佛祖雖「出家兒卻不慈悲為本，方便為門」，不過一「黃顏老子，禿髮沙彌」而已。而佛祖滿口「賤人」；屢屢與鬼母潑罵，更是大失「天人師」之神聖形象。〔註134〕而唐僧師徒們歷盡艱辛從其所求取佛經也被遊戲為《饅頭粉湯經》〔註135〕，實乃暗存佛教僧眾酒囊飯袋之喻。佛、法、僧一概否定，教界權威顏面蕩然。

在女兒國，男性宗嗣傳承的性別功能和特權被消解，「千年只照井泉生，平生不識男兒像」〔註136〕；而女性符號則壟斷於國家治理之權力體系，「國中婦人，知書知史，立成一國」。〔註137〕此處情節的設計，顯然是針對傳統社會架構之男權的反動與挑戰。而無論鐵扇公主、鬼母、女兒國王和禪宗西天二祖賣胡餅貧婆等等形象被刻意演異的本身，即已是女權意識的另類表達了。

〔註130〕（明）楊景賢：《楊東來先生批評〈西遊記〉》，（日本）東京：昭和三年斯文會藏版，第37頁。
〔註131〕《楊東來先生批評〈西遊記〉》，第47頁。
〔註132〕《楊東來先生批評〈西遊記〉》，第84～85頁。
〔註133〕《楊東來先生批評〈西遊記〉》，第85頁。
〔註134〕《楊東來先生批評〈西遊記〉》，第53、55頁。
〔註135〕《楊東來先生批評〈西遊記〉》，第98頁。
〔註136〕《楊東來先生批評〈西遊記〉》，第75頁。
〔註137〕《楊東來先生批評〈西遊記〉》，第75頁。

二則，從劇中價值取向看，反宗教禁慾主義傾向鮮明。

未出家之前，孫悟空便攝取了金鼎國公主為妻。在取經路上，雖常念公主，但仍時時難免炫耀性能力強悍的「擺錫雞巴」。〔註138〕未見鐵扇公主便自誇如「摩合羅俊」，見到「楊柳腰肢嫋娜」，「桃臉風吹得破」〔註139〕的鐵扇公主，更是直白地性暗示，「忒輕薄」地調戲道：「弟子不淺，娘子不深，我與你大家各出一件，湊成一對」，〔註140〕甚至公然對著鐵扇公主一貫顯擺自己是「擺錫雞巴，怕甚剛刀剁下我鳥來」。〔註141〕剛到女兒國時又一如既往賣弄「擺錫雞巴」，主動想代替師父「與娘娘驅兵將作朝臣」，與八戒、沙僧吃花酒時，「被一個婆娘按倒，凡心卻待起。不想頭上金箍兒緊將起來……雞巴一似醃軟的黃瓜。」〔註142〕

而唐僧若非韋陀相救，幾乎沉淪。實際上，劇本一開始便有暗示，借一個民間婦人（顯然，該婦人乃為一妓女）之口遊戲佛教的禁慾意識：「小人是個開洞的，求法語咱」。唐僧亦大失聖僧威儀而故作滑稽云：「陰無陽不生，陽無陰不長。陰陽配合，不分霄壤……能將夫婦人倫合，免使傍人下眼看。」〔註143〕

身為一國之嬌貴的金鼎公主，雖名為孫悟空所攝，亦實乃兩情相悅，所謂「也是我為人不肖，和這等朝三暮四的便成交」。〔註144〕

高貴的女兒國王寧以皇位換取唐僧歡愛，還極力挖苦沒有性愛的韋陀是「整村了三十載」，唐僧是「幹過了二十霜」。〔註145〕而如果「成就了一宵恩愛，索強似百世流芳」，〔註146〕並勸解唐僧「休癡迷修行今世有來生，我則待長江後浪催前浪」，〔註147〕全然否定了所謂護法、西天取經、君天下等

〔註138〕《楊東來先生批評〈西遊記〉》，第37頁。
〔註139〕《楊東來先生批評〈西遊記〉》，第87頁。
〔註140〕《楊東來先生批評〈西遊記〉》，第85頁。
〔註141〕《楊東來先生批評〈西遊記〉》，第86頁。
〔註142〕《楊東來先生批評〈西遊記〉》，第79～80頁。
〔註143〕《楊東來先生批評〈西遊記〉》，第27頁。
〔註144〕《楊東來先生批評〈西遊記〉》，又，二人被迫分離後，對其與孫悟空之間的戀情，金鼎公主有「女貌郎才廝撞著」「一日錯番為一世錯」等語；孫悟空亦有「他想我須炙害，我因他廝勾死。他寄得言詞，抵多少草草三行字。我害相思」等語。分別見第41、43頁。
〔註145〕《楊東來先生批評〈西遊記〉》，第79頁。
〔註146〕《楊東來先生批評〈西遊記〉》，第78頁。
〔註147〕《楊東來先生批評〈西遊記〉》，第77頁。

所蘊含的傳統意義上的男兒當建功立業的價值取向，以致九五之位亦可因性愛而割捨。其中及時享樂的現世縱慾意識強烈。在崇尚愛欲至上的同時，她還嚴厲痛斥宗教禁慾主義：「天地陰陽，自有綱常，人倫上下，不可孤孀……浮屠盡把三綱喪。」〔註148〕並毫不留情地嘲笑宗教禁慾主義面對人慾本能的無能為力和教界自身禁慾而不能的虛偽：「敢是你個釋迦佛，也按不住心腸。」〔註149〕「直裰上胭脂污，袈裟上膩粉香。似魔騰伽把阿難攝在淫山上，若鬼子母將如來圍定在靈山上，巫枝祇把張僧拿住在龜山上。不是我魔王苦苦害真僧，如今佳人個個要尋和尚。」「如今女娘都愛唐三藏。」〔註150〕

在劇中，無論禁慾僧侶，抑或高貴女王公主，均在宗教禁慾主義面前表達出了鮮明的反動傾向，似乎大異於傳統男女意象。但所謂傳統三從四德約束出來的女性，不過是能主中饋的傳宗接代的工具，是天然不能滿足男歡女愛之人性大欲的。從這個意義上說，無論男女均是其中受害者，只不過，女性因為宗脈之純淨需要而不得不主動或被動侷限於中門之內，男性則可以或納妾，或風花雪月，或意淫以補償而已。此劇能將兩性之欲平等演異，背後隱喻的是其時社會發展和社會存在之異化的理想表達。

雜劇《西遊記》中所呈現的反一切權威、反宗教禁慾的異化理想，雖然有學者更傾向其實得益於蒙古統治下的草原文化豪放不羈的特質，〔註151〕但筆者更認可於這樣的結論：元明以來，佛教信仰下沉至社會普通大眾階層，以被邊緣化的文人和商品經濟潮流中的市民人群為為主體的信仰構成，造就了對傳統的反動和異化。這個反動和異化過程曾因明代中前期專制強化而有所滯緩，但毫無意外地，將會更猛烈地爆發於明代中後期的小說演異之中。

三則，從《西遊記》《金瓶梅》等明代中後期之小說演異看，反權威、反禁慾的文學意識和人物形象表達較之前雜劇更具自覺、深刻和全面。

就反權威說，在小說《西遊記》中，孫悟空的橫空出世，先天性無父無母，是為對儒教忠孝相依的有意割裂、區隔以至於對王權的釜底抽薪。長成

〔註148〕《楊東來先生批評〈西遊記〉》，第 78 頁。
〔註149〕《楊東來先生批評〈西遊記〉》，第 77 頁。
〔註150〕《楊東來先生批評〈西遊記〉》，第 77 頁。
〔註151〕參見邊國強：《試論楊景賢〈西遊記雜劇〉的形成》，《民族文學研究》，2009
　　　　年第 3 期，第 49～53 頁。麗琴：《蒙元文化視野下的楊景賢〈西遊記〉雜劇
　　　　研究》，內蒙古大學 2013 年 6 月碩士論文等等。

後勾消了閻王生死簿，隱喻了打破佛教輪迴的大自在，即便無奈歸順於取經路上之時，教主偶像亦不免淪為妖精的外甥，且不過是一介滿嘴市井俚語且令人發噱的聖經倒賣者而已。再又並玉帝齊聖，實繫於源頭上消解了天子的合法神性，最終實現於「皇帝輪流做，明年到我家」。在全面悟「空」儒、佛、道的踐行中徹底否定了一切在俗及出世之思想觀念權威和偶像權威。其間人物形象塑造及其所表達的反權威意識，明顯演異於雜劇《西遊記》而更具自覺、深刻和全面。

　　類似的小說行文並非偶然現象，本論斷亦非過度解讀。在另一篇神魔小說《封神演義》中，哪吒剔骨還恩，忍無可忍之下追殺乃父李靖的所謂不孝，其實質確無異於此。而且，還把明代朝廷嚴令禁行於《孟子》中的「君之視臣如手足，則臣視君如腹心；君之視臣如土芥，則臣視君如寇讎」等民主言論，借小說人物之口宣揚於受眾，甚至一再宣稱「天下者，非一人之天下，乃天下人之天下。」這種為「以下犯上」「以臣伐君」打破等級禁錮而張本的刻意設計，兼之明代通俗小說文本傳播對象無論高、中、低階層之普遍性，已非「偶然現象」和「過度解讀」二語所能掩飾了。個體自由意識覺醒之前提下的天下反權威踐行的輪動崛起，已呈「山雨欲來風滿樓」之勢！

　　就反禁慾說，在明代中後期的小說中，其表達途徑是明顯演異於雜劇《西遊記》之借正面人物形象所做的正面訴求。如在《金瓶梅》中，一眾演繹反禁慾的典型形象裏，「西門慶是混帳惡人，吳月娘是奸險好人，玉樓是乖人，金蓮不是人，瓶兒是癡人，春梅是狂人，經濟是浮浪小人，嬌兒是死人，雪娥是蠢人，宋蕙蓮是不識高低的人，如意兒是頂缺之人。若王六兒與林太太等，直與李桂姐一流，總是不得叫做人。」〔註152〕從一貫的文學傳統看，這部小說中，史無前例地幾無一正面人物形象。從文學發展史角度而言，其實乃世情小說演異反禁慾之獨特處。當然，世情小說之前，如神魔小說《西遊記》中，亦有色慾化正面權威形象如觀音菩薩之文筆，但還未成為小說主體內容，且偏遊戲調侃而已。

　　一者，從客觀上看，如《金瓶梅》類世情小說中的一眾形象，皆為反禁慾之先鋒，雖實無一正面意象可言，卻亦乃明代中後期社會發展和社會存在之異化的真實表達。只是這種表達常常會陷於某種悖論之中，一方面，承受

〔註152〕（清）張竹坡：《批評第一奇書〈金瓶梅〉讀法》，《張竹坡批評第一奇書金瓶梅》，濟南：齊魯書社，1987年，第35頁。

男權泄欲的載體常為女性，消費要求是淫蕩無厭；但另一方面出於宗脈血統純粹性的擔憂，高度防範與嚴厲禁錮成為期許於女性端淑與貞潔的必須。而此時抽象化的程朱理學之「滅人慾」，已經難再調和這種糾結和矛盾，於是，直接化的強烈示範意義的國母符號——太后、皇妃們的《女鑒》《內則》《女訓》以及歷代最多的貞節牌坊等等，便紛紛登臺施壓。然而，殊不知其高壓越甚，則其人慾之溢出效應越強，這也是《金瓶梅》這一類小說書寫中無論男女意象均遭反面演異的因緣所在。這也是在某些特定的文本環境下，莊嚴佛國之觀音菩薩聖體亦難免審美化甚至色慾化的深層次動因。

　　二者，這種小說人物形象的色慾化審美演異，乃明代中後期，尤其是後期士人理想全面絕望後的另類表達。明代中後期士人，「一方面繼承了魏晉名士的任情曠達、縱情山水、逍遙歲月的外在特徵；另一方面，由於晚明社會商品經濟發達，市民意識高漲，又平添了市民階層追求享樂、縱情聲色的生活情趣。」〔註153〕曾極力推崇《金瓶梅》的袁宏道，即是縱慾過度而逝。社會上層之名流士人尚猶如此，其他士人可見一般。就一眾小說作者而言，他們更多的是借書寫而泄欲。如《金瓶梅》「作者不幸，身遭其難，吐之不能，吞之不可，搔抓不得，悲號無益，藉此為自泄。其志可悲，其心可憫矣。」〔註154〕「作者滿肚皮猖狂之淚沒處灑落，故以《金瓶梅》為大哭也。」〔註155〕這種現象並非某位書寫者或某類小說題材之個案，實為明代中後期市民經濟演進背景下生成的小說演異的又一必然體現。如《西湖二集》的創作，乃「周子間氣所鍾，才情浩瀚，博物洽聞，舉世無兩，不得已而借他人之酒杯，澆自己之磊塊，以小說見，其亦嗣宗之慟、子昂之琴、唐山人之詩瓢也哉！觀者幸於牝牡驪黃之外索之。」〔註156〕又如《二刻拍案驚奇》的結集，係凌蒙初因「丁卯之秋事，附膚落毛，失諸正鵠，遲回白門。偶戲取古今所聞一二奇局可紀者，演而成說，聊舒胸中壘塊。非曰行之可遠，姑以遊戲為快意耳。」〔註157〕即便有宣教意味的小說《西遊記》，亦被魯迅先生

〔註153〕俞香云：《在高雅與世俗之間對自由人格精神的追尋——晚明文人心態新論》，《北方論叢》，2008年第6期，第66～70頁。
〔註154〕《竹坡閒話》，《張竹坡批評第一奇書金瓶梅》，第9頁。
〔註155〕《竹坡閒話》，《張竹坡批評第一奇書金瓶梅》，第50頁。
〔註156〕（明）湖海士：《湖海士序》，（明）周清原：《西湖二集》，北京：人民文學出版社，1989年，第567頁。
〔註157〕（明）凌蒙初：《二刻拍案驚奇》「小引」，北京：人民文學出版社，1996年，第1頁。

斷為：「雖述變幻恍忽之事，亦每雜解頤之言，使神魔皆有人情，精魅亦通世故，而玩世不恭之意寓焉。」〔註158〕

小說書寫演異至此等境界之時，書寫者或已是百無禁忌，宗教意義上的禁忌免疫亦自無例外。實際上，宗教禁忌，從某種意義上說，實乃一種人性自我約束的另類表達，其本質更多的是對自身縱慾無度之災難性後果無法掌控的恐懼。而一旦整個社會人性表達共鳴於從一種極端禁慾轉向至另一種無限縱慾，且不惜宣洩致人性扭曲、娛樂至死時，一切宗教警戒便不復作用，全部社會個體的存在狀態便只剩下群體性的動物原始本能而已。此時，宗教崇拜偶像如觀音菩薩等，其意象「三十二相好」之方便說法，非但不復神聖與禁忌，反而會因此玷污於色慾化審美的覷覦甚至意淫之中。再者，盛行於明中後期的小說文體，其中神魔的宗教性，已經不能再僅僅侷限於其遠離世俗煙火的神聖與魔幻色彩了。所謂「夫動人以至奇者，乃訓人以至常者也。」〔註159〕要想吸引廣大受眾，必須要讓神魔們走下神壇並獲得世情意識。準確直白地說，更多的是要一定程度地把小說書寫刻意地演異成迎合作為社會新潮流的市民喜好甚至是色慾化審美喜好。從某種意義上論，明代中後期小說中的佛教界負面書寫之泛濫成災，甚至佛、菩薩偶像們遭遇種種色慾化審美，究其因緣，一方面固然是教界自我沉淪所致，但另一方面更多的則是整個明代社會價值體系全面崩塌後連類而及的結果。

餘論

在明代小說視域下，觀音意象的色慾化的前提，自然是其審美化的先在。那麼，這裡就有一個問題需要另行考察——同期社會信仰中的觀音菩薩偶像的女性化審美，是如何演繹的呢？明代小說中的觀音意象審美化的文學書寫，與同期之現實生活中的信仰書寫之間，是如何交涉互動的呢？由於本文的重心傾向於觀音意象的色慾化審美考察，且上述二個論題頗為複雜且有爭議，非一二行文所能釐清，故對此未能展開探討。實際上，如前文所述，觀音意象的女性化審美，開始的時間很早，但遲至元末明初的雜劇《西遊記》中，觀

〔註158〕魯迅：《中國小說史略》，北京：人民文學出版社，1973 年，第 139 頁。

〔註159〕（明）笑花主人：《今古奇觀》「序」，黃霖、韓同文選注：《中國歷代小說論著選》上冊，南昌：江西人民出版社，1982 年，第 263～264 頁。

音的身份符號是仍然是未確定的，一會自稱「老僧」，一會是「佛號自稱觀自在」，又一會乃「如來我佛座下上足徒弟」；〔註160〕或者被尊為「觀音佛」，〔註161〕並「觀音力」與「釋伽威」不二〔註162〕，又或者是典型的女性形象的楊柳觀音、「白衣士」。〔註163〕如此等等不一。顯然，此時的觀音意象，連性別符號都在兩可之間的。學者 Reed Barbara E.認為，女性觀音主要是由於明朝女性藝術家的創造與推廣，她們有意選用蓮花、淨瓶、楊枝、水月等女性象徵，環繞在女性觀音像四周。〔註164〕此一說法雖很有啟發之處，但于君方並不完全贊同此結論，不過，她亦認為「（女性觀音意象中的白衣觀音）有些事蹟發生於十一、十二或十三世紀，但大多集中在明代，尤其是晚明。如此看來，白衣觀音即送子觀音的信仰，似乎在 1400 年至 1600 年間確立於中國」〔註165〕此處的複雜與爭議，不過是其中一斑而已。在佛教教義中，觀音意象，有多達數十種方便示現。要想再現其在明代社會生活與文學書寫中的演繹軌跡，以及其二者間的交涉互動歷史面目，或許還有很多工作要做。

〔註160〕《西遊記》，第 1 頁。

〔註161〕《西遊記》，第 20 頁。

〔註162〕《西遊記》，第 44 頁。

〔註163〕見雜劇《西遊記》文前版畫和第 20 頁。

〔註164〕Reed Barbara E.1992. "The Gender Symbolism of Kuan-yin Bodhisattva." In *Buddhism, Sexuality, and Gender*, edited by Jose Ignacio Cabezon, 159-180. Albany The State University of New York Press.

〔註165〕（美國）于君方：《觀音——菩薩中國化的演變》，北京：商務印書館，2012 年，第 263 頁。

參考文獻

A

1. Arthur F. Wright, *Buddhism in Chinese History,* Stanford Univ. Press, 1959.

2. （後漢）安玄、嚴佛調譯：《阿含口解十二因緣經》,《大正藏》第 25 冊第 1508 卷,臺北：白馬書局有限公司,2003 年。

3. （明）安遇時：《百家公案》,呼和浩特：內蒙古人民出版社,2009 年。

B

1. 北京大學《荀子》注釋組：《荀子新注》,北京：中華書局,1979 年。

2. （漢）班固：《漢書》,北京：中華書局,1962 年。

3. （唐）般若譯：《大方廣佛華嚴經》,《大正藏》第 10 冊第 293 號。

4. （唐）般若譯：《大乘本生心地觀經》,《大正藏》第 3 冊第 159 號。

5. （唐）不空譯：《金剛頂一切如來真實攝大乘現證大教王經》,《大正藏》第 18 冊第 865 號。

6. （唐）般刺密帝譯、（宋）戒環解：《首楞嚴經要解》,《卍續藏》第 11 冊第 270 卷,CBETA Chinese Electronic Tripiṭaka Collection Version June 2016。

7. （明）不題撰人：《續西遊記》,北京：華夏出版社,1995 年。

8. （唐）不空譯：《聖迦柅忿怒金剛童子菩薩成就儀軌經》,《大正藏》第 21 冊第 1222a 號。

9. （唐）不空譯：《一字奇特佛頂經》,《大正藏》第 19 冊第 953 號。

10. （唐）不空譯：《菩提場所說一字頂輪王經》,《大正藏》第 19 冊第 950 號。

11. （唐）白行簡：《李娃傳》,喬力主編：《唐宋小說選》,西安：太白文藝出版社,2004 年。

12. 邊國強：《試論楊景賢〈西遊記雜劇〉的形成》,《民族文學研究》,2009 年第 3 期。

C

1. 陳寅恪：《武曌與佛教》,《金明館叢稿二編》,上海：上海古籍出版社,1980 年。

2. 陳善：《儒釋迭為盛衰》,《捫虱新話》卷 10,上海：上海書店據涵芬樓舊版影印,1990 年。

3. 陳大康：《明代小說史》,北京：人民文學出版社,2007 年。

4. （日）廚川白村著,綠蕉、大傑譯：《走上十字街頭》,上海：啟智書局,民國二五年（1936）。

5. 《晨報》,1935 年 3 月 21 日。

6. 陳勤建：《白蛇形象中心結構的民俗淵源及其潛在動力》,《白蛇傳論文集》,上海：上海古籍出版社,1986 年。

7. （明）傳燈編注：《永嘉禪宗集注》,《卍續藏》第 63 冊第 1242 號。

8. 車錫倫：《中國寶卷總目》,北京：燕山出版社,2009 年。

9. 程澄、任達永繪：《無上粉本寺中尋——寶寧寺明代水陸畫線描精選》,杭州：西泠印社出版社,2010 年。

10. （清）曹雪芹、高鶚著,李全華標點：《紅樓夢》,長沙：嶽麓書社,1987 年。

11. （清）褚人獲纂輯：《堅瓠四集》,《筆記小說大觀》第 15 冊,揚州：廣陵古籍刻印社,1985 年。

12. 陳東原：《中國婦女生活史》,上海：上海商務印書館,1998 年。

D

1. （宋）大慧宗杲：《大慧普覺禪師語錄》，《禪宗語錄輯要》，上海：上海古籍出版社，1992 年。

2. 丁乃通：《高僧與蛇女——東西方「白蛇傳」型故事比較研究》，陳建憲等譯：《中西敘事文學比較研究》，武漢：華中師大學出版社，2005 年。

3. （唐）道宣譯：《四分律刪繁補闕行事鈔》，《大正藏》第 40 冊第 1804 號。

4. （唐）大覺：《四分律鈔批》，《卍續藏》第 42 冊第 736 號。

5. 《大元聖政國朝典章》，北京：中國廣播電視出版社，1998 年。

6. （清）董誥等編：《全唐文》，北京：中華書局，1983 年。

7. 道略集：《雜譬喻經》，《大正藏》第 4 冊第 207 號。

8. （明）東魯古狂生：《醉醒石》，北京：華夏出版社，1995 年。

9. （東漢）董仲舒著，（臺）賴炎元注譯：《春秋繁露今注今譯》，臺北：臺灣商務印書館，中華民國七十三年（1984 年）。

10. （唐）道世撰：《法苑珠林》，《大正藏》第 53 冊第 2122 號。

11. （明）鄧志謨：《咒棗記》，《古本小說集成》第 1 輯，第 119 冊，上海：上海古籍出版社，1991 年影印本。

12. （明）董說：《西遊補》，北京：華夏出版社，1995 年。

13. （明）鄧志謨：《飛劍記》，北京：華夏出版社，1995 年。

14. （北宋）道誠集：《釋氏要覽》，《大正藏》第 54 冊第 2127 號。

F

1. 方韜譯注：《山海經》，北京：中華書局，2009 年。

2. 「伏羲女媧絹畫（M150：11）」，《新疆文物》（季刊），2000 年第三、四期（總 59／60 期）。

3. （明）馮夢龍：《警世通言》，合肥：安徽文藝出版社，2003 年。

4. （宋）范曄撰、（唐）李賢等注：《後漢書》，北京：中華書局，1965 年。

5. 方燕：《宋代女性割股療親問題試析》，《求索》第 11 期，2007 年。

6. （宋）法賢譯：《佛說月光菩薩經》，《大正藏》第 3 冊第 166 號。

7. （東晉）佛馱跋陀羅譯：《大方廣佛華嚴經》，《大正藏》第 9 冊第 278 號。

8. （宋）法護譯：《佛說如來不思議祕密大乘經》，《大正藏》第 11 冊第 312 號。

9. （明）馮夢龍：《喻世明言》，合肥：安徽文藝出版社，2003 年。

10. （明）馮夢龍：《醒世恒言》，合肥：安徽文藝出版社，2003 年。

11. （晉）法句、法立譯：《法句譬喻經》，《大正藏》第 4 冊第 211 號。

12. 方立天：《中國佛教哲學要義》（上卷），北京：中國人民大學出版社，2002 年。

13. （明）馮夢龍：《新平妖傳》，呼和浩特：遠方出版社，2006 年。

14. 樊樹志：《明清江南市鎮探微》，上海：復旦大學出版社，1990 年。

15. （後秦）佛陀耶舍譯：《四分比丘尼戒本》，《大正藏》第 22 冊第 1431 號。

16. （宋）法賢譯：《佛說妙吉祥最勝根本大教經》，《大正藏》第 21 冊第 1217 號。

17. （宋）法天譯：《佛說一切如來烏瑟膩沙最勝總持經》，《大正藏》第 19 冊第 978 號。

G

1. （唐）谷神子：《博異志》，北京：中華書局，1980 年。

2. （清）郭慶藩撰、王孝魚點校：《莊子集釋》，北京：中華書局，1961 年。

3. 谷東方：《高平開化寺北宋大方便佛報恩經變壁畫內容考釋》，《故宮博物院院刊》，2009 年第 2 期（總第 142 期）。

4. 郭朋：《壇經導讀》，北京：中國國際廣播出版社，2008 年。

5. 顧寶田注譯：《尚書》，吉林：吉林文史出版社，1995 年。

6. （清）顧炎武撰、秦克誠校：《日知錄集釋》，長沙：嶽麓書社，1994 年。

7. （明）葛天民、吳沛泉彙編，劉國輝校點：《明鏡公案》，北京：群眾出版社，1999 年。

H

1. 郝春文：《再論北朝至隋唐五代宋初的女人結社》，《敦煌研究》，2006 年第 2 期。

2. （東晉）慧遠：《與隱士劉遺民等書》，石峻主編：《中國佛教思想資料選編》，臺北：彌勒出版社，1982 年。

3. （明）洪楩：《清平山堂話本》，上海：上海古籍出版社，1984 年。

4. 黃懷信等撰、李學勤審定：《逸周書匯校集注》，上海：上海古籍出版社，1995 年。

5. 黃壽祺、張善文：《周易譯注》，上海：上海古籍出版社，2001 年。

6. （劉宋）慧嚴等：《大般涅槃經》，《大正藏》第 12 冊第 125 號。

7. （明）憨山德清校閱：《紫柏尊者全集》，《卍續藏》第 73 冊第 1452 號。

8. 胡玉華：《中國喪服尚白禮俗》，《尋根》，2007 年第 2 期。

9. 胡樸安：《中華全國風俗志》，石家莊：河北人民出版社，1986 年。

10. 胡平生譯注：《孝經》，北京：中華書局，2009 年。

11. （宋）洪邁：《夷堅志》，北京：中華書局。1981 年。

12. 韓秉方：《觀世音信仰與妙善的傳說——兼及我國最早一部寶卷〈香山寶卷〉的誕生》，《世界宗教研究》，2004 年第 2 期。

13. （宋）洪諮夔：《平齋文集》，《四部叢刊續編》（電子版）。

14. （明）弘贊輯：《四分律名義標釋》，《卍續藏》第 44 冊第 744 號。

15. 黃美英：《宗教與性別文化——臺灣女神信奉初探》，中國海洋發展史論文集（三），臺北：臺灣中央研究院中山人文社會科學研究所，1988 年。

16. 霍欣彤編著：《弗洛伊德精神分析》，海南：南海出版公司，2008 年。

17. （劉宋）慧嚴等依《泥洹經》加之：《大般涅槃經》，《大正藏》第 12 冊第 125 號。

18. 黃夏年主編：《佛教三百題》，上海：上海古籍出版社，2000 年。

19. 懷效鋒點校：《大明律》，瀋陽：遼瀋書社出版，1990 年。

20. 霍現俊：《〈金瓶梅詞話〉的主旨及其表達的特殊方式》，《文藝研究》，2003 年第 2 期。

21. 霍現俊：《西門慶原型明武宗考》，《河北師範大學學報》（社科版），2001 年第 2 期。

22. 黃仁宇：《萬曆十五年》，北京：中華書局，2006 年。

23. 黃霖、韓同文選注：《中國歷代小說論著選》上冊，南昌：江西人民出版社，1982 年。

J

1. 江蘇省社會科學院明清小說研究中心文學研究所編：《中國通俗小說總目提要》，北京：中國文聯出版公司，1990 年。

2. 蔣瑞藻編著：《小說考證》，上海：商務印書館，民國十三年（1924 年）。

3. （姚秦）鳩摩羅什譯：《妙法蓮華經》，《大正藏》第 9 冊第 262 號。

4. （元魏）吉迦夜共曇曜譯：《雜寶藏經》，《大正藏》第 4 冊第 203 號。

5. （明）金木散人編：《鼓掌絕塵》，北京：華夏出版社，1997 年。

6. （臺）江燦騰：《觀音信仰與佛教文學》，《臺灣佛教與現代社會》，臺北：東大圖書公司，1992 年。

7. （明）江盈科著，黃仁生校注：《雪濤小說》，上海：上海古籍出版社，2000 年。

8. 嵇文甫：《晚明思想史論》，上海：商務印書館，1944 年。

9. （臺）江燦騰：《晚明佛教改革史》，桂林：廣西師範大學出版社，2006 年。

L

1. 魯迅：《中國小說史略》，北京：人民文學出版社，2006 年。

2. 劉亞丁：《佛教靈驗記研究——以晉唐為中心》，成都：巴蜀書社，2006 年。

3. 劉世德等主編：《中國古代小說百科全書》，北京：中國大百科全書出版社，2006 年。

4. 劉守華：《中國民間故事史》，武漢：湖北教育出版社，1999 年。

5. 劉錫誠：《〈白蛇傳〉傳說：美女蛇故事的流傳、變化與異文》，《文景》，2007 年第 2 期。

6. （日）龍谷大學圖書館編輯：《大谷探險隊帶來品西域文化資料選》（龍谷大學創立 350 週年紀念內刊），京都：龍谷大學圖書館出版，1989 年。

7. （唐）李延壽：《北史》，北京：中華書局，1974 年。

8. 劉學鍇：《溫庭筠全集校注》，北京：中華書局，2007 年。

9. （印）龍樹菩薩造、（後秦）鳩摩羅什譯：《大智度論》，《大正藏》第 25 冊第 1509 號。

10. （唐）李延壽：《南史》，北京：中華書局，1975 年。

11. 《禮記》，《十三經注疏》本，北京：中華書局，1980 年。

12. 劉守華：《宋代「蛇妻」故事與〈白蛇傳〉的構成》，《古典文學知識》，1998 年第 5 期。

13. （明）李時珍：《本草綱目》，1596 年金陵胡成龍刻本。

14. （後晉）李昫：《舊唐書》，北京：中華書局，1975 年。

15. （宋）李昉等編：《太平御覽》，北京：中華書局，1960 年。

16. 呂建福：《中國密教史》，北京：中國社會科學出版社，1995 年。

17. （清）陸增祥：《八瓊室金石補正》，上海：上海古籍出版社，1995 年。

18. （宋）黎靖德編，王星賢點校：《朱子語類（全八冊）》，北京：中華書局，1986 年。

19. （明）凌濛初：《初刻拍案驚奇》，合肥：安徽文藝出版社，2003 年。

20. （明）李樂《見聞雜記》，上海：上海古籍出版社，1986 年。

21. （清）靈耀：《隨緣集》，《卍續藏》第 57 冊第 975 號。

22. （宋）李頎：《古今詩話》，程毅中編：《古體小說鈔》（宋元卷），北京：中華書局，1995 年。

23. （明）陸人龍：《三刻拍案驚奇》（《型世言》），北京：華夏出版社，2008 年。

24. （唐）李復言編，程毅中點校：《〈續玄怪錄〉補遺》，北京：中華書局，1982 年。

25. （明）凌濛初：《二刻拍案驚奇》，合肥：安徽文藝出版社，2003 年。

26. （明）蘭陵笑笑生著，陶慕寧校注：《金瓶梅》，北京：人民文學出版社，2000 年。

27. （清）陸次云：《湖壖雜記》，上海：商務印書館，中華民國二八年（1939 年）。

28. 黎明志：《簡明婚姻史》，北京：群眾出版社，1988 年。

29. 羅立群：《古代武俠小說對劍術的表現及其文化意蘊》，南開大學學報（哲學社會科學版），2006 年第 6 期。

30. 羅立群：《明清長篇劍俠小說的演變及文化特質》，《文學遺產》，2010 年第 3 期。

31. 羅立群：《古代武俠小說對劍術的表現及其文化意蘊》，《南開大學學報》（哲學社會科學版），2006 年第 6 期。

32. 羅立群：《古代小說中劍俠形象的歷史與文化探源》，《文學遺產》，2009 年第 3 期。

33. 羅立群：《中國古代劍俠小說的發展及文化特質》，《文藝研究》，2007 年第 12 期。

34. 林保淳：《中國古典小說中的「女俠」形象》，《中國文哲研究集刊》（臺），第 11 期。

35. 李學勤主編、《十三經注疏》整理委員會整理：《十三經注疏·春秋左傳正義上、中、下》，北京：北京大學出版社，1999 年。

36. （明）羅懋登：《三寶太監西洋記》，北京：華夏出版社，1995 年。

37. （唐）李百藥：《北齊書》，北京：中華書局，1972 年。

38. 麗琴：《蒙元文化視野下的楊景賢〈西遊記〉雜劇研究》，內蒙古大學 2013 年 6 月碩士論文。

M

1. （梁）曼陀羅仙共僧伽婆羅譯：《大乘寶雲經》，《大正藏》第 16 冊第 659 號。

2. （明）梅鼎祚纂輯，田璞、查洪德校注：《青泥蓮花記》，鄭州：中州古籍出版社，1988 年。

3. （宋）孟元老：《東京夢華錄》，北京：中華書局，1985 年。

4. 《明太宗實錄》《明宣宗實錄》《明憲宗實錄》《明世宗實錄》《明實錄》，臺北：中央研究院歷史語言研究所校印，1967 年。

N

1. 諾布旺丹，巴桑卓瑪：《藏傳密教的女性觀》，《佛學研究》（年刊），1996年。

2. （高齊）那連提耶舍譯：《月燈三昧經》，《大正藏》第 15 冊第 639 號。

O

1. Overmyer, Daniel L. "Women in Chinese Religions: Submission, Struggle, Transcendence." In From Benares to Beijing: Essays on Buddhism and Chinese Religions in Honour of Professor Jan Yun-hua, edited by Koichi Shinohara and Gregory Schopen (Oakville: Mosaic Press, 1991).

2. （宋）歐陽修、宋祁撰：《新唐書》，北京：中華書局，1975 年。

3. （宋）歐陽修等撰：《新五代史》，北京：中華書局，1974 年。

P

1. （清）彭際清述：《善女人傳》，《卍續藏》第 88 冊第 1657 號。

2. （俄）普列漢諾夫：《普列漢諾夫哲學著作選集》，上海：三聯書店，1963年。

3. （唐）菩提流志譯：《大寶積經》，《大正藏》第 11 冊第 310 號。

4. （清）彭定求等編：《全唐詩》，北京：中華書局，1960 年。

5. 普慧：《從佛典文學看佛教的女性觀》，《陝西師範大學學報（哲學社會科學版），2009 年第 1 期。

6. （唐）菩提流志譯：《不空羂索神變真言經》，《大正藏》第 20 冊第 1092號。

Q

1. 秦豔：《從墓誌看宋代女性的佛教信仰》，《晉陽學刊》，2009 年第 6 期。

2. （臺）邱仲麟：《不孝之孝——唐以來割股療親現象的社會史初探》，《新史學》第 6 卷第 1 期，1995 年。

3. （臺）邱仲麟：《人藥與血氣——「割股」療親現象中的醫藥觀念》，《新

史學》第 10 卷第 4 期，1999 年。

4. （宋）錢易撰，黃壽成點校：《南部新書》，北京：中華書局，2002 年。

5. （劉宋）求那跋陀羅譯：《雜阿含經》，《大正藏》第 2 冊第 99 號。

6. （明）清溪道人編著，鄭明智校點：《禪真後史》，西安：太白文藝出版社，2006 年。

7. （明）清溪道人編著：《禪真逸史》，北京：華夏出版社，1995 年。

8. （明）秦淮墨客校閱，煙波釣叟參訂，劉倩校點：《楊家將演義》，北京：人民文學出版社，2007 年。

R

1. Rita M.Gross, *Buddhism After Patriarchy: A Feminist History, Analysis, and Reconstruction of Buddhism*, Albany: State University of New York Press, 1993.

2. （日）仁井田陞撰，粟勁等編譯：《唐令拾遺》，長春：長春出版社，1989 年。

3. Reed Barbara E.1992. "The Gender Symbolism of Kuan-yin Bodhisattva." In *Buddhism, Sexuality, and Gender*, edited by Jose Ignacio Cabezσn. Albany The State University of New York Press.

4. （明）仁和沈孟柈述：《錢塘魚隱濟顛師語錄》，古本平話小說集（上），北京：人民文學出版社，1999 年。

S

1. （民國）釋震華：《續比丘尼傳》，上海：上海古籍出版社（影印鎮江竹林寺版），2011 年。

2. （梁）釋寶唱著、王孺童校注：《比丘尼傳》，北京：中華書局，2006 年。

3. （漢）司馬遷：《史記》，鄭州：中州古籍出版社，1994 年。

4. 失譯：《薩婆多毘尼毘婆沙》，《大正藏》第 23 冊第 1440 號。

5. （東晉）僧伽提婆譯：《增壹阿含經》，《大正藏》第 2 冊第 125 號。

6. （東晉）僧伽提婆譯：《中阿含經》，《大正藏》第 1 冊第 26 號。

7. 失譯：《大愛道比丘尼經》,《大正藏》第 24 冊第 1478 號。

8. 失譯：《佛說菩薩本行經》,《大正藏》第 3 冊第 155 號。

9. （宋）紹德慧詢等譯：《菩薩本生鬘論》,《大正藏》第 3 冊第 160 號。

10. 失譯：《大方便佛報恩經》,《大正藏》第 3 冊第 156 號。

11. （梁）僧祐,蘇晉仁、蕭鍊子點校：《出三藏記集》,北京：中華書局, 1995 年。

12. （明）宋濂等撰：《元史》,北京：中華書局,1975 年。

13. （梁）僧祐：《釋迦譜》,《大正藏》第 50 冊第 2040 號。

14. （宋）紹德慧詢等譯：《菩薩本生鬘論》,《大正藏》第 3 冊第 160 號。

15. （梁）僧祐：《弘明集》,《大正藏》第 52 冊第 2102 號。

16. （清）沈曾植：《海日樓札叢》（外一種）,北京：中華書局,1962 年。

17. 弘學：《中國漢語系佛教文學》,成都：巴蜀書社,2006 年。

18. （唐）善無畏譯：《千手觀音造次第法儀軌》,《大正藏》第 20 冊第 1068 號。

19. （元）宋梅洞：《嬌紅記》,喬力主編：《元明清文言小說選》,西安：太白文藝出版社,2004 年。

20. （宋）蘇軾：《漁樵閒話錄》,《蘇軾文集》第 6 冊,北京：中華書局,1986 年。

21. （唐）宋若莘著,宋若昭解：《女論語》,文淵閣《四庫全書》本。

22. 孫昌武：《中國文學中的維摩與觀音》,天津：天津教育出版社,2005 年。

23. 孫昌武：《六朝小說中的觀音信仰》,《佛學會議論文匯編》,臺北：法鼓文化出版社,1998 年。

24. 孫昌武：《觀世音應驗記三種》,北京：中華書局,1994 年。

25. （明）沈德符：《萬曆野獲編》,上海：上海古籍出版社,2005 年。

T

1. （北涼）曇無讖譯：《大方等大集經》,《大正藏》第 13 冊第 397 號。

2. （元）脫脫等撰：《宋史》,北京：中華書局,1975 年。

3. （北涼）曇無讖譯：《大般涅槃經》，《大正藏》第 12 冊第 374 號。

4. （劉宋）曇無蜜多譯：《佛說觀普賢菩薩行法經》，《大正藏》第 9 冊第 277 號。

5. （唐）提雲般若譯：《佛說大乘造像功德經》，《大正藏》第 16 冊第 694 號。

6. （明）田汝成輯撰：《西湖遊覽志餘》，上海：上海古籍出版社，1958 年。

7. （明）屠隆：《鴻苞節錄》，北京：保硯齋刻本，清咸豐七年（1857 年）刻本。

8. （明）天然癡叟：《石點頭》，北京：華夏出版社，1995 年。

9. （明）天花藏主人編，蕭欣橋校點：《醉菩提傳》，北京：人民文學出版社，1999 年。

W

1. 王水根：《「八敬法」的中國女性倫理遭遇論》，《世界宗教研究》，2011 年第 1 期。

2. 吳學昭：《吳宓與陳寅恪》，北京：清華大學出版社，1992 年。

3. 聞一多：《神話與詩》，北京：古籍出版社，1956 年；上海：上海人民出版社，2006 年。

4. （漢）王逸章句、（宋）洪興祖補注：《楚辭》，上海：世界書局，1936 年。

5. （宋）王溥：《唐會要》，（日本）京都：株式會社中文出版社，1978 年。

6. （明）無名氏撰，程毅中點校：《輪迴醒世》，北京：中華書局，2008 年。

7. （清）王聘珍撰，王文錦點校：《大戴禮記解詁》，北京：中華書局，1983 年。

8. （明）王同軌撰，孫順霖校注：《耳談》，鄭州：中州古籍出版社，1990 年。

9. （明）吳承恩：《西遊記》，北京：人民文學出版社，1955 年。

10. 吳光正：《中國古代小說的原型與母題》，北京：社會科學文獻出版社，2002 年。

11. （東漢）王充著，袁華忠、方家常譯注：《論衡全譯》，貴陽：貴州人民出

版社，1993 年。

12. （唐）王維撰，陳鐵民校注：《王維集》，北京：中華書局，1997 年。

13. （北齊）魏收：《魏書》，北京：中華書局，1974 年。

14. （明）王世貞：《劍俠傳》，清乾隆（1742）文盛堂重刻本。

15. （明）曹臣輯：《舌華錄》，文淵閣《四庫全書》本。

16. 王海燕：《湘西觀音信仰與沈從文的鄉土小說》，《鄭州大學學報》，2004 年第 1 期。

17. （明）吳元泰：《東遊記》，北京：華夏出版社，1994 年。

18. 溫金玉：《觀音菩薩與女性》，《中華文化論壇》，1996 年第 4 期。

19. 吳曉丁編著：《流失海外中國佛教造像》，天津：天津人民美術出版社，2001 年。

20. 魏迎春：《敦煌菩薩漫談》，北京：民族出版社，2004 年。

X

1. （臺）緦廬：《中國小說源出佛家考》，《現代佛教學術叢刊》，1980 年 10 月 1 日。

2. （明）謝肇淛撰、傅成校點：《五雜俎》，上海古籍出版社輯：《歷代筆記小說大觀（明代卷）》，上海：上海古籍出版社，2005 年。

3. （元）熙仲集：《歷朝釋氏資鑒》，《卍續藏》第 76 冊第 1517 號。

4. （清）薛永升撰，懷效鋒、李鳴點校：《唐明律合編》，北京：法律出版社，1998 年。

5. （宋）薛居正等撰：《舊五代史》，北京：中華書局，1976 年。

6. （明）西大午辰走人訂著，朱鼎臣編輯，王道瑞校注：《南海觀音菩薩出身修行傳》，北京：華夏出版社，1995 年。

7. 蕭紅等整理：《香山大悲菩薩傳》，北京：文物出版社，2009 年。

8. 肖群忠：《孝與中國文化》，北京：人民出版社，2001 年。

9. （明）徐渭：《四聲猿》，上海：上海古籍出版社，1984 年。

10. （明）西湖子伏雌教主編，王瑩校點：《醋葫蘆》，西安：太白文藝出版

社，2006 年。

11. （明）西周生：《醒世姻緣傳》，濟南：齊魯出版社，2008 年。

12. （明）西湖漁隱主人：《歡喜冤家》，北京：華夏出版社，1995 年。

13. （明）醒世居士編，吳明賢校點：《八段錦》，侯忠義主編：《明代小說輯刊》第一輯，成都：巴蜀書社，1993 年。

14. （清）徐松輯：《宋會要稿》第 075 冊，上海：大東書局，1935 年。

15. 夏廣興：《觀世音信仰與唐代文學創作》，《上海師範大學學報》，2003 年第 5 期。

16. 項裕榮：《九子母、鬼子母、送子觀音：從「三言二拍」看中國民間宗教信仰的佛道混合》，《明清小說研究》，2005 年第 2 期。

17. 夏名采：《青州龍興寺佛教造像窖藏》，北京：三聯書店，2004 年。

18. 《宣和畫譜》，長沙：湖南美術出版社，1999 年。

Y

1. 嚴耀中：《佛教戒律與唐代婦女家庭生活》，《學術月刊》，2004 年第 8 期。

2. 楊寶玉：《唐五代宋初敦煌尼僧史初探》，《佛學研究》，（總第 99 期）2009 年 2 月。

3. 嚴耀中《墓誌祭文中的唐代婦女佛教信仰》，2001 年北京大學召開的「唐宋婦女史國際研討會」會議論文。

4. （臺）楊果：《宋人墓誌中的女性形象解讀》，《東吳歷史學報》，2004 年第 11 期。

5. （晉）袁宏：《後漢紀》，江西蔡學蘇重刊本，1879 年。

6. 楊寶玉：《敦煌本佛教靈驗記校注並研究》，寧夏：甘肅人民出版社，2009 年。

7. （唐）義淨譯：《根本說一切有部毘奈耶皮革事》，《大正藏》第 23 冊第 1447 號。

8. 楊伯峻譯注：《孟子》，北京：中華書局，1960 年。

9. 姚平：《唐代婦女的生命歷程》，上海：上海世紀出版集團、上海古籍出版社，2004 年。

10. 於賡哲：《割股奉親緣起的社會背景考察——以唐代為中心》，《史學月刊》第二期，2006 年。

11. 尹光明主編：《報恩經畫卷》，敦煌研究院主編：《敦煌石窟全集·9》，上海：上海世紀出版集團、上海人民出版社，2001 年。

12. （明）余象斗集：《廉明公案》，北京：群眾出版社，1999 年。

13. 楊天宇：《儀禮譯注》，上海：上海古籍出版社，2004 年。

14. （明）佚名編撰：《詳刑公案》，北京：群眾出版社，1999 年。

15. （北魏）楊衒之撰，周振甫釋譯：《洛陽伽藍記》，北京：學苑出版社，2001 年。

16. （明）佚名編撰，佚名批評，覺園、愚谷標點：《山水情》，《明清稀見小說叢刊》，濟南：齊魯書社，1996 年。

17. （美國）于君方：《觀音靈驗故事》，《中華佛學學報》總第 11 期，1998 年 7 月。

18. （明）楊爾曾：《韓湘子全傳》，北京：華夏出版社，1995 年。

19. （明）余象斗：《北遊記》，北京：華夏出版社，1994 年。

20. （明）佚名：《檮杌閒評》，北京：人民文學出版社，1983 年。

21. （明）佚名著，尚成校點：《英烈傳》，上海：上海古籍出版社，2004 年。

22. （明）圓澄：《慨古錄》，《卍續藏》第 56 冊第 1285 號。

23. （明）楊景賢：《楊東來先生批評〈西遊記〉》，（日本）東京：昭和三年斯文會藏版。

24. 俞香云：《在高雅與世俗之間對自由人格精神的追尋——晚明文人心態新論》，《北方論叢》，2008 年第 6 期。

25. （美國）于君方：《觀音——菩薩中國化的演變》，北京：商務印書館，2012 年。

Z

1. 周紹良主編：《唐代墓誌彙編》，上海：上海古籍出版社，1992 年。

2. 周紹良、趙超主編：《唐代墓誌彙編續集》，上海：上海古籍出版社，2001 年。

3. 張先堂：《佛教義理與小說藝術聯姻的產兒——論敦煌寫本佛教靈驗記》，《甘肅社會科學》，1990 年 5 期。

4. 趙景深：《彈詞考證》，上海：商務印書館，民國二八年（1939）影印。

5. 鄭渤秋：《吐魯番阿斯塔那 225 號墓出土伏羲女媧圖與日本龍谷大學藏伏羲女媧圖的綴合》，《西域研究》，2003 年第 3 期。

6. （宋）周密撰、張茂鵬點校：《齊東野語》，北京：中華書局，1983 年。

7. （唐）宗密述：《大方廣圓覺修多羅了義經略疏注》，《大正藏》第 39 冊第 1795 號。

8. （梁）諸大法師集：《慈悲道場懺法》，《大正藏》第 45 冊第 1909 號。

9. （唐）長孫無忌等撰，劉俊文點校：《唐律疏議》，北京：中華書局，1983 年。

10. （吳）支謙譯：《撰集百緣經》，《大正藏》第 4 冊第 200 號。

11. （宋）子璿錄：《金剛經纂要刊定記》，《大正藏》第 33 冊第 1702 號。

12. （吳）支謙譯：《佛說月明菩薩經》，《大正藏》第 3 冊第 169 號。

13. （宋）贊寧撰，范祥雍點校：《宋高僧傳》，北京：中華書局，1987 年。

14. （明）袾宏輯：《緇門崇行錄》，《卍續藏》第 87 冊第 1627 號。

15. （清）張廷玉等撰：《明史》，北京：中華書局，1975 年。

16. （明）周清原：《西湖二集》，北京：人民文學出版社，1989 年、2006 年。

17. 曾棗莊、劉琳編：《全宋文》，上海：上海辭書出版社，2006 年。

18. 《周易正義》，北京：北京大學出版社，1999 年。

19. 張全恭：《紅蓮故事的轉變》，《嶺南學報》，第 5 卷第 2 期（1936 年 4 月）。

20. 周振甫譯注：《詩經》，北京：中華書局，2002 年。

21. （明）張應俞：《騙經》，桂林：廣西師範大學出版社，2008 年。

22. （明）坐花散人編輯，金明順校點：《風流悟》，西安：太白文藝出版社，2006 年。

23. （宋）朱彧撰、李偉國點校：《萍洲可談》，上海：上海古籍出版社，1989 年。

24. 張曼濤：《佛教經濟研究論集》，臺北：大乘文化，1977 年。

25. 鄭筱筠：《觀音救難故事與六朝志怪小說》，《社會科學》，1998 年第 2 期。

26. 張錦池：《論〈西遊記〉中的觀音形象——兼談作品本旨及其他》，《文學評論》，1992 年第 1 期。

27. 周秋良的《〈西遊記〉中的觀音形象及其民間性》，《船山學刊》，2008 年第 4 期。

28. （宋）志磐撰：《佛祖統紀》，《大正藏》第 49 冊第 2035 號。

29. （唐）張彥遠：《歷代名畫記》，臺北國家圖書館藏明嘉靖本。

30. （明）周應賓：《識小篇》，廈門大學編：《李贄研究參考資料》二，福州：福建人民出版社，1976 年。

31. （明）周遊著，周到校點：《開闢衍繹通俗志傳》，成都：巴蜀書社，1999 年。

32. （清）張竹坡：《批評第一奇書〈金瓶梅〉讀法》《竹坡閒話》，《張竹坡批評第一奇書金瓶梅》，濟南：齊魯書社，1987 年。